Leon Hansen hat es geschafft und zieht mit seinem Gefolge im Kanzleramt ein. Eine junge Journalistin verliebt sich und bekommt die Macht der Politik zu spüren. Die Autolobby lässt ihre Muskeln spielen, der Kanzleramtsminister begleicht eine alte Rechnung und selbst verdiente Politiker werden für die eigene Karriere aus dem Weg geräumt.

Der Autor nimmt den Leser mit auf eine Entdeckungsreise hinter die Kulissen der großen Politik bis hin zu den kleinen Rädern im Getriebe der Macht. Von den Kungelrunden auf dem Weg nach oben über Lobbyistentricks, erzwungene Kompromisse und Wahlkampftaktik bis hin zu einer Affäre im Kanzleramt geht die Reise.

Florian Lanz, geboren 1968, wuchs in Nordfriesland auf und ist seit knapp 20 Jahren im politischen Berlin aktiv. Als Kommunikationsfachmann hat er für zwei Bundesministerinnen sowie die Drogenbeauftragte der Bundesregierung Pressearbeit gemacht. Zuvor organisierte er in den 90er Jahren Wahlkämpfe, führte das Wahlkreisbüro einer Bundestagsabgeordneten und war als Vorstand eines Kreisverbandes selbst parteipolitisch engagiert.

Heute ist er Kommunikationschef eines Verbandes im deutschen Gesundheitssystem mit Sitz in der Hauptstadt. Er studierte Politikwissenschaft in Bremen und Berlin. Er lebt mit seiner Familie in Berlin.

Florian Lanz

Bundeskanzler

Roman

Helios Media

1. Auflage

Umschlaggestaltung und Typografie: Marcel Franke
Umschlagbilder (Ausschnitte): belginesen | thinkstockphotos.com, Valueline | thinkstockphotos.com, Avda | avda-foto.de
Gesetzt aus der Adobe Garamond.
Druck und Bindung: Print & Media, Möllerdamm 3,
18337 Dänschenburg
Printed in Germany.
ISBN 978-3-942263-28-3

Dieser Roman ist weder ein Tatsachenbericht noch erhebt er einen Faktizitätsanspruch. Er soll einen Eindruck der Wirklichkeit vermitteln, bildet diese jedoch nicht ab. Alle Figuren sind erfunden.

Meinen Eltern gewidmet.

Inhalt

Wahlabend **9**
Angreifer **45**
Gesund bleiben **67**
Bundespolitik **117**
Hauptstadtliebe **137**
Der Kandidat **165**
Aquaplaning **203**
Berliner Beziehung **247**
Berlin lockt **285**
Verteidiger **329**
Wahltag **355**

Die Personen **389**
Die Parteien **391**
Danke **392**

Wahlabend

[2009]

Leon Hansen war gerade eben so groß, dass er nicht als klein auffiel. Und auch sonst hatte der 1,73 Meter große Mann eine passable Statur. Trotz eines kleinen, altersgemäßen Bauchansatzes ging er als schlank durch und seine Falten waren gerade so ausgeprägt, dass sie seine Reife und Lebenserfahrung betonten, ohne ihn alt aussehen zu lassen. Mit vierundfünfzig Jahren war er im besten Politikeralter. Seine Erfahrungen aus achtunddreißig Jahren Parteipolitik bildeten die Grundlage für seinen Erfolg am heutigen Wahlsonntag.

Die ersten öffentlichen Prognosen direkt um achtzehn Uhr waren eindeutig und der Sieg war ihm nicht mehr zu nehmen. Was aber nichts daran änderte, dass er so aufgeregt war wie vor seinem ersten Schultag. Der künftige Bundeskanzler der Bundesrepublik Deutschland würde Leon Hansen heißen. In ein paar Minuten würde er die Parteizentrale in Berlin erreichen. Er lächelte in sich hinein bei der Erinnerung daran, wie er sich sein erstes Amt als Kreisvorsitzender erkämpft hatte. Das war lange vor dem Fall der Mauer gewesen. Damals, als die Regierung noch in Bonn saß.

Es war der Beginn eines Lebens im Takt des politischen Rhythmus!

Er wischte die Erinnerungen beiseite, lehnte sich für einen kleinen Augenblick in die weichen Lederpolster seiner Limousine und genoss die Ruhe, die dieser Wagen ausstrahlte. Kurz vor dem größten Triumph in seiner politischen Karriere gelang es ihm tatsächlich, Ruhe und Entspannung zu finden. Er blendete die Umgebung aus und sammelte Kraft, wo andere ihre Nerven mit Zigaretten oder Schokolade hätten beruhigen müssen. Darin lag eine seiner Stärken.

In der Sophie-Charlotte-Straße, kurz vor der Einmündung in die Clayallee, hielt Hansens Fahrer, Sven Lausitz, an.

Hansen war irritiert. »Was soll das? Warum stehen wir hier rum? Ich will weiter, die warten auf uns!« Da kam auch schon einer seiner Bodyguards aus dem Begleitfahrzeug des BKAs, das vor ihnen gehalten hatte, und beugte sich am Fenster von Hansen herunter. Neugierig öffnete er es und schaute den BKA-Mann fragend an.

»Wir haben einen Hinweis bekommen, dass auf dem Platz vor dem Haupteingang zur Parteizentrale mittlerweile einige hundert Menschen auf sie warten«, erklärte der Mann vom BKA mit dem selbstbewussten Lächeln eines Spezialisten, der weiß, dass er seinen Job gerade sehr gut macht. »Ein Streifenwagen ist gleich hier, um vorauszufahren und uns, wenn nötig, den Weg freizumachen. Ich bitte die kleine Verzögerung zu entschuldigen, aber es geht gleich weiter. Wir werden dann direkt in die Tiefgarage fahren, damit sie ohne ernsthafte Probleme in den Saal kommen. So große spontane Menschenansammlungen sind immer schwer einzuschätzen und drinnen wartet schon die Presse auf sie. Dies ist die beste Lösung.«

Hansen lächelte freundlich zurück. »Vielen Dank für Ihre Mühe, Herr … Wie war noch einmal ihr Name?«

»Kotowski« antwortete dieser knapp und ging zurück zu seinem Wagen.

»Sven, bitte notiere dir den Namen und leg den Zettel in eine Mappe für das Grundsatzgespräch mit dem BKA, das sicherlich in den nächsten Tagen stattfinden wird, um die Sicherheitsmaßnahmen für mich zu besprechen. Wenn der Streifenwagen da ist, dann geht es weiter.« Während er, äußerlich ruhig, seinem Fahrer die kurze Anweisung gegeben hatte, kochte er innerlich vor Wut. Wie konnte dieser Wichtigtuer vom BKA auf die Idee kommen, ihm vorzuschreiben, auf welchem Weg er die Parteizentrale zu betreten hatte?

Für Hansen war es eine geradezu absurde Vorstellung, dass er, der große Wahlgewinner, sich durch die Tiefgarage hineinschleichen würde. Der BKA-Mann hatte ihm doch gerade selbst gesagt, dass ein paar Hundert Leute auf ihn warteten. Sollte er sich an denen vorbeischleichen? Das kam nicht in Frage. Der gute Kotowski mochte etwas von Personenschutz verstehen – von Politikern und der überragenden Bedeutung des öffentlichen Auftrittes für deren Karriere hatte er offensichtlich keine Ahnung. Was nützte ihm der beste Personenschutz, wenn er nicht mehr wiedergewählt werden würde?

In diesem Moment näherte sich von hinten ein Streifenwagen, der ein paar Meter vor ihnen anhielt und darauf wartete, dass der Wagen von Hansen und das Begleitfahrzeug losfuhren. Kurzentschlossen griff Hansen zum Telefon und während er die Nummer seines Pressesprechers Paul Ullmann wählte, sagte er knapp zu Sven, dass es noch einen Moment dauern würde. Dieser nahm es ohne eine erkennbare Regung zur Kenntnis. Er kannte seinen Chef lange genug, um zu wissen, dass er mit seinem Anruf vermutlich irgendeinen karrieredienlichen Zweck verfolgen würde. Und da er davon ausging, dass der Fahrer des Bundeskanzlers deutlich mehr verdiente als der Fahrer eines Parteivorsitzenden, tat er wie geheißen.

Bereits nach dem dritten Klingeln war Ullmann am Telefon und mit einem Lachen in der Stimme sagte er: »Herr Bundeskanzler, was kann ich für sie tun«, was wiederum eine Woge der Befriedigung bei Hansen auslöste. Es war das erste Mal, dass ihn jemand mit »Herr Bundeskanzler« ansprach. Hansen erklärte seinem langjährigen Pressesprecher kurz, wo sie gerade waren und was er wollte. »Wie lange wirst du dafür brauchen?«

»In zehn Minuten kann ich das hinbekommen. Wenn du mir fünfzehn gibst, dann wird die Stimmung hier besser sein.«

»Okay, um zehn vor sieben sind wir da.«

Sie legten beide auf. Die vielen Jahre der engen und vertrauten Zusammenarbeit machten an einem Tag wie diesem, an dem sie bestimmt schon fünfmal miteinander telefoniert hatten, weitere Worte überflüssig.

»Sven, mach bitte mal den Fernseher an.« Es war nur ein Knopfdruck und auf dem Navigationsgerät in der Mittelkonsole verschwanden die Straßenangaben und es erschien das Programm der ARD. Gerade wurde die erste Hochrechnung präsentiert, die sogar noch etwas besser war als die Prognosen. Die Christlich-Konservative Partei mit Hansen an der Spitze war der triumphale Gewinner und eine Koalition mit der Fortschrittspartei war so sicher wie das Amen in der Kirche.

»Bitte fahr so los, dass wir exakt um zehn vor sieben an der Parteizentrale ankommen. Keinesfalls früher.« Nun schaute Sven Lausitz doch fragend in den Rückspiegel und Hansen erläuterte ihm kurz, was er mit Ullmann besprochen hatte.

Während die Polizisten in den beiden Fahrzeugen vor und hinter ihm ungeduldig und etwas verwundert darauf warteten, dass es endlich weiterging, bereitete sich Hansen auf seine Ankunft vor. Sorgfältig richtete er seine Krawatte und krempelte die Ärmel seines Hemdes bis kurz unter die Ellenbogen hoch. Mit seiner Anzughose, den polierten schwarzen Schuhen, dem weißen Hemd und der dunkelblauen Krawatte wollte er seiner neuen Rolle als designierter Regierungschef gerecht werden. Dass er ohne Jackett und mit aufgekrempelten Ärmeln aus dem Auto steigen würde, sollte signalisieren, dass er zum Anpacken bereit war. Hansen, der Macher. Hansen, das ist einer, der gleich loslegt. Das war die Botschaft, die er heute Abend aussenden wollte. Er schüttelte innerlich den Kopf über diesen Kotowski. Wie konnte er nur auf die Idee kommen, dass er sich durch die Tiefgarage zu seiner eigenen Siegesfeier schleichen würde!

Hansen liebte den öffentlichen Auftritt und er war aus tiefstem Herzen davon überzeugt, dass die Macht positiver Bilder in einer Demokratie im Zeitalter der Massenmedien durch nichts zu übertrumpfen ist. Für ihn war es ganz einfach: Wo die Fülle an inhaltlichen Informationen die Aufnahmefähigkeit von nahezu allen Menschen überfordert, gewinnen Bilder eine schier unglaubliche Macht. Und eine von Hansens großen Stärken war es, diese Bilder zu liefern.

Wenig später bog die kleine Wagenkolonne in die Klingelhöferstraße ein.

Nach dem Telefonat mit Hansen hatte Ullmann schnell einige Helfer zusammengerufen. Es war jetzt sein Job, die Ankunft des künftigen Bundeskanzlers so vorzubereiten, dass die guten Bilder, die die starke Position des Wahlsiegers dokumentieren sollten, auch problemlos von den Fernsehteams und den Fotografen gemacht werden konnten. Einen kleinen Moment ärgerte er sich darüber, dass sie Hansens Ankunft im Vorfeld nicht besser geplant hatten. Aber zumindest hatte er rechtzeitig die Idee gehabt, an diesem Abend statt der üblichen Ordner in schwarzen Anzügen junge Wahlkampfhelfer einzusetzen. Deshalb gab es genug Personen in passendem CKP-Outfit, die Paul Ullmann für die Ankunft des künftigen Bundeskanzlers einspannen konnte. Genügend Freiwillige waren schnell gefunden und dank des guten Wetters konnten sie auch alle in den Wahlkampf-T-Shirts herumlaufen.

Ullmann schickte ein Helferteam vor die Parteizentrale, damit es zusammen mit den Wachschützern, die die Partei an solchen Abenden immer hatte, den Eingangsbereich vorbereitete. Mit Absperrgittern wurde eine Gasse gebildet, durch die Hansen von seinem Wagen bis kurz vor den Eingang laufen konnte. Dabei wurde darauf geachtet, dass sie etwas breiter war, als der Wagen von Hansen lang. So wurde verhindert, dass die Absperrgitter auf den Fotos und Bildern, die Hansen beim Aussteigen oder winkend vor seinem Auto zeigten, zu sehen waren. Damit bekamen sie beides: Erst die Bilder des entspannten und aktiven Wahlsiegers, der aus seinem Wagen stieg und winkte, ohne dass er bedrängt wurde. Dann sah man den zufriedenen Parteichef, der von seiner Partei begeistert empfangen wurde und dem sich zahlreiche Hände entgegenstreckten, um ihm zu gratulieren.

Als sich das Helferteam auf den Weg nach draußen machte, besprach er sich schnell noch mit den für den Ton und das Licht verantwortlichen Technikern. Er schaute auf die Uhr. Noch elf Minuten, bis Hansen hier sein würde. Er betrat die Bühne. »Liebe Freundinnen, liebe Freunde. Sehr geehrte Damen und Herren von der Presse, vom Rundfunk und vom Fernsehen« – kurz nachdem er zu sprechen begonnen hatte, ebbte die Geräuschkulisse deutlich ab –, »Leon Hansen ist auf dem Weg hierher, und ich möchte ihnen dazu ein paar Hinweise geben.« Plötzlich war es sehr ruhig im Saal. Ullmann bekam eine leichte Gänsehaut, als er die Wirkung des Namens Hansen in diesem Raum erlebte. Er spürte, dass sich etwas verändert hatte. Er sprach jetzt nicht mehr nur vom Parteivorsitzenden, sondern vom künftigen Bundeskanzler und da wollte niemand etwas verpassen. »In zehn Minuten wird Leon Hansen hier eintreffen. Wir haben vor dem Haus eine kleine Gasse abgesperrt und markiert, wo sein Wagen anhalten wird. Sie haben alle ausreichend Zeit, um sich draußen einen Platz zu suchen. Anschließend wird Hansen durch den Haupteingang, der dieser Bühne genau gegenüberliegt, hineinkommen und dann in Richtung Bühne laufen. Kurz vor der Bühne wird er dort«, er zeigte auf eine Tür an der Seite des Saales, »in den Nebenraum gehen und da einige Minuten bleiben. Sie werden also alle genügend Zeit haben, hier im Raum ihre Kameras wieder in Position zu bringen. Anschließend wird er auf die Bühne kommen und eine Rede halten. Es wird keine Gelegenheit für Interviews geben. Herr Hansen wird weder vor dem Haus noch auf dem Weg zur Bühne oder nach seiner kurzen Ansprache Fragen beantworten.« Noch während Ullmann redete, wurde es wieder unruhig im Saal, denn die Redakteure und Kameraleute der verschiedenen Teams begannen, sich nach draußen zu drängeln. Er wartete noch zwei, drei Minuten, bis die größte Drängelei vorbei war und ging dann ebenfalls raus, um nachzusehen, ob alles so aufgebaut und vorbereitet war, wie Hansen es erwartete. Nachdem er alles so vorfand, wie er es angewiesen hatte, griff er zu seinem Handy und gab Sven ein paar Hinweise, damit dieser wusste, wo genau er mit dem Kanzlerwagen bei dessen Ankunft anhalten sollte.

Noch bevor er den Wagen mit dem designierten Bundeskanzler sah, spürte er die Aufregung, die sich in der Menschenansammlung vor der Parteizentrale breitmachte. Dabei wurde Ullmann einmal mehr bewusst, dass Hansen nicht nur ein begnadeter Hauptdarsteller war, sondern auch ein toller Regisseur. Er schaute auf die Uhr: Es war genau zehn Minuten vor sieben Uhr. Es war perfekt. Gleich am Anfang der »heute«-Sendung um sieben Uhr würden die Bilder zu sehen sein, wie Hansen triumphal aus dem Wagen stieg, umringt von seinen Anhängern. Ullmann hatte auf Hansens Anweisung hin extra eine junge Frau und einen jungen Mann so postiert, dass sie für Hansen die Wagentür öffnen konnten und dann, mit ihren frischen, jungen Gesichtern, ihrem begeisterten Lächeln und den orangenen Kampagnen-T-Shirts, der perfekte Rahmen für ihn wären. Und wenn die Presseleute heute merken würden, dass sie sich selbst an einem solchen Abend auf die Bildzusagen von ihm, dem künftigen Regierungssprecher, verlassen konnten, dann würden sie auch künftig auf ihn hören. Sein Geschäft, für eine gute Darstellung seines Chefs in den Medien zu sorgen, würde deutlich einfacher sein, als wenn die Presse ihm gegenüber ständig misstrauisch wäre, dachte Paul Ullmann zufrieden.

Langsam rollte der Wagen mit Hansen durch die Menschenmenge. Nachdem der Streifenwagen, der an der Spitze der kleinen Kolonne gefahren war, kurz vor der Tiefgarageneinfahrt am Straßenrand angehalten hatte, hatte Sven Lausitz mit seiner wertvollen Fracht freie Bahn zum Haupteingang. In dem BKA-Fahrzeug hinter ihnen kochte Kotowski vor Wut, weil Hansen ohne Rücksprache mit ihm einfach an der sicheren Tiefgarage vorbei in Richtung Haupteingang fuhr. Er griff schnell zu seinem Funkgerät, um die beiden BKA-Beamten, die in Zivil vor dem Haupteingang eingesetzt waren, über die neue Situation zu informieren. Auch wenn die beiden eigentlich nur den Auftrag hatten, die Situation von dem Haupteingang zu beobachten, würden sie jetzt den Schutz von Hansen übernehmen müssen. Erst einmal musste er aus der vorhandenen Situation das Beste machen. Mit Hansen würde er später reden. Was bildete sich dieser Wichtigtuer überhaupt ein?

Als Nächstes rief er Ullmann an. Das Ganze sah danach aus, als hätte jemand die Sicherheitsinteressen dem guten Auftritt untergeordnet. Wenn er mit seiner Einschätzung richtig lag, dann würde ihm der Pressefuzzi von Hansen sagen können, wie es weitergehen würde. Bereits nach dem zweiten Klingeln erklang ein ebenso selbstbewusstes wie leicht gehetztes »Ullmann« am Telefon. »Hallo Herr Ullmann, hier spricht Kotowski. Ich leite die Personenschutzgruppe von Hansen, die sich seit heute Abend um ihn kümmert. Ich bin stinksauer, weil der Bursche statt in die Tiefgarage vor den Haupteingang gefahren ist und jetzt will ich von Ihnen wissen, was er als Nächstes vorhat. Wenn ich nicht weiß, wo er hinwill, kann ich auch keine Vorbereitungen treffen und das heißt dann, dass ich ihn nicht richtig beschützen kann.«

Ullmann ignorierte das Gemecker Kotowskis, skizzierte ihm in wenigen Sätzen den weiteren Ablauf und legte dann, nach dem kurzen Hinweis, dass er sich jetzt um die Presse kümmern müsse, auf, ohne Kotowski die Gelegenheit für eine Nachfrage gegeben zu haben.

Kotowski hatte vier Zweierteams zur Verfügung. Ein Zweierteam wartete im Saal, beobachtete die Stimmung und sollte lediglich im Ernstfall eingreifen. Ein zweites Team war mit dem gleichen Auftrag im Außenbereich des Eingangs zur Parteizentrale stationiert. Team Saal und Team Außen waren für den Laien nicht zu erkennen, denn die drei Männer und die eine Frau dieser beiden Teams wiesen sich äußerlich durch nichts als Polizisten aus. Das dritte Team wartete in der Tiefgarage, um sie zum einen zu sichern und zum anderen Hansen beim Hineingehen zu begleiten. Das vierte Team saß in dem Wagen, der sich bereits bei der Abfahrt in Zehlendorf an Hansens Fersen geheftet hatte und in dem Kotowski in aller Eile überlegte, wie er mit der geänderten Situation umgehen sollte.

Dann gab er den vier Teams seine Anweisungen: »Team Außen zieht die Leibchen über, geht so dicht wie möglich ran an den Wagen und nimmt Hansen in die Mitte. Achtung: Die Parteihelfer wollen ihm mit Hilfe der Frankfurter Gitter einen Gang vom Wagen bis zum Haupteingang freihalten. Solange das gelingt, bitte zwei Meter Abstand zu Hansen halten. Er soll den Solo-Auftritt bekommen, den er unbedingt will. Team Innen geht ihm jetzt so weit wie möglich entgegen. Spätestens, wenn Hansen durch den Haupteingang nach drinnen geht, will ich wieder vier Leute direkt an ihm dran haben. Drinnen ist es brechend voll. Ihr zieht auch die Leibchen an, damit Hansen überhaupt merkt, dass ihr für ihn da seid.« Auch wenn es seinen Leuten nicht gefiel, würden sie sich die aus dünnem grünen Stoff bestehenden Leibchen überziehen. Die Dinger, die keinen richtigen Namen hatten, sahen so ähnlich aus wie die zu kurzen Trägershirts, die Leichtathleten trugen, auf denen der Name des Sponsors und die Startnummer des Läufers standen. Nur dass in diesem Fall vorn und hinten auf grünem Grund groß das Wort POLIZEI prangte. »Marianne und Lukas, ihr verlasst die Tiefgarage, stellt euch an die beiden seitlichen Enden der Bühne und behaltet den Saal im Auge. Und ihr«, dabei drehte er sich um und blickte nach hinten zu den beiden Mitgliedern des vierten Teams, »behaltet hier draußen das Umfeld im Auge.« Dabei sah er die Enttäuschung in den Gesichtern dieser beiden, denn kein Personenschützer der Welt möchte draußen vor dem Haupteingang postiert werden, wenn drinnen gerade der künftige Regierungschef eine Stunde nach der Wahl seine erste Rede hält.

Kaum blickte Kotowski wieder nach vorn, sah er den Wagen von Hansen anhalten. Hansen stieg aus und rechts und links von ihm standen zwei strahlende junge Wahlhelfer. Die professionelle Vorbereitung dieser Ankunftssituation nötigte Kotowski Respekt ab, zumal er von Ullmann wusste, dass Hansen sich tatsächlich erst kurzfristig dafür entschieden hatte, auf diesem Weg das Gebäude zu betreten. Kaum hatte der Wagen gehalten, drängten sich an beiden Seiten die Schaulustigen an den aufgestellten Gittern, zwischen denen eine gut vier Meter breite und etwa fünfzehn Meter lange Gasse frei blieb. Rund fünf Meter von Hansen entfernt hatten sich mehrere Wahlkampfhelfer untergehakt und bildeten so innerhalb der Gitter-Gasse eine bewegliche Trennwand zwischen Hansen einerseits und den zahlreichen Fernsehteams und Fotografen andererseits.

Diese lächelnde Trennwand sorgte auf ebenso charmante wie entschlossene Art und Weise dafür, dass die Presse auf Abstand gehalten wurde, was im Ergebnis allen zugutekam. Denn um heute Abend vernünftige Fernsehbilder und Fotos zu bekommen, musste die Fernsehmeute etwas auf Distanz gehalten werden. Im dichten Gedränge würde es niemandem gelingen ein gutes Fotos zu machen. Weil alle Beteiligten dies wussten, wurde diese »beweglichen Trennwand« akzeptiert. An einem Ende der Trennwand stand Ullmann, der die Aufgabe des Regisseurs übernommen hatte. Kaum war Hansen ausgestiegen, klickten unaufhörlich Fotoapparate. Hansen blieb lächelnd und gelegentlich winkend vor seinem Wagen stehen. Kotowski war gespannt, wie es nun weitergehen würde. Nach rund zwei Minuten gab Ullmann den Leuten in der »Trennwand« ein kurzes Kommando und sie gingen, immer noch untergehakt, langsam in Richtung Haupteingang und machten so den Weg frei.

Für Hansen war dies das Signal, sich ebenfalls in Richtung Haupteingang zu bewegen. So stellte er sicher, dass der Abstand zwischen ihm und den Journalisten in etwa gleich blieb und den Fernsehzuschauern zu Hause an den Bildschirmen schöne Bilder des strahlenden Siegers präsentiert wurden. Nach wenigen Minuten hatte diese kleine Prozession den Haupteingang erreicht. Es kam nun doch zu etwas Gedrängel und Geschubse, denn die rückwärtsgehenden Kameraleute und Fotografen passten nicht alle gleichzeitig durch die Tür.

Zu Kotowskis Erleichterung wartete das Innenteam nun an der Tür auf Hansen. Die vier Personenschützer nahmen ihn in ihre Mitte und so ging es durch den Haupteingang und weiter durch den Saal. Kaum hatten seine Parteifreunde Hansen erkannt, brandete Applaus auf und Hansen wurde, während er durch den Saal ging, von allen Seiten gelobt, Hände streckten sich ihm entgegen und Dankesrufe erschollen. Sie waren ihm wirklich dankbar, dass er sie aus der Opposition zurück in die Regierung geführt hatte.

Zehn nach sieben verschwand Hansen durch die Seitentür, an der Ullmann ihn erwartet hatte. In dem kleinen Sitzungssaal neben der Bühne waren ein kleines Buffet und mehrere Fernseher aufgebaut. Hier saßen einige Vertraute von Hansen und hatten die Ankunft ihres Chefs im Fernsehen beobachtet. Sie waren begeistert. Es war so gelaufen, wie Hansen es kurz vorher mit Ullmann besprochen hatte. Kaum hatten die heute-Nachrichten um sieben begonnen, wurde zur CKP-Parteizentrale geschaltet. Es waren tolle Bilder! Der Wagen der siegreichen Kandidaten fuhr vor und zwei junge Leute in den orangenen T-Shirts stellten sich neben den Wagen und strahlten um die Wette in die Fernsehkameras. Die Botschaft war eindeutig: Der neue Kanzler wird ein Kanzler der Zukunft sein, denn die Jugend steht hinter ihm. Dann ging die Wagentür auf und Hansen stellte sich zwischen die beiden und winkte und zeigte sein brillantes Lächeln, in dem sich Zufriedenheit und Optimismus paarten, ohne überheblich oder arrogant zu wirken. Dazu das weiße Hemd mit der seriösen Krawatte einerseits und andererseits das fehlende Jackett und die aufgekrempelten Ärmel des zupackenden Machers.

Michaela Schreuner schaltete um und fand Hansen auf N24 wieder. Man sah, wie er sich langsam der Bühne näherte und dabei rechts und links Hände schüttelte und die Parteifreunde anlächelte. Dabei war er von einigen Polizisten umringt, die so komische grüne Dinger über ihrer Zivilkleidung trugen, auf denen groß das Wort POLIZEI stand. Routiniert nahm sie sich ihr kleines rotes Notizbuch und schrieb sich die Frage auf, warum die Polizei nicht etwas zurückhaltender aufgetreten sei.

Michaela Schreuner war seit sechzehn Jahren die engste Mitarbeiterin von Hansen und sein heutiger Wahlsieg war zu einem guten Teil auch ihr Verdienst. Als seine Büroleiterin wurde sie ebenso häufig unterschätzt wie übersehen. Doch das störte sie nicht. Sie brauchte, anders als Hansen, keinerlei öffentliche Anerkennung. Im Gegenteil. Sie blieb gern im Hintergrund. Es wäre ihr ein Graus, wenn sie gleich auf die Bühne müsste, um zu den Parteifreunden und der Presse zu sprechen. Sie war das Nadelöhr, durch das man musste, wenn man zu Hansen wollte. Sie war bei jeder Besprechung, die für die politische und persönliche Weiterentwicklung von Hansen wichtig war, dabei. Als Beobachterin und als Ratgeberin. Ihr kam die Rolle zu, Hansen auf seine Schwächen hinzuweisen. Dies konnte sie nur deshalb machen, weil Hansen mit absoluter Sicherheit wusste, dass sie keine eigenen politischen Ambitionen hatte. Und nachdem sie, kurz nach Beginn ihrer Zusammenarbeit auf einer Auslandsreise, mehr versehentlich zusammen im Bett gelandet waren, war auch dieses Thema zwischen ihnen geregelt. Michaela Schreuner war schlau und hatte ein gutes Gespür für Menschen. Kühl erledigte sie in Hansens Auftrag auch die unangenehmsten Anrufe. Mit anderen Worten: Sie war die ideale Ergänzung zu Hansen.

Neben Michaela Schreuner saß Hermann Triller, der ebenfalls eine zentrale Rolle bei Hansens Aufstieg gespielt hatte. Er war zwar erst nach der Wahl von Hansen zum Parteivorsitzenden zu seinem Vertrauten geworden, hatte aber bei der heute zu Ende gehenden Wahlkampagne eine entscheidende Rolle gespielt. Denn wenn er den Wahlkampf der letzten Monate auch nicht offiziell geleitet hatte, so war doch jedem im Umfeld der Parteiführung klar, dass er der strategische Kopf dahinter war. Neben seiner strategischen Kompetenz hatte er noch eine zweite Eigenschaft, die ihn für Hansen so wertvoll machte: Es machte ihm Spaß, die ihm gegebene Macht auszuleben und im Einsatz für die Interessen Hansens auf ganz verschiedene Art und Weise zu nutzen. Hansen wollte gar nicht so genau wissen, wie Triller manchmal seine Ziele erreicht hatte. Aber er nutzte dessen Durchsetzungskraft gern.

Das offene, fast kindliche Lächeln, mit dem Hermann Triller einen gerne ansah, lud dazu ein, diesem Mann Freundlichkeit oder gar ein gutes Herz zu unterstellen. Seine Körperfülle und das runde Gesicht mit dem gepflegten Vollbart deuteten auf einen gemütlichen Mann hin, der lieber über die Wahl der nächsten Mahlzeit nachdachte als über die nächste Bundestagswahl. Wer jedoch bei ihm auf die vermeintlichen Eigenschaften Freundlichkeit und Gemütlichkeit oder gar ein gutes Herz angewiesen war, spürte meist ziemlich schnell, dass er über diese nicht verfügte. Ihn trieb die Lust an der Macht und er genoss es, Teil dieses mächtigen Apparates zu sein. Und er war bereit, für den Erhalt dieser Macht sehr weit zu gehen.

Hermann Triller war in Bochum aufgewachsen. Damals war die Stadt nicht schöner als heute, aber noch auf dem aufsteigenden Ast. Das Sagen hatten die Industriebetriebe wie Opel und Krupp und natürlich die Bergleute. Ohne die »Kumpels« ging nichts. Das Bindeglied zwischen den verschiedenen Interessengruppen waren für die, die mit ihrer Hände Arbeit für ihr Einkommen sorgen mussten, die Gewerkschaften. Für die, die ihren Besitz und ihre Geschäfte nur noch zu organisieren und zu leiten hatten, war dies der Botary-Club. Dass die Gerechte Partei Deutschland, kurz GPD, vom Bürgermeister bis zum Ministerpräsidenten alle wichtigen politischen Amtsträger stellte, war fast schon zwangsläufig.

Solange die Gewerkschaften ihren Mitgliedern stets rechtzeitig die richtige Wahlempfehlung gaben und im Gegenzug die regierende GPD dafür sorgte, dass die Gewerkschaftsinteressen ausreichend berücksichtigt wurden, lief das System für alle Beteiligten gut. Denn die Gerechtdemokraten waren trotz ihrer Machtfülle in Stadt und Land so klug, bei der Vergabe lukrativer Posten in staatsnahen Betrieben und Einrichtungen auch die Vertreter der konservativen Partei angemessen zu berücksichtigen. Richtiger Widerstand kam so gar nicht erst auf. Das Schmiermittel, damit es in diesem komplizierten Geflecht aus Interessengruppen, Subventionsbedürfnissen und Wählerstimmen rund lief und nirgendwo hakte oder klemmte, waren Gefälligkeiten.

Hermann Triller hatte als Jugendlicher den Fehler gemacht, die Bedeutung dieses Geflechtes zu unterschätzen.

An dem ersten Tag seiner Ausbildung zum Maschinenschlosser wurde er mit 29 anderen Lehrlingen vom Meister begrüßt. Der hielt eine schwülstige Rede, in der viel über Handwerkerehre, Fleiß und Verlässlichkeit schwadroniert wurde. Dass man Teil einer großen Gemeinschaft sei. Von nun an würde man dazugehören und die alten und erfahrenen Gesellen und Meister würden gemeinsam mit den Jungen und Unerfahrenen für deren berechtigte Interessen kämpfen. Seit an Seit gehe man von nun an durch die Werkshalle und auch darüber hinaus sei keiner mehr allein.

Hermann Triller, den damals alle nur Manni nannten, wurde tatsächlich warm ums Herz. Er freute sich darauf, nun Teil dieser neuen Gemeinschaft zu sein. Mit klopfendem Herzen lauschte er den weiteren Ausführungen. Jetzt wurden die Namen aller neuen Lehrjungen aufgerufen und dazu eine Zahl genannt. Dies war die Nummer des Arbeitsplatzes, der einem zugewiesen wurde. In zwei langen Reihen standen auf jeder Seite fünfzehn Werkbänke. Es gab noch zwei weitere Hallen mit Werkbänken. Für jedes Lehrjahr eine eigene. Die Halle, in der sie jetzt waren, wurde kurz das »Stift« genannt. Allerdings nicht, weil hier im kirchlichen Sinne junge Menschen geläutert werden sollten (auch wenn manche Eltern hofften, dass man ihrem Sprössling an der Werkbank den Kopf zurechtstutzen würde), sondern weil Lehrlinge seinerzeit meist kurz »Stift« gerufen wurden. Die Wände des Stifts waren einst weiß getüncht worden, hatten aber zwischenzeitlich ein sattes Grau angenommen. Tageslicht hätte eigentlich durch die Fensterscheiben kommen sollen, die auf drei Metern Raumhöhe begannen und sich zwei Meter hoch bis kurz unter das Dach erstreckten. Allerdings waren sie so verdreckt, dass es ohne die großen runden Deckenleuchten bestenfalls Schummerlicht gegeben hätte. Aber zum Feilen, Löten und dem exakten Zuschnitt von dünnen Blechen mit der Blechschere – und etwas anderes machten die Stifte in ihrem ersten Lehrjahr kaum – brauchte man stets helles Licht. Das Leben als Stift lief Tag für Tag nach demselben Schema ab. Dies war deshalb eine Besonderheit, weil bis auf die Lehrlinge im ersten Lehrjahr ansonsten alle im Werk im Dreischichtbetrieb arbeiteten. Und im Dreischichtbetrieb gab es nur wenige Regelmäßigkeiten. Aber davon wusste Manni an seinem ersten Arbeitstag noch nichts.

Die Werkbänke wurden nach dem Alphabet vergeben, und so gelangte Manni zur Werkbank 22, und sein erster Wunsch hatte sich somit erfüllt. Da auf der linken Seite die Werkbänke 1 bis 15 standen und auf der rechten die mit den Nummern 16 bis 30, war er war ziemlich genau in der Mitte der großen Halle gelandet. Er war froh, nicht am Rand zu stehen. Er wollte mitten dabei sein. Nachdem alle Namen und Nummern verlesen waren, ging jeder an seine Werkbank.

Manni stand an der Werkbank 22 und bestaunte seinen Arbeitsplatz. Er war glücklich, nun einen ersten Schritt in die Erwachsenenwelt und damit in die Selbstständigkeit zu machen. Was ihm dabei gar nicht in den Sinn kam, war, sich näher mit dem Aufnahmeantrag in die Gewerkschaftsjugend zu befassen, der neben dem Werkzeug, dem Kittel und den Arbeitshandschuhen auf seiner Werkbank lag.

Die ersten Wochen verliefen unproblematisch. Manni ging morgens zur Arbeit, feilte, lötete und schnitt Bleche zurecht, die er dann noch mit einem kleinen Hämmerchen in die verschiedenen Formen brachte, so dass es dem Lehrgesellen eine Freude war. Nach einigen Wochen, Manni könnte selbst nicht mehr genau sagen, wann es war, sprach ihn der Lehrgeselle an, ob er denn den Aufnahmeantrag für die Gewerkschaft nicht gesehen hätte. Zwischen zwei Bissen seiner Mittagsstulle sagte er, dass er ihn gesehen habe, aber keine Gewerkschaft brauche. Ihm gehe es gut und er habe keine Probleme. Es folgten mehrere Gespräche, in denen Manni deutlich gemacht werden sollte, dass die Arbeiter sich organisieren müssten, weil sie den Arbeitgebern sonst ausgeliefert seien.

Zwei Wochen lang bearbeitete der Lehrgeselle Manni. »Wir brauchen jeden Mann. Wir können es uns nicht leisten, dass jemand fehlt. Wenn ein Neuer nicht mitmacht, dann merken dies die Arbeitgeber und dann versuchen sie einen Keil in die Arbeiterschaft zu treiben.« Oder so: »Du hast es der Gewerkschaft zu verdanken, dass auch wir Arbeiter einen anständigen Lohn bekommen und nicht alles allein in die Taschen der Großkapitalisten wandert.« Am Ende meinte er: »Wenn du nicht mitmachst, dann schwächst du die Gewerkschaftsbewegung. Das geht nicht. Denk noch einmal darüber nach. Wir kommen so gut miteinander aus, wir sind hier im Stift eine so gute Gemeinschaft. Es wäre schade, wenn sich daran etwas ändern würde.« Dabei legte er Manni seinen Arm vertrauensvoll auf die Schulter.

Manni hatte die Drohung, die in den freundlichen Worten mitschwang, nicht verstanden. Er dachte tatsächlich, dass sein Lehrgeselle sich um ihn, Manni, Gedanken machte. Deshalb war es absolut ehrlich gemeint, als er sich bei seinem Lehrgesellen für den guten Rat bedankte, um dann zu ergänzen, dass er mit seinem Lehrgeld so knapp sei, dass er sich die Mitgliedschaft in der Gewerkschaft gar nicht leisten könne – unabhängig davon, ob er mitmachen wolle oder nicht. Die Antwort des Lehrgesellen war eine Frage. Eine Frage, die Manni nie mehr vergaß: »Die Frage ist nicht, ob du dir die Mitgliedschaft in der Gewerkschaft leisten kannst. Die Frage ist, ob du es dir leisten kannst, nicht in der Gewerkschaft zu sein.«

Als Manni am folgenden Montag an seine Werkbank trat, lag dort der Aufnahmeantrag für die Gewerkschaft. Harald, sein Kollege von Werkbank 21, schaute erwartungsvoll zu ihm hinüber und sah mit großem Erstaunen, dass Manni den Aufnahmeantrag einfach und ohne weiter darüber nachzudenken in den Mülleimer rechts neben seine Werkbank warf.

Er mochte Manni und er wollte nicht, dass er Probleme bekam. Deshalb bückte er sich, holte den Aufnahmeantrag aus dem Mülleimer heraus und legte ihn Manni wieder hin. »Mensch Manni, du Idiot. Was soll das? Warum machst du so einen Scheiß? Du weißt doch, dass du Ärger bekommst, wenn du da nicht mitmachst?« Und in sein Unverständnis mischte sich auch Wut über die Dummheit und Halsstarrigkeit seines Kollegen.

Manni wiegelte ab, sagte, dass man es doch auch wirklich übertreiben könne und dass er ja verstehe, dass einige sich mit großem Engagement für ihre Sache einsetzen würden. Aber irgendwann würden die schon kapieren, dass er nicht in die Gewerkschaft wolle, und nun habe er auch keine Lust mehr, über das Thema zu reden.

Eine Woche lang war Ruhe. Dann war Werkzeugkontrolle. Alle paar Tage gab es eine Kontrolle des Arbeitsplatzes und der Werkzeuge. Alles musste sauber und ordentlich gepflegt an seinem Platz sein. Ganz am Anfang hatten zwei der neuen Stifte das nicht ernst genug genommen. Die übliche Strafe für einen ungepflegten Arbeitsplatz war es, dass man abends die gesamte Werkshalle allein ausfegen musste. Eine Arbeit, die normalerweise von drei Stiften gleichzeitig gemacht wurde und mit der man eigentlich nur alle zwei bis drei Wochen dran war. Dies hatte dazu geführt, dass mittlerweile alle Arbeitsplätze stets sauber und ordentlich gehalten wurden und schon seit Wochen niemand mehr abends alleine in der Werkhalle fegen musste.

An diesem Montag wies die Blechschere von Manni eine tiefe Kerbe auf. Der Lehrgeselle tobte und Manni wurde blass. Er konnte sich das nicht erklären. Die lautstarke Moralpredigt über den Wert des Werkzeuges, über seine Undankbarkeit gegenüber der Firma, die ihm, der keine Ahnung habe, Zeit und Geld opferte, damit er etwas lernte, brach wie ein Gewittersturm über ihn herein. Verzweifelt suchte er einen aufmunternden Blick seiner Kollegen, die aber alle betreten zu Boden schauten. Er machte einen zaghaften Versuch, sich zu verteidigen. Es war sinnlos. Wie der gut 20-jährige Lehrgeselle auf den eingeschüchterten 15-jährigen Manni einbrüllte, dabei konnte einem angst und bange werden. Die Behauptung, dass er die Schere nicht kaputtgemacht habe und auch nicht wisse, wie das gekommen sei, machte alles nur noch schlimmer.

»Du wirst heute das Stift ausfegen, weil dein Werkzeug nicht in Ordnung ist. Du wirst morgen hier ausfegen, weil du deinen Fehler nicht zugibst und versuchst, einem Dritten die Schuld zu geben. Und wenn am nächsten Montag die Kerbe nicht sauber ausgefeilt ist, wirst du so lange das Stift fegen, bis auch das erledigt ist.«

Manni kochte vor Wut, aber er arbeitete seine Strafe gewissenhaft ab. Er überlegte an den beiden langen Abenden, die er allein mit dem Besen im Stift zubrachte, wie die Blechschere kaputtgegangen sein könnte. Und auch, als er am Mittwoch länger bleiben musste, um außerhalb seiner Arbeitszeit so lange an der Blechschere zu feilen, bis er wieder einwandfrei mit ihr arbeiten konnte, dachte er darüber nach. Dass jemand anderes seine Schere mit Absicht beschädigt haben könnte, auf den Gedanken kam er noch nicht.

Am Montag wurde seine Blechschere kontrolliert und alles war in Ordnung. Der Lehrgeselle klopfte ihm sogar anerkennend auf die Schulter, denn es sei wirklich nicht leicht, eine so tiefe Kerbe so sauber auszufeilen.

Am Dienstag lag auf seiner Werkbank erneut ein Aufnahmeantrag für die Gewerkschaft. Manni warf ihn genervt weg. Ein paar Tage später war wieder Arbeitsplatzkontrolle. Als er die große Schublade unter seiner Werkbank aufzog, lag darin sein zusammengeknülltes, fettiges Butterbrotpapier. Manni war sich sicher, dass er es nach der Frühstückspause in den Mülleimer am Ende des Stifts geworfen hatte. Er konnte sich das nicht erklären. Und auch gegenüber seinem Lehrgesellen sagte er nichts. Denn mittlerweile hatte er verstanden, dass es nur noch schlimmer wurde, wenn man den Mund zu seiner Verteidigung aufmachte. Entscheidend war, dass der eigene Arbeitsplatz nicht in Ordnung war. Warum das so war, interessierte den Lehrgesellen nicht. Manni wurde vor der versammelten Mannschaft zurechtgewiesen, dass die Werkbank kein Mülleimer sei und dass er die Gelegenheit bekäme, heute Abend beim Ausfegen des Stifts in Ruhe darüber nachzudenken, wo denn wohl der richtige Platz für seinen Abfall wäre.

Von nun an überprüfte Manni vor jeder Arbeitsplatzkontrolle penibel seine Werkbank und sein Werkzeug. Immer wenn sich der Lehrgeselle näherte, wurde Manni nervös. Er hatte Angst, wieder etwas übersehen zu haben. Er fand es zwar merkwürdig, dass bei ihm so häufig etwas nicht in Ordnung war, aber in seiner Naivität hatte er noch nicht gemerkt, dass ihm offensichtlich jemand schaden wollte. Dass merkte er erst einige Wochen später.

Es war ein Montag im November, als außerhalb der üblichen Abläufe eine Kontrolle stattfand. Diesmal war es eine Werkzeugkontrolle. Alle Werkzeuge mussten sauber und ordentlich auf die Werkbank gelegt werden und die Stifte hatten sich neben ihre Werkbänke zu stellen. Es herrschte eine gespannte Ruhe, als der Lehrgeselle beim Arbeitsplatz Nummer 1 anfing und sich Stück für Stück vorarbeitete. An jeder Werkbank machte er einen Kommentar, der laut und deutlich in der gesamten Werkshalle zu verstehen war. Mal lobte er die Schärfe einer Klinge, mal tadelte er den Dreck auf der Arbeitsfläche. Aber insgesamt war der Lehrgeselle wohlwollend und freundlich. Es hatte auch schon Kontrollen gegeben, die in einer ganz anderen Stimmung abgelaufen waren. Manni war nun seit fast fünf Monaten dabei so nervös, dass er einfach alle seine Werkzeuge nahm und auf die Werkbank legte und dabei nicht merkte, dass etwas fehlte. Als der Lehrgeselle dann schließlich vor ihm stand, hatte Manni bereits feuchte Hände vor Aufregung.

»So Manni, dann mach mal deine Schublade auf. Wir wollen doch mal sehen, ob du gelernt hast, den Mülleimer zu benutzen«, sagte der Lehrgeselle. Manni lächelte gequält und in die gespannte Ruhe in der Werkshalle mischte sich vereinzelt Gelächter. Es war deutlich zu spüren, dass die Situation zumindest Einzelnen in der Halle Freude bereitete. Manni zog die Schublade auf, der Lehrgeselle schaute hinein und hatte nichts zu beanstanden. Er nahm die Schublehre in die Hand und betrachtete sie genau. Dann die Blechschere mit der ausgefeilten Scharte. Er kontrollierte die Arbeitshandschuhe und die verschiedenen Feilen. Er hatte nichts zu beanstanden. »Na, Manni, das sieht ja alles gut aus.« Der Blick des Lehrgesellen begann bereits zur Werkbank Nummer 23 abzuschweifen. Als Manni gerade anfing sich zu entspannen, schaute er noch einmal auf Mannis Werkbank und fragte: »Wo ist denn der kleine Hammer?«

Manni schaute auf das vor ihm ausgebreitete Werkzeug und konnte nicht glauben, dass er nicht dalag. »Ich, äh, eben war er noch da. Ich habe doch heute Vormittag noch damit gearbeitet. Er war ganz bestimmt eben noch …« Doch weiter kam er nicht. Der Lehrgeselle fiel ihm ins Wort und schrie ihn in einer Lautstärke an, dass man es vermutlich auch jenseits des Stiftes noch hören konnte. »Du willst mal ein richtiger Facharbeiter werden? Jemand, auf den man sich verlassen kann? Jemand, den der Meister schicken kann, wenn es darum geht, ein Problem zu lösen? Du willst, dass die Kollegen sich auf dich verlassen? Du willst, dass man hier mal sagt, der Manni, der macht das schon, auf den können wir uns verlassen? Du bist ja nicht einmal in der Lage, dein Werkzeug und deinen Arbeitsplatz vernünftig zu pflegen und nun hast du auch noch deinen Hammer verschlampt. Du solltest dir gut überlegen, ob die Werkbank der richtige Ort für dich ist, ob du wirklich hierhergehörst!« Manni schossen die Tränen in die Augen. Der Lehrgeselle kehrte ihm nun den Rücken zu und machte mit dem nächsten Stift weiter. Er drehte sich noch einmal kurz um und sagte dann leise zu ihm: »Du wirst diese Woche viel Zeit haben, beim Ausfegen des Stiftes darüber nachzudenken, ob in dieser Halle der richtige Platz für dich ist.« Dann, wieder lauter: »In dieser Woche wird Manni sich allein um das Ausfegen des Stiftes kümmern.«

Kreidebleich stand Manni noch so lange an seiner Werkbank, bis auch der Letzte in der Halle kontrolliert worden war. Dann war Mittagspause. Alle schnappten sich ihre Taschen, um vor der Werkshalle in der Herbstsonne ihre mitgebrachten Stullen zu essen. Manni hatte sich in eine Ecke des Vorplatzes zurückgezogen und starrte vor sich auf den Fußboden.

Nach der Pause trat er an seine Werkbank und wollte ebenso wie seine Kameraden sein Werkzeug, das von der Kontrolle noch auf seiner Werkbank ausgebreitet lag, wegräumen. Er öffnete die Schublade, um es hineinzulegen. Da lag der Hammer. Und daneben ein Aufnahmeantrag für die Gewerkschaft. Manni wurde es heiß und kalt gleichzeitig. Konnte es sein, dass jemand mit Absicht seine Schere kaputtgemacht hatte, weil er nicht in die Gewerkschaft eingetreten war? Hatte jemand sein dreckiges Butterbrotpapier in die Schublade gelegt, um ihn vorzuführen? Und die anderen Dinge, die schiefgegangen waren? Und jetzt die Sache mit dem Hammer. Aus der Frage wurde bittere Erkenntnis: Es konnte kein Zufall sein, dass immer dann, wenn eine Kontrolle stattfand, ob angekündigt oder überraschend, bei ihm etwas nicht stimmte. Es musste der Lehrgeselle sein, der versuchte, ihn fertigzumachen und dabei unterstützte ihn mindestens einer seiner Kameraden. Manni rauschte vor Aufregung und Wut das Blut in den Ohren, aber sein Verstand arbeitete klar und präzise. Trotz seiner jungen Jahre traf er in diesem Moment zwei für sein Leben wichtige Richtungsentscheidungen: Zum einen würde er niemals in eine Gewerkschaft eintreten. Sollten sie ihm das Leben auch schwer machen wollen, er würde sich nicht unterkriegen lassen. Die zweite wichtige Entscheidung traf er gar nicht bewusst: Er wurde ein extrem nachtragender Mensch. Er würde es den Gewerkschaften nicht verzeihen, dass sie ihn, einen jungen Burschen in der Lehre, mit so miesen Methoden dazu bringen wollten, bei ihnen mitzumachen. Er würde es ihnen heimzahlen. Ihm war selbst in dem Moment großer Wut bewusst, dass es noch Jahre, wenn nicht sogar Jahrzehnte dauern würde, bis er dazu die Gelegenheit bekommen würde. Aber er würde das nicht vergessen.

Er war zum ersten Mal in seinem Leben von einem übermächtigen Gegner angegriffen worden, dem er nichts entgegenzusetzen hatte. Aber seine Zeit würde kommen. Da war er sich bereits damals sicher.

Und jetzt, 33 Jahre später, eine gute Stunde nach dem Schließen der Wahllokale, wusste er, dass seine Zeit nun kommen würde. Als zukünftiger Chef des Bundeskanzleramtes würde es seine Aufgabe werden, dem Bundeskanzler den Rücken freizuhalten, politische Initiativen zwischen den einzelnen Fachministerien zu koordinieren und dafür zu sorgen, dass der politische Wunsch des Bundeskanzlers politische Realität würde. Dabei würde er im innersten Führungszirkel mit darüber entscheiden, für welche Themen und Vorhaben sich der Bundeskanzler starkmachte und für welche nicht. Triller dachte für einen kurzen Augenblick an die schweren Jahre in der Werkshalle zurück und lächelte bei dem Gedanken an die ersten Kontakte mit Gewerkschaftsvertretern stillvergnügt in sich hinein. Die Tatsache, dass er diesen Groll stets tief in seinem Herzen verborgen gehalten hatte und nicht einmal Hansen etwas davon wusste, würde es ihm leichter machen, im alltäglichen Regierungsgeschäft seine Aversion gegen alles Gewerkschaftliche auszuleben.

Hansen betrat mit einem breiten Lächeln das Hinterzimmer und umarmte seine Frau, die durch die Tiefgarage gekommen war, um dem Getümmel zu entgehen. Christiane Hansen unterstütze ihren Mann aus voller Überzeugung und mit großer Leidenschaft. Doch sie hasste es, sich durch Menschenmassen zu drängeln und von den Kameraaugen beobachtet zu werden. Kaum trennten sich die Lippen ihres Mannes von ihren, war sie in Gedanken bei all den repräsentativen Terminen, vor denen sie sich als Kanzlergattin künftig kaum würde drücken können. Doch dann wischte sie den Gedanken beiseite und freute sich im Hier und Jetzt über den Wahlsieg.

Paul Ullmann, sein langjähriger Pressesprecher und künftiger Regierungssprecher, war als Nächster an der Reihe. Doch statt ihn ebenfalls zu umarmen, ließen die beiden ihre leicht erhobenen Hände so aufeinander klatschen, wie es auch Sportler nach einem Sieg gern machen. Dabei lachten sie sich an und sahen in ihren Gesichtern die gegenseitige Anerkennung zweier Menschen, die wissen, dass sie ohne den jeweils anderen kaum da wären, wo sie jetzt gerade waren und die sich darauf verlassen können, dass dieser Weg auch gemeinsam fortgesetzt werden wird.

Den Abschluss in dieser Begrüßungsrunde bildeten Hermann Triller und Michaela Schreuner, denen gegenüber Hansen nicht weniger begeistert, aber in der Form etwas zurückhaltender, per Handschlag seine Begeisterung über den Moment ausdrückte.

Leon Hansen schaute in die Runde und sagte: »Wir fünf haben es gemeinsam geschafft, die CKP zurück an die Regierung zu führen. Dass ich heute hier stehe und gleich als zukünftiger Bundeskanzler durch diese Tür gehen kann«, wobei er auf den Zugang zur Bühne zeigte, vor der sich mittlerweile 32 Fernsehteams aus aller Welt aufgebaut hatten, »habe ich vor allem euch zu verdanken. Und ich hoffe und bitte darum, dass wir diese enge und vertrauensvolle Zusammenarbeit auch in Zukunft fortsetzen werden. So, und jetzt muss ich raus auf die Bühne, damit die ARD gleich in der Tagesschau von meiner Dankesrede berichten kann.« Er grinste, aber in dem Moment, in dem er sein Gesicht in Richtung Saal wandte, setzte er einen zwar fröhlichen, aber mit dem notwendigen Ernst versehenen Gesichtsausdruck auf.

Wenige Augenblicke später hörte man in dem Hinterzimmer, wie vorn im Saal tosender Beifall losbrach, der bereits nach wenigen Momenten in rhythmisches Klatschen und gleichförmige Hansen-Hansen-Rufe überging. Nur Ullmann war mit rausgekommen, hatte sich aber ganz an den Rand der Bühne geschoben, von wo aus er der Dankesrede Hansens lauschte. Es waren die immer gleichen Sätze vom »Dank für das große Engagement«, dass wir »alle gemeinsam« gewonnen hätten und dass nun »harte Arbeit« auf uns warte. Ullmann hatte sie schon dutzendfach gehört. Aber diesmal fand er es überhaupt nicht langweilig.

Gut zwei Stunden und unzähliges Händeschütteln, Schulterklopfen und einen Fernsehauftritt in der »Elefantenrunde« später kamen die fünf wieder in dem kleinen Seitenraum zusammen. Hansens Frau setzte sich ein wenig abseits.

Hansen gönnte sich erschöpft ein großes Bier, von dem er jeden Tropfen genoss. Denn eines war selbstverständlich und er würde sich als Bundeskanzler daran gewöhnen müssen: Da sein Arbeitstag länger war als der jedes anderen, musste er auch länger fit sein als jeder andere. Übermäßigen oder zu früh am Tag genossenen Alkohol verbot er sich daher selbst.

Hansen schaute lachend in die kleine Runde und prostete seinen drei Mitarbeitern zu. »Wir müssen jetzt eine Regierung bilden! Wir haben es geschafft und jetzt sind wir dran! Und«, er schaute zu Hermann Triller, »freust du dich darauf, das Bundeskanzleramt als mein Kanzleramtsminister organisatorisch zu leiten? Du wirst mein Seismograf zu den anderen Ministerien und so der oberste Manager der Bundesregierung sein!«

Triller schaute Hansen mit einem zufriedenen Lächeln an und hob das Glas in seine Richtung. Nun wandte Hansen sich an Schreuner: »Was Hermann für die Bundesregierung ist, wirst du für mich sein. Du wirst meine oberste Managerin und gleichzeitig mein Vorposten sein, an dem jeder vorbei muss, der zu mir möchte. Ein Kanzlerbüro, in dem ich bin, ohne dass du im Nachbarbüro sitzt, kann und will ich mir nicht vorstellen!« Ohne eine Reaktion abzuwarten, blickte er schließlich zu Ullmann: »Paul, du hältst weiterhin für mich die Presse in Schach! Als Regierungssprecher wirst du sowohl mich als auch die gesamte Bundesregierung gegenüber den Medien vertreten. Dir wird das Bundespresseamt mit seinen 450 Mitarbeitern unterstehen und selbstverständlich bist du auch bei jeder Kabinettssitzung mit dabei.«

Er schaute die drei nacheinander an und sagte: »Und seid ihr jetzt, wo wir gewonnen haben, immer noch dabei?« Dann lachten sie alle vier zusammen, berauscht von dem überwältigen Gefühl, die Wahl gewonnen zu haben und bald an den zentralen Schaltstellen der Macht zu sitzen.

Angesichts der anstehenden Aufgaben gönnten sie sich nur eine Viertelstunde der Ausgelassenheit. Dann schaute Hansen auf die Uhr und sagte: »Ich habe noch unseren offiziellen Wahlkampfleiter Heiner Mertes für halb elf hierhergebeten.«

Sie alle kannten selbstverständlich den Bundesgeschäftsführer, der schon lange zum Umfeld des Parteivorsitzenden Hansen gehörte. Schließlich hatte er bereits auf Kreisverbands- und Landesebene für Hansen gearbeitet. Im Wahlkampf hatten er und Ullmann gemeinsam die Kampagne geführt, wobei Ullmann den Schwerpunkt bei den Terminen mit Hansen hatte, während Mertes für die allgemeine Wahlkampforganisation zuständig gewesen war. Nachdem er angeklopft hatte, betrat Heiner Mertes den Raum. Ihm folgte ein Sicherheitsbeamter des BKA. Da der intensive Personenschutz für Hansen noch neu war, gab es noch nicht genügend Beamte, die sicher wussten, wen man unbesehen zu ihrer Schutzperson durchlassen konnte und auf wen man lieber ein Auge haben sollte. Also schaute der BKA-Mann fragend an Mertes vorbei und erst als Hansen kurz nickte, verließ er den Raum wieder.

Hansen, den Mertes bereits vor zwei Stunden bei seinem Rundgang durch den großen Saal umarmt und dem er gratuliert hatte, begrüßte Mertes noch einmal in der Runde und erläuterte ihm knapp, welches die künftigen Aufgaben von Triller, Schreuner und Ullmann sein würden.

Mertes freute sich, in dieser Runde dabei zu sein. Allerdings versetzte es ihm einen kleinen Stich, als ihm klar wurde, dass sich die anderen heute bereits schon einmal ohne ihn getroffen hatten.

Dann sagte Hansen zu den drei anderen gewandt: »Heiner wird auch künftig mein wichtigster Kontakt in die Partei sein.

So wie du, lieber Hermann, für mich als Bundeskanzler das Kanzleramt und die Bundesregierung managen wirst, so wird Heiner für mich in meiner Funktion als Parteivorsitzender weiterhin die Parteizentrale und die einzelnen Bereiche der Partei managen. Ihr vier seid das Herz des neuen Regierungsapparates. Lasst uns darauf anstoßen und dann mit der Arbeit beginnen.«

Es lag etwas Feierliches in der Luft, und Christiane Hansen, die sich die ganze Zeit über still verhalten hatte, dachte dabei an das alte Sprichwort, dass jedem Anfang ein Zauber innewohnt. Sie hoffte dabei inständig, dass dieser Zauber, wenn er denn dann über kurz oder lang verfliegen würde, keiner allzu ungemütlichen Realität Platz machen würde. Denn in einem war sie sich sicher: Der Alltag mit einem Ehemann, der gleichzeitig Bundeskanzler war, würde nicht einfach sein.

Nachdem die Gläser geleert waren und eine Kanne mit frischem Kaffee und ein Tablett mit belegten Brötchen gebracht worden war, begannen die fünf Mitstreiter die anstehenden Arbeiten zu verteilen. Christiane Hansen ging derweil in den Saal und genoss jetzt, wo es etwas leerer geworden war und die Fernsehkameras abgebaut waren, die ausgelassene Siegesstimmung.

»Wir stehen«, so Hansen, »jetzt vor der großen Herausforderung, die Koalitionsverhandlungen zügig zu führen und dabei den Eindruck zu erzeugen, dass die CKP als die neue Kraft an der Regierung rasch und zupackend handelt, ohne vorschnell oder oberflächlich zu sein. Gleichzeitig müssen wir uns gut aufstellen und zu günstigen Ergebnissen kommen.« Nachdem sie gut eine Stunde lang die anstehenden Aufgaben durchgesprochen hatten, fasste Hansen noch einmal zusammen: »Heiner macht aus dem Wahlkampfbüro das Organisationsbüro für die Koalitionsgespräche.« Dann schaute er ihn direkt an und fuhr fort: »Du wirst für die CKP der zentrale organisatorische Verhandlungsleiter. Darüber hinaus erstellst du für mich eine vertrauliche Liste mit den Personen, die wir rechtzeitig einbinden müssen – entweder, weil sie inhaltlich wirklich etwas zu sagen haben oder weil wir sie mit einem Regierungsamt ruhigstellen müssen.«

Hansen nahm einen Schluck Kaffee und wandte sich an Paul, den künftigen Regierungssprecher: »Du stellst den regelmäßigen Informationsfluss an die Journalisten sicher. Je besser die sich von uns informiert fühlen, desto eher werden sie uns glauben und unsere Sicht der Dinge berichten. Bitte achte darauf, dass wir auch bei großer Hektik und großem Zeitdruck immer wieder kleine Zeitfenster einbauen, in denen ich auch persönlich mit kleinen Journalistengruppen sprechen kann. Wenn ich mit denen rede, dann fällt es den Fortschrittlichen schwerer, ihre Sicht der Koalitionsverhandlungen in die Köpfe der Journalisten zu bringen.«

Den Blick in die Runde gerichtet fuhr er fort: »Wir müssen jetzt die Grundlage dafür legen, dass Probleme und Dinge, die wir nicht durchsetzen können, vor allem den äußeren Umständen und insbesondere der Verweigerungshaltung unseres Koalitionspartners zugeschrieben werden, ohne dass uns dies gleichzeitig als Schwäche ausgelegt werden wird. Auch wenn Paul als unser Pressemann in besonderem Maße dafür Sorge zu tragen hat, ist dies neben den inhaltlichen Zielen in den nächsten Wochen unsere wichtigste Aufgabe.«

Er ließ seinen Blick weiter wandern und sagte: »Hermann, du hältst dich bitte so weit wie möglich aus den Koalitionsverhandlungen raus.« Triller wollte gerade den Mund aufmachen, um, wenn nicht zu protestieren, so doch zumindest irritiert nachzufragen, warum er jetzt bei den entscheidenden Machtfragen ausgeschlossen sein sollte, doch da fuhr Hansen schon fort: »Das Kanzleramt wird die Herzkammer der Regierung sein. Und auch wenn vieles heute Abend noch nicht klar ist, ist eins doch sicher: Wir werden das Kanzleramt übernehmen. Und sobald wir da drinnen sind, will ich, dass der Laden läuft. Wir werden jetzt einige Wochen Koalitionsverhandlungen führen und diese Zeit wirst du nutzen, um die richtigen Leute für die vielen Jobs zu finden. Vor allem brauchen wir zahlreiche Staatssekretäre, Abteilungsleiter und Regierungsbeauftragte für die diversen Themen – von der Integrationsbeauftragten bis zum Spezialisten für die Vorbereitung der Weltwirtschaftsgipfel. Ich habe aber noch einen Grund, warum ich dich bei den Koalitionsverhandlungen möglichst nicht dabei haben will.«

Nicht nur Hermann Triller, auch die anderen schauten den zukünftigen Bundeskanzler fragend an.

»Als Kanzleramtsminister wird es zu deinen Aufgaben gehören, Konflikte zwischen den einzelnen Ministern und Ministerien so frühzeitig zu entschärfen, dass davon möglichst nichts nach außen dringt. Wenn über die neue Regierung berichtet wird, dann soll über deren Erfolge und nicht über deren Streitereien berichtet werden. Bei den jetzt anstehenden Gesprächen und Verhandlungen wird es eine Menge Probleme und Streitereien geben. Es wird nicht nur sachliche Auseinandersetzungen geben, sondern auch emotionale Verwerfungen und Verletzungen. Je weniger du jetzt dabei in Erscheinung trittst, desto besser wirst du später vermitteln und ausgleichen können.«

Hermann Triller nickte zustimmend. Denn auch wenn er nicht wirklich begeistert war, dass er sich jetzt nicht in das Verhandlungsgetümmel stürzen sollte, schmeichelte ihm doch das Vertrauen des angehenden Bundeskanzlers und er freute sich auf seine neue Aufgabe.

Zu Frau Schreuner gewandt sagte Hansen: »Michaela, für dich wird es künftig die wichtigste Aufgabe sein zu entscheiden, wer mich erreicht und wer nicht. Bitte nimm gleich morgen mit dem Protokollbereich des Kanzleramtes Kontakt auf und kläre, wie Einladungen von anderen Regierungschefs behandelt werden und so weiter.« Er wollte gerade fortfahren, da sah er in ihren Augen jenen speziellen Ausdruck, den sie immer dann hatte, wenn er ihr Sachen erklärte, die sie schon längst erledigt oder geplant hatte. Und ihm war klar, dass sie gerade sinngemäß dachte: Ich kann meinen Job, das brauchst du mir nicht erklären! Also schluckte er die weiteren Bemerkungen kurzentschlossen herunter.

An alle gerichtet fuhr er fort: »Bis der Koalitionsvertrag unterschrieben ist, werden wir uns ab jetzt jeden Morgen von halb acht bis um acht in meinem Büro zusammensetzen und alle wichtigen Punkte kurz und knapp besprechen. Dieser Termin wird mir heilig sein und euch bitte auch.«

Nun, nachdem alles besprochen war, es war weit nach Mitternacht, schob Hansen seine Kaffeetasse beiseite und goss sich noch ein Bier ein.

Am liebsten wäre er jetzt ganz allein gewesen.

Angreifer

[1978]

Der 23-jährige Leon Hansen liebte die Politik. Er freute sich auf jede Kreisverbandssitzung und diskutierte ebenso leidenschaftlich mit seinen Parteifreunden, wie er über politische Gegner schimpfte. Schon in der Schule hatte er die kleinen Privilegien sehr zu schätzen gewusst, die das Amt des Klassensprechers mit sich brachte: die neidischen Blicke seiner Klassenkameraden, wenn er einmal im Monat früher aus dem Unterricht durfte, um an dem Klassensprechertreffen teilzunehmen oder die Befreiung von Hausaufgaben, wenn er als Schülervertreter zu Klassenkonferenzen musste.

Sein Traum war es, Politik zu seinem Beruf zu machen. Er wollte, dass seine Meinung gehört und gemacht wurde, was er sagte. Bei Wahlen schielte er insgeheim auf die Plakate und er konnte es kaum erwarten, selbst einmal sein Konterfei an einem Laternenpfahl hängen zu sehen. Wenn er im Wahlkampf die Plakate mit den Gesichtern von Parteifreunden einkleisterte, stellte er sich vor, wie es sein würde, wenn er selbst ans Rednerpult treten und eine große Rede halten würde (er sah sich nur große Reden halten). Das musste herrlich sein! Und wie musste es erst sein, wenn man mit seiner Dienstlimousine irgendwo vorfuhr, wie man es immer in den Nachrichten sah?

Seine Chance kam früher als erwartet.

Er hatte sich auf die Ochsentour mit all ihren Risiken des Scheiterns eingestellt. Er wollte irgendein Parteiamt ergattern, um die anderen auf sich aufmerksam zu machen. Denn nur wer irgendein Amt hatte, konnte darauf hoffen, mit der Presse zu sprechen und so, mit Blick auf ein Mandat im Landtag, überhaupt bekannt genug zu werden. Unbekannte Menschen werden nicht gewählt und deshalb von Parteien auch nur sehr selten aufgestellt. Dann das nächste Amt und so weiter. Und vielleicht, wenn alles gut lief, würde er fünfzehn, zwanzig Jahre später einen sicheren Listenplatz für einen Sitz im Deutschen Bundestag bekommen. Dieser Weg war allerdings nicht nur mühsam und langwierig, sondern auch sehr unsicher. Es gab nicht wenige, die zwanzig Jahre intensiver Parteiarbeit auf dem Buckel hatten und dann den letzten Schritt in den Bundestag doch nicht schafften. Es waren einfach zu viele, die dort hinwollten.

Bisher war er zwar in seinem Kreisverband bekannt gewesen wie ein bunter Hund – allerdings als fleißiger Helfer und impulsiver Diskutant statt als strategischer Kopf. Dass dieser Eindruck trügte, würde insbesondere eine Parteifreundin noch merken, die durch ihren Ehrgeiz erst die Tür zu Hansens Karriere aufgestoßen hatte.

An einem trüben Abend Mitte Januar 1978 sollte es sich für Leon Hansen auszahlen, dass er nach den Kreisverbandssitzungen stets mit in die Kneipe ging und dort immer zu den Letzten gehörte. So hörte er aus dem Mund eines betrunkenen Parteifreundes erstmals von dem Gerücht, dass Marion Hagen, die stellvertretende Kreisverbandsvorsitzende, bei den turnusmäßig anstehenden Wahlen des Kreisvorstandes den langjährigen Vorsitzenden Johannes Schnittgart zu stürzen gedachte.

Der Weg in den Bundestag führte entweder über einen Platz auf der Landesliste oder über die direkte Wahl als Abgeordneter eines Wahlkreises. Um die Chance, in einem sicheren Wahlkreis anzutreten, wurde in allen Parteien heftig gerungen. Besonders gute Chancen darauf hatten meist diejenigen, die gleichzeitig Vorsitzender des entsprechenden Kreisverbandes ihrer Partei waren. Die Eroberung des Vorsitzendenpostens war deshalb mehr als die halbe Strecke auf dem Weg zu einem Sitz im Deutschen Bundestag. In dem damals durch und durch linken Hamburg war Johannes Schnittgart nicht irgendeiner von vielen Kreisverbandsvorsitzenden. Nein, er war der einzige direkt in den Bundestag gewählte konservative Abgeordnete der Hansestadt. Nur wer als CKP-Politiker in seinem Wahlkreis antrat, durfte hoffen, überhaupt auf direktem Wege in den Bundestag zu kommen. Alle anderen konservativen Direktkandidaten waren in Hamburg chancenlos gegen die Kandidaten der Gerechtpartei.

Johannes Schnittgart hatte, wie viele seiner Generation, einen prägenden Teil seines Lebens auf den Schlachtfeldern des Zweiten Weltkriegs verbracht. Mit der Vita und dem Image eines einfachen Landsers, der seine Pflicht erfüllt und für die Heimat gekämpft hatte, konnte er als konservativer Politiker die Stimmen vieler Wähler und damit einen Sitz im Deutschen Bundestag erringen. Natürlich wussten die Hamburger, dass er ein CKP-Politiker war, aber dies galt vielfach als unangenehmer Nebenaspekt, der kaum jemanden daran hinderte, ihn zu wählen. Er hatte bei jeder Bundestagswahl mehr Direktstimmen bekommen als seine Partei Zweitstimmen. Schnittgart hatte sich niemals ernsthaft in Bonn politisch engagiert. Er sah das sehr pragmatisch: Wenn er im Parlament für eine gute (oder schlechte) Sache kämpfen würde, dann würde ihm das vielleicht ein, zwei kurze Auftritte in der Tagesschau und eine Erwähnung im Hamburger Abendblatt bringen. Seine Wähler würden davon allerdings kaum etwas mitbekommen. Und da die Politik für ihn mehr Broterwerb als tiefe Überzeugung war (auch wenn er ein Meister darin war, es umgekehrt aussehen zu lassen), beschränkte er seine Anwesenheit am Regierungssitz und sein Engagement dort aufs Notwendigste. Nur wenn es um Hamburger Themen ging, wie zum Beispiel die Planungen für den Bau des 1975 eröffneten Autobahntunnels unter der Elbe, dann war er zur Stelle und nutzte jede Gelegenheit, um sich als Interessenvertreter der Hamburger zu profilieren. Ihm waren die zahlreichen Termine vor Ort viel wichtiger. Denn bei diesen Gelegenheiten traf er die Menschen, die er alle vier Jahre brauchte, damit sie ihn wieder als Direktkandidaten in den Bundestag schickten und mit ihren Stimmen dafür sorgten, dass er weiterhin gut verdiente und eine geachtete Persönlichkeit der Gesellschaft blieb. Also eröffnete er Geschäfte, scherzte auf neunzigsten Geburtstagen, zielte auf Schützenfesten und verbrachte fast jeden Sonntagvormittag auf irgendeinem Basar oder Bier trinkend bei einem Frühschoppen. Und wenn es irgendwo darum ging, den einfachen Soldaten zu verteidigen, der im Zweiten Weltkrieg tapfer für sein Land gekämpft hatte und von all den bösen Dingen der Nazis nichts gewusst hatte, dann war er zur Stelle. Gerade die Älteren der rund 207.000 Wahlberechtigten in seinem Wahlkreis wählten ihn dafür gerne. So lange es jemanden wie ihn gab, der auch irgendwie dabei war, aber trotzdem von allem nichts gewusst hatte, konnten sie auch ihr eigenes Gewissen ruhigstellen.

Ein paar Tage nach dem Gespräch in der Kneipe und viele vertrauliche Telefonate später bat Leon Hansen seinen Kreisverbandsvorsitzenden Johannes Schnittgart um ein persönliches Gespräch.

Das Café »Zum alten Matrosen« im Hamburger Stadtteil St. Pauli hatte Hansen für das erste Treffen ausgewählt, weil es mehr als unwahrscheinlich war, dass sie dort jemandem begegnen würden, der ihn oder seinen Gesprächspartner kennen würde.

Nachdem sich die beiden eine Weile über die Speisekarte, das Wetter und die aktuellen Fußballergebnisse ausgetauscht hatten, sagte Hansen: »Lieber Herr Schnittgart, wir beide wissen, dass im Kreisverband in wenigen Monaten eine wichtige Personalentscheidung ansteht, die für sie weitreichende Konsequenzen haben könnte.«

Hansen hielt kurz inne, um die Reaktion seines Gegenübers abzuwarten. Aber als Politik-Profi schaute dieser nur interessiert und dachte gar nicht daran, durch eine vorschnelle Reaktion auf Hansens Worte erkennen zu lassen, wie er die Situation einschätzte. Dass Marion Hagen ihm den Kreisverbandsvorsitz streitig machen wollte, hatte Schnittgart längst erfahren, auch wenn sie sich noch nicht öffentlich aus der Deckung gewagt hatte.

»Und für mich«, sagte Hansen nach einem kurzen Augenblick des Zögerns, in dem er beschloss, jetzt alles auf eine Karte zu setzen, »wird es ebenfalls ein entscheidender Abend sein.«

Schnittgart schaute ihn fragend an.

»Nach allem, was ich gehört habe, will Frau Hagen sie aus dem Amt drängen! Dabei setzt sie auf die Karte ›Generationenwechsel‹ und hat schon fast eine Mehrheit zusammen.«

Hansen, der so gern den entspannten und coolen Macher gab, konnte sich ein tiefes Durchatmen nicht verkneifen, nachdem er sein Interesse an dem Thema deutlich gemacht hatte. Denn ihm war sehr wohl bewusst, dass er sich damit Schnittgart ein Stück weit ausgeliefert hatte. Und dieser wusste es auch.

Doch auch Johannes Schnittgart wurde nervös. Er war zwar in manchen politischen Dingen schlicht gestrickt, aber kein Idiot. Wenn seine Abwahl schon Gegenstand strategischer Diskussionen war, dann war sein Rückhalt im Kreisverband bereits am Schwinden. Er wusste genau, dass er seine regelmäßige Wiederwahl nicht irgendwelchen praktischen politischen Erfolgen, sondern seinem Image zu verdanken hatte. Und gerade ein Image wie das seine, das sich aus der weit zurückliegenden Vergangenheit speiste, war in seiner politischen Wirkung leicht zu zerstören. Nicht zuletzt die Tatsache, dass mit Hartmut Schmied ein GPD-Kanzler die Regierung führte, der ebenfalls für sich in Anspruch nahm, trotz seiner Soldatenlaufbahn im Zweiten Weltkrieg eine integre Führungspersönlichkeit für die Bundesrepublik Deutschland zu sein, machte ihn sowohl in Hamburg als auch in Bonn für die sich in der Opposition befindende CKP entbehrlich. Und da er nicht mehr der Jüngste war, war er stets auf der Hut vor den nachrückenden

Politikern, die ihre eigene Chance zum Machtgewinn bekommen wollten.

Nach einem Moment des Schweigens nahm Johannes Schnittgart den Gesprächsfaden wieder auf: »Hansen, sie sind ein sympathischer junger Mann und ich kann mir durchaus vorstellen, dass sie ein guter Politiker werden. Deshalb, und nur deshalb habe ich mich bereit erklärt, mich mit ihnen hier an diesem eigentümlichen Ort zu treffen. Warum also dieses Treffen – und, bitte, verschwenden sie nicht meine Zeit!«

Noch einmal zögerte Hansen kurz, doch dann gab er sich einen Ruck: »Ich möchte den Kreisverbandsvorsitz und ich möchte in den Bundestag. Ich möchte aber noch weiter. Mein Ziel ist es, auf bundespolitischer Ebene, sei es als Minister, als Staatssekretär oder als Fraktionsvorsitzender im Bundestag, wirklich mitzugestalten und etwas für mein Land verändern zu können. Deshalb brauche ich nicht nur ein Bundestagsmandat, sondern auch eine solide Machtbasis. Ich möchte erst den Kreisverbandsvorsitz, dann den Vorsitz im Landesverband und dann in den Bundestag, um eine breite Basis zu haben. Dafür brauche ich zum einen Zeit und zum anderen ihre Unterstützung. Falls sie als allseits anerkannter Kreisverbandsvorsitzender freiwillig aus dem Amt scheiden, wird ihre Meinung mit ausschlaggebend dafür sein, wer ihr Nachfolger werden wird. Dabei könnten sie auf Marion Hagen setzen. Die will allerdings so schnell wie möglich in den Bundestag. In einigen Monaten wird der neue Kreisvorstand gewählt und in gut einem Jahr der Direktkandidat für den Wahlkreis. Und wenn der mit großer Mehrheit gewählte Vorsitzende diese Kandidatur haben will, dann kann sie ihm – oder ihr! – niemand streitig machen. Marion Hagen wird sie um ihr Bundestagsmandat bringen! Im Gegensatz zu Frau Hagen brauche ich mehr Zeit, um meine Basis aufzubauen, ehe ich in den Bundestag gehe. Wenn sie noch einmal in den Bundestag wollen, dann sollten sie mich unterstützen. Wenn sie sich umhören, dann werden sie feststellen, dass der Ehrgeiz von Hagen auf den schnellen Erfolg zielt, und sie können sicher sein, dass sie auf sie keine Rücksicht mehr nimmt, wenn sie erst einmal gewählt ist. Da wir uns bisher nur wenig kennen, können sie bei mir auch nicht sicher sein.« Hansen lehnte sich etwas nach vorne und schaute Schnittgart direkt ins Gesicht: »Aber als Politikprofi wird ihnen schnell klar werden, dass meine eigenen Interessen ihnen nützen. Ich glaube«, und nun lehnte er sich wieder zurück, »das es in unser beider Interesse ist, wenn sie mich bei der Wahl zum Kreisverbandsvorsitzenden unterstützen.«

Nach dieser deutlichen Positionsbestimmung endete das Gespräch ziemlich rasch, doch sie verabredeten, sich in der kommenden Woche am selben Ort erneut zu treffen. Leon Hansen fieberte diesem zweiten Treffen entgegen. Selten in seinem Leben war ihm eine Woche so lang vorgekommen. Wenn sein Plan funktionieren würde und es gelänge ihm, Schnittgart auf seine Seite zu ziehen, dann würden viele davon nichts mitbekommen und die anderen würden dies überwiegend als Beleg für sein großes taktisches Geschick sehen. Wenn dies aber nicht gelingen würde, dann wäre seine politische Karriere am Ende, noch bevor sie richtig begonnen hatte und er würde bestenfalls als schlechter Intrigant in Erinnerung bleiben. Dabei fand er sein Angebot an Schnittgart ebenso schlicht wie überzeugend: Wenn du mich bei der Wahl zum Kreisverbandsvorsitzenden unterstützt, unterstütze ich dich im nächsten Jahr bei der Wahl zum Direktkandidaten für den Bundestag.

Eine gute Stunde nur hatte Hansen gebraucht, um bei Schnittgart einen Prozess des Umdenkens anzustoßen, der knapp fünf Monate später im Rahmen des Kreisparteitages seinen Ausdruck finden sollte.

Am 14. Mai war es schließlich so weit. Da für die Sitzung mit der Neuwahl des Kreisverbandsvorsitzenden, nach dem für viele überraschenden Rückzug des langjährigen Vorsitzenden Schnittgart, besonders viele Teilnehmer erwartet wurden, hatte man den Gemeindesaal der Kirchengemeinde gemietet. Jetzt, eine Viertelstunde vor Sitzungsbeginn, standen kleinere und größere Grüppchen zusammen und berieten die Wahlchancen der beiden Kandidaten. Dabei wirkten die Unterstützer von Marion Hagen relativ entspannt und verströmten eine gelassene Siegesgewissheit, während die von Leon Hansen einen unruhigen Eindruck machten und sich wunderten, dass Hansen selbst Ruhe ausstrahlte. Der Großteil der Kreisverbandsmitglieder allerdings freute sich einfach nur auf einen unterhaltsamen Abend. Es machte Spaß zu beobachten, wie zwei ehrgeizige junge Leute um einen Posten kämpften. Denn eigentlich war es ihnen egal, wer von diesen beiden die Politik der Konservativen Partei vertreten würde. Und so wussten viele selbst so kurz vor der Wahl noch nicht, wen sie als neuen Vorsitzenden wählen würden. Insgesamt waren 83 stimmberechtigte Mitglieder anwesend, als Schnittgart als noch amtierender Vorsitzender die Sitzung eröffnete.

Nachdem sich um neunzehn Uhr alle gesetzt hatten, ergriff Schnittgart das Wort: »Meine sehr geehrten Damen und Herren, liebe Parteifreunde. Ich begrüße sie recht herzlich zu unserer heutigen Sitzung, die als einzigen Zweck die Neuwahl des Kreisvorstandes hat. Ich freue mich, dass wir zwei starke Kandidaten für meine Nachfolge haben und ich bin sicher, dass wir gemeinsam eine gute Wahl treffen werden.« Nach weiteren Hinweisen zu formalen Dingen wie dem Auszählungsverfahren bat er darum, dass sich drei Kreisverbandsmitglieder als Wahlvorstand zur Verfügung stellen, denn er selbst wolle sich aus der Wahldurchführung heraushalten. An diesem Punkt hatte Marion Hagen erstmals den Eindruck, dass irgendetwas bei dieser Wahl nicht in ihrem Sinn laufen könnte. Sie hatte fest damit gerechnet, dass sich Schnittgart als scheidender Kreisverbandsvorsitzender um die Durchführung der Wahl kümmern würde und sich in der Konsequenz dann aus der Diskussion heraushalten würde. Aber, und so gut kannte sie ihn nach den vielen Jahren, wenn er sich die Möglichkeit offenhielt, sich in die Diskussion einzubringen, dann würde dies einen Grund haben.

In dem mit dunklem Holz getäfelten Saal saßen die Delegierten jeweils zu sechst oder siebent in einer Reihe nebeneinander. Marion Hagen schaute in die Gesichter der Menschen und versuchte in ihnen zu lesen, um herauszufinden, wer für sie und wer gegen sie stimmen würde. Aber nur wenige erwiderten ihren Blick und bei einigen, bei denen sie dies erwartet hätte, gab es keine Reaktion.

Hansen war an diesem Abend von sich selbst überrascht. Sicher, er hatte die Auseinandersetzung gesucht und sich ganz gezielt als Gegenkandidat zu der im Vergleich zu ihm etablierten Marion Hagen aufgestellt. Aber diese freudige Erregung, die er nun, da die Sitzung begann und es ernst wurde, verspürte, die überraschte ihn. Von älteren Menschen, die im Krieg noch dabei gewesen waren, hatte er gehört, dass es manchen Soldaten ähnlich ging, wenn eine Schlacht begann. Natürlich hatten die meisten einfach nur Angst. Aber bei einigen war die Lust am Kampf einerseits und die Erleichterung, dass das Warten vorbei war, andererseits so groß, dass sie tatsächlich begeistert in die Schlacht zogen. Und eine solche Begeisterung hatte auch Hansen ergriffen, als er, nachdem Hagen ihre Bewerbungsrede gehalten hatte, als zweiter Redner auf das Podium gebeten wurde.

Es war die erste wichtige Rede seiner politischen Karriere, doch es lief nicht so gut für ihn. Seine Rede glich in weiten Teilen der Rede von Marion Hagen. Auch er griff von der Kritik an der geplanten Gesamtschule über das Thema Sicherheit in der S-Bahn bis zum Thema Fabrikansiedlungen in Wohngebieten die aktuellen politischen Streitthemen auf, bei denen die CKP sich klar positioniert hatte. Leon Hansen spürte die gelangweilte Stimmung im Saal. Während er sprach, schoss ihm kurz der Gedanke durch den Kopf, wie froh er war, dass er noch einen Pfeil im Köcher hatte.

In seinen Gesprächen der letzten Wochen mit dem jetzigen Amtsinhaber war Hansen klar geworden, dass die Leute Schnittgart nicht immer wieder gewählt hatten, weil er gute Lokalpolitik gemacht hätte oder weil er ein begnadeter Redner im Bundestag gewesen wäre. Johannes Schnittgart verkörperte die Sehnsucht der Menschen nach Absolution für die Untaten und für das Wegsehen im Dritten Reich. Und er stand dafür, dass man auch mit einer nicht astreinen Vergangenheit selbstbewusst auftreten konnte.

Es gab in weiten Teilen der Bevölkerung eine Sehnsucht, mit erhobenem Haupt durch die Straßen gehen und als Deutscher selbstbewusst auftreten zu können. Dies, davon war Hansen überzeugt, gab es bei der Mehrheit der Wahlberechtigten. Und nur auf die kam es ihm an diesem Abend an. Deshalb hatte er für den zweiten Teil seiner Rede ein emotionales Thema gewählt, mit dem er sich sowohl von der innerparteilichen als auch der parteipolitischen Konkurrenz klar abheben würde. Als er mit dem zweiten Teil seiner Rede begann, war bereits nach den ersten Worten zu spüren, dass das Interesse schlagartig zunahm.

»Vor dreiunddreißig Jahren haben wir den Krieg verloren. Vor acht Jahren wurden gegen die Stimmen unserer Parteifreunde die sogenannten Ostverträge unterschrieben und gestern, heute und morgen trauere ich um den Osten unseres Vaterlandes. Es war ein historischer Fehler, dass diese Grenze anerkannt worden ist und ich verspreche ihnen hier und heute, dass ich als Kreisvorsitzender die Botschaft aus diesem Kreisverband in die Führungsspitze der Partei tragen werde, dass wir uns damit nicht abfinden wollen und nicht abfinden können. Unsere Heimat endet nicht wenige Kilometer elbaufwärts an der Grenze zur DDR und sie endet auch nicht zweihundert Kilometer weiter an der Oder! Wir Hanseaten haben immer dafür eingestanden, dass ein freies und selbstbewusstes Bürgertum seine eigenen Interessen vertritt. Dafür stehe ich auch in Zukunft, und dafür bitte ich um eure Stimme bei der heutigen Wahl«, schloss Hansen seine Bewerbungsrede.

Der begeisterte Beifall war ein Signal dafür, dass Hansen das richtige Thema gewählt hatte, um sich von seiner

Konkurrentin abzugrenzen. Hansen ging zurück auf seinen Platz und setzte sich neben Marion Hagen.

Schnittgart dankte beiden Kandidaten für ihre Reden und eröffnete die Fragerunde. Als Erstes meldete sich Frau Steindor und fragte nach dem Konzept für den Ausbau der Ringstraße. Herr Matucek wollte wissen, wie es um die innere Sicherheit bestellt sei und Herr Borgwart interessierte sich für die Haltung der beiden zu den sogenannten Wohngemeinschaften, wo es immer öfter vorkäme, dass unverheiratete Männer und Frauen zusammen in einer Wohnung wohnten. Alles erwartete Fragen, die die beiden ebenso kompetent wie unspektakulär beantworteten. Marion Hagen, die von dem plötzlichen Themenwechsel in Hansens Rede und dem darauffolgenden überdeutlichen Applaus etwas aus dem Konzept gebracht worden war, wurde wieder zuversichtlicher. Sie wusste viele Persönlichkeiten des Kreisverbandes hinter sich und wartete darauf, dass sich jetzt einer ihrer Unterstützer zu Wort melden würde. Entsprechend freute sie sich, als Heiner Mertes sich zu Wort meldete. Hansen hingegen spannte sich an, denn im Gegensatz zu Frau Hagen wusste er, dass die Wahl innerhalb der nächsten Minuten entschieden werden würde.

Heiner Mertes und Leon Hansen kannten sich bis vor wenigen Monaten nur von kurzen Begegnungen auf Parteiveranstaltungen. Dies änderte sich erst im Frühjahr auf Initiative von Hansen. Er wusste, dass es seine größte Schwäche im internen Machtkampf mit Marion Hagen war, dass sie auf ein langjähriges Netz von Unterstützern vertrauen konnte, während er nur wenige hatte, von denen er sicher war, dass sie für ihn stimmen würden. Wenn er diesen Nachteil nicht vor der Wahl ausgleichen konnte, dann brauchte er gar nicht erst anzutreten. Mertes war für sein Vorhaben das ideale Ziel: Er war beliebt im gesamten Kreisverband, Unterstützer von Hagen und als Langzeitstudent stand er kurz vor seinem Examen. Als Soziologe würden ihm die Jobangebote allerdings nicht gerade zufliegen. Er würde also vermutlich Interesse an einer vernünftigen Arbeitsstelle haben, die sich gegebenenfalls auch als Basis für das weitere berufliche Fortkommen eignen würde. Und eine solche Arbeitsstelle hatte Hansen vor zu schaffen. Aber nur dann, wenn er den Vorsitz des Kreisverbandes übernehmen würde.

Auf dieser Basis machte er sich daran, Heiner Mertes zu überzeugen. Es bedurfte dreier Treffen, bis Hansen von der allgemeinen Konversation über die politische Diskussion zu dem Angebot kam. Dabei hatte er Mertes nicht ein einziges Mal aufgefordert, für ihn zu stimmen. Er hatte ihm aber von seinen Plänen berichtet, den Kreisverband aufzuwerten und die Geschäftsstelle so auszubauen, dass statt eines ehrenamtlichen Rentners wie bisher künftig ein hauptberuflicher Geschäftsführer die Geschäftsstelle des Kreisverbandes leiten solle. Und dass er, sollte er gewählt werden, einen jungen Menschen einstellen würde, der in der Partei fest verwurzelt sei, einen Hochschulabschluss habe und sich mit großem Schwung in die Arbeit stürzen würde. Finanzieren, und dies war der springende Punkt, könne man dies natürlich nicht nur über die Mitgliedsbeiträge. Man würde dafür Spenden aus der Wirtschaft benötigen. Es gäbe aber einige namhafte Spender, die ein großes Interesse daran hätten, konservatives Denken und Handeln in Hamburg zu stärken. Deshalb wären sie bereit, über Spenden die langfristige Finanzierung einer solchen Position zu sichern. Denn wenn man eines Tages eine andere politische Mehrheit in Hamburg haben wolle, dann müsse man endlich anfangen, daran zu arbeiten. Und dafür sei der Kreisverband, aus dessen Mitte der einzige direkt gewählte Bundestagsabgeordnete der CKP in Hamburg komme, gut geeignet. Und weil man ihm, Leon Hansen, zutraute, mit der richtigen Unterstützung die Keimzelle für den Wechsel zu entwickeln, würden sie das Geld nur dann geben, wenn er den Vorsitz übernehmen würde.

In den Wochen vor der entscheidenden Kreisverbandssitzung mit der Vorstandswahl am 14. Mai trafen sie sich immer wieder, akribisch darauf bedacht, dass niemand aus der Partei ihre Treffen mitbekommen würde. Denn Mertes wollte, falls Marion Hagen gewann, selbstverständlich nicht auf der Verliererseite stehen und Hansen wollte verhindern, dass jemand von der anderen Seite Druck auf Mertes ausübte. Von Treffen zu Treffen wuchs das Vertrauen zwischen ihnen und, als der Wahltermin nur noch acht Wochen entfernt war, bat Hansen Mertes um einen Gefallen: »Ich möchte gern, dass du gelegentlich und ganz nebenbei deinen Unmut darüber äußerst, dass die Regierung die Ostgrenzen der DDR als endgültige Grenzen Deutschlands anerkannt hat. Und wenn ich irgendwann mal auf das Thema zu sprechen komme und du mir dann inhaltlich zustimmst, dann sollen sich die Leute erinnern, dass du schon früher darüber gesprochen hast. Und solltest du dich entscheiden, bei der Wahl des Kreisvorstandes für mich zu stimmen, dann könnte es ja sein, dass mein Engagement für dieses Thema bei dir den Ausschlag gegeben hat, für mich zu stimmen. Aber dabei ist ganz wichtig, dass Hagen nicht jetzt, zwei Monate vor der Wahl, den Eindruck bekommt, dass dieses Thema ganz wichtig ist. Wir müssen verhindern, dass sie mitbekommt, dass dieses Thema ein ganz wichtiger Punkt sein kann. Deshalb werde ich bis zur Wahl nicht mehr darüber sprechen und dich bitte ich, nicht in ihrem Beisein darüber zu reden.«

Dann schaute er Mertes direkt an und sie schwiegen einen Moment. Und beide wussten: Wenn jetzt nichts gesagt werden würde, dann hatten sie eine Vereinbarung: Mertes würde das Thema bei den Unterstützern von Marion Hagens platzieren und ihnen und vor allem sich selbst einen inhaltlichen Grund liefern, im entscheidenden Moment die Seite zu wechseln. Klar war aber auch: Wenn Hagen in den nächsten acht Wochen plötzlich das Thema aufgreifen würde, dann hatte Mertes seine Aufgabe im besten Fall schlecht gelöst, vermutlich aber die jetzt gerade beschlossene Vereinbarung gebrochen.

Heiner Mertes war davon überzeugt, dass Hansen es mit seiner ebenso zielstrebigen wie charmanten Art in der Politik noch weit bringen konnte. Es würde sich für ihn vermutlich eher lohnen, Leon Hansen statt Marion Hagen zu unterstützen. Seine Loyalität gehörte dem Erfolg.

»Sehr geehrte Damen und Herren, liebe Parteifreunde«, begann Mertes sein Statement während der Aussprache, »ich danke Frau Hagen und Herrn Hansen ganz herzlich für ihr Engagement für die CKP und für eine Politik, für die man sich nicht verstecken muss! Sie beide sind«, und dabei sah er die beiden Kontrahenten an »Garanten dafür, dass in dieser Stadt trotz der erdrückenden Mehrheit der Gerechtdemokraten die wichtigen Themen nicht vergessen werden. Liebe Parteifreunde, Hamburg ist mehr als nur eine Region in der Bundesrepublik. Hamburg war schon immer das Tor zur Welt. Von hier aus stachen die Seeleute in See und fuhren um die ganze Welt. Die

Freiheit der Meere und die Sicherheit der Seefahrt waren der Herzschlag Hamburgs. Und sie wissen, meine lieben Freunde, dass dieser Herzschlag seit vielen Jahren stockt!«

Hansen musste sich ein befriedigtes Lächeln verkneifen – er hatte auf den richtigen Verbündeten gesetzt, und er war sich jetzt ganz sicher, dass Mertes ihm nicht nur seine eigene, sondern viele weitere Stimmen einbringen würde. Im Saal war zu spüren, dass den Anwesenden bewusst wurde, dass sich irgendetwas tat. Und auch Marion Hagen registrierte die aus ihrer Perspektive bedrohliche Entwicklung von Mertes' Rede. Worauf zum Teufel will er hinaus, fragte sie sich irritiert.

»Die Elbe«, so Mertes weiter, »bringt dem Hamburger Hafen kaum noch Nachschub, denn sie fließt jetzt durch von Kommunisten besetztes Land! Die Meere sind nicht mehr frei, denn die Russen und ihre Verbündeten sind gegen den freien Handel. Und diese Linksregierung in Bonn hat nun auch noch den Osten unseres Heimatlandes verraten und verkauft!« In den aufbrausenden Applaus rief er: »Deshalb werde ich heute Leon Hansen wählen, denn er hat deutlich gemacht, dass er auch bei der täglichen Arbeit hier vor Ort die großen Fragen nicht vergisst und dass wir Hamburger darauf vertrauen können, dass wir mit ihm als Kreisverbandsvorsitzenden jemanden haben, der stets noch etwas weiterdenkt, als der Augenblick es zu erfordern scheint.« Die Menschen im Saal waren begeistert – und Frau Hagen war entsetzt.

Doch noch war der Abend nicht gelaufen und die Liste der Redner war noch lang. Die zwischenzeitlich aufgeregte Stimmung hatte sich während des andauernden Wechselspiels aus Fragen aus dem Publikum und den Antworten der beiden Kandidaten rasch wieder gelegt.

In einer Pause scharte Marion Hagen in einem Nebenzimmer ihre Unterstützer um sich. In einer kurzen Lageanalyse kamen diese zu dem Schluss, dass das Rennen um den Kreisverbandsvorsitz zwar enger ist als geplant, dass aber nüchtern betrachtet immer noch Hagen die meisten Unterstützer auf ihrer Seite hat. Und vor allem war man davon überzeugt, dass die Ostpolitik zwar ein großes emotionales Thema ist, dass die Mitglieder im Moment der Entscheidung jedoch danach gehen, wer für sie vor Ort die bessere Arbeit macht. Und da ist Hagen die eindeutig bessere Kandidatin. Nach dieser gegenseitigen Stärkung verteilten sich ihre Unterstützer während der restlichen Pause im Foyer und sprachen mit diesem und jenem, um den Wert von konkreten Handlungen, die von Marion Hagen zu erwarten seien, im Vergleich zu den großen Worten, die es lediglich von Herrn Hansen gäbe, zu betonen.

Dann läutete die Glocke das Ende der Pause ein, alle gingen wieder auf ihre Plätze und die Sitzung ging mit Erklärungen, Fragen und Antworten weiter.

Als letzter Redner vor der Abstimmung wurde Johannes Schnittgart aufgerufen, der als scheidender Vorsitzender das Recht des letzten Wortbeitrages einräumt bekam. Gleichermaßen optimistisch schauten Frau Hagen und Herr Hansen ihm zu, während er sich dem Rednerpult näherte.

Als Johannes Schnittgart an dem Abend der Versammlung des Kreisverbandes zum Mikrofon griff und seine kräftige, parteitags- und wahlkampfgestählte Stimme durch den Saal hallte, da war klar, dass die Entscheidung nun unmittelbar bevorstand. »Liebe Freunde! Heute Abend haben sich zwei starke Kandidaten vorgestellt. Aber wir müssen uns entscheiden und ich habe mich entschieden. Es ist heute viel gesagt worden über die Kompetenz vor Ort und wie wichtig die Verwurzelung hier vor Ort ist, um erfolgreiche Politik machen zu können. Das ist richtig und unter diesem Gesichtspunkt halte ich beide Kandidaten für geeignet. Mir geht es aber um mehr und wir dürfen uns gerade als Oppositionspartei nicht darauf zurückziehen, dass wir hier nur für dieses oder jenes zuständig wären und uns die große Politik nichts anginge. Nein, das dürfen wir nicht! Wenn die Gerechtigkeitspartei in Bonn den Osten unseres Landes aufgibt und wir als Hamburger unserer lieben guten Elbe nur noch wenige Kilometer stromaufwärts folgen können, bevor der Eiserne Vorhang sie zerschneidet, dann brauchen wir auf allen Ebenen der Politik Frauen und Männer, die die Freiheit unseres Landes stets mitbedenken. Und wir haben das große Glück, dass es einen Kandidaten gibt, der die Kompetenz hier vor Ort mit dem Blick auf die Grundsatzthemen verbinden kann. Deshalb werde ich für Leon Hansen stimmen!«

Die anschließende Wahl lieferte ein eindeutiges Ergebnis. Nachdem er den obligatorischen Blumenstrauß, den Glückwunsch der Verliererin und einiger weiterer Honoratioren des Kreisverbandes entgegengenommen hatte, ging Hansen noch einmal ans Mikrofon.

»Liebe Freunde! Denen, die heute für mich gestimmt haben, danke ich herzlich für ihr Vertrauen! Und ich werde hart dafür arbeiten, dass ich auch das Vertrauen derjenigen gewinne, die heute nicht für mich gestimmt haben. Ich möchte als euer Vorsitzender für bessere Bedingungen hier vor Ort kämpfen und dazu gehört für mich auch unauflöslich der Kampf gegen den Kommunismus, gegen die Anerkennung der Ostgrenze und für unser ganzes Vaterland in Frieden und Freiheit!« In den aufbrausenden Applaus rief er: »In den letzten Wahlkämpfen konnten wir uns ebenso wenig durchsetzen wie im Juni gegen Österreichs Fußballmannschaft und nun sind die Argentinier Weltmeister geworden. Aber vergesst nicht, liebe Freundinnen und liebe Freunde: Es ist erst wenige Monate her, dass wir die Russen vom Platz gefegt haben und jetzt sind wir Handball-Weltmeister. Wir Deutschen geben nicht auf und was uns im Handball gelungen ist, das wird uns auch politisch gelingen – in einem fairen Wettkampf werden wir zeigen, dass wir mit unserer sozialen Marktwirtschaft den Russen überlegen sind! Ich danke euch.«

Auch wenn sich der eine oder andere fragte, was denn eigentlich die Russen mit der Politik in ihrem Hamburger Stadtteil zu tun hatten, war die Stimmung an diesem Abend erst einmal grandios. Mit seiner Rede hatte Hansen die jenseits der Tagesaktualität vorhandene Grundstimmung aufgegriffen, mit seiner eigenen Wahl verknüpft und den Anwesenden so die Chance gegeben, durch seine Wahl ihrem emotionalen Bedürfnis nachzukommen, etwas gegen die unheimliche Bedrohung aus dem Osten zu unternehmen.

Johannes Schnittgart beobachtete Leon Hansen mit fast schon väterlichem Stolz. Er hoffte nur, dass Hansen auch zu seinem Wort stehen und ihm im kommenden Jahr tatsächlich noch einmal zu einem Sitz im Bundestag verhelfen würde.

Leon Hansens nächste Wochen waren angefüllt mit praktischer Arbeit. Er führte Gespräche mit regionalen und landesweit aktiven Wirtschaftsvertretern und warb um Spenden für seine politische Arbeit. Sein zentrales

Argument war dabei, dass eine dauerhafte öffentliche Präsenz der Christlich-Konservativen Partei im Stadtteil nur dann möglich wäre, wenn ein professioneller Geschäftsführer den ehrenamtlichen Vorstand unterstützte und das organisatorische Rückgrat bildete. Da Hansen im persönlichen Gespräch ebenso überzeugend war wie auf der großen Bühne, hatte er binnen dreier Wochen die notwendigen Gelder zusammen. Und auch wenn dies formal Einzelspenden waren, so konnte er sich doch an die auf Dauer angelegte Professionalisierung der Geschäftsführung machen. Es gab genügend Spender, die ihm signalisiert hatten, dass er auch künftig mit Zahlungen in einer ähnlichen Höhe würde rechnen können.

Gleichzeitig hatte sich Heiner Mertes in Hansens Auftrag nach neuen Räumlichkeiten umgesehen. Hansen wollte raus aus dem alten, kleinen Büro. Dabei verfolgte er drei Ziele: Erstens wollte er ganz einfach größere, schönere und praktischere Räume haben, um einen ebenso funktionalen wie repräsentativen Rahmen für seine künftige politische Arbeit zu haben. In diesen Räumen sollte ja nicht nur der neue Geschäftsführer arbeiten, vielmehr sollten dort auch Bürgersprechstunden stattfinden, Wahlplakate auf Plakatständer geklebt werden, Arbeitsgruppen tagen und vieles mehr. Zweitens wollte er die Partei unbedingt sichtbarer machen. Deshalb hatte er Mertes beauftragt, möglichst in der neuen Fußgängerzone nach Räumen zu suchen. Und drittens sollte es ein innerparteilicher Paukenschlag werden. Jeder, aber auch wirklich jeder sollte merken (und weitererzählen), dass mit der Übernahme des Vorstandsamtes durch Hansen ein neuer und frischer Wind wehte und dass er die Aufgaben tatsächlich anpackte.

Schon Mitte Juli, acht Wochen nach Hansens Wahl, war die feierliche Einweihung der neuen Geschäftsstelle. Es gab Zuckerwatte und Luftballons für die Kleinen, Bratwurst und Bier für die Großen und dank der zentralen Lage in der Fußgängerzone auch jede Menge Große und Kleine, die neugierig hereinschauten. Der Landesvorsitzende der CKP, der neben Hansen eine der beiden Einweihungsreden gehalten hatte, war voll des Lobes und die Mitglieder des Kreisverbandes waren begeistert von ihrer neuen Kreisverbandsgeschäftsstelle – und stolz auf ihren neuen Vorsitzenden, der dies in so kurzer Zeit auf die Beine gestellt hatte.

Als Hansen am nächsten Tag beim Frühstück die Zeitung aufschlug, war er sehr erfreut: Auf der ersten Seite des Regionalteils war ein großer Bericht, in dem er mehrfach positiv erwähnt wurde. Darüber hinaus gab es noch ein Foto, das ihn neben dem neuen Türschild zeigte. Hansen war zufrieden, denn es war ihm nicht nur gelungen, den Kreisverbandsvorsitz zu übernehmen, sondern mit Mertes hatte er einen verlässlichen und loyalen Mitarbeiter, der, zusammen mit der neuen Geschäftsstelle, die organisatorische Basis für seine weitere Politik-Karriere bilden würde.

Hansen nahm sich vor, sich jetzt erst einmal ein Jahr lang intensiv um die Lokalpolitik zu kümmern, bevor er den nächsten Schritt, die Übernahme des Landesvorsitzes, angehen würde.

Gesund bleiben

[2011]

Als Erster betrat Peter Hartmann, seit dem Regierungswechsel vor knapp zwei Jahren Staatssekretär im Bundesgesundheitsministerium, das Besprechungszimmer in dem Gebäude hinter dem Reichstag. Mit seinem Maßanzug, der Designerbrille und den Manschettenknöpfen war er wie immer top gekleidet. Er war einer der wenigen in dem Berliner Politikbetrieb, die sich die Mühe machten, im Laufe eines der zahlreichen 14-Stunden-Tage sein Hemd zu wechseln. Nach spätestens zehn Stunden, so seine Erfahrung, in denen man von Sitzung zu Sitzung geeilt und zwischenzeitlich in seiner Dienstlimousine durch die Straßen gefahren worden war, sah niemand mehr so richtig vorzeigbar aus und bei so manchem hatte sich darüber hinaus ausreichend Achselschweiß angesammelt, um die Mitmenschen von der Länge des Arbeitstages nachdrücklich in Kenntnis zu setzen. Sein volles schwarzes Haar, die blitzenden Zähne sowie die vollendeten Umgangsformen rundeten seine auffällige Erscheinung im politischen Berlin ab.

Während Hartmann der Typ Business-Manager in der Politik war, machte Germanus Heil, der Generalsekretär der Christlich-Konservativen Partei, eher den Eindruck eines Politik-Beamten. Stets in einem grauen Anzug und mit einer abgewetzten Aktentasche unterwegs, wurde er in den vergangenen 30 Jahren im Parlament schon oft für einen der unbedeutenden Hinterbänkler gehalten. Wenn es um den reinen Parlamentsbetrieb ging, war er das auch. Er besuchte kaum eine Ausschusssitzung, hatte lediglich der Form halber einen Wahlkreis und zog regelmäßig über die Landesliste Baden-Württemberg in den Bundestag ein. Wenn Abstimmungen anstanden, schaute er nach dem Stimmführer seiner Fraktion und stimmte so ab, wie es ihm vorgegeben wurde.

Nicht einmal eine Besuchergruppe, wie sie die Abgeordneten Jahr für Jahr einladen durften, empfing er. Und dies war eine echte Besonderheit, denn viele Abgeordnete belohnten mit diesen Reisen für »politisch Interessierte« ihre treuen Wahlkampfhelfer – oder die Weinkönigin oder den neuen Schützenkönig. Denn mit ein paar Tagen Berlin in guten Hotels, guten Restaurants und mit der Besichtigung der Reichstagskuppel konnten sich seine Abgeordnetenkollegen in ihrem Wahlkreis beliebt machen. Aber nicht einmal diese »Abgeordnetentätigkeit« reizte Heil. Seine Fähigkeiten lagen außerhalb des Parlamentes. Also dort, wo viele Machtfragen wirklich entschieden wurden. Germanus Heil hatte Erfahrung darin, Entscheidungen hinter den Kulissen anzuschieben und diese gegebenenfalls auch mal mit kreativen Mitteln gegen Widerstände durchzusetzen. Dies war auch einer der Gründe, warum er von der Parteiführung so sehr geschätzt und immer wieder gebraucht wurde. Spätestens seit er vor einigen Jahren Generalsekretär geworden war, hätte man um seinen Einfluss wissen können. Aber viele dachten, der Generalsekretär sei nur der »Lautsprecher« des Parteivorsitzenden. Doch da irrten sie. Deshalb war er auch zu diesem Treffen eingeladen worden.

Walter Meyer war als Vorsitzender der CKP-Bundestagsfraktion ein Machtfaktor in diesem Land, was seinem Ego außerordentlich schmeichelte. Außerdem bekamen die Fraktionsvorsitzenden ein doppelt so hohes Gehalt wie die einfachen Abgeordneten. Gute Gründe, warum er seinen Job so liebte. An diese und weitere Privilegien hatte er sich rasch gewöhnt. Äußerlich war er mehr der durchschnittliche Abgeordneten-Typ: Anfang 50, deutlicher Bauchansatz, den er aber dank seiner morgendlichen Joggingrunden daran hindern konnte, ein richtiger Bauch zu werden. Gekleidet war er stets in Nullachtfünfzehn-Anzüge von der Stange. Nie besonders, aber stets korrekt.

Die drei begrüßten sich freundlich, aber auch ein wenig abwartend. Es war ziemlich kurzfristig gewesen, dass der Kanzler sie von seiner Auslandsreise aus angerufen und darum gebeten hatte, dass sie sich mit dem Kanzleramtsminister treffen sollten. Auf den warteten sie nun.

Dass Hermann Triller den Job des Kanzleramtsministers bekommen hatte, war nur für Außenstehende erstaunlich gewesen. In den Jahren, als der Kanzler noch Oppositionsführer im Bundestag gewesen war, hatte er ihn zuletzt als Parlamentarischer Geschäftsführer unterstützt. Er hatte im Hintergrund den Politikbetrieb der Fraktion organisiert und am Laufen gehalten. Dies war das Kerngeschäft. Aber Hermann Triller war es auch, der Leon Hansen in schwierigen Situationen den Rücken freihielt und Streitigkeiten innerhalb der Fraktion möglichst geräuschlos schlichtete. Damit war er praktisch Hansens Krisenmanager. Und, doch dies wussten nur sehr wenige, er war seit vielen Jahren auch persönlich eng mit dem Kanzler befreundet. Seine Intelligenz gepaart mit einschlägiger Erfahrung und persönlichem Vertrauen war eine zu gute Mischung gewesen, als dass Hansen im Kanzleramt auf die Arbeit von Hermann Triller hätte verzichten wollen.

Alle drei ahnten, worum es bei dem Treffen gehen sollte, doch sie plauderten nur über Belanglosigkeiten. Um kurz nach neun trat Hermann Triller dann überraschend durch eine Seitentür ein. »Ich bitte, meine Verspätung zu entschuldigen. Ich weiß, dass sie alle viel zu tun haben. Ich habe für uns etwas zu Essen bereitstellen lassen. Lassen Sie uns gerade nach nebenan gehen.« An der Stirnseite des Seitenraums war ein kleines Buffet aufgebaut, daneben standen je zwei Flaschen Rot- und Weißwein (alle vier bereits geöffnet) sowie rund ein Dutzend Bierflaschen in einem Kühler. Dazu Grünkohl mit Kochwurst und Kartoffeln sowie Weißbrot, Schwarzbrot, eine Käseplatte und Butter. Das wird eine lange Nacht, schoss es Heil durch den Kopf, als er das reichhaltige Angebot sah. Hungrig nahm er sich ein große Portion Grünkohl mit zwei Würsten und Kartoffeln und dazu eine Flasche Bier. Auch die anderen drei griffen beim Essen zu. Heil schloss sich Triller beim Bier an, Hartmann und Meyer tranken Weißwein.

Nach einigen Minuten, in denen sie sich vor allem mit dem Grünkohl beschäftigt hatten, ergriff Triller das Wort: »Fast auf den Tag genau vor 19 Monaten sind wir gewählt worden und auch die Gesundheitsreform haben wir im vergangenen Jahr beschlossen. Aber es gibt in der Gesundheitspolitik einen Bereich, der dem Kanzler ernsthafte Sorgen bereitet. Trotz unseres großen Sparpaketes haben die Krankenkassen mal gerade eben eine schwarze Null in ihren Jahresbilanzen geschafft. Aber statt uns dankbar für unsere Unterstützung zu sein, haben zahlreiche Krankenkassen ihre Beiträge angehoben und dafür auch noch uns die Schuld gegeben! Und für dieses Jahr müssen wir damit rechnen, dass es so weitergeht. Die Gesundheitsministerin agiert hilflos und hat kein Rezept anzubieten, um die Probleme zu lösen.«

Hartmann, dessen Chefin hier so überdeutlich kritisiert wurde, wurde langsam unruhig und setzte zu einer Gegenrede an. Doch gerade, als er den Mund aufmachte, traf ihn der Blick von Triller und er schluckte die Bemerkungen herunter. Triller registrierte, dass Hartmann sich die Gegenrede verkniff und fuhr, seine Macht still genießend, fort: »Der Kanzler und ich wissen, dass der Koalitionsvertrag für die Gesundheitspolitik keine brauchbaren Vorgaben liefert. Da, wo im Koalitionsvertrag das gesundheitspolitische Konzept für diese Regierungsperiode hätte stehen sollen, stehen lediglich Plattitüden. Statt an einer Lösung zu arbeiten, erfreuen sich die Fortschrittlichen daran, dass wir den Gesundheitsminister stellen und keine Lösungsvorschläge haben. Meine Herren«, und dabei hob er die Stimme und schaute den drei Männern einem nach dem anderen ins Gesicht, »die Gesundheitspolitik betrifft jeden Wähler in diesem Land. Die Krankenkassenbeiträge spürt jeder Arbeitnehmer in seinem Portemonnaie und jeder Unternehmer und Arbeitgeber bei den Lohnnebenkosten. Und weil wir den Gesundheitsminister stellen, werden die Probleme allein uns angelastet. Nicht der Fortschrittspartei und auch nicht der Opposition, obwohl die ja lange genug selbst für den Schlamassel verantwortlich war. Die Fortschrittlichen haben durch ihre Verweigerungshaltung dafür gesorgt, dass es diese Lücke im Koalitionsvertrag gibt. Mit vielen kleinen Nadelstichen machen sie immer wieder deutlich, dass die Verantwortung für diesen Politikbereich bei uns liegt.« Hermann Triller schwieg einen Moment, holte aus seinem Jackett eine Zigarette und zündete sie trotz des Rauchverbotes an. Er inhalierte tief und sagte dann, den Rauch ausstoßend: »Wir können nicht zulassen, dass uns ein Versagen in der Gesundheitspolitik den nächsten Wahlsieg kostet. In gut zwei Jahren beginnt der nächste Wahlkampf. Bis dahin muss das Problem vom Tisch sein. Koste es, was es wolle. Dieses Problem zu lösen ist der Auftrag des Kanzlers für uns. Ihn interessieren keine Details, lediglich Lösungen. Meine Herren, deshalb sind wir heute hier.«

»Und wie, bitteschön, stellt sich der Kanzler das vor?«, fragte Meyer. »Die Fraktion hat im Wahlkampf über Monate für die Gesundheitsprämie gekämpft und geworben und nun sollen wir plötzlich davon abrücken? Das kann doch wohl nicht wahr sein.« Meyer schnaufte.

Triller lächelte ihn an und sagte: »Es ist deine Aufgabe dafür zu sorgen, dass die Fraktion davon wieder abrückt. Wohin es geht, klären die Parteiführung und der Kanzler. Du musst für die Mehrheiten sorgen. Aber natürlich hast du recht: Für eine Lösung brauchen wir nicht nur die Fortschrittspartei, sondern auch die Mehrheit im Bundestag.«

Heil meldete sich, einen Bissen Kochwurst herunterschluckend, zu Wort: »Wo soll denn plötzlich eine Lösung herkommen? Wir haben es während der wochenlangen

Koalitionsverhandlungen nicht geschafft, einen Kompromissvorschlag auszuarbeiten. Und jetzt plötzlich soll es einfach gehen?«

»Wenn es einfach ginge«, entgegnete Triller, »dann hätte ich mich mit der stellvertretenden Fraktionsvorsitzenden und der Gesundheitsministerin hingesetzt und ein Konzept erarbeitet. Es gibt aber noch kein Konzept. Und genau da liegt die Herausforderung. Mit den gängigen Rezepten bekommen wir den Kuchen nicht gebacken. Es geht auch nicht mehr darum, dass wir mit dem Kuchen einen Backwettbewerb gewinnen. Es geht darum, dass er satt macht!«

»Wie viel Zeit haben wir?«, fragte Hartmann in die Stille hinein, die nach dem kurzen Ausflug Trillers in die Backstube entstanden war. Leicht genervt, sich eine weitere Zigarette anzündend, sagte Triller: »Wie gesagt, das Thema muss vom Tisch, und zwar so, dass wir dann bis zur Wahl Ruhe haben. Wie genau sie das hinbekommen, ist ihre Sache.«

»Hm. Wir brauchen also«, tastete sich Hartmann vor, »keinen Vorschlag, der die Probleme löst, sondern einen, der erstens eine Mehrheit bekommt und zweitens die Probleme bis nach der nächsten Bundestagswahl verschiebt.«

»Und darüber hinaus sollten wir es so angehen, dass die GPD soweit mitmacht, dass sie im Wahlkampf nicht voll dagegen schießen kann«, ergänzte Heil.

»Wenn die Lösung dafür sorgt«, meinte Meyer, »dass das leidige Thema aus dem Wahlkampf herausgehalten wird und damit gerade für die hinteren Listenplätze und die Kandidaten in den Wahlkreisen die Wiederwahlchancen steigen, dann bekomme ich dafür auch eine klare Mehrheit in unserer Bundestagsfraktion hin. Hauptsache, es gibt nicht wieder Zuzahlungserhöhungen oder die Ärzte fangen schon wieder an, ihre Praxen zu schließen.«

Allen Anwesenden war bewusst, dass Meyer auf die Praxisgebühr anspielte. Als die eingeführt wurde, tobten wochenlang die Patienten und Ärzte, und in den Zeitungen und Talkshows wurde heftig protestiert. Alle vier waren davon überzeugt, dass die Praxisgebühr einer der Gründe war, warum die Vorgängerregierung abgewählt worden war. Kranken Leuten Geld abzunehmen, gab schon immer schlechte Presse. Und ab einer bestimmten Menge an schlechter Presse musste jede Regierung mit entsprechenden Wahlergebnissen rechnen.

Die Herren diskutierten noch eine gute Stunde. Als die Diskussion anfing, sich im Kreis zu drehen, beendete Triller das Treffen und stand auf. »Liebe Kollegen, ich danke ihnen, auch im Namen des Kanzlers, ganz herzlich dafür, dass sie sich so kurzfristig die Zeit nehmen konnten, um dieses kleine Treffen zu ermöglichen. In fünf Wochen ist Ostern. Damit wir dem Kanzler eine erste Idee skizzieren können, die er sich über die Ostertage ansehen kann, sollten wir uns in vier Wochen wiedersehen.« Er öffnete wieder die Verbindungstür in den größeren Sitzungssaal. Die drei anderen erhoben sich, gaben einer nach dem anderen Triller die Hand und verabschiedeten sich von ihm. Kaum hatte der Letzte den Sitzungssaal betreten, schloss Hermann Triller hinter ihnen wieder die Tür und blieb alleine in dem Besprechungszimmer zurück.

Die drei standen für einen Moment unschlüssig in dem großen, leeren Saal. Dann gingen sie gemeinsam zum Ausgang.

Der Saal lag im ersten Stock der Parlamentarischen Gesellschaft. Ein altehrwürdiges Gebäude, in dem vertrauliche Gespräche ebenso stattfanden wie Pressegespräche oder Festveranstaltungen. Jetzt, in einer sitzungsfreien Woche, in der der Bundestag nicht tagte, war es fast gespenstisch still, als sie nach dem Treffen mit Triller den Flur im ersten Stock betraten. Sie gingen die alte Steintreppe hinunter ins Erdgeschoss. Alle drei schauten sich verstohlen nach Herrn Triller um. Ihnen allen war aufgefallen, dass der Kanzleramtsminister das Treffen so arrangiert hatte, dass niemand sie gemeinsam gesehen hatte. Aber sie sprachen nicht darüber.

Während Walter Meyer und Peter Hartmann bei dem Gedanken ein leichtes Unbehagen überkam, war Germanus Heil angenehm überrascht. Anders als seinen beiden Kollegen war ihm ziemlich schnell klar geworden, dass Ort und Zeitpunkt keinesfalls dem engen Terminkalender des Kanzleramtsministers geschuldet waren. Schließlich wäre es deutlich einfacher gewesen, sich bei Triller im Kanzleramt oder bei Meyer in dem kleinen Besprechungsraum zu treffen, der ihm als Fraktionsvorsitzendem immer zur Verfügung stand. Auch Hartmann als Staatssekretär verfügte über alle Möglichkeiten, einer solchen Runde angemessene Räumlichkeiten zur Verfügung zu stellen. Aber in diesen Fällen hätten Dritte mitbekommen, in welch eigenwilliger Konstellation man beisammengesessen hatte. Und wenn ruchbar geworden wäre, dass der unumstrittene und in seiner fachlichen Kompetenz über Parteigrenzen hinweg anerkannte Staatssekretär, der Kanzleramtsminister, der Fraktionsvorsitzende und der Generalsekretär der Partei zusammengesessen hatten (vielleicht auch noch im Kanzleramt), dann wären die Gerüchte und Meldungen da gewesen. Es hätte keine Stunde gedauert, dann wäre irgendwo über den Rücktritt der Gesundheitsministerin spekuliert worden. Denn dass sie überfordert war, war ein offenes Geheimnis. Und genau eine solche Debatte wollte Triller vermeiden. Die Auswechselung der Gesundheitsministerin wollte sich der Kanzler, so hatte er es mit Triller besprochen, für den Fall offenhalten, dass sich das Gesundheitsthema weiter zuspitzen würde.

Gemeinsam traten die drei vor die Haustür. Links schimmerte das hell angestrahlte Brandenburger Tor. Rechts konnte man die Spree ahnen, die sich durch das Regierungsviertel schlängelte. Und genau gegenüber lag das Reichstagsgebäude. Dieses imposante Gebäude, in dem vor gut zehn Jahren der Bundestag nach seinem Umzug von Bonn nach Berlin sein neues Zuhause gefunden hatte. Direkt vor ihnen standen drei schwarze Limousinen, die abfahrbereit auf sie warteten. Hartmann hatte sich bei seiner Amtsübernahme für einen 7er-BMW entschieden. Er liebte die etwas sportlichere Form der Frontansicht. Außerdem war ihm Mercedes zu bieder und bäuerlich. Er musste bei diesen Autos stets an die komischen grünen Mercedesse mit Dieselmotor denken, die früher die Bauern gefahren hatten.

Für Meyer war der Mercedes der Inbegriff des »es geschafft haben«. Er wäre nie auf die Idee gekommen, jetzt, wo er zu den ganz Mächtigen in diesem Land gehörte, etwas anderes zu fahren – beziehungsweise sich in einem anderen Wagen fahren zu lassen.

Heil hingegen nutzte einen Audi A6. Damit wollte er Wohlstand zeigen, ohne ein Klischee zu bedienen. Dies hoffte er, zumindest kannte er keines. Beim Blick auf den Reichstag kam Heil plötzlich ein Gedanke. Er sagte seinem Fahrer, dass er noch ein wenig spazieren gehen würde und dass er ihn am Wasserspiel gegenüber vom Kanzleramt abholen solle. Die drei verabschiedeten sich voneinander. Während Meyer und Hartmann einstiegen und alle drei Wagen losfuhren, wartete Germanus Heil noch einen kleinen Moment. Dann ging er mit raschen Schritten hinüber zum Reichstagsgebäude und rechts an dem Gebäude entlang. An der Ecke blieb er kurz stehen und schaute sich um. Noch war niemand zu sehen. Nur eine weitere schwarze Limousine wartete vor dem Seiteneingang des Reichstagsgebäudes am Nordportal. Wenn es kein Zufall, sondern geplant gewesen war, dass Triller nicht mit ihnen gesehen wurde, dann müsste er die Parlamentarische Gesellschaft auf einem anderen Weg verlassen, dachte Meyer.

Zügig ging er am Nordportal vorbei und wartete dann an der Nord-West-Ecke des Reichstagsgebäudes in einer kleinen Nische. Und richtig, nach ein paar Minuten ging die Seitentür auf und ein freundlicher Wachmann sagte laut und deutlich »Einen guten Abend wünsche ich dem Herrn Minister noch«, worauf ein Murmeln als Entgegnung zu hören war. Hermann Triller setzte sich in den Wagen, der leise davonfuhr. Heil musste lächeln. Auch er hatte den unterirdischen Verbindungsgang zwischen der Parlamentarischen Gesellschaft und dem Reichstagsgebäude gelegentlich zu später Stunde genutzt, wenn er nicht unbedingt gesehen werden wollte. Natürlich war das alles andere als ein Geheimgang, aber trotzdem zuweilen nützlich. Konnte man doch so von seinem Büro ins Parlament gehen und umgekehrt, ohne dass die Gefahr bestand, dass man einem neugierigen Passanten über den Weg lief. Ihm machte es Spaß, sich so an den Leuten vorbei zu schleichen und seine Privilegien zu nutzen.

Zufrieden darüber, dass er Triller entdeckt hatte, machte Heil sich auf den Weg zu dem Wasserspiel, wo ihn sein Chauffeur erwartete.

Er wusste zwar noch nicht, was Triller vorhatte. Aber ihm war klar, dass er gut aufpassen musste, dem Kanzler nicht in die Quere zu kommen. Hansen wäre nicht Bundeskanzler geworden, wenn er zimperlich gewesen wäre. Germanus Heil war sich sicher, dass er auch ihn fallenlassen würde, wenn der Erfolg seiner Kanzlerschaft auch nur im Entferntesten gefährdet wäre.

Angefangen hatten die Probleme, die zu dem Treffen der vier geführt hatten, bereits eineinhalb Jahre zuvor, kurz nach der Regierungsübernahme im Herbst 2009.

Nachdem die Vorgängerregierung die Praxisgebühr eingeführt und die Zuzahlungen für Medikamente, Krankenhausaufenthalte, Massagen und so weiter drastisch erhöht hatte, waren seinerzeit die Wogen der allgemeinen Empörung über ihr zusammengeschlagen. Viele Wahlforscher und Politologen hielten diese von der Bevölkerung als unsozial empfundenen Maßnahmen für einen der entscheidenden Punkte für die Wahlniederlage der GPD. Vor diesem Hintergrund war die Linie der neuen Regierung klar: Statt bei den 70 Millionen gesetzlich Versicherten zu sparen, würde sie die 140.000 niedergelassenen Ärzte, die 2.400 Krankenhäuser und die Pharmaindustrie etwas bluten lassen.

Noch im Jahr der Regierungsübernahme setzte die neue Regierung mit ihren klaren Mehrheiten im Bundestag und im Bundesrat das »Krankenkassen-Ausgabenbegrenzungsgesetz« durch, das dann zum 1. Januar

2010 in Kraft trat. Mit Verweis auf das angeblich üppige Honorar der Ärzte wurde diesen eine Nullrunde verordnet; ebenso den Krankenhäusern und den Apothekern. Bei der Pharmaindustrie war die Gesundheitsministerin weniger zurückhaltend: Die bekam fortan weniger, da der Zwangsrabatt, den die Krankenkassen auf die Medikamente erhielten, einfach per Gesetz angehoben wurde. Der offene Widerstand der Ärzte- und Krankenhauslobby formierte sich jedoch erst allmählich im Laufe des Jahres 2010, nachdem das Gesetz tatsächlich in Kraft getreten war.

Die Ärzte- und Krankenhauslobby war von dem entschlossenen Handeln der Ministerin und den Inhalten des Gesetzes völlig überrascht worden. Von der neu gewählten konservativ-fortschrittlichen Regierung hatten sie keine Wohltaten für die Versicherten erwartet, sondern für sich selbst. Kaum lag der erste Gesetzentwurf Mitte Oktober 2009 vor, begann deshalb lediglich hinter den Kulissen und ohne große Presseaktionen die Lobbyarbeit, um die Auswirkungen des Vorhabens abzumildern.

Im ersten Schritt versuchten sie es mit direkten Gesprächen. Hermann Roebel, der Chef des Verbandes der niedergelassenen Ärzte, suchte ebenso wie Peter Konopke, Vorstandsvorsitzender des Deutschen Krankenhausvereins, den direkten Kontakt. Sie luden Abgeordnete zum Mittagessen ein, hatten Vier-Augen-Gespräche mit der Ministerin, trafen sich mit dem Staatssekretär und den Abteilungsleitern im Gesundheitsministerium und im Kanzleramt. Dutzende von Mitarbeitern schrieben Argumentationspapiere, warum gerade die jeweils von ihnen vertretene Gruppe mehr Geld brauchte – die Ärzte wegen des Ärztemangels, die Krankenhäuser, weil sie moderne

Geräte brauchten, die Apotheker, weil es sonst bald ein Apothekensterben gab.

Doch es hatte nichts genützt. Die Gesundheitsministerin war standhaft geblieben und so hatte der Bundestag Mitte Dezember die Gesundheitsreform, die als Krankenkassen-Ausgabenbegrenzungsgesetz bekannt wurde, beschlossen. Am 1. Januar 2010 begannen die Sparmaßnahmen zu greifen. Zufrieden über das schnelle und entschlossene Handeln schaute die Gesundheitsministerin auf ihre kommenden dreieinhalb Amtsjahre. War sie doch sicher, für stabile Krankenkassenbeiträge und damit eine gute Gesundheitspolitik gesorgt zu haben.

Aber das sahen nicht alle so.

Das Spargesetz galt, die Einnahmen der Ärzte und Krankenhäuser stiegen kaum noch und an der Basis rumorte es immer vernehmlicher. Die Verbandsfunktionäre wurden nervös. Ihnen dämmerte, dass auch ihre eigenen Jobs gefährdet waren, wenn sie gegenüber der Politik keine Verbesserungen für ihre eigenen Leute durchsetzen konnten.

Neben diesen großen und bekannten Interessengruppen gab es noch zahlreiche kleinere, die nicht minder aktiv waren, es aber ungleich schwerer hatten. Es war schon nicht einfach, einen Minister für das eigene Anliegen zu interessieren, geschweige denn, einen Termin bei ihm zu bekommen. Aber auch deren Klientel, von den Physiotherapeuten über die Krankenhausapotheker bis zu den Psychotherapeuten, wollte von ihren Verbandslobbyisten in der Hauptstadt Ergebnisse sehen.

Gerade für diese kleineren Lobbygruppen waren die offiziellen Empfänge und Veranstaltungen der etablierten und einflussreichen Institutionen von zentraler Bedeutung, denn sie boten ihnen die Chance, eigene Kontakte aufzubauen oder zu vertiefen. Der große Neujahrsempfang der Ärzte im Restaurationsbereich des edlen Kaufhauses Lafayette war so ein Termin. Die Einladungen waren begehrt, der Kampf um einen Platz auf der Gästeliste wurde mit allen Finessen ausgetragen.

Nach dieser Veranstaltung zum Jahresauftakt folgten diverse kleinere Veranstaltungen von Krankenkassen, Pharmaverbänden und Medizintechnikunternehmen. Das zweite Lobby-Highlight des Jahres fand im April statt, wenn der Deutsche Krankenhausverein einlud.

Lara Schneider, die sich gerade für die Berliner Rundschau in das Gesundheitsthema einarbeitete, hatte den Neujahrsempfang der Ärzte 2010 zwar verpasst, doch nun war sie auf dem Weg zum diesjährigen Frühjahrsempfang der Krankenhäuser.

Sie stieg am Potsdamer Platz aus der S-Bahn. Hier, am ehemals verkehrsreichsten Platz Europas, an dem sich während der Jahrzehnte der Teilung auf dem Todesstreifen zwischen Ost- und West-Berlin eine Brache befand, war der Versuch unternommen worden, ein neues, pulsierendes Zentrum zu schaffen. Die Vielzahl der unterirdischen Gänge und Abzweigungen in diesem Bahnhof war ebenso faszinierend wie verwirrend, so dass Lara zwar etwas orientierungslos, jedoch nicht verärgert durch die Zwischenebene ging. Ihr fielen die beiden unterschiedlichen Menschen um sie herum auf. Da waren zum einen die typischen Touristen, die mit fragendem Blick, ähnlich wie sie selbst, auf der Suche nach dem passenden Ausgang waren. Die andere Gruppe bestand überwiegend aus Männern in dunklen Anzügen und ebensolchen Trenchcoats, die gerade die modernen Bürotürme über ihnen verlassen hatten und nun zielstrebig durch die langen Gänge eilten, auf dem Weg zu ihren Familien oder dem nächsten Termin.

Schließlich entdeckte sie einen Hinweis auf die Leipziger Straße und ging die entsprechende Treppe hoch, wo sie ein grauer Aprilabend erwartete. Sie musste sich beeilen, denn der Frühjahrsempfang des Deutschen Krankenhausvereins sollte um 18.30 Uhr beginnen. Sie drehte die Einladungskarte um und warf noch einen Blick auf die Wegbeschreibung. Auf der Rückseite der Karte war eine kleine Skizze mit den wichtigsten Straßen hier am Potsdamer Platz eingezeichnet, so dass sie nun in die richtige Richtung losgehen konnte. Sie hatte immerhin das Glück, dass sie tatsächlich den passenden Ausgang erwischt hatte. Sie zog ihren blauen Schal fester um den Hals und ging los. Als sie sich dem Hotel näherte, nahm sie die vielen schwarzen Limousinen wahr – alles Dienstwagen mit Fahrern. Jetzt, da sie bereits einige Monate für die Berliner Rundschau arbeitete, überraschten sie diese vielen teuren Autos zwar nicht mehr, aber sie hatte sich auch noch nicht so weit daran gewöhnt, dass sie ihr gar nicht mehr auffielen. Mit ihr zusammen strömten zahlreiche Leute ins Marriott. Nach einem kurzen Blick auf die Uhr stellte sie sich an die Garderobenschlange an. Schließlich betrat sie den Ballsaal des Hotels, in das der Deutsche Krankenhausverein geladen hatte. Von den über 300 Stühlen war kaum noch einer frei, so dass sie nur noch einen Platz ziemlich weit hinten bekam.

Lara hatte schon viel von diesem Jahresempfang gehört. Dass dies eine der Pflichtveranstaltungen für alle sei, die in Berlin in der Gesundheitspolitik mitmischen wollten. Und damit natürlich auch für sie, die künftig für die Zeitung darüber berichten wollte.

Pro Jahr gaben allein die gesetzlichen Krankenkassen über 60 Milliarden Euro für die Krankenhäuser aus. Die kauften davon Röntgengeräte, bezahlten damit die Krankenschwestern, finanzierten ganze Heerscharen von Cateringfirmen, die für die Patienten das Essen zubereiteten und, und, und. Ein Multi-Milliarden-Euro-Markt, an dem sich so mancher gern beteiligen wollte. Heute Abend würden alle diejenigen hier sein, die über die Rahmenbedingungen in diesem Markt entscheiden und diejenigen, die die Entscheidungen beeinflussen wollten. Angefangen mit den Lobbyisten der Medizingerätehersteller über die verschiedenen Lobby-Verbände der Pharmaindustrie bis hin zu den Vertretern des Verbandes der Krankenhaus-Apotheken und des Verbandes der Krankenhaus-Direktoren. Hinzu kamen die Fachleute der Gewerkschaften und der Arbeitgeberverbände sowie des Berufsverbandes der Hebammen und der Verbraucher- und Patientenverbände und natürlich auch die Vertreter der Krankenkassen und ihrer Verbände. Schließlich noch die verschiedenen Journalisten. Darunter waren diejenigen, die für Fernsehen, Rundfunk und Tageszeitungen eher über die allgemeineren Entwicklungen berichteten. Es fanden sich aber auch Dutzende, die für die Ärzte-Zeitung, das Ärzteblatt, die Pharma-Relations oder auch die Apotheken-Nachrichten schrieben beziehungsweise unter dem Blickpunkt des Börsenwertes von Krankenhauskonzernen für die Finanz- und Unternehmensseiten der Wirtschaftszeitungen und -sendungen berichteten. Wenn Lara das gesundheitspolitische Geflecht in der Hauptstadt verstehen wollte, dann musste sie, das war ihr rasch klar geworden, auf diesem Empfang erscheinen.

Während Lara nun versuchte, einzelne Gesichter um sich herum zuzuordnen, ergriff ein älterer Herr auf dem Podium das Wort. Er stellte sich nicht vor und anscheinend kannten ihn auch alle. Lara schaute ins Programm und stellte fest, dass dies Dr. Peter Konopke, der Vorstandsvorsitzende des Krankenhausvereins und damit der Gastgeber war. Daran schloss sich dann eine Begrüßungsarie an, die, so schien es Lara, gar nicht enden wollte: Der Vorstandsvorsitzende begrüßte die Frau Bundesgesundheitsministerin Schönfließ, den Herrn Staatssekretär Hartmann, die sehr geehrten Damen und Herren Landesminister, die gesundheitspolitischen Sprecher der Bundestagsfraktionen, die weiteren Mitglieder des Deutschen Bundestages, die Vorsitzenden der Krankenhaus-Landesverbände sowie die sonstigen Gäste. Während des höflichen Applauses, der sich nach dem Ende der Aufzählung erhob, trank der Vorstandsvorsitzende einen großen Schluck Wasser aus dem bereitgestellten Glas und schaute dann, während der Applaus abebbte, zufrieden in die Runde. Lara erwartete, dass er jetzt den nächsten Redner, die Bundesgesundheitsministerin, ankündigen würde. Aber weit gefehlt – er begann erst einmal seine eigene Rede.

Bereits nach wenigen Sätzen, in denen er die Arbeit seines Verbandes lobte, schweiften Laras Gedanken ab. Sie ließ ihren Blick über die Reihen lichter Hinterköpfe schweifen und stellte das Unübersehbare fest: Das deutsche Gesundheitswesen war ganz überwiegend in den Händen von Männern zwischen 50 und 70 Jahren.

Auf einmal horchte sie auf. Dr. Konopke beklagte die Finanzsituation der deutschen Krankenhäuser und erklärte: »Wir haben, sehr geehrte Frau Ministerin, in der Öffentlichkeit lange geschwiegen und versucht, im direkten Gespräch mit ihnen und verschiedenen Vertretern der Regierungsparteien im Bundestag Änderungen an der desolaten Finanzsituation der Krankenhäuser zu erreichen. Aber mit einem Hinweis auf die schwierige Finanzsituation der Krankenkassen haben sie uns für das Jahr 2010 eine Nullrunde beschert. Man kann die Krankenhäuser auch kaputtsparen! Im Interesse unserer Patientinnen und Patienten werden wir das nicht länger still erdulden. Eines verspreche ich ihnen, sehr geehrte Frau Ministerin. Wenn sich in diesem Sommer nichts ändert, gibt es einen heißen Herbst!«

Während das Ende der Rede mit tosendem Beifall bedacht wurde, wunderte sich Lara über die harschen Worte des Gastgebers. Es kann doch nicht sein, dachte sie irritiert, dass die Gastgeber zu der Ministerin so unhöflich sind!

Während sie noch nachdachte, begann die Podiumsdiskussion zu dem Thema »Herausforderungen für die stationäre Versorgung in Deutschland«. Die Teilnehmer waren die gesundheitspolitischen Sprecher aller im Bundestag vertretenen Parteien sowie die Bundesgesundheitsministerin. Alle Beteiligten nahmen die letzten Sätze des Vorstandsvorsitzenden des Krankenhausvereins auf und stritten engagiert über die Frage, ob die Krankenhäuser in Deutschland mehr Geld brauchen würden oder nicht.

Bei diesen Diskussionen ging es für den Deutschen Krankenhausverein als Gastgeber allerdings weniger um eine inhaltlich interessante Diskussion, als vielmehr darum, zu zeigen, dass alle gesundheitspolitischen Sprecher der im Bundestag vertretenen Parteien und die Ministerin den Verband für so wichtig erachteten, dass sie trotz eines vollen Terminkalenders heute Abend hier waren. Und genau darin lag der Sinn solcher Abende. Der Verband zeigte, dass er wichtig war und dokumentierte dies anhand seiner Gästeliste, die jeder Gast zusammen mit dem Programm bei der Anmeldung erhielt. Dies sicherte ihm Einfluss in der Politik, denn die Meinung eines Verbandes, zu dessen Frühjahrsfest hochrangige Politiker aller Parteien kamen, konnte man nicht einfach ignorieren. Wenn dessen Vorstandsvorsitzender ein Anliegen hatte, dann bekam er im Bundesgesundheitsministerium ebenso einen Termin wie bei den Oppositionspolitikern oder bei den einzelnen Landesgesundheitsministern. Das Gleiche galt für die Presse. Wenn Dr. Konopke etwas loswerden wollte, dann fand sich auch eine Zeitung, die gern darüber schrieb. Auch wenn der Verband eine Pressemitteilung herausgab, wurde mit Sicherheit darüber geschrieben. Dies wiederum erhöhte die Durchsetzungskraft des Verbandes in den Verhandlungen mit den Krankenkassen über Fragen der Krankenhausfinanzierung oder den Gewerkschaften bei Tarifauseinandersetzungen. Mit jemandem, der direkten Einfluss auf die Spitzenpolitiker hatte und dem es leichtfiel, seine Position in die Medien zu bringen, mit dem wollte man sich gerne einigen. Damit wiederum stieg der Einfluss des Verbandes bei der Politik – denn jemand, der über die Medien Öffentlichkeit herstellen konnte und jemand, der inhaltlichen Einfluss auf die Krankenkassen oder die Gewerkschaften nahm, mit dem wollte man zusammenarbeiten, und nicht gegen ihn und so schloss sich der Kreis.

Dieser Mechanismus griff praktisch bei allen Gästen des Abends. Jeder wollte zeigen, dass er dazugehörte. Wer dazugehörte, bekam leichter einen Termin im Ministerium, bei der Opposition, bei einem anderen Verband oder mit einem Journalisten. Der Vertreter des Bundesverbandes der Verbrauchervereinigungen verteilte eifrig seine Visitenkarten, um sich bei der nächsten Gelegenheit darauf beziehen zu können. Mit den Worten »Erinnern Sie sich an unser Gespräch auf dem Frühjahrsempfang des Krankenhausvereins?« würde er in den nächsten Wochen so manche Unterhaltung beginnen. Das verband ihn mit dem Herrn des Verbandes für Arzneimittel-Generika ebenso wie mit der Dame des Krankenkassen-Landesverbandes. Alle wollten am Ende leichter an die sogenannten »Entscheider« herankommen.

Nach fast 90 Minuten waren alle Reden und auch die Diskussionsrunde vorbei und Lara ließ sich mit den Massen treiben, die den großen Saal verließen und sich auf die verschiedenen Buffets verteilten.

An den Stehtischen bildeten sich zahllose Gesprächsgruppen, denn viele zogen es vor, erst einmal ein Glas Wein oder Bier zu trinken, statt sich an einer der Buffetschlangen anzustellen. Lara, die etwas unschlüssig herumstand und nicht recht wusste, mit wem sie sprechen sollte, erkannte ein paar Tische weiter einen Kollegen, der für die Frankfurter Allgemeine Rundschau schrieb. Von einem der vielen Kellner, die Tabletts voll gefüllter Weingläser durch die Menschen balancierten, ließ sie sich ein Glas Weißwein geben und steuerte den Tisch an. Ihr Kollege begrüßte sie freundlich und stellte sie den beiden anderen Personen am Tisch vor. In diesem Moment beobachtete sie eine Veränderung bei den beiden Gesprächspartnern. Als sie an den Tisch trat, wurde sie zwar freundlich begrüßt, aber sie hatte nicht den Eindruck, dass sie wirklich willkommen war. Anders als sonst. Wenn drei Männer zusammenstanden und sie als attraktive junge Frau dazukam, dann waren normalerweise alle drei sehr erfreut. Diesmal war es aber so, dass die beiden fremden Herren sich ihr erst in dem Moment zuwandten, in dem klar wurde, dass sie eine Journalistin war, die für eine bedeutende Tageszeitung über Gesundheitspolitik schrieb. Nach zehn Minuten Smalltalk verabschiedete sie sich mit Hinweis auf die kürzer werdenden Buffetschlangen. Allerdings konnte sie erst gehen, nachdem sie die Visitenkarten von beiden angenommen hatte und ihnen eine von sich gegeben hatte. Als sie sah, wie die beiden ihre Visitenkarte mit einem zufriedenen Blick einsteckten, musste sie unwillkürlich an Indianer denken, die sich einen Skalp an den Gürtel hängen.

Lara reihte sich in eine der Buffetschlangen ein und sprach die Frau vor sich an. Auch da derselbe Effekt: Nach einer eher zurückhaltenden Reaktion auf ihre Kontaktversuche drehte sie sich freundlich zu ihr um, kaum dass sie gehört hatte, dass Lara Journalistin sei. Die wenigen Minuten, bis sie beide am Buffet angelangt waren, reichten auch in diesem Fall für den Visitenkartentausch. Lara schaute noch kurz auf die Karte, bevor sie beim Lachs zugriff: Helga Meister, Leiterin der Politikabteilung der Krankenkasse *Bleib gesund*. Also die Chef-Lobbyistin einer der größten deutschen Krankenkassen, dachte Lara.

Diese Erfahrung machte Lara an diesem Abend noch häufiger – die skeptischen Blicke, wenn sie sich neu in eine Gesprächsrunde einbrachte und dann die fast schon aufdringliche Zugewandtheit, wenn die Anwesenden erfuhren, für wen sie arbeitete. Aber auch der Verlust ihrer eigenen »Attraktivität«, als einmal der Kollege vom

Spiegel an den Tisch kam, an dem sie sich gerade mit dem Geschäftsführer eines Pharmaverbandes und einem weiteren Krankenkassenmitarbeiter unterhielt.

Als Lara Stunden später auf dem Heimweg wieder in der S-Bahn saß, gingen ihr viele Gesprächssituationen noch einmal durch den Kopf. Ihr war klar geworden, dass es heute Abend gar nicht darum gegangen war, interessante Gespräche zu führen. Sie musste innerlich lächeln – schließlich war sie, als sie das erste Mal von diesem Fest gehört hatte, genau davon ausgegangen. Aber die Reaktionen der anderen hatten ihr gezeigt, dass sich die Leute ihre Gesprächspartner tatsächlich danach ausgesucht hatten, wer ihnen etwas nützen würde. Die Attraktivität eines Gesprächspartners, dachte Lara mit einem ersten Anflug von Zynismus, bemisst sich also nicht danach, ob ich ein interessantes Gespräch zu erwarten habe, ob ich gut oder schlecht aussehe, witzig und charmant oder nur langweilig bin, sondern vor allem danach, ob mir das Gespräch einen Vorteil verschaffen könnte. Lediglich Klaus Heinrich, Mitarbeiter aus dem Grundsatzreferat des Gesundheitsministeriums, hatte einen anderen, persönlicheren Eindruck bei ihr hinterlassen. Sie fragte sich, ob er wohl öfter bei solchen Festen anzutreffen sei. Sie war sich sicher, dass sie bei der nächsten Gelegenheit darauf achten würde, ob er auch da wäre.

Als sie einen Tag zuvor ihrem Ressortleiter mehr so nebenbei erzählt hatte, dass sie zu dem Frühjahrsfest gehen wollte, hatte der sich hinter seinen Schreibtisch gesetzt, die Hände zusammengelegt und zu einer langen Rede angesetzt. »Krankenhäuser und niedergelassene Ärzte haben ein zwiespältiges Verhältnis zueinander. Einerseits arbeiten sie Hand in Hand daran, kranke Menschen zu heilen. Andererseits sind sie die zentralen Akteure in einem Multi-Milliarden-Euro Markt, die in einem undurchschaubaren Netz von Abhängigkeiten miteinander verknüpft sind. Die 60 Milliarden Euro, die die Krankenhäuser pro Jahr von den gesetzlichen Kassen erhalten, entsprechen 164 Millionen Euro pro Tag! Jeder dritte Euro, den ein Versicherter an Beiträgen an seine Krankenkasse zahlt, wird an die Krankenhäuser weitergegeben. Aber Geld gibt es natürlich nur, wenn auch jemand ins Krankenhaus kommt und behandelt wird. Von den Unfallopfern abgesehen, entscheidet praktisch der niedergelassene Arzt, in welches Krankenhaus jemand geht, um sich den Blinddarm herausnehmen zu lassen oder das neue Hüftgelenk einsetzen zu lassen. Er stellt die Diagnose, dass eine Krankenhausbehandlung notwendig ist, und er bespricht und empfiehlt, in welchem Krankenhaus die Behandlung durchgeführt wird.«

Er machte sich zwischendurch eine Dose Cola auf, trank einen Schluck und fuhr dann fort:

»Sie müssen sich das mal vorstellen: Die niedergelassenen Ärzte erhalten von den Krankenkassen über 30 Milliarden Euro im Jahr als Honorar für ihre Arbeit. Zu allererst muss der Arzt natürlich eine Diagnose stellen. Dazu benötigt er fast immer ein oder mehrere medizinische Geräte, vom Stethoskop über das Blutdruckmessgerät bis zum Ultraschall- oder Röntgengerät. Nach den Krankenhäusern sind Ärzte die wichtigsten Kunden der Medizinprodukteindustrie. Wenn die Diagnose gestellt ist, dann wird der Rezeptblock gezückt: Für 30 Milliarden Euro verschreiben Ärzte pro Jahr Arzneimittel, für rund sechs Milliarden Euro Hilfsmittel wie Krücken oder Rollstühle und noch einmal für fünf Milliarden Euro Heilmittel von der Krankengymnastik bis zur Massage und Fango-Packung. Haben Sie sich mal die Frage gestellt, warum es in fast jedem Ärztehaus eine Apotheke gibt oder warum so viele Ärztefortbildungen von Pharmaunternehmen organisiert werden?«

Der Ressortleiter hatte Laras Antwort gar nicht abgewartet, sondern nur abgewinkt und weitergeredet: »Die niedergelassenen Ärzte haben im deutschen Gesundheitssystem die zentrale Schlüsselstellung inne und entsprechend ungern lassen sie sich von irgendjemandem sagen, was sie zu tun und zu lassen haben.

Das Selbstbewusstsein der Klinikärzte hingegen speist sich vor allem aus der Schwere der Erkrankungen, die von ihnen geheilt werden – und natürlich aus der Notaufnahme.

Häufig verschenken Pharmakonzerne ihre Arzneimittel an Krankenhäuser. Sie umgarnen die Klinikärzte, laden sie zu Kongressen in Fünf-Sterne-Hotels ein und setzten fast alles daran, den Arzt davon zu überzeugen, dem Patienten gerade dieses oder jenes Medikament aufzuschreiben. Dies wird besonders gerne bei Arzneimitteln gemacht, die neu auf dem Markt sind. Dabei geht es natürlich nicht um Selbstlosigkeit, sondern ums Geschäft: Wer sich während eines Krankenhausaufenthaltes als Patient an ein bestimmtes Medikament gewöhnt hat, der wird genau das gleiche auch von dem weiterbehandelnden niedergelassenen Arzt haben wollen, auch wenn es vielleicht besonders teuer ist. Dem Patienten ist der Preis egal. Er erfährt ihn in der Regel nicht einmal, weil er in der Apotheke nur sein Rezept abgeben muss, dann noch die Zuzahlung und das war's. Und bevor der Hausarzt entgegen der Therapieentscheidung des Krankenhausarztes das

Arzneimittel ändert – selbst wenn es derselbe Wirkstoff wäre – verordnet er lieber das gleiche Medikament weiter. So dauert es gar nicht lange, bis sich das Geschenk der Pharmaindustrie an die Krankenhäuser gelohnt hat.«

Während Lara noch Tage später überlegte, wie sie mit diesem Geflecht gegenseitiger Abhängigkeiten umgehen sollte, trafen sich Peter Konopke, der Chef der DKV, und Hermann Roebel, der Chef des Verbandes der niedergelassenen Ärzte, ein paar Tage nach dem Frühjahrsempfang zu einem vertraulichen Gespräch.

Während Konopke einen trockenen Weißwein trank, bevorzugte Roebel ein Bier. Sie hatten sich in einem kleinen Restaurant in der Nähe vom Bahnhof Zoo verabredet, wo es eine hervorragende österreichische Küche gab. Außerdem waren sie hier weit weg von Berlin-Mitte. Denn wenn man sich dort in den einschlägigen Restaurants und Cafés traf, konnte man sicher sein, dass andere dies mitbekamen (was natürlich auch der Grund war, warum sich viele Leute gerade dort zum Gespräch trafen). Aber heute wollten beide tatsächlich vertraulich miteinander reden.

Nach dem allgemeinen Vorgeplänkel kam der Ärzte-Chef Roebel zur Sache: »Die Gesundheitspolitik der Schönfließ macht mich noch wahnsinnig! Schöne Sprüche in Richtung der Wähler und wir Ärzte müssen das ausbaden. In diesem Jahr steht den Ärzten kein Cent mehr als im vergangenen Jahr zur Verfügung. An der Basis staut sich der Unmut, denn die Kollegen in den Praxen haben den Eindruck, dass sie eine Gesundheitspolitik, die sich gegen Ärzte richtet, ausbaden müssen.«

Konopke nickte zustimmend: »Nachdem mich bisher nur Vertreter einzelner, eher kleinerer Krankenhäuser angerufen haben, um sich zu beschweren, haben mich nach dem Auftritt der Ministerin vor ein paar Tagen auf unserem Frühjahrsempfang auch Vertreter der großen Krankenhausketten angerufen und gefragt, was ich denn gegen das Spardiktat der Politik zu tun gedenke. Wenn ich ganz ehrlich bin, dann habe ich mich gründlich verschätzt. Nach der Bundestagswahl war ich mir sicher, dass die neue konservative Bundesregierung einen klaren gesundheitspolitischen Schwerpunkt auf die Ärzte und Krankenhäuser setzen würde. Ich bin nicht auf die Idee gekommen, dass die uns fast eine Nullrunde zumuten. Die Zeit der freundlichen Hinweise und des gefälligen Miteinanders ist für mich vorbei. Ich denke, wir müssen jetzt härtere Saiten aufziehen!«

»Ja«, meinte Roebel, »ich sehe das genauso«.

Und dann beschlossen die beiden, ab sofort Woche für Woche und Monat für Monat den Druck auf die Bundesregierung zu erhöhen – und, im Geheimen, ihre Konkurrenzkämpfe fürs Erste einzustellen.

Von nun an wurde nur noch das Negative in der Gesundheitspolitik gesucht. Es ging nicht mehr um die Suppe, es ging darum, möglichst viele Haare in ihr zu finden und wo keine zu finden waren, da wurden welche hinein gestreut.

Die Krankenhauslobbyisten hatten dieses Verhalten perfektioniert. Obwohl gesetzlich geregelt war, dass sie Jahr für Jahr mehr Geld bekamen, wurde Peter Konopke nicht müde, von angeblichen Kürzungen zu sprechen. Dabei dienten ihm die Pflegekräfte als Kronzeugen. Einerseits wurden zusätzliche Ärzte eingestellt und viele Klinikkonzerne machten gute Gewinne, während andererseits bei den Pflegestellen nichts passierte. Deshalb fiel es Peter Konopke nicht schwer, immer wieder überarbeitete Krankenschwestern für Demonstrationen zu motivieren. Und jedes Mal, wenn er in den Nachrichten oder in einer Zeitung Bilder von protestierenden Krankenschwestern sah, war er stolz auf das Erreichte.

Peter Konopke, Hermann Roebel und zahlreiche ihrer Mitarbeiterinnen und Mitarbeiter reisten in den folgenden Wochen durch die Republik, um Mitstreiter für eine große Protestbewegung gegen die Gesundheitspolitik zu finden. In dem von ihnen initiierten »Bündnis Gesundheit 2010« waren bis zum Beginn der parlamentarischen Sommerpause über 30 Verbände und Institutionen versammelt: Ärzteverbände, Zahnärztevereinigungen, Hebammen, Diätassistenten, Physiotherapeuten, Pflegeheimbetreiber, Sprechstundenhilfen und so weiter.

In den Sommermonaten verging kaum eine Woche, in der nicht ein Vertreter des Bündnisses Gesundheit 2010 in einem Interview oder Zeitungsbericht darüber klagte, wie schlecht alles geworden sei und dass man sich nicht mehr richtig um die Patienten kümmern könne. Immer lief es am Ende darauf hinaus, dass nicht mehr genug Geld da sei. Die Ärzte behaupteten unverdrossen, dass ihre »Arzneimittelbudgets« ausgeschöpft seien, obwohl es die gar nicht gab. Die Krankenhäuser erzählten immer wieder von ihren permanenten »Kürzungen«, was tatsächlich meinte, dass sie im Jahr statt der geforderten vier Prozent »nur« zwei Prozent zusätzlich bekommen hatten. Das erwähnten sie aber lieber nicht. Und in den nachrichtenarmen Wochen der parlamentarischen Sommerpause freute sich jeder Journalist über ein Thema, über das er schreiben konnte.

Nach jedem Interview und nach jeder Pressekonferenz argumentierten das Gesundheitsministerium und die Krankenkassen dagegen an. Aber dann stand in den

Zeitungsartikeln immer Aussage gegen Aussage. Und wem glaubte der Leser am Ende mehr? Den Ärzten, Hebammen und Krankenhäusern, mit denen sie oft zusammenkamen und die ihnen bei konkreten Problemen halfen oder den Politikern und den Krankenkassen?

Nicht zu vergessen das obligatorische Klagen zahlreicher Ärzte, die ihren Patienten bei jedem Besuch erzählten, wie schlecht es ihnen nur deshalb ging, weil die Gesundheitspolitik so schlimm war. Gegen tausende Ärzte, die Tag für Tag den Patienten ganz direkt und persönlich ihre Meinung zur Gesundheitspolitik erzählten, konnte die Politik kaum ankommen.

Und der Plan der Gesundheitslobby ging scheinbar auf.

Die Umfragewerte der Gesundheitsministerin wurden zusehends schlechter und die Bewertung der gesundheits- und sozialpolitischen Kompetenz der Bundesregierung insgesamt fing ebenfalls an, Schaden zu nehmen. In seiner öffentlichen Wirkung war der Plan aufgegangen, nicht jedoch in seiner politischen: Die Bundesgesundheitsministerin ließ sich von dieser Kampagne nicht einschüchtern. Sie dachte gar nicht daran, an ihrer Politik etwas zu ändern. Sie hielt ihre Politik inhaltlich für richtig und notwendig. Das wichtigere Argument für sie, um standhaft zu bleiben, war jedoch die Erkenntnis, dass ein öffentlich sichtbares Einknicken vor der Gesundheitslobby ihre Autorität als Ministerin so stark beschädigen würde, dass dies unweigerlich der Anfang vom Ende ihrer politischen Karriere sein würde.

Nach den Wochen des Hin und Her warb sie in einer großen Informationsoffensive mit Plakaten und zahlreichen Interviews in Zeitungen und im Fernsehen im Spätsommer 2010 für ihre Gesundheitspolitik und für ihre Erfolge. Nicht zuletzt dafür, dass die Beiträge der Krankenkassen nach den vielen Steigerungen der vergangenen Jahre jetzt endlich stabil waren. Die Kernbotschaft in jedem Interview und in jeder Rede war, dass genug Geld vorhanden sei, dass die Ärzte, die Krankenhäuser, die Zahnärzte und wer auch immer noch im Gesundheitswesen es nur besser einsetzen müssten.

Nach dieser Gegenoffensive der Gesundheitsministerin waren sich Konopke und Roebel einig: Jetzt ging es für sie darum, entweder die Attacken auf die Gesundheitspolitik der Bundesregierung zu verschärfen oder nachzugeben und damit das Ende ihrer eigenen Verbandskarriere einzuläuten.

Für Anfang September hatten die beiden deshalb zu einem Treffen der Vorstände und Geschäftsführer der Mitglieder des Bündnisses Gesundheit 2010 eingeladen. Nach intensiven Diskussionen wurde beschlossen, gemeinsam für eine Großdemonstration im Herzen Berlins zu werben. Die Bilder demonstrierender Ärzte, Krankenschwestern, Hebammen und Physiotherapeuten würden, so das Kalkül, das Dauerfeuer auf die Gesundheitspolitik so sehr verschärfen, dass sie ihrem Ziel – mehr Geld – deutlich näher kommen würden.

Bereits drei Wochen später war es dann soweit: 25.000 Menschen kamen nach Berlin, liefen in einem langen Protestzug vom Gendarmenmarkt bis ans Brandenburger Tor. Dort wurden flammende Reden gehalten – über eine Stunde lang reichten die hauptberuflichen Gesundheitsfunktionäre das Mikrofon von Hand zu Hand weiter.

Das Medienecho war überwältigend. Es gab keine Nachrichtensendung ohne die Bilder der demonstrierenden Krankenschwestern und Ärzte. In allen Radionachrichten des Tages konnte man die gellenden Pfeifkonzerte hören und am nächsten Tag zierten Fotos des Demonstrationszuges und der Abschlusskundgebung die Titelseiten aller deutschen Tageszeitungen. Die Veranstaltung war eine machtvolle Demonstration der Gesundheitslobby. Und die Botschaft wurde auch im Bundeskanzleramt gehört.

Während die Ärztefunktionäre in den nächsten Tagen ihren Erfolg feierten und sich gegenseitig die Pressespiegel zumailten, bestellte Hansen seine Gesundheitsministerin zu einem Vier-Augen-Gespräch ein.

Karla Schönfließ betrat das Büro des Kanzlers, der sie hinter seinem Schreibtisch sitzend und über eine Akte gebeugt erwartete. Nach einem kurzen Moment, in dem die Gesundheitsministerin gerade begann, sich nach einer Sitzmöglichkeit umzusehen, blickte Hansen auf, erhob sich, ging um seinen Schreibtisch herum und gab ihr zur Begrüßung die Hand. Er bat sie, sich zu setzen, und zeigte dabei auf einen der beiden Besucherstühle vor seinem Schreibtisch. Während sie sich setzte, wurde ihr bewusst, dass er sich bisher immer mit ihr in die gemütliche Sitzgruppe am anderen Ende des Büros gesetzt hatte. Er selbst ging wieder hinter seinen Schreibtisch und setzte sich ebenfalls. Die so geschaffene Distanz zwischen ihnen war atmosphärisch greifbar. Karla Schönfließ verstand die »neue« Sitzordnung genau richtig: Sie war das deutliche Signal, dass ihr Rückhalt beim Bundeskanzler zu schmelzen begann.

Nach etwas belanglosem Smalltalk kam Hansen zum entscheidenden Punkt: »Ich bin kein Fachmann für Gesundheitspolitik. Ich verstehe aber so viel davon, dass ich weiß, dass ein System nicht richtig funktionieren kann, wenn die Menschen, die dort arbeiten, dauerhaft unzufrieden sind.«

»Wir haben«, entgegnete Karla Schönfließ, »rund 50 Millionen Menschen und zig-tausend Arbeitgeber, die Monat für Monat die Krankenkassenbeiträge zahlen. Die waren es leid, dass die Krankenkassen teilweise mehrmals im Jahr die Beiträge angehoben haben. Auch deshalb wurde die alte Bundesregierung abgewählt. Deshalb haben wir den Menschen in diesem Land im Wahlkampf stabile Beiträge versprochen und es auch in den Koalitionsvertrag geschrieben. Wenn jetzt ein paar hunderttausend Ärzte und Krankenschwestern jammern, dann müssen wir das aushalten! Wir können uns doch von denen nicht so unter Druck setzen lassen! Was wir jetzt an öffentlichem Gegenwind haben, ist unangenehm. Aber schlimmer wird es, wenn 50 Millionen Beitragszahler sich von uns über den Tisch gezogen fühlen!«

Hansen seufzte, denn Gesundheitspolitik war ihm eigentlich völlig egal und es nervte ihn, dass er sich überhaupt damit beschäftigen musste. »Karla, sorge irgendwie dafür, dass die Demonstrationen aufhören und wir Ruhe an der Gesundheitsfront bekommen. Wegen so einem Scheiß will ich bei den im nächsten Jahr anstehenden Landtagswahlen nicht meine Bundesratsmehrheit verlieren!« Bei den letzten drei Wörtern hatte er sich erhoben und so überdeutlich gemacht, dass das Gespräch beendet sei und er auch nicht mit ihr darüber diskutieren würde, wie sie das Problem löste.

Beim Verlassen des Kanzlerbüros lächelte Frau Schönfließ noch freundlich. Doch kaum saß sie in ihrem Wagen und war auf dem kurzen Weg zurück ins Gesundheitsministerium, schimpfte sie wie ein Rohrspatz vor sich hin. Sie war überzeugt davon, dass sie das richtige tat und empfand es als demütigend, dass sich der Kanzler offensichtlich nicht im Geringsten für den Inhalt ihrer Politik interessierte, sondern lediglich für die Auswirkungungen auf Umfragen und Wahlergebnisse. Noch vom Auto aus rief sie ihre Sekretärin an und teilte ihr mit, dass sie ihren Staatssekretär, ihren Pressesprecher und ihren Büroleiter in einer Viertelstunde in ihrem Büro zu sehen wünschte.

Ohne eine nennenswerte Begrüßung (sie war in ihrem Umfeld bekannt dafür, dass ihre Mitarbeiter immer direkt mitleiden mussten, wenn sie schlechte Laune hatte) berichtete sie kurz über die Forderung des Bundeskanzlers, dass sie dafür sorgen solle, dass die Ärzteproteste aufhören. Was sie selbstverständlich nicht erwähnte, war, unter welch frostigen Bedingungen das Gespräch stattgefunden hatte. Nun war es aber nicht so, dass sie mit ihren engsten Mitarbeitern die Sachlage diskutieren wollte. Nein, sie dachte überhaupt nicht daran, ihre Politik zu ändern. Den zaghaften Hinweis von Peter Hartmann, ihrem Staatssekretär, dass man sich mit den Ärztevertretern sicherlich auf einen Kompromiss verständigen könne nach dem Motto »etwas mehr Geld für euch, dafür keine Proteste mehr«, wischte sie mit einem lautstark vorgetragenen Einwand vom Tisch. »Von diesen Verbände-Fritzen lasse ich mir nicht diktieren, wie ich Politik zu machen habe!« Sie schnaufte vor Wut und herrschte ihren Pressesprecher an: »Karl, sorge dafür, dass die Presse mit den blöden Kommentaren aufhört. Wer den nächsten schlechten Kommentar über meine Politik schreibt, wird zu unserem nächsten Hintergrundgespräch nicht eingeladen. Und für meine USA-Reise im November nehmen wir die fünf Journalisten mit, die bis dahin die freundlichsten Kommentare geschrieben haben. So weit kommt das noch, dass wir die Schmierfinken für ihre schlechten Kommentare über meine Politik auch noch mit tollen Dienstreisen belohnen!«

Karl Neff lag nach dieser Anweisung eine deutliche Entgegnung auf der Zunge. Doch aus den Erfahrungen der ersten knapp zwei Jahre als Pressesprecher der Ministerin schluckte er diese lieber herunter. Jetzt zu widersprechen hätte lediglich zur Folge, dass sich ihr Ärger bei ihm selbst entlud.

Dann schaute sie ihren Büroleiter Andreas Drossel an. »Andreas, ich will morgen Nachmittag Roebel und Konopke treffen. Räume meinen Terminkalender frei und sorge dafür, dass die beiden herkommen – und mache die Termine direkt hintereinander, damit die beiden sich nicht zwischendurch abstimmen können.« Drossel nickte nur knapp, wusste doch auch er mittlerweile, dass jeder Versuch der Diskussion mit der Ministerin sinnlos war, wenn sie in einer solchen Stimmung war.

Als Drittes wandte sie sich noch einmal an ihren Staatssekretär Peter Hartmann: »Von dir brauche ich bis morgen um zehn konkrete Ideen, was ich den beiden Halunken anbieten kann. Irgendein Angebot muss ich denen ja wohl machen.«

Zu den angenehmen Dingen im Dasein eines Bundesministers gehört es, dass fast niemand es wagt, einen dringenden Gesprächswunsch abzusagen. Und so änderten Konopke und Roebel selbstverständlich ihre Terminplanung für den nächsten Tag, damit sie um drei (Roebel) beziehungsweise um halb vier (Konopke) bei der Ministerin im Büro zum Gespräch erscheinen konnten.

Karla Schönfließ machte keinen Hehl daraus, dass sie schlechter Laune war. Sie war vielmehr überzeugt davon, dass es ein Ausdruck von Macht und Überlegenheit war, wenn man es sich leisten konnte, anderen Menschen die eigene schlechte Laune zu zeigen. Untergebene müssen nett und aufmerksam sein und auch bei schlechten Witzen lachen. Vorgesetzte oder mächtigere Menschen haben dies nicht nötig. In diesem Sinne begrüßte sie die beiden jeweils mit wenigen mürrischen Worten und auch der Inhalt der Gespräche war beide Male gleich.

Die Gesundheitsministerin hielt einen fünfminütigen Monolog darüber, wie bedeutend die gesetzliche Krankenversicherung sei und dass es eine gemeinsame Aufgabe wäre, daran zu arbeiten, dass die Menschen ihr auch weiterhin vertrauten. Dann wies sie wahlweise darauf hin, dass die Ärzte (im ersten Gespräch) und die Krankenhäuser (im zweiten Gespräch) eine ganz zentrale Rolle hatten: Wenn sie den Menschen erzählten, dass sie der gesetzlichen Krankenversicherung vertrauen könnten, dann machten sie das auch. Wenn sie aber auf die Straße gingen und gegen die angeblich schlechten Bedingungen demonstrierten, dann untergruben sie das Vertrauen der Menschen und schwächten den Zusammenhalt in unserer Gesellschaft. »70 Millionen Menschen sind bei den Krankenkassen versichert! Nehmen sie ihre Verantwortung für diese Menschen wahr und hören sie auf, sie zu verunsichern!«

Die Reaktion der beiden Herren war ebenfalls gleich. Und selbst wenn sie sich nicht vor ihren jeweiligen Treffen kurz telefonisch abgestimmt hätten, hätte es wohl kaum eine Differenz zwischen ihnen gegeben.

»Liebe Frau Ministerin, ich sehe es als meine Pflicht an« sagte Roebel im ersten Gespräch und Konopke fast wortgleich im zweiten, »dafür zu sorgen, dass die medizinische Versorgung in diesem Land auch in Zukunft funktionieren wird. Wer die finanzielle Basis erodieren lässt, der nimmt billigend in Kauf, dass immer weniger Menschen Arzt werden (beziehungsweise immer mehr Krankenhäuser schließen) und dass die Versorgung in diesem System, die sie zu Recht loben, schlechter wird. Nullrunden und Inflationsausgleiche sind keine Basis, auf der ich dafür sorgen kann, dass auch morgen noch genug Ärzte (beziehungsweise Krankenhäuser) für die Versorgung der Menschen da sind. Wir wollen nicht demonstrieren, aber die Verantwortung für ihre Patientinnen und Patienten treibt meine Kolleginnen und Kollegen auf die Straße. Und mit ihren Sorgen und Nöten kann ich sie als ihr Verbandsvorsitzender nicht allein lassen.«

Die Ministerin entgegnete Roebel (und so ähnlich etwas später Konopke): »Die Einnahmen der Ärzte kann ich nicht einfach erhöhen, und auch bei den Einsparbemühungen bei den Arzneimitteln kann ich sie nicht aus ihrer Verantwortung entlassen. Aber wenn wir beide uns einig sind, dass die negativen Nachrichten niemandem etwas nützen, dann werde ich ab sofort alles in meiner Macht stehende tun, um Ihre Position innerhalb und außerhalb der Ärzteschaft zu stützen.« Und lächelnd fügte sie hinzu: »Sollte allerdings der Ärzteverband mit ihnen an der Spitze weiterhin die Politik der Bundesregierung torpedieren, dann wird es schwierig. Eventuell sähe ich mich dann gezwungen, dem Umstand, dass der Körperschaftsstatus des Ärzteverbandes eigentlich ein Relikt des letzten Jahrhunderts ist, Rechnung zu tragen und darauf hinzuwirken, das sich das ändert.«

Roebel nahm diese offene Drohung äußerlich gelassen hin. Er sagte zu, sein Möglichstes zu tun, um im Interesse der Bundesregierung zu handeln. Und kaum dass Herr Roebel durch die eine Tür aus dem Zimmer der Ministerin hinausgeführt war, betrat der Krankenhausvertreter Konopke das Ministerbüro von der anderen Seite.

Am späteren Nachmittag berieten sich beide Spitzenfunktionäre jeweils intern mit ihren wichtigsten Mitarbeitern und Kollegen. Mit dem Status einer Körperschaft öffentlichen Rechts war verbunden, dass alle Ärzte, die für die Krankenkassen arbeiten wollten, automatisch Zwangsmitglied in dem Kassenärzteverband auf Landesebene wurden und auch einen monatlichen Beitrag zahlen mussten – auch wenn viele das gar nicht wollten. Diese gesetzliche Vorgabe garantierte dem Kassenärzteverband einerseits regelmäßige und gute Einnahmen und andererseits großen Einfluss. Denn als Körperschaft war der Kassenärzteverband (und Ähnliches galt auch für den Krankenhausverein und den Bundesverband der Krankenkassen) automatisch bei allen wichtigen Entscheidungen darüber, was zum Leistungskatalog der gesetzlichen Krankenversicherung gehörte, wie das Honorar zwischen den Ärzten aufgeteilt wurde und wie die elektronische Gesundheitskarte aufgebaut wurde, beteiligt. Wenn die Ministerin es schaffen würde, den Verbänden durch eine Gesetzesänderung den Status einer Körperschaft zu nehmen, dann wären sie vermutlich am Ende.

Am Vorabend des 3. Oktober trafen sich Konopke und Roebel wieder in ihrem Lieblingsrestaurant in der Nähe vom Bahnhof Zoo, um die Lage zu erörtern und, sofern möglich, sich auf ein weiteres gemeinsames Vorgehen zu verständigen.

Sie waren noch bei der Vorspeise, da waren sie sich schon einig, der Bundesregierung einen heißen Herbst zu bescheren. Die Stimmung bei den Ärzten in den Praxen und Krankenhäusern war denkbar schlecht – und das war gut für die beiden Vorsitzenden. Denn nur mit unzufriedenen Mitgliedern konnten sie große Protestaktionen anstoßen. Als sie das gute Abendessen schließlich mit einem doppelten Espresso ausklingen ließen, war die wichtigste Entscheidung getroffen: Ab jetzt würde in den Praxen und Krankenhäusern Stimmung gegen die Bundesregierung gemacht.

»Wenn«, rechnete Roebel vor, »in 120.000 Arztpraxen im Schnitt pro Tag 20 Patienten behandelt und auf den Protest angesprochen werden, dann sind das zwölf Millionen Kontakte pro Woche, also fast 50 Millionen im Monat. Und dazu kommen noch die Zahnärzte, Krankenhäuser, Physiotherapeuten, Apotheker und, und, und. Keine Bundesregierung kann mit noch so viel Geld für Zeitungsanzeigen dagegen halten.«

»Und falls sie es doch probiert?«

»Dann«, meinte Roebel grinsend, »geben wir dem Bund der Steuerzahler einen Tipp, dass die Gesundheitsministerin Steuergelder für unsinnige Anzeigen verschwendet!«

Und so verging in den nächsten Wochen kaum ein Besuch in einer Arztpraxis ohne einen Blick auf das Plakat mit der Aufschrift:

Die Bundesregierung spart die Ärzte kaputt

Wir Ärzte arbeiten heute schon jedes Quartal viele Tage, die nicht bezahlt werden. Und es wird immer schlimmer, denn die Bundesgesundheitsministerin spart uns kaputt! Wenn sich nicht bald etwas ändert, dann sterben die Arztpraxen.

Erst stirbt die Arztpraxis, dann der Patient!

Ähnliche Plakate fanden sich in den Krankenhäusern. Es wurde sogar eine eigene Internetseite aufgebaut, um zu zeigen, dass bereits heute die Krankenhäuser kaputtgespart wurden. Auch in den Krankenhäusern hieß es am Ende der Plakate: *Erst stirbt das Krankenhaus, dann stirbt der Patient.* Und außerdem stand da: *Wir können unseren Patientinnen und Patienten nicht guten Gewissens raten, einen Politiker zu wählen, der das Krankenhaus, in dem sie gerade liegen, schließen möchte.*

Die Kampagnen der Ärzte und Krankenhäuser wurden von verschiedenen anderen Akteuren im Gesundheitssystem, wie zum Beispiel Apothekern und Zahnärzten, unterstützt. Doch die Proteste entwickelten keine Durchschlagskraft – die Politik reagierte einfach nicht darauf. Das änderte sich erst nach dem Jahreswechsel. Denn zum 1. Januar 2011 erhöhten die meisten Krankenkassen ihre Beiträge und die Medien waren voll davon. Die Ärzte-Lobby konnte ihr Glück kaum fassen, dass die Kassen der Politik das wichtigste Argument – Einsparungen führen zu stabilen Kassenbeiträgen – selbst aus der Hand schlugen.

Da die Krankenkassen jede Beitragserhöhung vorab über die Aufsicht genehmigen lassen mussten, war es für die Kampagnenstrategen der Ärzte und Krankenhäuser ein Leichtes, vorab über die Beitragserhöhungen informiert zu sein. Ihnen war klar, dass diese Erhöhungen für sie ein großes Geschenk waren. Denn die Regierung konnte die Proteste der Ärzte nur aushalten, solange die Menschen ansonsten zufrieden waren. Wenn aber die Krankenkassenbeiträge stiegen, dann waren die Menschen unzufrieden und die Regierung geriet unter Druck. Und so war es kein Zufall, dass am 2. Januar 2011 in allen bundesweiten Tageszeitungen großformatige Anzeigen erschienen waren:

Die Krankenkassen erhöhen die Beiträge, der kleine Mann muss zahlen!

Die Honorare der Ärzte werden gekürzt, die medizinische Versorgung wird schlechter!

Das Krankenhaussterben beginnt, in den Notaufnahmen wird es eng!

Herr Bundeskanzler, lassen sie die Kranken nicht im Stich!

Als Leon Hansen am Morgen die offizielle Presseauswertung las, bekam er einen Wutanfall sondergleichen. Wie konnte die Schönfließ bloß so blöd sein, es so weit kommen zu lassen? Hatte die denn gar kein Gespür dafür, was in ihrem Politikbereich passierte? Doch die aktuellen Berichte über die Bankenkrise ließen ihm an diesem Tage keine Zeit, sich mit dem Thema zu beschäftigen, und kaum hatte er seine Gedanken woanders, geriet das Thema auch erst einmal aus seinem Blickfeld.

Gegenüber der Presse verwies der Regierungssprecher darauf, dass man Zeitungsanzeigen grundsätzlich nicht kommentieren würde und empfahl den Ärzten, das Geld lieber für die Versorgung kranker Menschen statt für Zeitungsanzeigen auszugeben.

Auf den ersten Blick war die Wirkung der Anzeigen damit verpufft, doch auf den zweiten Blick zeigte sich, dass sie trotzdem wirkten.

Leon Hansen hatte die Gesundheitspolitik bisher bestenfalls aus dem Augenwinkel beobachtet. Er fand nicht, dass er sich als Bundeskanzler mit Ärzten, Krankenkassen und Kliniken auseinandersetzen musste. Deshalb hatte er auch in der Presseauswertung, die ihm an jedem Morgen vom Bundespresseamt zur Verfügung gestellt wurde, die Artikel zur Gesundheitspolitik bisher meist überblättert.

Die Anzeigenkampagne vom 2. Januar war der entscheidende Auslöser gewesen, dass er in den kommenden Wochen die Artikel zur Gesundheitspolitik bei der morgendlichen Lektüre der Presseauswertung nicht mehr wie in der Vergangenheit einfach überblätterte, sondern sie las.

Die Pressestellen des Deutschen Krankenhausvereines, des Verbandes der niedergelassenen Ärzte, der diversen Fachärzteverbände und vieler weiterer Lobbyverbände waren zumindest so erfolgreich, dass nahezu täglich in irgendeiner größeren Regionalzeitung oder bundesweiten Zeitung ein Bericht über die Ärzteproteste erschien. Und so wurde Leon Hansen täglich mit den Protesten aus dem Gesundheitssystem konfrontiert. Deshalb reifte in den ersten Wochen des Jahres 2011 in Hansen die Entscheidung heran, dass die Ärzte und Kliniken irgendwie ruhiggestellt werden müssten, denn die Proteste hatten mittlerweile das Potenzial, seine Wiederwahl im Herbst 2013 zu gefährden.

Am 13. März 2011 saß Bundeskanzler Hansen wie an jedem Sonntag mit seinen engsten Mitarbeitern zusammen und besprach mit ihnen die anstehenden politischen Aufgaben. An diesem Tag gab er Hermann Triller, dem Chef des Kanzleramts, den Auftrag, an der Gesundheitsfront für Ruhe zu sorgen. Im Kern ging es ihm um zwei Punkte: Schluss mit den Ärzteprotesten und die Einbindung der Gerechtigkeitspartei, um das Gesundheitsthema möglichst aus dem nächsten Wahlkampf herauszuhalten.

Wenige Tage später hatten sich dann Triller, Hartmann, Heil und Meyer zu jenem vertraulichen Gespräch in der Parlamentarischen Gesellschaft getroffen, bei dem Triller den Auftrag des Kanzlers weitergegeben hatte. Nun, vier Wochen später, am 15. April 2011, kam die Vierergruppe erneut zusammen.

Diesmal trafen sie sich jedoch nicht in der Parlamentarischen Gesellschaft, sondern im Büro des Gesundheitsstaatssekretärs Peter Hartmann. Im Zuge der zahlreichen sehr informellen Gespräche und Überlegungen der vergangenen vier Wochen hatte sich eine Lösung herauskristallisiert und deshalb entschied Hermann Triller, dass man sich diesmal im Gesundheitsministerium treffen werde. Auch wenn die Ministerin bei diesem Treffen nicht dabei war, wollte man doch später so tun können, als ob.

Hermann Triller schaute in die kleine Runde und sagte: »Nun, wie sieht es aus?«

Germanus Heil lehnte sich demonstrativ zurück und trank einen Schluck Kaffee. Der Fraktionsvorsitzende Walter Meyer nahm sich ein Schinkenbrötchen von dem Tablett in der Mitte des Tisches und schaute erwartungsvoll zu Peter Hartmann. Hartmann war klar, dass er dem Chef des Kanzleramtes die Idee würde präsentieren müssen. Nicht nur deshalb, weil es seine war, sondern auch, weil er der Einzige in der Runde mit echtem Sachverstand war. Den anderen dreien war es im Kern ziemlich egal, was inhaltlich passierte. Ihnen ging es um Ruhe an der Protestfront und um zufriedene Versicherte, Beitragszahler und Ärzte, denn diese waren die potenziellen Wähler.

»Also«, Hartmann räusperte sich, stand auf und legte los. »Wir haben drei Kernprobleme, die es zu lösen gilt. Erstens: Ärzte und Krankenhäuser protestieren, weil sie angeblich zu wenig Geld bekommen. Ruhe geben die erst dann, wenn sie mehr Geld bekommen. Zweitens: Die Versicherten fühlen sich schlecht versorgt, weil die Ärzte ihnen das einreden und weil die Krankenkassen die Beiträge erhöhen. Und drittens: Die Opposition hackt auf der Gesundheitspolitik rum, weil sie den Unmut der

Ärzte, Krankenhäuser und der Versicherten in Zustimmung für sich selbst ummünzen will. Die Lösung ist ganz einfach: Mehr Geld für die Ärzte und Krankenhäuser, keine Beitragserhöhungen für die Versicherten und eine Opposition, die das Ganze unterstützt.«

Triller, der den eigentlichen Lösungsvorschlag noch nicht kannte, richtete sich gerade auf seinem Stuhl auf und wollte lospoltern, als Hartmann ihm zuvorkam. »Natürlich klingt das jetzt nach eierlegender Wollmilchsau. Es kann aber funktionieren, denn wir wollen die Finanzierung des Gesundheitssystems grundsätzlich umstellen.«

»Nun bin ich aber gespannt«, brummelte Triller vor sich hin, konnte aber seine Neugierde nicht ganz verheimlichen. Immerhin kannten Meyer und Heil das Konzept bereits und wenn die beiden nicht der Meinung wären, dass es funktionieren könnte, hätten sie ihn nicht zu dem Gespräch gebeten.

»Die Zeitungen berichten ständig über Beitragserhöhungen, weil fast jeden Monat irgendwo in diesem Land eine der vielen Krankenkassen ihren Beitrag erhöht. Der Einzelne ist zwar tatsächlich fast nie betroffen, gefühlt aber schon. Deshalb sollen alle Krankenkassen einen von der Bundesregierung festgelegten Einheitsbeitrag bekommen. Dann entscheiden wir, wann der Beitrag rauf- oder runtergeht und die Kassen müssen sich fügen. Endlich haben wir den Daumen drauf und müssen nicht mehr nur darauf hoffen, dass die Kassen ihre Beiträge stabil halten. Und wenn eine Kasse mit dem Beitragssatz nicht auskommt, dann muss sie von ihren Versicherten einen Zusatzbeitrag nehmen. Das verkaufen wir als »mehr Wettbewerb zwischen den Kassen«. Die Menschen, für die die Kassen bloß lahme Bürokratien sind, werden das prima finden. Gleichzeitig wird jede einzelne Kasse alles daransetzen, um zu verhindern, dass sie selbst einen Zusatzbeitrag nehmen muss, denn dann werden die Versicherten in Scharen davonlaufen und sich eine neue Kasse suchen. So haben wir in dieser Wahlperiode nur noch eine Erhöhung und dann hoffentlich erst einmal Ruhe – und künftig wird sich der Unmut mehr gegen die Kassen und weniger gegen die Politik richten!«

Triller, dem die Idee zu gefallen schien, lehnte sich langsam wieder in seinem Stuhl zurück.

»Wir legen«, sprach Hartmann weiter, »per Gesetz fest, dass die Krankenhäuser und die Ärzte in den Praxen mehr Geld bekommen. Dann sind die erst einmal ruhig. Konopke und Roebel, deren Chef-Lobbyisten, brauchen wirklich dringend einen Erfolg und sind für diesen »Sieg« garantiert bereit dafür zu sorgen, dass die Proteste aufhören.

Wir werden nicht die ganze Opposition auf unsere Seite ziehen können, aber bestimmt die GPD. Damit die Finanzen dauerhaft stabil bleiben und wir nicht ständig die Beiträge erhöhen müssen, wird eine zentrale Geldsammelstelle eingerichtet, in die alle Kassen ihre Einnahmen abführen müssen und in die dann auch ein Steuerzuschuss fließt. Wenn wir es der Gerechtigkeitspartei überlassen, öffentlich zu fordern, dass es einen Steuerzuschuss geben muss, damit auch die Besserverdienenden und die Privatversicherten sich mehr an der Gesundheitsversorgung der Menschen mit einem geringen Einkommen beteiligen, dann sind die Genossen von der Gerechtigkeitspartei bestimmt dabei und hören auf, an der Gesundheitspolitik rumzumäkeln.«

»Und das Beste ist«, nun mischte sich der kampagnenerfahrene Generalsekretär ein, »dass wir das Ganze als ›die erste Gesundheitsreform ohne Leistungskürzungen‹ verkaufen und«, er grinste in die Runde, »alle sind begeistert!«

»Hm«, murmelte Triller. Dann schaute er in die Runde und sagte: »Die Idee ist wirklich gut und es kann funktionieren. Ich schaue mir das Konzept nachher noch einmal an. Heute Abend treffe ich mich mit dem Kanzler und – wenn ich bis dahin keinen Denkfehler in euren Überlegungen gefunden habe – dann werde ich ihm das als Lösungsweg vorschlagen.«

Triller skizzierte Hansen in dessen Büro bei einem Glas Rotwein die Pläne. Hansen war sofort einverstanden, erkannte er doch den Charme des Vorschlags: mehr Macht der Politik gegenüber den Krankenkassen und Ruhe an der Gesundheitsfront. Wenn man gesetzlich festlegte, dass die Steuerzuschüsse sich Jahr für Jahr aufbauten und man 2012 damit begänne, dann träten die Hauptkosten dieses Modells erst nach der nächsten Bundestagswahl auf. Und wer wusste schon heute, was dann war …

»Ich finde die Idee gut und praktikabel. Bitte beauftrage Ullmann, sich für die neue Geldsammelstelle einen schönen Namen auszudenken – schließlich wird er sich als Regierungssprecher dann recht häufig mit dem Thema herumschlagen müssen. Und mach der Gesundheitsministerin klar, dass ich die Umsetzung dieses Konzeptes will. Die Feinplanung soll aber Hartmann machen. Ihr traue ich das nicht zu. Sie soll es hinterher verkaufen und vorher den Gesundheitslobbyisten die Zusage abhandeln, dass sie dann auch den Mund halten. Meyer soll mal seinen Kollegen von der GPD ansprechen und ausloten, ob die Bundestagsfraktion der GPD bei dem Konzept mitgehen wird. Ich spreche mit dem Finanzminister, nicht dass der uns plötzlich dazwischenfunkt, nur weil er ein paar Milliarden lockermachen soll.«

Triller machte sich ein paar Notizen und nickte. Dann sagte er: »Ich möchte gerne jemanden für das Kanzleramt engagieren, der das Gesundheitsministerium im Auge behält und darauf achtet, dass das Gesetz und dessen spätere Umsetzung in unserem Sinn verlaufen. Ist das okay?«

Hansen schaute seinen Vertrauten skeptisch an. »Warum noch jemand? Das Haus ist doch voll mit guten Leuten und auch für die Gesundheitspolitik haben wir welche. Außerdem haben wir keine freien Stellen – oder doch?«

»Ja«, entgegnete Hartmann, »wir haben genug Leute und die sind auch gut. Aber die machen wirklich inhaltliche Gesundheitspolitik. Wir brauchen jemanden, dem klar ist, dass es bei dem Gesetz vor allem darum geht, die Lobbyistenchöre zum Schweigen zu bringen. Und es muss ihm vor allem um die Absicherung der Regierung gehen und nicht um inhaltliche Ziele. Der muss absolut loyal sein.«

Der Kanzler trank einen Schluck Wein, setzte das Glas wieder ab und sagte: »Einverstanden. Aber wo sollen wir so jemanden finden? Und wenn wir den jetzt zusätzlich in das Gesundheitsreferat stecken, dann wird er doch sofort misstrauisch beäugt!«

Triller schaute Hansen an: »Ich kümmere mich darum. Okay?«

Hansen, der wusste, dass insbesondere Machtfragen bei Triller gut aufgehoben waren, nickte nur kurz und die Sache war beschlossen.

In den nächsten Wochen wurden viele vertrauliche

Gespräche geführt und nach und nach wurde aus der Ideenskizze ein konkretes Konzept.

Die Herren Konopke und Roebel mussten dazu gebracht werden, dafür zu sorgen, dass die regierungskritischen Plakate in den Arztpraxen und Krankenhäusern wieder abgehängt werden würden. Die Verabredung stand schnell: Sobald es eine öffentliche Zusage gab, dass die Einkommen ihrer Klientel stiegen, würden sie für das Ende der Proteste sorgen.

Triller besprach den Personalbedarf fürs Kanzleramt mit Peter Hartmann. Dieser dachte sich, dass es ihm sicherlich auf dem Weg zu einem Ministersessel nicht schaden würde, wenn er alles daran setzte, die Wünsche des Chefs des Kanzleramtes zu erfüllen. Und er wusste auch schon, wen er für diese Aufgabe vorschlagen würde: Klaus Heinrich. Er war die ideale Besetzung für diese Aufgabe. Er hatte genügend Erfahrungen mit dem Gesundheitssystem, um glaubwürdig im Gesundheitsreferat anzufangen, und gleichzeitig war er vor allem ein glühend engagiertes Parteimitglied. Seine Zielorientiertheit war Hartmann bereits aufgefallen, als der junge Mann noch im Wahlkampfteam gewesen war. Es sollte ihm also nicht so schwerfallen, über fachliche Unzulänglichkeiten des neuen Konzeptes mit Blick auf dessen eigentlichen Zweck – Ruhe an der Gesundheitsfront – hinwegzusehen.

Im Kanzleramt wurde einem der drei Gesundheitsreferenten überraschend angeboten, als Referatsleiter ins Gesundheitsministerium zu wechseln (für die freie Stelle dort hatte Hartmann gesorgt, denn als beamtetem Staatssekretär unterstanden ihm die Personalentscheidungen), und so wurde mit Klaus Heinrich einfach nur eine freie

Stelle im Kanzleramt besetzt. Dass das so schnell ging, wunderte zwar den einen oder anderen, aber die Verwunderung lag eher bei der schnellen Beförderung des neuen Referatsleiters und nicht bei der Tatsache, dass Heinrich dessen Nachfolge als Referent antrat.

Am 21. April 2011, einem Donnerstag, wurde Heinrich zum Staatssekretär gerufen, der ihm die erfreuliche Mitteilung machte. Und bereits wenige Tage später saß er an seinem neuen Schreibtisch im Kanzleramt und konnte sein Glück gar nicht fassen.

Es dauerte nur ein paar Tage, dann wusste auch Andrea Vielkötter, dass ihr ehemaliger Mitarbeiter ins Kanzleramt gewechselt hatte. Sie nahm sich vor, den Kontakt zu ihm wieder zu intensivieren.

Der GPD steckte die Wahlniederlage noch in den Knochen und vielen Parteipolitikern war klar, dass die Zuzahlungserhöhungen, die Leistungsstreichungen und die Einführung der Praxisgebühr wichtige Gründe für diese Niederlage gewesen waren. Nachdem der ehemalige GPD-Gesundheitsminister nach der Wahlniederlage von der Bildfläche verschwunden war, brannten die verbliebenen Gesundheitspolitiker der Partei darauf, öffentlich zu zeigen, dass sie eben doch für die »kleinen Leute« da und konstruktiver Teil der Gesundheitspolitik waren. Sie wollten mitgestalten und als das Angebot der Gesundheitsministerin kam, stimmten sie zu, die Umstrukturierung der Krankenkassenfinanzen zu unterstützen.

Nachdem der überparteiliche Konsens stand, sprach Hansen mit dem Finanzminister. Diesem war rasch klar, wie wichtig Ruhe an der Gesundheitsfront für die Regierung geworden war. So brauchte Hansen seine Macht gegenüber dem Minister nicht auszuspielen, um an die Milliarden für die Geldsammelstelle zu kommen – es reichte die Kraft der Argumente.

Auch der Name für die Geldsammelstelle war schnell gefunden. Hartmann und Ullmann, die sich gelegentlich zu Pasta und Rotwein trafen, saßen wenige Tage nach der Entscheidung des Kanzlers in ihrem gediegenen Lieblingsrestaurant beisammen. Es dauerte kaum bis zum zweiten Glas Wein, da waren sie bei der Frage der Namensfindung für die Geldsammelstelle angekommen. »Es muss auf jeden Fall etwas mit *Gesundheit* sein«, bemerkte Hartmann. »Ich möchte nicht, dass es uns so geht wie den Krankenkassen, die die negative Assoziation bereits im Namen haben. Wenn die Gesundheitskassen hießen, wäre ihr Image bestimmt besser.«

»*Gesundheit* – und was dann?« Ullmann schaute seinen Staatssekretärskollegen fragend an. »Wir brauchen etwas anderes als Spardose, Fundus, Sammelstelle, Reserve, Verteilstelle …« Hartmann unterbrach ihn: »Wo sammeln die Menschen Geld, nicht, damit es einfach rumliegt wie auf der Bank oder in einer Sparbüchse, sondern damit etwas damit gemacht wird?«

Ullmann schaute ihn schon wieder fragend an.

»Mensch Paul – sie zahlen es in einen Aktienfonds ein. Millionen Menschen suchen sich einen sicheren Fonds, um für eine zusätzliche Rente Geld anzulegen. Sie zahlen in einen Rentenfonds für sich selbst ein oder in einen Ausbildungsfonds für ihre Kinder. Fonds sind sicher und flexibel und die Menschen finden die gut! Wir machen einen Gesundheitsfonds!«

Paul Ullmann schaute sein Gegenüber stumm an. Dann hob er sein Rotweinglas, prostete ihm zu und sagte: »Wir haben's! Mit dem Namen bekommen wir das

Ding auch durch!« Leise klirrten die Gläser aneinander und zwei sehr zufriedene Staatssekretäre tranken an dem Abend noch eine weitere Flasche Rotwein, denn sie wussten, dass jetzt, mit der Zustimmung des Kanzlers und dem richtigen Namen, die beiden größten Hürden genommen waren, um das Problem zu lösen. Ullmann würde als Regierungssprecher einen Erfolg verkaufen können und Hartmann, dessen Idee das Konzept im Kern war, hatte sich seinem großen Ziel, die Ministerin früher oder später im Amt abzulösen, einen großen Schritt genähert.

Bundespolitik

[2002]

16 Jahre hatte die CKP als stärkste politische Kraft den Bundeskanzler gestellt und Deutschland regiert. Nun war sie abgewählt. Diejenigen, die sich mit 18, 19 Jahren erstmals an einer Bundestagswahl beteiligen durften, konnten sich an keinen anderen Bundeskanzler erinnern.

Das ganze Land schien am Wahlabend 2002 aufzuatmen und sich darauf zu freuen, dass der Mehltau, der sich in den letzten Jahren über das politische Berlin gelegt hatte, endlich weggewischt werden würde. Denn auch wenn die CKP-Anhänger natürlich nicht begeistert darüber waren, dass ihre konservative Partei die Wahl verloren hatte, atmeten selbst von ihnen viele still und heimlich auf. Vier weitere Jahre mit dem ausgelaugten und zwischenzeitlich wie aus der Zeit gefallen wirkenden bisherigen Bundeskanzler konnten sich selbst die treuesten Parteigänger nicht so richtig vorstellen.

Auch bei Leon Hansen überwog das Gefühl der Erleichterung. Allerdings nicht wegen der Abwahl des Bundeskanzlers, sondern weil er das Direktmandat für den Bundestag in seinem Hamburger Wahlkreis erfolgreich verteidigt hatte.

Für ihn war das Bundestagsmandat aus zwei Gründen von großer Bedeutung: Zum einen war er so Teil des politischen Berlins und konnte damit relativ unproblematisch seine Kontakte zu den für ihn wichtigen Parteifreunden und Journalisten pflegen. Zum anderen sicherte es ihm ein gutes Einkommen und stattete ihn mit bezahlten Mitarbeitern und den weiteren Annehmlichkeiten eines Bundestagsabgeordneten aus, wie zum Beispiel der Möglichkeit, innerhalb Deutschlands kostenlos Business-Class zu fliegen.

Was nun kam, war die unvermeidliche Nachfolgedebatte innerhalb der CKP für das Amt des Parteivorsitzenden.

In den vergangenen Jahrzehnten hatte Hansen oft beobachtet, wie ein geschlagener Bundeskanzler oder Ministerpräsident auch das Amt des Parteivorsitzenden aufgab und dann ein innerparteiliches Hauen und Stechen um dieses Parteiamt begann. Natürlich stand am Ende eines solchen Prozesses die erfolgreiche Wahl eines Vorsitzenden – aber ein strahlender Sieg wurde das nie. Und, Hansen musste bei diesen Überlegungen kurz nachdenken, ob er sich dessen sicher sei, aber ihm fiel zumindest kein Gegenbeispiel ein: Der erste Parteivorsitzende nach einem Regierungswechsel wurde niemals selbst Bundeskanzler. Er wurde zerrieben im innerparteilichen Machtkampf und zwischen den verschiedenen Parteiflügeln.

Für Hansen war der Parteivorsitz an sich kein erstrebenswertes Ziel, sondern vor allem ein Mittel auf dem Weg ins Kanzleramt. Und da ihm das Amt zum jetzigen Zeitpunkt aller Voraussicht nach nicht dabei helfen würde, ins Kanzleramt zu kommen, gab es für ihn vorerst auch keinen Grund, dieses Amt anzustreben. Er war keiner von den Politikern, die sich »um der Sache willen« in die Pflicht nehmen ließen. Was ihm nichts brachte, wurde nicht gemacht. Deshalb hielt Hansen sich sehr zurück, als um die direkte Nachfolge des scheidenden Parteivorsitzenden gerungen wurde.

In den Wochen nach der Wahl bestätigten sich Hansens Befürchtungen. Nach der Regierungsmacht verlor der abgewählte Kanzler als noch amtierender Parteivorsitzender jetzt auch die innerparteiliche Macht. Sie schmolz dahin wie Schnee in der Frühlingssonne und er war nicht mehr in der Lage, seine Nachfolge vernünftig zu regeln. Er hatte stets nur um den Erhalt der eigenen Macht gekämpft und es versäumt, für den Tag, an dem er sie verlieren würde, vorzusorgen. Deshalb gab es weder einen Kronprinzen noch eine herausragende Persönlichkeit, auf die der Parteivorsitz sozusagen »automatisch« zulaufen würde. In den Wochen bis zum Parteitag, auf dem über die Nachfolge entschieden werden sollte, machte die Partei in der Öffentlichkeit einen verheerenden Eindruck.

Während es den Konservativen als Regierungspartei sonst immer gelungen war, den Eindruck von Geschlossenheit und zielgerichteter Politik zu vermitteln, stand nun jeden Tag eine neue Garstigkeit oder ein Skandälchen in den Zeitungen. Alle, die selbst den Parteivorsitz erobern wollten, bewarfen ihre Konkurrenten mit Schmutz.

So war dann auch die Wahl von Martin Wilhelm zum Parteivorsitzenden alles andere als ein Befreiungsschlag. Zwar war er ein überaus erfolgreicher Ministerpräsident, doch in der Hauptstadt kam er nicht an. Kaum ein Tag, an dem er nach den Berlin-Terminen nicht doch wieder nach Hause reiste, auch wenn ihn die Fliegerei zusätzlich anstrengte. Es gelang ihm nicht, die innerparteiliche Meinungsführerschaft an sich zu ziehen. In der Konsequenz dieses Versagens verfestigte sich das bereits während des innerparteilichen Wahlkampfes in der Öffentlichkeit entstandene Bild einer zerstrittenen Partei, die keine eindeutige Meinung und kein klares Profil hat. Martin Wilhelm war als Parteivorsitzender mehr gelitten als geliebt, wobei ihn die fehlende Begeisterung weniger störte als die fehlende Unterstützung in Sachfragen. Er wollte als Führungspersönlichkeit akzeptiert werden und alle anderen herausragenden Persönlichkeiten sollten bereit sein, sich seinem Führungsanspruch zumindest so weit zu unterwerfen, dass er die Partei verkörpern und für den Wähler wahrnehmbar machen konnte. Aber so funktionierte es nicht.

Leon Hansen hatte es in Hamburg inzwischen zum Landesvorsitzenden gebracht. Von dort aus schaute er 2003 zu, wie Martin Wilhelm sich abstrampelte und wie ihm die Konkurrenten, die Wilhelm beim Kampf um den Parteivorsitz unterlegen waren, das Leben schwer machten.

Hansen hingegen hatte sich aus den gesamten Personaldebatten herausgehalten und tunlichst darauf geachtet, keiner der innerparteilichen Gruppen so stark zugeordnet zu werden, dass er im Falle einer eigenen Kandidatur zu einem Parteiamt für eine bestimmte Gruppe unwählbar werden würde. Die Zeit nach der Wahl Wilhelms zum neuen Parteivorsitzenden nutzte er, um sein innerparteiliches Netzwerk auszubauen und zu stabilisieren. Er pflegte das Bild des modernen Konservativen, der die Themen der Zeit sachlich und pragmatisch angeht, ohne die Wurzeln aus dem Blick zu lassen. Die rechtskonservativen

Sprüche mit Blick auf die Ostgrenze hatte er lange hinter sich gelassen.

Neben der inhaltlichen Profilierung arbeitete er sorgfältig am innerparteilichen Bild des *entschlossenen Machers*. Schon der Landesvorsitzende Leon Hansen gehörte nicht zu den Ideologen, die ernsthaft glaubten, dass sie ihre Partei nur mit inhaltlichen Argumenten überzeugen konnten. Dass er seinerzeit, nachdem er erstmals Kreisverbandsvorsitzender geworden war, direkt eine Geschäftsstelle aufgebaut und damit politischen Unterstützern die Gelegenheit gegeben hatte, mit der Politik Geld zu verdienen, war kein Zufall gewesen. Zu behaupten, dass eine ausgefeilte Strategie dahinter gesteckt hätte, wäre allerdings deutlich übertrieben gewesen. Zuerst wollte Hansen mit der Geschäftsstelle vor allem seine eigenen Arbeitsmöglichkeiten verbessern und sich mit dem Geschäftsführer des Kreisverbandes einen Mitarbeiter organisieren, der ihn bei seinem eigenen politischen Fortkommen praktisch unterstützte. Im Laufe der Zeit erkannte Hansen dann, dass ihn zahlreiche Kreisverbandsmitglieder nicht vor allem deshalb unterstützten, weil sie inhaltlich mit ihm einer Meinung waren. Nein, das war es nicht. Gerade die, die selbst ehrenamtlich aktiv waren, erkannten, dass eine funktionierende Geschäftsstelle ihnen bei ihrer eigenen Arbeit half. Sein Mitarbeiter Heiner Mertes schätzte es hingegen, dass Hansen gute Wahlergebnisse einfuhr und er selbst inzwischen Landesgeschäftsführer geworden war. Womit Hansen die Stimmen holte, war ihm egal, so lange er selbst dabei ebenfalls gewann und in seinem Windschatten Karriere machen konnte.

Dieses erfolgreiche Modell war auch Vorbild für Leon Hansens Vorgehen, nachdem er Landesvorsitzender geworden war. Er kürzte zum Beispiel die Ausgaben für Zeitungsanzeigen, mit denen auf Parteiveranstaltungen hingewiesen wurde, und in Verbindung mit weiteren Maßnahmen schaufelte er Gelder frei, um einen weiteren Mitarbeiter einstellen zu können. Dieser bekam die Aufgabe, die auf Landesebene in führender ehrenamtlicher Tätigkeit aktiven Parteimitglieder in ihrer Arbeit praktisch zu unterstützen. Die wichtigsten Akteure im Landesverband, die Vorsitzenden der landesweiten inhaltlichen Arbeitsgruppen, sollten ganz praktisch spüren, dass ihre Arbeit geschätzt und unterstützt wurde und dass dies mit der Person des neuen Landesvorsitzenden, Leon Hansen, unmittelbar zusammenhing.

So gewann Leon Hansen immer wieder Leute dafür, bei Wahlen und innerparteilichen Auseinandersetzungen zu ihm zu stehen und ihn zu unterstützen. Der Landesvorsitzende hatte erkannt, dass bei den Mitarbeitern der Parteien und Abgeordneten zwischen der grundsätzlichen Loyalität für die Partei und der pragmatischen Loyalität zu einer Person unterschieden werden musste. Die pragmatische Loyalität gehörte dem Politiker, der für die Mitarbeiter deren Jobs sicherte. So einfach, davon war Hansen überzeugt, war das in den meisten Fällen.

Im Herbst 2003, gut ein Jahr nach der verlorenen Bundestagswahl, war die innerparteiliche Stimmung von den Kreisverbänden bis hinauf zu den Mitarbeitern in der Bundesgeschäftsstelle auf dem Tiefpunkt: verlorene Landtagswahlen, miese Umfragewerte und ein aufgeriebener Parteivorsitzender. Das war der Zeitpunkt, an dem Hansen beschloss, nach der Macht in der Partei zu greifen. Die Wochen bis Weihnachten nutzte er für ausgiebige Telefonate und Gespräche, um das Feld möglicher Unterstützer und Gegner zu erkunden. Nachdem er sicher war, dass seine Kandidatur erfolgreich sein könnte, sprach er während der Weihnachtstage auch mit seiner Frau Christiane darüber.

Christiane Hansen war weder überrascht noch erbost darüber, dass ihr Mann solch weitreichende Pläne ohne sie machte. Sie hatte sich längst damit abgefunden, dass ihm die Politik über alles ging. Und nicht zuletzt dafür, dass er ein begnadeter Menschenfischer war, der Parteitage schwindelig reden und Niederlagen als Siege verkaufen konnte, liebte sie ihn. Sie war jedes Mal stolz, wenn sie ihn im Fernsehen sah. Aber noch mehr gefielen ihr die bewundernden Blicke der Menschen, die sie beim Spaziergehen und beim Einkaufen auffing. Und dabei war durchaus sie vielfach Objekt dieser Blicke, denn als »die Frau von« färbte ein Gutteil seiner Prominenz auf sie ab, was sie als durchaus angemessen empfand. Denn schließlich bügelte sie nicht nur für ihn die Hemden, sondern sie bot ihm Paroli, wenn er mit ihr politische Themen diskutierte oder einfach nur spielerisch mit ihr neue Argumentationsmuster trainierte. Sie hielt ihren Mann für einen wirklich guten Politiker und lachend sagte sie ihm unter dem Weihnachtsbaum: »Leon du bist allemal besser als diese Lusche Wilhelm! Wenn du die Partei erobern willst, dann bin ich dabei und halte dir den Rücken frei!« Dass Hansen den Parteivorsitz nicht aus Überzeugung, sondern lediglich als Zwischenschritt auf dem Weg ins Kanzleramt anstrebte, ahnte sie zwar, doch sie sprachen es beide nicht offen aus.

Am 25. Dezember rief Hansen seine beiden engsten Weggefährten an und lud sie für den übernächsten Tag zum Abendessen ein. Die beiden waren nicht mal überrascht von Hansens Anruf während der Weihnachtsfeiertage. Sie kannten ihn gut genug, um zu wissen, dass ein durch und durch politischer Mensch wie Hansen an keinem Tag seines Lebens nicht an Politik denken würde. Und da an Sonn- und Feiertagen keine sonstigen Termine störten, waren sie bestens geeignet, um sich in Ruhe zu Strategie- und Planungstreffen zusammenzufinden. Und zu welcher Zeit gab es weniger feste Termine als zwischen Weihnachten und Neujahr?

Als zwei Tage später erst Michaela Schreuner, die Leiterin seines Landesvorsitzenden-Büros in Hamburg, eintraf und eine Viertelstunde später Landesgeschäftsführer Heiner Mertes, erwarteten die beiden alles andere als einen netten Abend unter Freunden, bei dem über Weihnachtsgeschenke geplaudert wurde. Und sie hatten recht. Über Weihnachtsgeschenke wurde nicht gesprochen.

Die langjährige gemeinsame Arbeit hatte sie einander so nahegebracht, dass sie sich gegenseitig vertrauten. Dieses gewachsene Vertrauen war der entscheidende Grund, warum sich Hansen mit diesen beiden Weggefährten beraten wollte. Er hatte nicht die Sorge, dass er etwas politisch falsch einschätzte. Aber wenn die beiden durch irgendeinen Zufall von Dritten erführen, dass er sich für den Parteivorsitz warmliefe, dann wäre dieses Vertrauen angeknackst. Und das wollte er keinesfalls riskieren.

Also saß das Trio, ergänzt um Hansens Frau, beisammen und diskutierte das Für und Wider einer Kandidatur Hansens. Am Ende der Diskussion stand fest, was eigentlich schon am Anfang klar gewesen war: Schreiner und Mertes würden Hansen darin unterstützen, den Parteivorsitz anzustreben.

Wenn es auch über Weihnachten und den Jahreswechsel in den Medien etwas ruhiger geworden war, so zog die Berichterstattung über die Querelen in der CKP Mitte Januar 2004 wieder an. Und sie wurde für den amtierenden Parteivorsitzenden nicht angenehmer.

Trotz seiner Appelle zur Geschlossenheit und inhaltlichen Profilierung gegenüber der Opposition hörte die negative Berichterstattung nicht auf. Der Autoritätsverfall Martin Wilhelms war schließlich so gravierend, dass er selbst mit öffentlichen Aufforderungen an die innerparteilichen Kontrahenten, die strittigen Themen doch bitte in den Gremien zu diskutieren, kaum durchdringen konnte. Jeder suchte die öffentliche Auseinandersetzung mit ihm, denn jeder wollte sich selbst in Szene setzen.

Für Hansen lief es prima. Er selbst sorgte dafür, dass aus den vertraulichen Vorstandssitzungen immer wieder durchsickerte, dass und worüber es Streit gegeben hatte und womit sich der Parteivorsitzende Wilhelm mal wieder nicht durchsetzen konnte. Mal telefonierte er vor und mal nach einer Sitzung mit Journalisten. Natürlich ließ er sich niemals auch nur indirekt zitieren. Aber die Journalisten vertrauten darauf, dass seine Informationen seriös waren und er log bei diesen Telefonaten tatsächlich nie. Denn Streit gab es genug in diesen Sitzungen. Und als kleines Dankeschön für die gute Versorgung mit Informationen schafften es seine Ideen und Vorstellungen etwas häufiger als die seiner Konkurrenten in die Medien. Aber das war nicht der eigentliche Grund, weshalb immer häufiger und positiver über ihn geschrieben wurde. Als Politiker kann man nur dann länger als nur für ein paar Tage mit der Unterstützung der Presse rechnen, wenn man tatsächlich als Person überzeugt. Und das tat Hansen.

Mit jedem Tag, an dem Wilhelm die CKP schlecht aussehen ließ und damit deren Wahlchancen schrumpften, wuchs auf allen Ebenen der Partei der Wunsch nach einem neuen Parteivorsitzenden. Nach jemandem, der die Ideale der Partei verkörperte. Nach jemandem, der gezeigt hatte, dass er auch unter schwierigen Bedingungen Wahlen gewinnen konnte. Nach jemandem, der die Partei zu Erfolgen führte und damit die politischen Mandate der Abgeordneten und die Jobs der Mitarbeiter in der Partei sicherte. Weil viele Parteifunktionäre glaubten, dass Hansen dafür der richtige Mann war, warben sie aus eigenem Interesse bei ihren Parteifreunden für ihn. Die politischen Freunde von Hansen erwähnten gegenüber Journalisten, die natürlich an der Frage interessiert waren, wer künftig die Partei führen würde, dass sie Hansen für die geeignete Person hielten, beim nächsten Parteitag als Nachfolger des glücklosen Wilhelm gewählt zu werden.

Nachdem Hansen erst einmal auf der politischen Überholspur war, lief es fast wie von selbst. In Ermangelung einer überzeugenden Person, die gegen ihn antreten könnte, galt Leon Hansen als frischer, unbelasteter Hoffnungsträger innerhalb der Partei, aber auch bei den Journalisten. Jetzt zahlte es sich für ihn aus, dass er sich aus dem ersten Nachfolgekampf um den Parteivorsitz nach dem Sturz des Bundeskanzlers vor nunmehr eineinhalb Jahren herausgehalten hatte. Die Ministerpräsidenten der Länder, die seinerzeit um den Parteivorsitz gerungen hatten, waren aufgrund der damaligen innerparteilichen Auseinandersetzungen nicht für die Aufgabe geeignet, jetzt die Parteiflügel wieder zusammenzuführen. Und andere Persönlichkeiten, die die notwendige überregionale Bekanntheit und Medienpräsenz hatten, gab es nicht.

So war es keine Überraschung, dass Hansen Ende 2004 zum Parteivorsitzenden gewählt wurde.

Die ersten Monate im neuen Amt nutzte Hansen, um die Parteizentrale nach seinen Interessen umzubauen und einige Vertraute einzustellen. Michaela Schreuner zog von Hamburg nach Berlin und war auch in der neuen Funktion wieder seine Büroleiterin. Heiner Mertes wechselte ebenfalls in die Hauptstadt und wurde Bundesgeschäftsführer und damit Chef der Parteizentrale. Die dritte Personalentscheidung betraf den Pressesprecher der Partei. Mit dem Pressesprecher seines Vorgängers im Amt wurde Hansen nicht so richtig warm. Und da der Pressesprecher zu den wichtigsten Vertrauten eines Spitzenpolitikers gehören sollte, musste er hier handeln. Außerdem fehlte ihm in seinem engsten persönlichen Führungszirkel jemand, der die journalistische Szene in der Hauptstadt gut kannte.

Hansen war viel zu schlau, um seine eigenen Fähigkeiten in Bezug auf die Hauptstadtpresse zu überschätzen. Sicher, er hatte viele Jahre Erfahrung in Hamburg gesammelt und rund um seine Wahl als Parteivorsitzender auch Dutzende von Interviews gegeben und Hintergrundgespräche geführt. Aber ihm war klar, dass die Schonzeit für ihn schneller vorbei sein würde, als er zu hoffen wagte. Außerdem hatte er zu viele Provinzpolitiker gesehen, die an der vergleichsweise bissigen Hauptstadtpresse gescheitert waren. Bei allem Selbstbewusstsein wusste er doch, dass er auch als Chef des Hamburger Landesverbandes im Vergleich zu Berlin von seiner Berufserfahrung her nichts weiter war als ein Provinzpolitiker.

Seine Entscheidung fiel auf Paul Ullmann.

Ullmann war ein erfahrener Fernsehjournalist, der selbst viele Jahre über die politischen Ereignisse in Berlin berichtet hatte. Er wusste, wie die »Meute«, wie einige Hauptstadtjournalisten die Hauptstadtpresse in einer Mischung aus Selbstironie und Stolz selbst nannten, zu bändigen war. Als Hauptstadtkorrespondent war er vor drei Jahren nach Berlin gekommen und hatte seither die Politik der CKP begleitet. Dazu gehörte auch die Berichterstattung von den Parteitagen. Dort hatten sich Hansen und er auch kennengelernt. Das Angebot Hansens war gerade zum richtigen Zeitpunkt gekommen. Ullmann wollte endlich nicht mehr vor den verschlossenen Türen stehen und für den Fernsehzuschauer darüber spekulieren, was wohl gerade dahinter besprochen wurde. Er wollte dabei sein, wenn die Türen geschlossen und die Dinge entschieden wurden. Damit war das Team, mit dem Hansen nach dem Kanzleramt greifen wollte, komplett.

Noch im Herbst 2005 konnten alle neugierigen Fragen von Journalisten nach dem Kanzlerkandidaten für das Wahljahr 2006 mit dem Hinweis darauf, dass solche Fragen dann geklärt werden würden, wenn sie anstünden, abgebügelt werden. Aber nun, Mitte Januar 2006, sah es anders aus, und auch innerhalb der Schwesterparteien Christlich-Konservative Partei und Christlich-Soziale Partei wurde immer lauter getuschelt und gemurmelt.

Für den 20. bis 22. März hatte die CKP zu einem Bundesparteitag eingeladen. Allen war klar, dass dort die offizielle Kür des Kanzlerkandidaten würde stattfinden müssen.

In den Gesprächen, die Hansen bisher geführt hatte, war ihm klar geworden, dass er eine eigene Kandidatur selbstverständlich durchsetzen konnte. Schließlich war er der Parteivorsitzende der CKP und als solcher hatte er das Zugriffsrecht auf die Kandidatur. Ihm war aber ebenso klar, dass die Zahl seiner aktiven Unterstützer immer noch eher überschaubar war. Er hatte den Parteivorsitz im Sturm erobert, allerdings ohne ernsthafte Konkurrenz. Bei der Kanzlerkandidatur war das anders: Der bayerische Ministerpräsident und CSP-Parteivorsitzende Erhard Reiter war eine Persönlichkeit, die innerhalb der konservativen Parteien bundesweit ausgesprochen anerkannt war. Von der CKP in Sachsen über Baden-Württemberg bis nach Nordrhein-Westfalen hielten ihn viele für den besseren Kandidaten. Gegen den Kuschelkurs bei Ausländern und Biobauern von der Gerechtigkeitspartei und der Öko-Partei sollten klare konservative Werte, Erfahrung als Regierungschef und persönliche Autorität gesetzt werden.

An einem der typischen Berliner Winterabende mit klirrender Kälte und Windstille saßen Leon Hansen, Paul Ullmann, Heiner Mertes und Michaela Schreuner noch spät am Besprechungstisch in Hansens Büro.

»In knapp zwei Monaten findet der Parteitag statt und der Druck von allen Seiten nimmt zu, dass ich Farbe bekennen muss, ob ich antrete. Was meint ihr – soll ich antreten?«

Als Erstes sagte Ullmann: »In der Öffentlichkeit könnte man deine Ernennung zum Kanzlerkandidaten problemlos vermitteln. Du hast deinen Landesverband erfolgreich geführt, hast dich vom Kreisverbandsvorsitzenden über den Landesvorsitz bis zur Bundespartei hochgearbeitet und machst in der Bundestagsfraktion einen prima Job. An dieser Front könnte ich dafür sorgen, dass die Presse sich auf deine Seite schlägt. Da sähe ich kein Problem.«

»Die Mitarbeiter der Bundesgeschäftsstelle wären ebenfalls auf deiner Seite«, meinte Heiner Mertes. »Die würden für dich einen super engagierten Wahlkampf machen.«

»Es tut mir leid, wenn ich jetzt Wasser in den Wein gießen muss.« Michaela Schreuner lächelte verständnisheischend. »Nichts für ungut, Paul und Heiner, aber derzeit halte ich eure beiden Bereiche nicht für die wichtigsten. Ich glaube, dass die Stimmung in den Landesverbänden eher gegen Leon spricht. Die Bayern haben 1980 zum ersten und bisher letzten Mal den Kanzlerkandidaten der Union gestellt und sie brennen darauf, endlich wieder zum Zuge zu kommen.«

Dann holte Michaela Schreuner innerlich tief Luft, denn nun ging es direkt gegen den Parteivorsitzenden: »Leon, du machst einen prima Job als Parteivorsitzender, aber dir fehlt die Regierungserfahrung. Es gibt, gerade nach den beiden Chaosjahren unter Martin Wilhelm, das große Bedürfnis, jemanden mit Regierungserfahrung an die Spitze zu bekommen. Aber vor allem sind die Sympathien der Mehrheit bei Reiter. Nach dem, was ich höre, sind lediglich die Nord-Landesverbände voll auf deiner Seite. Thüringen und Sachsen-Anhalt sind unentschieden, aber der Süden und Westen stehen voll hinter Erhard Reiter.«

Nach diesem entschiedenen Plädoyer gegen eine Kandidatur Hansens herrschte einen Moment Schweigen im Raum.

Schließlich ergriff Leon Hansen wieder das Wort. »Wir machen Folgendes: In zehn Tagen haben wir die Ergebnisse der Demoskopen und können die Wahlchancen für die Bundestagswahl im September besser abschätzen. Wir werden uns die Ergebnisse genau ansehen und dann entscheide ich, ob ich antreten werde oder nicht. Denn nach einer verlorenen Wahl würde ich vier Jahre als Parteivorsitzender vielleicht überstehen, aber spätestens dann würde Reiter nach der Kanzlerkandidatur greifen und ich könnte mich nicht dagegen wehren.«

Knapp zwei Wochen später lagen die Umfrageergebnisse und die Interpretationen der Demoskopen vor und wurden in einer Sitzung des Parteivorstandes vorgestellt. Sowohl Michaela Schreuner als Büroleiterin als auch Ullmann und Mertes waren aufgrund ihrer Tätigkeit als Parteisprecher und Bundesgeschäftsführer bei der Sitzung dabei. Nachdem sie die Umfrageergebnisse gehört hatten, war ihnen klar, dass die Entscheidung ihres Chefs dadurch nicht leichter geworden war.

Es dauerte noch drei Tage, bis die vier wieder gemeinsam Zeit hatten und sich zu einer weiteren Besprechung trafen. Hansen, der sie diesmal in seine Berliner Wohnung eingeladen hatte, machte eine Flasche trockenen Rotwein auf und stellte dazu Pizza auf den Tisch. Alle vier griffen hungrig zu. Die zweite Flasche Wein wurde rasch in Angriff genommen, während das Gespräch um die aktuellen Themen der letzten Tage kreiste. Schließlich ergriff Hansen das Wort.

»Seit unserem letzten Strategiegespräch habe ich viel telefoniert, um die Stimmung bei verschiedenen Landesvorsitzenden einzufangen. Auch habe ich mir die Umfrageergebnisse noch einmal genau angesehen – die sind nicht so überragend, dass wir davon ausgehen könnten, dass es nach der Bundestagswahl einen Regierungswechsel gibt. Schon gar nicht«, an dieser Stelle machte er eine kleine Pause und schaute in die vertraute Runde, »mit mir als Spitzenkandidaten. Bei aller Kritik an dem Regierungshandeln der GPD erfreut sich der Bundeskanzler nicht nur relativ großer Beliebtheit, die Menschen wollen, so sagen es zumindest die Demoskopen, einen *Macher* im

Kanzleramt. Und da ich dieses öffentliche Image aufgrund meiner mangelnden Regierungserfahrung nicht habe, entspreche ich diesem Bedürfnis nicht. In einer zugespitzten Wahlkampfauseinandersetzung, wo es am Ende bei der Wahlentscheidung heißt, den Bundeskanzler wiederwählen oder diesmal lieber Hansen, würde ich vermutlich verlieren. Auch ist nicht gänzlich auszuschließen, dass ich bereits den parteiinternen Kampf um die Spitzenkandidatur gegen Reiter verlieren würde.«

Hansen nahm einen Schluck Rotwein und ließ ihn genüsslich durch seinen Mund rollen. Es tat ihm gut, nach den Wochen und Monaten der Ungewissheit eine Entscheidung getroffen zu haben. Seine Mitstreiter schauten ihn erwartungsvoll an.

»Und deshalb«, fuhr Hansen fort, »werde ich in diesem Jahr nicht versuchen, der gemeinsame Kanzlerkandidat von CKP und CSP zu werden.« Die Erleichterung darüber, die Entscheidung getroffen und ausgesprochen zu haben, war ihm nun auch anzusehen.

Als Erster ergriff Heiner Mertes das Wort: »Leon, bist du dir wirklich sicher? Wenn Reiter gewählt wird, ist deine Chance auf die Kanzlerschaft ein für allemal dahin. Du bekommst sie nie wieder!« Ullmann sagte: »Trotzdem. Leon hat recht. Die Einschätzungen der Demoskopen aufgrund der Umfrageergebnisse sind eindeutig: In diesem Jahr würde er vermutlich verlieren. Wir müssten sogar ernsthaft befürchten, dass die Kandidatur auf dem Parteitag scheitert, denn das Reiter-Lager analysiert die Bedürfnisse der Wähler schließlich auch. Für mich geht es jetzt darum, die Ausgangsposition für eine Kandidatur in vier Jahren zu verbessern. Denn wenn das Bündnis von Gerechtigkeitspartei und Ökos wiedergewählt wird, hatten Reiter und die CSP ihre Chance und deine Zeit ist gekommen! Es ist ein Risiko, aber das kleinere.«

Einen Moment lang sagte keiner etwas. Schließlich meinte Heiner Mertes: »Dann geht es jetzt darum zu überlegen, wie wir den Verzicht Hansens so verkaufen, dass es keine Niederlage wird, sondern ein Ausdruck der Stärke.«

Im Laufe des Abends schob Hansen noch zwei weitere Pizzen in den Backofen und auch dem Rotwein sprach man kräftig zu. Die Überlegungen kreisten um ein Interview im Spiegel oder dem Stern, in dem er seinen Verzicht erklären sollte. Auch ein Gastbeitrag in der FAZ wurde erwogen oder ein schlichte Erklärung vor dem Parteipräsidium. Dann meldete sich Ullmann noch einmal zu Wort und sagte: »Bitte entschuldigt, wenn ich das so deutlich sage, aber das ist alles Quatsch. Egal, wie wir es drehen und wenden, es bleibt eine Verzichtserklärung. Es muss andersherum laufen: Leon, du musst Reiter vorschlagen. Du musst das Wohl der Schwesterparteien CKP und CSP über dein eigenes Wohl stellen und das so zelebrieren, dass Reiter und die Partei dir hinterher dankbar sein werden. Du führst zusammen, du verzichtest und gibst gleichzeitig Richtung vor. Ich weiß, dass mein Vorschlag im ersten Augenblick etwas absurd klingt, aber trotzdem: Schlag ihn vor und bitte ihn, Kanzlerkandidat zu werden.«

Für einen Moment herrschte verblüfftes Schweigen, dann sagte Mertes: »Hm, das ist echt nicht schlecht... Wenn du das machst, trittst du als eigentlicher Führer der Union auf, denn du bestimmst unseren gemeinsamen Kanzlerkandidaten. Der konservative Flügel unserer Partei wird von diesem selbstlosen Handeln begeistert sein und wenn Reiter die Wahl verliert, dann ist dir vier Jahre später die breite Unterstützung der Partei sicher. Mit gefällt die Vorstellung, dass wir auf diesem Wege eventuell eine mögliche Kanzlerkandidatur von dir, Leon, für alle Zeit vereiteln, ganz und gar nicht. Denn wenn Reiter gewinnt, dann wird er Kanzler und du wirst kaum eine zweite Chance bekommen. Aber ihr habt recht: Reiter sollte kandidieren und Leon muss das vorschlagen. Und ich würde sogar noch weitergehen: Damit die Großmütigkeit dieses Verzichtes deutlich wird, solltest du zu ihm nach Hause fahren.«

»Nach Hause? Warum das?«, fragte Hansen.

»Weil du«, meldete sich Ullmann wieder zu Wort, der die Idee Mertes' klasse fand, »deinen Verzicht damit aus dem Einerlei des politischen Hauptstadtbetriebes heraushebst und gleichzeitig deine besondere Wertschätzung für ihn deutlich machst. Ich bin davon überzeugt: Wenn du zu ihm nach Hause fährst, werden nicht nur die Parteien und die Presse begeistert sein, sondern er auch. Und was das Beste ist: Falls er die Wahl verliert, wirst du, wenn es in vier Jahren um deine eigene Kandidatur geht, keinen besseren Unterstützer haben als ihn!«

In der nächsten halben Stunde wurde der Vorschlag hin und her diskutiert, dann sagte Hansen: »Okay, ich mache das. Das wird eine große Überraschung. Paul, du besorgst ein paar verlässliche Journalisten, die dann vor Ort dabei sind und nach meinem Gespräch – ich betone, nach meinem Gespräch – darüber berichten.«

»Mach ich, das bekommen wir hin. Ich denke an ARD, ZDF und die RTL-Nachrichten, dpa als Nachrichtenagentur und dazu noch die Süddeutsche Zeitung, die FAZ und natürlich die BILD. Sechs verschiedene Medien kann ich so gerade noch händeln, aber damit haben wir auf jeden Fall eine breite Berichterstattung.

Michaela und Heiner, von euch brauche ich eine Liste mit Personen aus der Partei, die wir vorher einweihen müssen, weil sie sich sonst übergangen oder, was noch schlimmer ist, von mir verraten fühlen. Vor allem die Vorsitzenden der Landesverbände, die mich bisher unterstützt haben, müssen wir vorab informieren.«

Zwei Wochen später war es soweit: Leon Hansen traf sich mit Erhard Reiter in seinem Privathaus zu einem, wie er es bei der Terminabsprache genannt hatte, politischen Strategiegespräch. Das Gespräch fand an einem Vormittag statt, damit die Medien ausreichend Zeit hatten, darüber zu berichten. Immerhin war eine breite Berichterstattung in den Abendnachrichten und in den Tageszeitungen am nächsten Tag das Ziel.

Reiter, der damit gerechnet hatte, dass Hansen Druck auf ihn ausüben würde, nicht zu kandidieren, war von dessen Entgegenkommen ebenso überrascht wie geschmeichelt. Natürlich sagte er sofort »Ja«, als Hansen ihm die Kanzlerkandidatur antrug.

Der erste Teil des Planes von Hansen und seinen Mitstreitern ging auf: Die Partei war erleichtert, dass ein offener Kampf um die Kanzlerkandidatur vermieden worden war und voll des Lobes für Hansen. Durch seinen selbstlosen Verzicht hatte er die Partei gestärkt und die Siegeschancen bei der anstehenden Bundestagswahl deutlich erhöht. Auch die Kommentatoren in den Zeitungen zollten ihm Anerkennung für seinen Schritt.

Hansen stand nun unangefochten als Parteivorsitzender an der Spitze der CKP und stellte sich im Wahlkampf voll und ganz hinter Reiter. Des Risikos, dass seine politische Karriere bei einem Wahlsieg Reiters statt im Bundeskanzleramt vielleicht schon beim Amt des Außen- oder Finanzministers enden würde, war er sich bewusst. Und so wusste er selbst nicht genau, ob er sich einen Wahlsieg oder eine Niederlage für seine Partei wünschen sollte.

Hauptstadtliebe

[2009]

Wie alle seine Kollegen in der CKP-Wahlkampfzentrale war Klaus Heinrich aufgeregt, als er zur Bekanntgabe der aktuellen Umfragewerte ins Foyer der Wahlkampfzentrale ging. Einmal pro Woche, wenn es die neuen Umfragezahlen gab, wurden die Wahlkampfmitarbeiter im Kanzler-Konrad-Haus zusammengerufen.

Der Wahlkampf lief monatelang und es war für die Wahlkampfleitung eine stete Herausforderung, die vielen bezahlten und freiwilligen Mitarbeiter und Helfer so motiviert zu halten, wie es für einen erfolgreichen Bundestagswahlkampf notwendig war. An sieben Tagen der Woche mussten die Telefone besetzt, der politische Gegner beobachtet und Mails geschrieben werden. Die Internetseite galt es permanent zu aktualisieren und mehrere Mitarbeiter waren mit nichts anderem beschäftigt, als laufend Radio zu hören, Fernsehnachrichten anzuschauen und zwischendurch Zeitungen und Zeitschriften zu lesen, um zu analysieren, welches Bild die Medien von Leon Hansen in der Öffentlichkeit zeichneten und was der politische Gegner machte.

Für den Erfolg ihrer Arbeit hatten die Wahlkampfmitarbeiter viele Indikatoren: Je mehr Wahlplakate von den Kreisverbänden abgefordert wurden, desto engagierter wurde vor Ort gekämpft. Die Analyse der Berichterstattung zeigte ihnen, ob ihr Spitzenkandidat gut ankam oder nicht, und auch die Mails, mal mit zustimmenden und mal mit ablehnenden Inhalten, waren ein Spiegel der Stimmung im Wahlvolk. Am Ende würde dies alles in ein Ergebnis münden. Am entscheidenden Sonntag würde zählen, wie viele Stimmen für die Konservativen und damit für Hansen abgegeben wurden. Deshalb wurde in der Wahlkampfzentrale Woche für Woche nichts mit größerer Spannung erwartet, als die neusten Umfragewerte.

Wie schon so oft versammelte sich die gesamte Mannschaft von knapp 50 Personen im Foyer und Heiner Mertes, der Wahlkampfleiter der CKP, trat mit einem breiten Lächeln vor sie. »Liebe Mitstreiterinnen, liebe Mitstreiter, in vier Wochen und drei Tagen wird gewählt …« Dann folgte die übliche Aufzählung, wie viele Plakate seither aufgehängt worden waren, wie viele Werbespots zusätzlich gebucht worden waren und welche Zeitungsanzeigen für die nächsten Tage geplant waren. Mertes dankte den jeweiligen Units, wie die verschiedenen Arbeitsgruppen intern genannt wurden, und berichtete von den letzten größeren Wahlkampfauftritten Hansens. Dann griff er in die linke Innentasche seine Jacketts und alle wussten, dass er jetzt die aktuellen Umfragewerte verkünden würde. Er holte einen zusammengefalteten Zettel heraus und faltete ihn gemächlich auseinander. Dann sagte er laut und deutlich:

»Die Fortschrittspartei: Steigt um einen Prozentpunkt auf elf Prozent.« – Die Menge jubelte, denn starke Fortschrittliche wurden als Koalitionspartner gebraucht.

»Die Solidaritätspartei: Stabil bei sechs Prozent.« – Ein bisschen Gemurmel, aber sonst keine Reaktion.

»Die Ökos: Sinken um zwei Punkte auf neun Prozent.« – Tosender Applaus, denn die größte Sorge war, dass das Ökologische Bündnis wieder zusammen mit der Gerechtigkeitspartei eine eigene Mehrheit zustande bekam und sie gemeinsam weiterregieren könnten.

»Die GPD: Steigt ebenso wie die Fortschrittspartei um einen Prozentpunkt auf jetzt 33 Prozent.« – Buhrufe und Pfiffe erfüllten den Saal.

Man spürte deutlich, dass die Mitarbeiter der Wahlkampfzentrale solche Versammlungen auch brauchten, um ihre Anspannung, die sich durch den intensiven Wahlkampf bei allen aufgebaut hatte, zumindest etwas abzubauen.

»Sonstige: Liegen stabil bei sechs Prozent.« – Während es sonst bei dem Wert der Sonstigen keine Reaktion gab, fingen diesmal nach ein, zwei Sekunden die Ersten an zu klatschen – es waren diejenigen, die bei der Nennung der bisherigen Ergebnisse mitgerechnet hatten und nun das Ergebnis für die CKP bereits kannten.

»Die CKP: Wir haben zwei Prozentpunkte dazugewonnen und liegen aktuell bei 37 Prozent.« – Applaus brandete auf und eine ausgelassene Jubelstimmung macht sich breit.

Mertes rief in die Runde: »Erstmals seit 14 Monaten haben wir in den Umfragen wieder eine konservativ-fortschrittliche Mehrheit! Ab heute ist der Regierungswechsel zum Greifen nah! Wir haben einen tollen Kanzlerkandidaten und tolle Kandidatinnen und Kandidaten in allen Wahlkreisen. Aber ohne euch, ohne euer Engagement und ohne eure Kreativität und euren Fleiß würden die besten Kandidaten nichts nützen! Ich danke euch im Namen aller Kandidatinnen und Kandidaten – ihr seid ein tolles Wahlkampfteam!«

Die Menge applaudierte sich selbst und in den Lärm hinein wurde über die Lautsprecheranlage Musik eingespielt. Die Türen zum Catering-Bereich gingen auf und mehrere Leute vom Service, die sich normalerweise um die Sitzungsbetreuung mit Kaffee, Wasser und Säften kümmerten, kamen jetzt mit Tabletts voller gefüllter Sektgläser herein. Nachdem sich jeder bedient hatte, sagte Mertes, der die Zahlen bereits zwei Stunden vorher gehabt hatte und deshalb diese »Spontanparty« vorbereiten konnte: »Lasst uns diesen Etappensieg feiern! Nebenan steht ein Kuchenbuffet, Kaffee und Sekt haben wir auch noch reichlich. Stellt die Telefone auf die Zentrale um und lasst uns den Alltagsstress für ein paar Stunden vergessen. Und ab morgen früh arbeiten wir wieder mit vereinten Kräften daran, dass wir den Vorsprung sichern und Deutschland endlich wieder eine vernünftige Regierung bekommt!«

Noch einmal gab es Applaus, und dann wurde in ausgelassener Stimmung das Kuchenbuffet geplündert. Klaus Heinrich feierte mit und genoss das Gefühl, für eine gute Sache zu kämpfen und vermutlich auch noch zu siegen.

Mit seinen 27 Jahren war er ein typischer Wahlkampfaktivist: Abgeschlossenes Hochschulstudium und erste Berufserfahrung. Als Student hatte er sich in der Hochschulgruppe der CKP engagiert und war dort zwei Jahre lang deren Vorsitzender gewesen. In dieser Eigenschaft hatte er Kontakte zu den Bildungspolitikern seiner Partei und damit erste Berührungspunkte mit der Bundespolitik. Da er in Berlin studiert hatte, sozusagen in der Nachbarschaft des Bundestages, war er auch zu bundespolitischen Diskussionsveranstaltungen gegangen und hatte dort die Perspektive eines Studierenden eingebracht.

Nachdem er seinen Politik-Bachelor in der Tasche hatte, hatte er im Frühjahr 2007 in der Lobby-Abteilung des Verbandes für Medizintechnik angefangen. Nicht, dass er von Medizintechnik etwas verstanden hätte … Aber für den Medizintechnikverband war es vor allem wichtig, für die Lobbyabteilung Mitarbeiter mit Kontakten zu den verschiedenen, im Bundestag vertretenen Parteien zu haben. Parteipolitische Nähe und persönliche Bekanntschaft waren im Lobbygeschäft kaum zu überschätzende »Eigenschaften«, die ein Mitarbeiter mitbringen sollte und häufig sogar wichtiger als »Produktkenntnis«. Die für die politische Lobbyarbeit notwendige »Produktkenntnis« konnte Klaus Heinrich sich leichter aneignen, als ein Fachmann für Medizintechnik gute politische Kontakte aufbauen konnte.

Als Klaus Heinrich im Spätsommer 2008 gehört hatte, dass die CKP daranging, eine Wahlkampfzentrale aufzubauen und dafür Mitarbeiter suchte, hatte er sich rasch gemeldet. Denn noch war er ohne familiäre Verpflichtung und es würde ihm nichts ausmachen, jeden Tag zwölf Stunden in der Parteizentrale für den Sieg zu ackern. Er war überzeugt davon, dass ein Regierungswechsel im kommenden Jahr notwendig und machbar war, und darüber hinaus war er ein großer Fan von Leon Hansen. Es würde großartig sein, beim Wahlkampf ganz vorn dabei zu sein!

Nur vor dem Gespräch mit Andrea Vielkötter, seiner Chefin, war ihm bange, denn er hatte ja erst vor eineinhalb Jahren bei dem Verband angefangen. Vielkötter würde kaum begeistert davon sein, dass er jetzt, wo er sich so richtig in die fachlichen und politischen Fragen der Medizintechnik eingearbeitet hatte und dabei war, das gesundheitspolitische Umfeld zu verstehen, kündigen wollte. Aber es half nichts, nachdem er bei der CKP für den Wahlkampf zugesagt hatte, konnte er dem Gespräch mit seiner Chefin nicht mehr ausweichen.

Als Klaus Heinrich einen Tag später den Termin hatte, winkte ihn diese durch die offene Tür zu sich ins Büro und bat ihn, an dem kleinen Besprechungstisch Platz zu nehmen. »Nun, mein lieber Herr Heinrich, was kann ich für sie tun?«, fragte sie mit einem Lächeln, denn sie schätzte den jungen Kollegen sehr. Ihr Blick blieb vielleicht einen winzigen Augenblick zu lange auf seine klaren, blauen Augen gerichtet. Dass er gut zehn Jahre jünger war, störte sie nicht.

Heinrich musste schlucken und bemerkte dabei, wie trocken sein Mund war. Aber dann sagte er: »Ich möchte kündigen. Also, äh, das ist nichts gegen sie oder den Verband, es ist nur so, dass ich ein tolles anderes Angebot bekommen habe und das möchte ich gern wahrnehmen.«

Vielkötter schaute einen Moment irritiert, dann stand sie auf und machte die Bürotür zu. Nachdem sie sich wieder hingesetzt hatte, sagte sie, Heinrich dabei freundlich anschauend: »Das finde ich sehr bedauerlich. Ich habe sie als Mitarbeiter stets sehr geschätzt, und sie haben hier wirklich einen guten Job gemacht. Wo wollen sie denn künftig arbeiten?«

Heinrich, froh darüber, dass seine Chefin ihn nicht sofort angeschnauzt hatte, dass er nach eineinhalb Jahren schon wieder kündigen wollte, erzählte von seinen Plänen. Seine blauen Augen leuchteten, als er von dem bevorstehenden Wahlkampf sprach, von dem Wettstreit der Parteien und den vielen neuen Dingen, die er dabei würde lernen können.

Vielkötter schwieg einen Moment. »Sie werden verstehen, dass ich sie nur äußerst ungern ziehen lasse. Ich möchte ihnen keine Steine in den Weg legen. Aber«, und dabei schaute sie Heinrich direkt in die Augen, »ich bin niemand, der schnell aufgibt.« Klaus Heinrich schaute sie etwas verwirrt an. Was denn nun, dachte er, kann ich gehen oder nicht? Aber er sagte nichts. »Ich mache Ihnen einen Vorschlag: Wenn die Wahl für ihre Partei erfolgreich ist, dann werde ich sie vermutlich als Mitarbeiter dauerhaft verloren haben. Wenn aber die jetzige Regierung bestätigt wird, dann werden sie nach der Bundestagswahl, wenn sich das Wahlkampfteam aufgelöst hat, wieder einen Job brauchen. Deshalb haben sie mein Wort, dass sie am Tag nach der Wahl wieder hier anfangen können.«

Heinrich war begeistert. Er konnte und wollte seine Freude nicht verbergen. Von so viel Großzügigkeit war er überwältigt. Denn natürlich hatte er sich auch schon Gedanken darüber gemacht, was er denn beruflich machen sollte, wenn die Wahl tatsächlich verloren gehen würde. Er sagte sofort zu und per Handschlag besiegelten die beiden die Verabredung. Nachdem sie ein wenig über dieses und jenes geplaudert hatten, wurde Vielkötter noch einmal ernst. »Herr Heinrich, ich möchte sie um einen Gefallen bitten.«

Klaus Heinrich, immer noch ganz glücklich darüber, dass das von ihm mit solcher Sorge erwartete Problemgespräch mit seiner Chefin eine so angenehme Wendung genommen hatte, hatte innerlich bereits Ja gesagt, bevor er überhaupt wusste, worum es ging.

»In den letzten eineinhalb Jahren haben ihr Fachwissen und ihr politisches Gespür dem Verband sehr geholfen. Nun wird es schwer, schnell einen Ersatz für sie zu finden. Deshalb habe ich die Bitte, dass sie dem Verband weiter als Berater zur Seite stehen.« Dass sie ihm dafür auch Geld zahlen wollte, sagte sie wohlweislich noch nicht. Sie schätzte Heinrich als viel zu anständig und bescheiden ein, als dass er jetzt eine Beratungstätigkeit zusagen würde, wenn er dafür Geld bekommen sollte. Aber Geld war nun mal das beste Mittel, wenn man jemanden an sich binden wollte. Heinrich sagte: »Ja, dass mache ich natürlich gerne. Ich glaube zwar nicht, dass ich ihnen viel helfen kann, aber wenn ich es kann, dann will ich das tun!«

»Sehr schön.« Vielkötter lächelte ihn wieder an. Und während sie sich erneut die Hand gaben, um auch diese Verabredung zu besiegeln, fügte sie ganz nebenbei hinzu: »Selbstverständlich sollen sie uns nicht kostenlos beraten, es wäre ja unanständig, wenn wir uns ihres Fachwissens und ihres Sachverstandes unentgeltlich bedienen würden. Ich habe da an ein monatliches Beratungshonorar von 500 Euro gedacht.« Heinrichs Proteste ließ Vielkötter nicht gelten: »Sie haben mir zugesagt, dass sie uns weiterhin als Berater zur Seite stehen wollen. Aber sie erwarten doch wohl nicht im Ernst, dass ich sie einfach ausnutze, indem ich ihnen nichts bezahle! Ich erwarte von ihnen, dass sie zu Ihrem Wort stehen und mir die Chance geben, dass ich ihre Beratertätigkeit auch für den Verband nutze!« Gegen diese Argumentation war Heinrich machtlos und so sagte er schließlich zu.

Nachdem er das Büro seiner Chefin verlassen hatte, war er sogar ganz froh darüber, dass er die zusätzlichen

500 Euro bekommen würde. Denn der Partei-Job war für ihn zwar spannender, aber leider auch deutlich schlechter bezahlt. So viel würde er für die 500 Euro schon nicht tun müssen.

Nachdem Heinrich gegangen war, setzte sich Vielkötter sehr zufrieden hinter ihren Schreibtisch. Natürlich war es ärgerlich, dass sie den jungen Klaus Heinrich mühsam eingearbeitet hatte und der jetzt ging. Aber sie würde etwas bekommen, was sich vielleicht als sehr wertvoll herausstellen würde: Ein politisches Talent in der vermutlich künftigen Regierungspartei, das ihr dankbar war und sogar Geld für Beratungsleistungen angenommen hatte. Damit würde sie bei Klaus Heinrich stets ein offenes Ohr für ihre Anliegen finden. Und wenn es eines Tages hart auf hart kommen würde, dann hatte sie mit den Zahlungen für die Beratungsleistung, eine Leistung, die es praktisch niemals geben würde, ein wirklich durchschlagskräftiges Faustpfand in der Hand. Heinrich würde eines Tages ziemlich viel dafür machen, dass der Spiegel oder die BILD von diesen Zahlungen nichts erfuhren. Denn wenn das erst einmal in der Zeitung stand, dann war es egal, dass er das Geld eigentlich gar nicht haben wollte. Wer Geld genommen hatte, musste dafür geradestehen – ohne Wenn und Aber. Aber wenn Heinrich eine solche Veröffentlichung durch einen kleinen politischen Gefallen vermeiden konnte, dann würde er den Gefallen der Veröffentlichung dieser Zahlungen sicherlich vorziehen. Andrea Vielkötter sollte sich noch freuen, wie viel er dafür tat, dass diese Verbindung nicht öffentlich wurde.

Ein paar Tage später packte Klaus Heinrich seine Sachen und bezog einen Schreibtisch bei seinem neuen Arbeitgeber. Aufgrund seiner gesundheitspolitischen

Erfahrungen durch die Tätigkeit beim Verband für Medizintechnologie war er neben verschiedenen organisatorischen Dingen im Wahlkampfteam für die Gesundheitspolitik zuständig. Das hieß natürlich nicht, dass er sich tatsächlich inhaltlich damit beschäftigen sollte. Bei der Analyse von Wahlkampfreden und Informationsmaterialien der politischen Konkurrenz hatte er lediglich darauf zu achten, wo es eventuell Angriffspunkte für seine eigene Partei geben könnte oder wo eine Attacke des politischen Gegners abzuwehren war.

So wurde beispielsweise die CKP von der GPD dafür kritisiert, dass sie die private Krankenversicherung unterstützten und damit, so die GPD, die Besserstellung der Besserverdienenden ausbauen würde, statt zugunsten eines solidarischen Gesundheitssystems die private Krankenversicherung abzuschaffen. Als dieses Thema im Wahlkampf aufkam, unterstützte Heinrich die Wahlkampfführung dabei, die Abwehr vorzubereiten und umzusetzen. Textbausteine mit dem Tenor »Die GPD will die Einheitsversicherung, bei der nur noch eine Grundversorgung übrig bleibt. Wir wollen den Wettbewerb zwischen der privaten und der gesetzlichen Krankenversicherung, damit die Menschen eine Wahl haben und beide Systeme darum kämpfen müssen, das Beste zu sein« wurden an alle Wahlkämpfer für ihre Wahlkampfreden verschickt. Als die Medienanalysen ergaben, dass die GPD mit dem Thema immer weiter durchdringen konnte, wurden entsprechende Wahlplakate aufgehängt und die Werbespots im Radio, wo man flexibler war als bei der Fernsehwerbung, wurden angepasst. Klaus Heinrich war derjenige im Wahlkampfteam, der genug vom Wahlkampf und von der Gesundheitspolitik verstand, um beides im operativen

Tagesgeschäft, also im laufenden Wahlkampf, miteinander zu verbinden.

Am 27. September 2009, gut vier Wochen nach der Sektparty in der Wahlkampfzentrale, war es endlich soweit: Bundestagswahl. Am Wahlsonntag selbst hatte sich Klaus nach dem anstrengenden Endspurt endlich mal wieder richtig ausgeschlafen, denn am Wahltag selbst gab es keine Wahlkampfaktivitäten der Parteien mehr und alle angestellten Wahlkämpfer hatten frei. Lediglich ein Teil der ehrenamtlichen Helfer würde bei der Wahlparty als Ordner gebraucht werden. Sie sollten das sogenannte Drängel-Team bilden. In Anbetracht der Umfragewerte fanden sich für die Drängel-Gruppe problemlos genügend junge Frauen und Männer, für die es eine große Ehre war, ihrem Parteivorsitzenden und womöglich künftigen Bundeskanzler den Weg frei zu machen.

Um kurz vor fünf stieg Klaus Heinrich am Wittenbergplatz aus der U-Bahn in den Bus um und wenig später war er an der Parteizentrale. Langsam trudelten weitere Parteifreunde und Wahlkämpfer ein und das große Foyer füllte sich zusehends.

Heinrich war beeindruckt von den vielen Fernsehteams; er schätzte ihre Anzahl auf mindestens 20. CNN wollte offensichtlich live berichten und auch aus Frankreich, England und weiteren Nachbarstaaten waren Journalisten angereist. Ganz zu schweigen von den zahlreichen deutschen Sendern und Nachrichtenagenturen.

Er holte sich erst mal eine Bratwurst vom Grill, denn er brauchte eine solide Grundlage für das Bier, das er heute sicherlich reichlich trinken würde. Er glaubte fest daran, dass sie gewinnen würden und dass es heute Abend einen großen Sieg zu feiern gab. Vor drei Jahren hatte sich der damalige Kandidat, der von der Schwesterpartei aus Bayern war, bereits als Sieger feiern lassen, aber am Ende, als alles ausgezählt war, hatte es doch nicht gereicht. Ihnen allen war das eine Lehre gewesen, sich nicht zu früh zu freuen. Erst wenn die Prognose um 18 Uhr einen klaren Vorsprung ausweisen würde oder wenn, falls es wieder so knapp werden sollte, alles ausgezählt war, würden er und seine Mitstreiter sich richtig freuen. Selbst wenn es nichts zu feiern gibt, dachte Klaus Heinrich, gibt es erst recht einen Grund zu trinken – und ging sich schnell eine zweite Wurst holen.

Um zehn Minuten vor sechs war es brechend voll im Foyer und nur die stärksten Raucher huschten noch einmal vor die Tür. Alle anderen starrten auf die große Leinwand auf der Bühne, wo der Moderator die Zeit mit nur scheinbar interessanten Informationen zu füllen versuchte, während alle darauf warteten, dass es endlich 18 Uhr wird.

Klaus Heinrich stand mit ein paar Parteifreunden aus seiner Wahlkampfunit an einem Stehtisch und kaute nervös auf seiner Unterlippe. Als es nur noch zehn Sekunden bis zur Schließung der Wahllokale und der 18-Uhr-Prognose waren, fing irgendjemand an, die letzten zehn Sekunden laut runterzuzählen und bei acht zählten alle mit: »Acht, sieben, sechs, fünf, vier, drei, zwei eins« … aber statt einer lauten »Null« war absolutes Schweigen. Allerdings nur so lange, bis die ARD-Prognose verkündet war.

Mehrere hundert Parteifreunde schrien in der Parteizentrale wie aus einem Munde auf, als die erste Prognose die CKP bei 38 Prozent sah. Damit war sie der sichere Wahlsieger, denn zusammen mit den Fortschrittlichen, die bei 13 Prozent gelandet waren, würden sie selbst dann eine klare Regierungsmehrheit im Bundestag haben, wenn es bei beiden Parteien im Laufe des Abends noch ein, zwei Prozentpunkte runtergehen sollte.

Der Rest des Abends verging für Klaus Heinrich wie im Flug. Irgendjemand holte immer wieder neues Bier an ihren Tisch und sie erzählten sich gegenseitig Geschichten und Erlebnisse aus dem Wahlkampf und waren berauscht von dem Gefühl, ein Teil dieses Machtwechsels zu sein. Es würde einen neuen Bundeskanzler geben und sie hatten dazu etwas beigetragen! Ganz direkt und Tag für Tag hatten sie dafür gekämpft! Es war toll.

Eine gute Stunde nach der ersten Prognose kam Leon Hansen durch den Haupteingang in das Foyer, eskortiert von den jungen Menschen der Drängel-Gruppe und von Polizisten in Zivil, die Leibchen mit der Aufschrift POLIZEI trugen. Heinrich stimmte in die Jubelrufe mit ein. Als Hansen wenige Minuten später im Saal auf der Bühne stand und sich bei den zahlreichen Helferinnen und Helfern bedankte, da wurde Heinrich warm ums Herz und er war glücklich. Für ihn und die vielen Helfer und Parteifreunde wurde es ein rauschender Wahlabend.

Sein Kater am nächsten Tag allerdings war fürchterlich und er ahnte noch nicht, dass der Wahlsieg auch für ihn ganz persönlich noch Folgen haben würde.

Lara Schneider, die Reporterin der Berliner Rundschau, und Klaus Heinrich hatten sich das erste Mal auf dem Frühjahrsempfang des Deutschen Krankenhausvereins im April 2010 getroffen.

Da es in den Sitzungswochen des Bundestages reichlich Veranstaltungen und Feste gab, war es nur eine Frage der Zeit, bis sie sich ohne eigenes Zutun wiedersahen. Beim Frühjahrsfest des Verbandes der Arzneimittelhersteller Anfang Mai schaute sich Klaus noch vergeblich nach Lara um, aber bei dem Fest des Apothekerverbandes eine Woche später sah er sie wieder.

Das Gebäude des Apothekerverbandes, ein altes Postamt, über das einst sogar ein Zar Nachrichten weitergegeben hatte und in dem nun der wichtigste Lobby-Verband der Apotheker residierte, verfügte über einen geräumigen Innenhof, in dem sich, befördert durch das schöne Maiwetter, das Fest abspielte.

Lara ging durch den Haupteingang, ließ die Garderobe rechts liegen und trat hinaus in den Innenhof. Dort begrüßte sie der Präsident des Apothekerverbandes freundlich, dankte ihr für ihr Kommen und wünschte, nachdem noch schnell ein Foto von den beiden gemacht worden war, einen schönen Abend.

Und ein schöner Abend wurde es für Lara. Neben zahlreichen Gesprächen mit Journalistenkollegen, Apothekerlobbyisten und anderen Personen aus dem Gesundheitssystem hatte sie den Großteil der Zeit mit Klaus Heinrich verbracht. Sie lachte herzhaft über seine Witze und lauschte gespannt seiner Geschichte, wie er als Zehnjähriger beim Kokeln eine ganze Wiese abgefackelt hatte. Als sich das Fest langsam dem Ende zuneigte, ließ er sein Fahrrad erst mal stehen und brachte sie noch zur U-Bahn. Der Abend endete am U-Bahnhof mit einem flüchtigen Abschiedskuss auf die Wange und, was viel wichtiger war, mit einer Verabredung für den nächsten Abend.

Rund neunzehn Stunden später trafen sie sich um kurz nach acht in einem Restaurant in Prenzlauer Berg, das nicht nur bei Touristen, sondern vor allem auch bei Studenten beliebt war.

Klaus war verliebt. Verliebt in ihre langen braunen Haare, in ihr Lächeln, wenn sie von schönen Erlebnissen erzählte und in den dunklen Schimmer in ihren Augen, wenn es um Trauriges in ihrem Leben ging. Und wenn sie zwischendurch aufstand, um zur Toilette zu gehen, dann blickte er ihr hinterher und genoss den Anblick ihres Hinterns, der sich an die schlanke, durch einen schmal geschnittenen Pullover betonte Taille anschloss.

Lara war auch verliebt. Seine warme Stimme hatte es ihr angetan, als sie sie das erste Mal hörte, an einem Stehtisch beim Frühjahrsempfang des Krankenhausvereins. Sie mochte sein lautes Lachen, wenn sie etwas Lustiges erzählt hatte, und seine klugen Nachfragen, die ihr zeigten, dass er wirklich verstand, was ihr an einer Geschichte wichtig war.

Die Stunden vergingen wie im Flug. Sie flogen von Thema zu Thema und ihre gemeinsame Leidenschaft für die Politik war dabei ein zentrales, verbindendes Element. Als sie morgens um halb zwei rausgeworfen wurden, weil auch der Wirt endlich Feierabend machen wollte, gab es einen verlegenen Moment der Unschlüssigkeit vor der Restauranttür. Bis Lara ihn anlächelte, seine Hand nahm und sagte: »Meine Wohnung ist gleich um die Ecke. Kommst du noch mit?«

Nach einer kurzen aber intensiven Nacht gingen sie beide zur Arbeit und waren sich sicher, dass dies kein einmaliges Erlebnis gewesen sein würde, sondern der wunderbare Anfang von etwas Dauerhaftem. Ein Problem hatten sie allerdings: Er arbeitete im Gesundheitsministerium, sie schrieb für eine Zeitung über Gesundheitspolitik.

In den ersten Tagen ihrer Beziehung klammerten sie das Thema einvernehmlich aus, aber ein paar Tage später, als sie abends am Kollwitzplatz aßen, sprach Lara es dann doch an. »Ich möchte gerne mehr über deine Arbeit wissen – als deine Freundin, nicht als Journalistin.«

»Du weißt ja, dass ich dort im Grundsatzreferat arbeite und mir deshalb auch Gedanken zur Weiterentwicklung der Gesundheitspolitik machen muss und immer wieder ganz grundsätzliche Fragen, zum Beispiel über Sinn und Unsinn der Praxisgebühr, zu bearbeiten habe. Ich möchte dir alles erzählen, ich möchte, dass du alles über mich weißt, und ich will keine Geheimnisse vor dir haben. Aber wie machen wir das? Wenn ich dir etwas als meiner Freundin erzähle, dann erfährt es doch auch die Journalistin in dir!«

»Hast du schon mal etwas von ›unter Drei‹ gehört?«, fragte sie ihn.

»Nein, was bedeutet das?«

»Wenn Journalisten zum Beispiel mit Politikern ein Gespräch führen, dann wird vorher geklärt, ob das Gesagte zitiert werden darf oder nicht. Da gibt es drei verschiedene Abstufungen. ›Unter Eins‹ bedeutet, dass alles, was gesagt wird, auch genauso zitiert werden darf. Also zum Beispiel bei Pressekonferenzen oder wenn man sich extra zu einem Interview trifft. ›Unter Zwei‹ besagt, dass die Informationen inhaltlich verwendet werden dürfen, dass aber nicht erwähnt werden darf, woher die kommen.«

»Das ist dann doch total unglaubwürdig, wenn ein Journalist sagt: ›Das ist so und so, aber ich darf nicht sagen, woher ich das weiß.‹«

Lara lachte und sagte: »Na ja, so plump ist das natürlich auch nicht. Du hast doch bestimmt schon mal in den Nachrichten gehört oder irgendwo gelesen, dass ein Journalist etwas berichtet hat und dabei gesagt hat: ›wie es im Umfeld des Parteivorstands hieß‹ oder ›aus gewöhnlich gut unterrichteten Kreisen war zu hören, dass …«

»Ja, klar«, sagte Klaus erstaunt, »ich habe mich schon immer gefragt, was denn bitte schön ›gut unterrichtete Kreise‹ sein sollen. Du meinst also, dass es sein kann, dass meine Ministerin mit Journalisten spricht und die dann hinterher nicht sagen, dass sie eine Information von ihr haben, sondern sie diesen ›gewöhnlich gut unterrichteten Kreisen‹ als Quelle zuschreiben?«

»Ja, genau. Meistens macht so etwas aber nicht ein Minister selbst. Dafür hat er seinen Pressesprecher, der vorab sagt: ›Was ich Ihnen jetzt sage, ist alles unter zwei.‹ Und dann sagt er ›Die Information ist richtig‹ oder ›der Minister geht davon aus, dass die Ausgaben um sieben Milliarden Euro steigen‹, um dann hinzuzufügen: ›Wie gesagt, das können sie nicht zitieren. Bitte geben sie ›gewöhnlich gut unterrichtete Kreise‹ oder ›in Regierungskreisen hieß es‹ als Quelle für die Information an.«

»Und das funktioniert? Die Story ist doch viel besser, wenn der Journalist einfach doch schreibt, dass er das vom Minister oder seinem Pressesprecher hat.«

»Ja«, antwortete Lara, »das funktioniert. Jeder Journalist weiß, dass er, wenn er sich daran nicht hält, nie wieder irgendwelche wichtigen Informationen oder gar eine exklusive Information bekommt. Denn wer sich an die Spielregeln nicht hält, ist raus. Die anderen Journalisten sind auf ihn sauer, weil er die über Jahrzehnte in Deutschland gewachsene Vertrauenskultur gefährdet, und vor allem sind die Politiker sauer und mit Sicherheit wird ihm kein Politiker jemals wieder vertrauen. Seine Karriere als Politik-Journalist in der Hauptstadt wäre sicherlich recht bald beendet.«

»Und was bedeutet nun ›unter Drei‹?«

»Das heißt, dass nichts von dem, was ein Journalist bei einem solchen Gespräch erfährt, geschrieben oder sonstwie berichtet werden darf.«

»Das ist doch Quatsch – warum sollte ein Journalist zu einem Gespräch gehen, wenn er hinterher nicht darüber berichten darf?«, wunderte sich Klaus.

»Mensch – bist du wirklich so naiv oder tust du nur so?«

»Nun erzähl schon, ich verstehe das wirklich nicht.«

»Hm, wie soll ich das erklären? Also stell dir vor, der Außenminister fährt nach China. Dann wird er, wie bei jeder Auslandsreise, von einigen Journalisten begleitet. Es ist klar, dass von ihm erwartet wird, dass er die Frage der Menschenrechte anspricht. Für ihn ist die Frage der guten Wirtschaftskooperation aber mindestens genauso wichtig. Deshalb will er das Thema Menschenrechte zwar einmal ansprechen, damit ihm hinterher niemand vorwerfen kann, dass er dieses wichtige Thema ignoriert hätte, aber er will nicht, dass es immer wieder thematisiert wird und damit den Besuch und das Deutsch-Chinesische Verhältnis belastet.«

»Und was soll dabei ein Hintergrundgespräch bewirken? Wenn niemand weiß, dass er das Thema angesprochen hat, dann wird ihm doch trotzdem vorgeworfen, dass er es nicht angesprochen hat.«

»Immer mit der Ruhe«, entgegnete Lara, »so wird es ja auch nicht laufen. Also«, sie trank einen großen Schluck Bier und erzählte weiter, »vor Beginn der Reise werden die mitreisenden Journalisten zu einem Hintergrundgespräch unter Drei eingeladen. Bei den Leuten im Außenministerium nennt man das Briefing. Da wird dann erklärt, dass dem Minister die Menschenrechte ganz wichtig sind und dass er sie zum Beispiel am dritten Tag der Reise während der Rede in der Universität von Bejing deutlich und unmissverständlich ansprechen wird. Dann wird noch viel Drumherum erzählt, warum gerade diesem Minister die Menschenrechte so besonders am Herzen liegen und so weiter. Entscheidend ist aber, dass die Journalisten wissen, dass und wann der Minister die Menschenrechte ansprechen wird. Bei so einer Reise des Außenministers«, fuhr Lara fort, »gibt es ja jeden Tag mehrere Termine, an denen auch die Presse teilnimmt und die Gelegenheit für Fragen hat, ob nach einer Werksbesichtigung, einer kulturellen Attraktion oder so. Und wenn dann die Journalisten immer wieder nach den Menschenrechten fragen, kann das natürlich der Stimmung bei den einzelnen Terminen sehr schaden, die Gastgeber kränken und damit die gewünschten Ergebnisse, wie Wirtschaftsverträge, verhindern oder zumindest deutlich erschweren. Aber weil alle Bescheid wissen, fragen die Journalisten nicht und am dritten Tag, wenn die Menschenrechte angesprochen werden, kann dann auch breit darüber berichtet werden – und alle sind zufrieden.«

»Ja gut«, entgegnete Klaus, »bei einem Außenminister kann ich das noch verstehen. Aber was wäre denn mit meiner Ministerin?«

Lara dachte einen Moment nach, dann sagte sie: »Stell dir vor, die Krankenhäuser haben zu wenig Geld, weil die Bundesländer ihrer Verpflichtung nicht nachkommen, die Investitionen zu bezahlen. Nun beklagen sich die Krankenhauslobbyisten lauthals darüber, dass die Krankenhäuser nicht genug Geld haben.«

»Stimmt«, sagte Klaus, »ich erinnere mich noch gut an die Rede von diesem Konopke auf dem Frühjahrsempfang des Krankenhausvereins. Da hatte der ordentlich rumgejammert, dass die Krankenhäuser zu wenig Geld haben.«

»Ja, genau«, sagte Lara. »Die Krankenhäuser klagen darüber, dass sie zu wenig Geld haben. Die entscheidende Frage ist nun, wer schuld an diesem Missstand ist. Und was liegt da näher, als der Bundesregierung und namentlich der Gesundheitsministerin die Schuld zu geben. Da beginnt das Dilemma der Ministerin, die ist nämlich der Meinung, dass die Länder an der Misere schuld sind.«

»Warum die Länder?«, fragte Klaus dazwischen.

»Weil die den Krankenhäusern immer weniger Geld für Investitionen geben. Es läuft so: Ein Krankenhaus schreibt auf, welchen Modernisierungsbedarf es hat und welche neuen Großgeräte es braucht. Dann stellt es bei der Landesregierung einen Antrag, um die, sagen wir mal, drei Millionen für ein neues Dach, neue Fenster im Südflügel und einen neuen Computertomografen aus dem Haushalt des Landes finanziert zu bekommen. Es bekommt aber nur eine Million mit der Begründung, dass das Land sparen muss.«

»Und dann?«

»Dann bezahlt das Krankenhaus die fehlenden zwei Millionen Euro aus den laufenden Einnahmen, die die Krankenkassen für die einzelnen Operationen bezahlen. Die Konsequenz ist, dass das Krankenhaus nicht genug Geld hat. Also werden Stellen von Pflegern eingespart, das Essen wird nicht mehr selbst gekocht, sondern von einer billigeren Cateringfirma angeliefert, und die Zimmer sehen etwas schäbiger aus, weil kein Geld für die regelmäßige Renovierung da ist. Und damit sind wir wieder bei dem Geldproblem: Die Krankenhäuser protestieren, dass sie zu wenig Geld bekommen, und die Journalisten schreiben das auf. Und dann macht die Gesundheitsministerin ein Hintergrundgespräch unter Drei.«

»Aber«, fragte Klaus dazwischen, »warum unter Drei? Warum sagt sie nicht einfach, dass die Länder schuld sind? Dann wäre sie das Problem doch los.«

»Wenn sie den Ländern die Schuld gibt, dann hat sie 16 Landesgesundheitsminister und 16 Ministerpräsidenten gegen sich. Aber die braucht sie selbst immer wieder. Denn da viele Gesundheitsgesetze nicht nur vom Bundestag, sondern auch vom Bundesrat beschlossen werden müssen, braucht sie immer wieder eine Mehrheit im Bundesrat.«

»Aber«, entgegnete Klaus, »wenn sie gute Vorschläge macht und die dann vom Bundesrat abgelehnt werden, dann ist sie doch wieder fein raus – der Bundesrat hat dann doch die gute Politik verhindert!«

»Oh Mann, es ist kaum zu glauben, dass du monatelang Wahlkampf gemacht hast und jetzt selbst im Gesundheitsministerium arbeitest.« Lara schüttelte lachend den Kopf. »Am Ende ist es doch völlig egal, warum sich ein Minister nicht durchgesetzt hat. Die Menschen, die Wähler wollen keine Begründungen hören, warum etwas nicht geklappt hat. Das klingt immer nach Ausreden. Von einem Minister erwarten wir, dass er etwas durchsetzt und nicht, dass er uns erklärt, warum er etwas nicht durchsetzen konnte.«

»Okay, das verstehe ich«, sagte Klaus. Aber ich verstehe immer noch nicht, wieso dem Minister oder in diesem Fall meiner Ministerin dabei ein Hintergrundgespräch helfen kann.«

Lara lachte. »Die Ministerin erklärt ganz einfach den Journalisten, warum die Länder schuld an der Unterfinanzierung der Krankenhäuser sind, dass sie aber gar nichts dafür kann. Wenn die Argumente der Ministerin gut sind, dann hat sie erreicht, dass die Journalisten bei den nächsten Berichten nicht mehr automatisch ihr die Schuld an den Finanzproblemen der Krankenhäuser geben, sondern entweder den Ländern den schwarzen Peter zuschieben oder, wenn ihnen das Ganze zu kompliziert ist oder sie zu dem Thema nur einen kurzen Artikel schreiben können, einfach die Schuldfrage gar nicht aufwerfen, sondern sie die Situation der Krankenhäuser nur beschreiben. Und weil es ein Hintergrundgespräch unter Drei war, erfahren die Landesminister nicht, warum sich die Journalisten plötzlich für ihre mangelhafte Investitionsfinanzierung interessieren. Die Ministerin hat die Berichterstattung über die Krankenhausfinanzierung beeinflusst, ohne dass jemand, der nicht bei dem Hintergrundgespräch dabei war, etwas davon erfährt.«

Klaus überlegte gerade, wie sie denn eigentlich auf das Thema Krankenhausfinanzierung gekommen waren, und er fragte sich auch, ob er denn mit Lara wirklich keine besseren Gesprächsthemen hatte, als sie sagte: »Und das Ganze habe ich dir ja nur erzählt, damit du verstehst, was ›unter Drei‹ heißt.« Da fiel es ihm auch wieder ein …

Sie fuhr fort: »Klaus, ich liebe dich und ich möchte alles von dir wissen! Und natürlich interessiert mich, was du den ganzen Tag so machst. Ich will wissen, wie deine Kollegen heißen, wer nett ist und wen du doof findest. Und wenn wir uns beide tagsüber mit Gesundheitspolitik beschäftigen, dann müssen wir uns auch abends darüber unterhalten können. Ich kann dir versprechen«, und dabei griff sie über den Tisch und zog Klaus an den Händen etwas zu sich heran, »dass ich nichts von dem, was du mir sagst, in irgendeiner Weise aufschreiben werde. Darauf kannst du dich verlassen. Aber ich kann meinen Kopf nicht am Denken hindern.«

Klaus, der fast überwältigt war von ihrer Liebeslyrik, stutzte bei dem letzten Satz und fragte skeptisch: »Was meinst du damit, dass du deinen Kopf nicht am Denken hindern kannst?«

Lara, die etwas verärgert über diese aus ihrer Sicht zu profane Reaktion auf ihre Worte war, sagte: »Oh Mann, ich will doch nur sagen, dass ich nichts von dem, was du mir sagst, für meine journalistische Arbeit verwenden will. Aber wenn du mir zum Beispiel erzählst, dass du einen neuen Abteilungsleiter hast, weil deiner rausgeflogen ist, dann könnte es passieren, dass ich bei passender Gelegenheit den Staatssekretär oder den Pressesprecher mal frage, was denn Herr X oder Frau Y so macht. Eben wie bei ›unter Drei‹ – ich sage nichts und ich verwende nichts direkt, aber was einmal im Kopf drinnen ist, das hat immer Einfluss auf das weitere Denken.«

Ihre Hände hatten sich zwischenzeitlich wieder voneinander gelöst: »Ist das okay für dich, kommst du damit klar?«

Er lächelte sie an und sagte: »Ja, das klingt nach einer guten Absprache. Wenn man mit einer Journalistin zusammen ist, dann muss man damit leben, dass sie irgendwie immer im Dienst ist.« Und in Gedanken fügte er hinzu: Und eben manches, was ich einer Freundin erzählt hätte, die Bäckerin ist, werde ich doch nicht erzählen. Aber da er das zu diesem Zeitpunkt noch für ein rein theoretisches Problem hielt, beschäftigte es ihn vorerst nicht weiter.

Lara, die bei einer Regionalzeitung in Bremen ihr Handwerk gelernt hatte, war vom ersten Tag ihrer Tätigkeit in der Politik-Redaktion bei der Berliner Rundschau fasziniert von dem Politikbetrieb in der Hauptstadt. Und auch Klaus nahm den Politikbetrieb seit seiner Tätigkeit im Gesundheitsministerium mit anderen Augen wahr. Einmal, als die beiden sich abends zum Essen trafen, fragte Lara ihn, wie es denn eigentlich sei, in einem solchen Ministerium zu arbeiten.

»Das Ministerium ist getrieben von beflissener Geschäftigkeit«, sagte Klaus. »Niemand würde es wagen zuzugeben, dass er gerade nicht gestresst ist und nicht gerade etwas wirklich sehr Wichtiges fertigzumachen hat. Etwas ›Fertigmachen‹ ist das ministerial-bürokratische Äquivalent zum ministerial-politischen ›Auf den Weg bringen‹.«

»Bitte was?« fragte Lara und sah ihn dabei entgeistert an. »Ministerial-... was?«

»Na ja«, antwortete Klaus, »du kennst das doch aus Talkshows oder aus Politiker-Interviews. Politiker reden ständig davon, dass dieses Gesetz oder jene Neuregelung gerade ›auf den Weg gebracht‹ würde. Und meine Kollegen, vor allem die, die schon länger im Ministerium arbeiten, die sagen immer, dass sie gerade dabei sind ›etwas fertigzumachen‹. Beiden Formulierungen ist gemein, dass sie zwar vielfältigen Interpretationsspielraum lassen, denjenigen aber, der sie nutzt, praktisch unangreifbar machen.«

»Aber warum ist es für einen Beamten wichtig, unangreifbar zu sein? Die sind doch sowieso unkündbar.« Lara wunderte sich.

»Das liegt an der Demokratie. Ich weiß, dass das komisch klingt, ist aber so. Dadurch, dass alle vier Jahre neu gewählt wird, kann sich alle vier Jahre die gesamte Leitungsebene ändern. Wenn ich mich zu sehr engagiere, verliere ich den internen Status eines neutralen und fleißigen Beamten und werde zum politischen Parteigänger. Aber damit gehe ich das Risiko ein, dass ich, sobald eine andere Partei den Minister stellt, kaltgestellt und nicht mehr befördert werde. Ich habe eigentlich nur zwei Möglichkeiten: kreativ und parteipolitisch zu arbeiten oder pflichterfüllend und unparteilich.«

»Und du hast dich schon entschieden – oder?«

»Na klar, das weißt du doch!«

Nachdenklich trank er einen Schluck Bier und schaute einen Moment vor sich hin. Dann hob er den Kopf, sah Lara an und sagte: »Weißt du, ich finde Politik toll, und es macht mir einen riesigen Spaß, dabei zu sein. Aber es gibt da auch merkwürdige Seiten, die ich bisher nicht gesehen habe.«

»Erzähl – was meinst du?«

»In den Wochen nach der Wahl gab es ein innerparteiliches Hauen und Stechen, von dem man von außen kaum etwas mitbekommt. Eigentlich sollte es ja bei den Koalitionsverhandlungen immer zuerst darum gehen, welche Inhalte durchgesetzt werden können und welche Ziele realistisch sind. Aber ich hatte den Eindruck, dass es tatsächlich erschreckend oft gar nicht um die Inhalte geht, sondern um die personellen Konsequenzen, die eine inhaltliche Entscheidung hat. Bei Koalitionsverhandlungen werden so viele Politikerkarrieren wie sonst nie auf einen Schlag beschleunigt oder beendet.«

Als Lara ihn nur fragend anschaute, sprach er weiter.

»Wenn sich beispielsweise die beiden Koalitionspartner darauf einigen, dass es eine grundlegende Neuorientierung der Entwicklungshilfepolitik in Anlehnung an das Wahlprogramm der Fortschrittspartei geben wird, dann ist damit die Vorfestlegung verbunden, dass die Fortschrittlichen auch den Entwicklungshilfeminister stellen werden. Im Umkehrschluss heißt dies, dass alle Entwicklungspolitiker der CKP/CSP ihre Hoffnung, selbst Minister zu werden, beerdigen können. Deshalb versuchen sie natürlich während der Verhandlungen immer, bei der Entwicklungspolitik die Linie der CKP/CSP zu vertreten und wirken gleichzeitig darauf hin, dass sich irgendwo anders die Position der Fortschrittspartei durchsetzt.«

»Das verstehe ich nicht«, sagte Lara, »warum sollte ein Entwicklungspolitiker ein Interesse daran haben, dass sich die Fortschrittlichen zum Beispiel bei der Finanz- oder Arbeitsmarktpolitik durchsetzen?«

»Das ist eigentlich relativ einfach«, antwortete Klaus. »Eine kleine Partei wie die FP kann sich nur mit einer Handvoll inhaltlicher Themen bei den Koalitionsverhandlungen wirklich durchsetzen. In den meisten Bereichen gibt der größere Koalitionspartner die Richtung vor. Und in je mehr Bereichen die Fortschrittspartei sich durchgesetzt hat, desto geringer ist aus Sicht der Entwicklungspolitiker der CKP/CSP die Gefahr, dass sie sich auch noch bei der Entwicklungspolitik mit ihrer Position durchsetzt – und damit sinkt automatisch auch die Gefahr, dass sie den Entwicklungshilfeminister stellt.«

»Mit anderen Worten: Ich weiß nie, warum ein Politiker für ein bestimmtes Thema ist, weil ich immer die Sorge haben muss, dass er eigentlich nur an seine eigene Karriere denkt. Und wenn es auch um fünf Ecken gedacht ist!«, stellte Lara fest. »Ja, stimmt«, entgegnet Klaus, »aber das Spiel ist ja noch nicht zu Ende. Jetzt, wo klar ist, dass die Fortschrittlichen den Entwicklungshilfeminister stellen werden, beginnt ein innerparteilicher Kampf um das Amt. Warum jemand Minister werden möchte, liegt auf der Hand. Nicht so offensichtlich ist, warum bestimmte Personen als Minister verhindert werden sollen … Ein entscheidender Grund dafür ist der Landesproporz.«

»Was soll denn das schon wieder?«

»Eine kleine Partei wie die Fortschrittspartei bekommt vier, vielleicht fünf Minister. Damit ist klar, dass aus jedem Bundesland höchstens ein Minister kommen kann. Und wenn ein Bayer Minister geworden ist, dann kann kein zweiter Fortschrittspolitiker aus Bayern Minister werden. Also versuchen alle Fortschrittspolitiker aus Bayern, die von sich selbst glauben, dass sie Minister werden könnten, den anderen nur deshalb zu verhindern, weil er ein Bayer ist. Ganz einfach.«

»Das heißt also, dass es sein kann, dass von den beiden besten Politikern einer Partei nur einer Minister wird, weil beide aus demselben Bundesland kommen?«

»Ja«, sagte Klaus. »Es klingt verrückt, aber so funktioniert Politik. Zu einer politischen Karriere gehört auch immer, dass man aus dem richtigen Landesverband kommt.«

»Sag mal«, und dabei schaute sie ihn fragend an, »wie bist du eigentlich an den Job im Ministerium gekommen?«

Der Kandidat

[2009]

Leon Hansen war in seiner Berliner Wohnung, als ihn Hermann Triller anrief.

Da an diesem Sonntag Anfang März Landtagswahlen in Nordrhein-Westfalen abgehalten wurden, war Hansen von Hamburg in seine Berliner Zweitwohnung gefahren. Er wollte sich so die Möglichkeit schaffen, spontan bei der Wahlparty im Kanzler-Konrad-Haus vorbeizuschauen. Sein Erscheinen machte er vom Wahlausgang abhängig, denn nach einer verlorenen Landtagswahl überließ er das Interviewgeben seinem Generalsekretär. Er wollte sein gutes Image in der Öffentlichkeit nicht dadurch gefährden, dass er sich als Wahlverlierer nach einer Landtagswahl zeigte. Manch einer seiner politischen Freunde fand es übertrieben, dass Hansen bei jeder Landtagswahl nach Berlin kam, auch wenn er eventuell gar nicht in Erscheinung treten wollte. Aber einmal hatte er einen wichtigen Auftritt nach einer Landtagswahl verpasst, was ihm nie wieder passieren sollte.

Kurz nachdem er Parteivorsitzender wurde, hatte die CKP überraschend eine Landtagswahl gewonnen – und er war in Hamburg im Theater gewesen. Im Nachhinein hatte er sich unheimlich über seine Dämlichkeit geärgert. In der Überzeugung, dass die Wahl sowieso verloren sei, war er nicht in die Parteizentrale nach Berlin gefahren und, was fast noch schlimmer war, er war zu einer frühen Theatervorstellung gegangen und hatte deshalb natürlich sein Handy ausgeschaltet. Als die Vorstellung halb acht zu Ende war, war seine Mailbox voll mit Anrufen. Sein Pressesprecher hatte ihm ein halbes Dutzend Interviewanfragen fürs Fernsehen durchgegeben. Was wäre das für ein Auftritt gewesen: Kaum war er Parteivorsitzender, schon wurde endlich wieder eine Landtagswahl gewonnen – und er hatte das versemmelt, weil er nicht erreichbar war. Nun war es natürlich viel zu spät und sein Stellvertreter (und potenzieller Konkurrent um die Spitzenkandidatur bei der nächsten Bundestagswahl) war bereits in diversen Nachrichtensendungen aufgetaucht. Damit ihm das nicht wieder passiert, hatte er sich angewöhnt, zu jeder Landtagswahl nach Berlin zu fahren und in seiner Wohnung auf die Ergebnisse zu warten. Waren sie gut, fuhr er in die Parteizentrale, stand den Medien Rede und Antwort und sonnte sich im Glanz des Wahlsieges eines seiner Parteifreunde. War die Wahl verloren gegangen, antwortete er nicht auf Medienanfragen, machte sich einen ruhigen Abend mit einem Glas Wein und dem Tatort und ging am Montag zur Sitzung des Parteipräsidiums. Da trat er dann kurz und knapp mit dem Wahlverlierer vor die Presse (ein Ritual bei allen Parteien, dem er sich nicht entziehen konnte) und brachte möglichst schnell wieder Abstand zwischen sich und den Verlierer.

Aus der Zeit, als Hermann Triller im Düsseldorfer Landtag Parlamentarischer Geschäftsführer war, stammten seine guten Beziehungen nach Nordrhein-Westfalen. Deshalb hatte der Generalsekretär des CKP-Landesverbandes ihn angerufen und informiert, dass die Vorab-Ergebnisse der Demoskopen auf einen Regierungswechsel hindeuteten. Das wäre eine riesige Sensation, denn bisher wurde NRW immer von einem GPD-Ministerpräsidenten regiert. Für Triller war es selbstverständlich, sofort Hansen anzurufen und darüber zu informieren. Dieser dankte Triller für den Hinweis – und versuchte, ruhig zu bleiben. Immerhin war es erst kurz vor fünf und somit dauerte es noch über eine Stunde, bis die ersten offiziellen Prognosen vorlagen. Aber für alle Fälle schickte er seinem Fahrer schon mal eine SMS mit dem Hinweis, dass er ihn eventuell um kurz nach sechs brauchen würde. Dann machte sich erst einmal einen Espresso und versuchte seine wie wild kreisenden Gedanken zu sortieren.

Wenn wir NRW gewinnen, dachte Hansen, dann haben wir im Bundesrat eine so klare Mehrheit, dass die Gerechtigkeitspartei kaum noch ein Gesetz durchkriegt. Wir können sie vor uns herjagen und sturmreif schießen! Es sind noch knapp eineinhalb Jahre bis zur nächsten Bundestagswahl und dann sind die fällig! Ohne es selbst zu merken, setzte er eine grimmige Miene auf und schritt im Wohnzimmer auf und ab wie ein Feldherr auf einem alten Ölgemälde. Er beschloss, die ersten offizielle Prognosen abzuwarten, aber dann, wenn die Zeiger weiterhin auf Regierungswechsel standen, in die Parteizentrale zu fahren.

Die 18-Uhr-Prognosen bei ARD und ZDF sagten einen deutlichen Wahlsieg der CKP voraus und ein Regierungswechsel wurde mehr als wahrscheinlich. Bereits um Viertel nach sechs lief das erste Interview mit Germanus Heil, dem CKP-Generalsekretär, in der ARD. Er lobte die

Stärke des CKP-Spitzenkandidaten und wies auf das klare Wahlprogramm der Partei hin.

Hansen schickte seinem Fahrer Sven Lausitz wieder eine SMS und zog sich dann um. Seine Jeans warf er achtlos aufs Bett und wählte einen dunklen Anzug, dazu ein weißes Hemd mit einer hellblau und dunkelblau gestreiften Krawatte. Ihm ging es heute Abend um Seriosität und Sachlichkeit.

Er ahnte zu dem Zeitpunkt noch nicht, wie wichtig der Abend für seine Zukunft werden würde. Und dass er dafür genauso gut in Jeans hätte fahren können.

Nachdem er sich umgezogen hatte, schickte er noch eine SMS an seinen Generalsekretär, den Bundesgeschäftsführer und an seinen Pressesprecher: *18.45 Uhr Lagebesprechung in meinem Büro.* Eigentlich war Ullmann nicht »sein« Pressesprecher, sondern der Sprecher der Partei. Aber da ein Parteivorsitzender entscheidet, wer Parteisprecher ist und Ullmann auf seinen Wunsch diesen Job nach der Wahl Hansens zum Parteivorsitzenden übernommen hatte, wusste dieser, wem seine Loyalität gehörte.

Um halb sieben stand sein Wagen vor der Tür. Hansen und Lausitz begrüßten sich und, nach einem kurzen Telefonat Hansens, plauderten sie auf dem Weg zur Parteizentrale über Belanglosigkeiten. Als Hansen den fragenden Blick von Lausitz im Rückspiegel sah, sagte er von der Rückbank aus: »Bitte fahr direkt in die Tiefgarage. Ich möchte mich nicht durch die Kamerameute drängeln müssen.« Da wusste er noch nicht, wie richtig diese Entscheidung war.

Hansen fuhr mit dem Fahrstuhl sofort von der Tiefgarage ins oberste Stockwerk und ging in sein Büro. Paul Ullmann, Heiner Mertes und Germanus Heil, die bereits in der Sitzgruppe vor dem Büro gewartet hatten, gingen mit hinein. Jemand vom Sitzungsservice hatte Getränke und belegte Brötchen hingestellt und ganz kurz fragte sich Hansen, wer das wohl veranlasst hatte. Aber der Gedanke war so flüchtig wie eine kleine Wolke am Sommerhimmel, die man vergessen hat, kaum dass sie aufgehört hat, Schatten zu werfen.

»Hallo Herr Heil, ich habe ihr Interview um kurz nach sechs in der ARD gesehen, das war gut«, begrüßte Hansen seinen Generalsekretär. Dann schaute er Ullmann fragend an: »Was für Anfragen gibt es, wo sollen wir aktiv werden?« Gerade als Paul Ullmann antworten wollte, klingelte sein Handy. Er sah die Nummer seines Stellvertreters, der in der Pressestelle saß und die Meldungen der Nachrichtenagenturen und die Wahlberichterstattung im Fernsehen beobachtete. Mit einem kurzen »Entschuldigung« in Richtung von Hansen und Heil ging er ran.

»Ja, was gibt's? Wie bitte? Wann? … Das ist ja unglaublich! Ruf mich sofort an, wenn du etwas Neues weißt!«

Die drei anderen schauten ihn neugierig an.

»Der Bundeskanzler will um sieben«, er schaute auf seine Uhr, »also in fünf Minuten in der GPD-Parteizentrale eine Erklärung abgeben. Und die dpa meldet unter Berufung auf Regierungskreise, dass er Neuwahlen vorschlagen wird.«

Für einen Moment herrschte Schweigen. Dann sagte Heil: »Um 19.30 Uhr beginnt die »Berliner Runde«, also die Diskussionsrunde aller Generalsekretäre. Wie ist unsere Linie?«

Hansen stand auf, ging zum Fenster und schaute in Richtung Tiergarten, an dessen Rand sich auch das Kanzleramt befand. Bestimmt zwei, drei Minuten lang schaute er hinaus, und die anderen im Raum warteten schweigend.

Dann drehte er sich zu ihnen um und sagte: »Wenn Kanzler Schulze heute vor die Presse tritt, dann tritt er zurück und dann findet er irgendwie einen Weg, um Neuwahlen loszutreten. Lasst uns für den Moment davon ausgehen. Herr Heil, sie begrüßen das als überfälligen Schritt und so weiter. Je eher es zu Neuwahlen kommt, desto besser für das Land. Die inhaltlichen Punkte zu den verschiedenen Themen sind ja klar. Gehen sie an keiner Kamera vorbei, ohne diesen einen Satz zu sagen: ›Je früher es Neuwahlen gibt, desto besser für unser Land.‹«

Dann sagte er in Richtung Ullmann: »Paul, ich mache heute keine Interviews! Keine Zitate von mir. Ich bin heilfroh, dass ich durch die Tiefgarage gekommen bin und ich fahre so schnell wie möglich wieder.«

Und dann an alle drei gewandt: »Ich war heute nicht hier. Wir haben miteinander gesprochen, das ist ja auch logisch, aber nicht persönlich.«

Ullmanns Telefon klingelte wieder. Er ging ran, sagte knapp »danke« und noch beim Auflegen stand er auf und schaltete den Fernseher ein. Auf dem Bildschirm war der Pressesprecher der GPD zu sehen, der ankündigte, dass gleich Bundeskanzler Schulze sprechen würde.

Hansen schrieb seinem Fahrer eine SMS: *Wir fahren gleich wieder. Warte beim Wagen. Niemandem sagen, dass ich hier war. LH.*

Dann schauten alle vier gespannt auf den Fernseher, als Bundeskanzler Schulze sagte: »Meine sehr geehrten Damen und Herren, liebe Genossinnen, liebe Genossen. Nach dem heutigen Wahlergebnis in Nordrhein-Westfalen können wir, kann ich nicht einfach zur Tagesordnung übergehen. Wir haben in den letzten Jahren ein ehrgeiziges Reformprogramm umgesetzt. Dafür brauchen wir nicht nur eine Mehrheit im Bundestag, sondern eine Mehrheit in unserer Gesellschaft. Mit dem bitteren Ergebnis der heutigen Landtagswahl ist der Rückhalt für meine Politik in der Bevölkerung infrage gestellt. Deshalb empfinde ich es als meine Pflicht, den Bundespräsidenten zu bitten, den Weg für schnellstmögliche Neuwahlen zu bereiten. In dem dann kommenden Wahlkampf werden wir für unsere Politik werben und die Wählerinnen und Wähler um ein neues politisches Mandat bitten.« Dann verließ er das Podium.

Germanus Heil sagte: »Alles klar, dann mache ich mich jetzt auf den Weg zur ARD.«

Als Hansen, Mertes und Ullmann allein waren, sagte Ullmann: »Leon, kannst du mir erklären, was die ganze Heimlichtuerei soll? Warum gehst du nicht runter und sprichst mit den Leuten aus unserer Partei und vor allem mit der Presse?«

»Bei unseren lieben Parteifreunden«, antwortete Hansen, »kann man sich ganz schnell unbeliebt machen, wenn man sich selbst zum Kandidaten ausruft. Ich habe das schon oft erlebt, dass sich jemand selbst voreilig ins Gespräch brachte und sich dann später dafür rechtfertigen musste. Wenn es in einigen Monaten zu Neuwahlen kommt, dann wird es einen kurzen, aber heftigen Wahlkampf geben. Ich will die volle Rückendeckung des Präsidiums und die bekomme ich nur, wenn ich mich jetzt ruhig verhalte. Morgen tagt das Parteipräsidium und da muss entschieden werden. Du gehst jetzt bitte runter zur Wahlparty und hörst dich bei den Journalisten um, wie bei denen die Stimmung ist. Ich kümmere mich um die wichtigsten Präsidiumsmitglieder, damit es am Ende der morgigen Sitzung eine klare Entscheidung für mich als Kanzlerkandidaten gibt.«

Nachdem Ullmann weg war, gingen Hansen und Mertes rasch die Liste der Präsidiumsmitglieder durch. Bei rund der Hälfte konnten sie einen Haken machen, denn bei denen waren sie sich der Unterstützung für Hansen sicher.

»Als Erstes rufe ich Erhard Reiter in Bayern an. Nachdem ich ihm vor drei Jahren die Kanzlerkandidatur überlassen habe, muss er jetzt mich unterstützen. Dann die Vorsitzenden in Hessen und Baden-Württemberg. Wenn ich die drei habe und dazu noch die anderen, deren Unterstützung ich mir sicher bin, dann sollte es klappen.«

»Und was ist mit dem Wahlsieger?«, fragte Mertes. »Mit dem heutigen Wahlsieg wird seine Stimme in der Runde morgen viel zählen.«

»Ich gehe davon aus«, antwortete Hansen, »dass ich seine Unterstützung habe. Als ich ihn vorhin auf dem Weg hierher vom Auto aus angerufen habe, hat er sich überschwänglich für meine Walkampfauftritte bedankt und gesagt, dass er ohne meine Unterstützung die Wahl nicht gewonnen hätte. Er wird heute die halbe Nacht feiern und die andere Hälfte seine Regierungsmannschaft planen und nur zwei, drei Stunden schlafen. Wenn er morgen in der Präsidiumssitzung sitzt, wird er ebenso glücklich wie erschöpft sein. Nein, mach dir keine Gedanken um ihn, er wird mich unterstützen.«

Die beiden gaben sich in dem Bewusstsein die Hand, dass jetzt der parteiinterne Endspurt um die Kanzlerkandidatur Hansens begonnen hatte, der vor drei Jahren mit dessen Verzicht als Marathon begonnen hatte.

Wieder in seiner Berliner Wohnung angekommen (er vermied den Begriff »Zuhause«; sein Zuhause war und blieb für ihn Hamburg, wo er mit seiner Frau ein Einfamilienhaus am Stadtrand bewohnte), kochte er sich einen frischen Kaffee. Er ging in Gedanken noch einmal durch, was er Reiter sagen würde. Eigentlich war er sich sicher, dass Reiter ihn nun unterstützte. Aber was, wenn er sagte, dass er ihm zwar selbstverständlich im nächsten Jahr die Kandidatur überlassen hätte, dass sich die Dinge nun aber geändert hätten, weil es vorgezogene Neuwahlen gibt? Nervös trank Hansen einen Schluck Kaffee.

Reiter war seit vielen Jahren bayerischer Ministerpräsident und er regierte mit absoluter Mehrheit. Er brannte immer noch vor Ehrgeiz und Hansen wusste das. Aber es war nicht zu ändern. Spätestens morgen in der Präsidiumssitzung würde sich seine Partei positionieren müssen. Natürlich würde Reiter morgen nicht dabei sein, denn schließlich war er ja Parteichef der bayerischen CSP und hatte bei einer Präsidiumssitzung der CKP nichts zu suchen. Aber der Kanzlerkandidat der Unionsparteien war immer ein gemeinsamer gewesen und so würde es auch bleiben. Wenn das konservative Bayern gegen ihn wäre, könnte es im Präsidium morgen zum offenen Streit kommen und er ginge bestenfalls als bereits vorab geschwächter Kandidat in den Wahlkampf.

Schließlich war es bereits halb neun, als Hansen sich endlich dazu durchringen konnte, Reiter anzurufen. Da Hansen als eine der wenigen Personen außerhalb Reiters Familie dessen private Telefonnummer hatte, wunderte er sich nicht, als dieser nach dem vierten Klingeln selbst am Telefon war.

Erhard Reiter schlug einen launigen Ton an. »Ist das Wahlergebnis in Nordrhein-Westfalen nicht wunderbar?«

»Ja, das ist wirklich ein tolles Ergebnis. Und da die Fortschrittlichen auch vernünftig abgeschnitten haben, wird es für eine klare konservativ-fortschrittliche Mehrheit reichen. Was sagen sie denn zu der Ankündigung des Bundeskanzlers?«

Reiter zögerte einen Moment, bevor er antwortete.

»Zu den Neuwahlen? Schulze kann ja kaum ernsthaft glauben, dass er gewinnt. Nein, der nächste Bundeskanzler kommt aus unserem Lager.« An dieser Stelle machte Reiter eine kurze Pause. Er hatte sich längst entschlossen, in welche Richtung dieses Gespräch gehen sollte. Nachdem er von der Neuwahlankündigung gehört hatte, war ihm rasch klar gewesen, dass sich Hansen früher oder später bei ihm melden würde. Aber er wollte die Spannung noch einen Moment halten, um Hansen im Gegenzug eine Zusage abhandeln zu können. »Bayern ist das einzige Bundesland, das von einem konservativen Ministerpräsidenten mit absoluter Mehrheit geführt wird. Die Finanzpolitik ist solide, die Wirtschaftspolitik vorbildlich und im Bereich der Arbeitsmarktpolitik macht uns bundesweit niemand etwas vor.«

»Da kann ich ihnen nur beipflichten. Eine konservativ-fortschrittliche Bundesregierung ohne den Sachverstand und die politische Erfahrung aus Bayern an herausragender Stelle ist kaum vorstellbar.«

»Verstehe ich sie richtig«, entgegnete Reiter, »dass die CSP im Falle einer Regierungsübernahme durch die Union mit ihnen als Bundeskanzler davon ausgehen kann, ein entsprechendes Ressort, zum Beispiel ein Bundesministerium für Finanzen und Wirtschaft übernehmen zu können und dazu entsprechend unserem politischen Gewicht weitere Ressorts?«

»Ein Ressort zur freien Wahl in dem von ihnen gewünschten Zuschnitt, wie Finanzen und Wirtschaft in einem Haus, und dazu mindestens ein weiteres Ministerium, je nach Wahlergebnis und dem Verlauf der Koalitionsverhandlungen. Das könnte ich Ihnen jetzt zusagen.«

»Lieber Herr Hansen«, nachdem das Fell des Bären erlegt war, noch bevor die Jagd überhaupt begonnen hatte, bekam Reiters Stimme noch einmal einen feierlichen Unterton, bei dem Hansen nicht genau wusste, ob er ernst gemeint war oder einen Hauch von Bissigkeit enthielt, »ich würde mich freuen, wenn sie der nächste Bundeskanzler der Bundesrepublik Deutschland werden würden. Ich und meine Partei werden sie nach Kräften unterstützen. Vor drei Jahren haben sie ihre eigenen Ambitionen hinter das Wohl der Partei gestellt. In diesem Jahr werde ich es ihnen gleichtun und meine Ambitionen auf das Amt des Bundeskanzlers hintenan stellen.«

»Ich weiß das sehr zu schätzen! Gerade morgen Vormittag bei der Präsidiumssitzung ist es wichtig zu wissen, wo die CSP in der Frage des gemeinsamen Kandidaten steht.«

»Ich werde sicherstellen, dass bis zum Sitzungsbeginn allgemein bekannt ist, dass ich hinter ihnen stehe. Ich wünsche ihnen morgen viel Erfolg.«

Um 20.41 Uhr war das Telefonat beendet. Hansen legte das Handy weg und atmete erleichtert auf.

Nach einer kurzen Pause, um sich von diesem Telefonat zu erholen (er war selbst erstaunt darüber, dass er sich von einem Telefonat erholen musste), rief er die Landesvorsitzenden aus Hessen und Baden-Württemberg an.

Reiter hingegen rief keine Parteifreunde an, sondern den Chefredakteur der Süddeutschen Zeitung und sagte ihm, dass er zu der Frage des Unions-Kanzlerkandidaten gern zu morgen noch ein kleines Interview geben würde.

Der Chefredakteur bat Reiter darum, noch einen kurzen Moment am Telefon zu bleiben, dann rief er von einem zweiten Telefon aus den Chef vom Dienst an und teilte ihm mit, dass er im Politikteil auf die letzte Sekunde für ein Interview 30 Zeilen braucht und dazu auf der Seite Eins eine Meldung: Der Text würde in 20 Minuten kommen.

Dann führten Reiter und der Chefredakteur am Telefon ein kurzes Interview. Nachdem der Ministerpräsident sich das vollständige Interview noch einmal hatte vorlesen lassen, legte er zufrieden auf.

Am nächsten Morgen hörte Leon Hansen beim Zähneputzen die Sieben-Uhr-Nachrichten im Deutschlandfunk und konnte sich ein zufriedenes Lächeln nicht verkneifen. Wurde doch gerade gemeldet, dass sich der bayerische Ministerpräsident im Interview mit der Süddeutschen Zeitung für Leon Hansen als gemeinsamen Kanzlerkandidaten der CKP und der CSP ausgesprochen hatte. Sein Name war im Rennen und jetzt würde jeder, der gegen ihn war, dies begründen müssen.

Als er aus der Dusche kam, hatte ihm die CKP-Pressestelle bereits die ersten Agenturmeldungen zugemailt: Laut dpa hatte der hessische Ministerpräsident heute Morgen in einem Interview mit dem Radiosender HR-info ihn als den besten Kandidaten bezeichnet. Und Reuters meldete unter Berufung auf CKP-Kreise aus Nordrhein-Westfalen, dass sich dort der gestrige Wahlsieger für Hansen ausgesprochen hat.

Als um neun die Präsidiumssitzung begann, gratulierten zuerst alle Anwesenden dem gestrigen Wahlsieger, der mit müden Augen in ihrer Runde saß. Immerhin war er schon auf dem Weg zum Flughafen in Düsseldorf gewesen, als Hansen noch Zähne putzend in seinem Badezimmer gestanden hatte.

Dann rief Hansen, der als Parteivorsitzender wie üblich die Präsidiumssitzung leitete, den zweiten, neu auf die Tagesordnung gesetzten Tagesordnungspunkt »Neuwahlen« auf. »Wir beginnen mit der Aussprache zu diesem Thema. Gibt es Wortmeldungen?«

Nachdem die ersten zwei Redner, die nicht als Anhänger Hansens galten, eher allgemein über die Bedeutung der Geschlossenheit der Partei und der Klarheit der politischen Aussagen für den Wahlkampf gesprochen hatten, lehnte Hansen sich innerlich zurück. Wenn schon die Präsidiumsmitglieder, die bekannt dafür waren, dass sie nicht zu seinen Anhängern gehörten, sich nicht trauten, sich hier offen gegen ihn auszusprechen, dann war ihm die Kandidatur nicht mehr zu nehmen.

Für die meisten Anwesenden überraschend stand plötzlich der schleswig-holsteinische Ministerpräsident auf. Ein fülliger Herr Anfang 60, der für seinen trockenen Humor ebenso bekannt war wie dafür, dass er zwar wenig Worte machte, dann aber klar sagte, was er wollte. Ein Nordfriese, wie er im Buche stand. »Bitte entschuldigt, aber wir reden hier um den heißen Brei herum. Es gibt Neuwahlen, wir brauchen einen Spitzenkandidaten und wir haben einen Spitzenkandidaten! Lieber Herr Hansen, ich wünschte für die Partei und das Land, dass sie uns als Spitzenkandidat in den Wahlkampf führen!« Kaum unterbrach er seinen Redefluss, um Luft zu holen, fing Germanus Heil an zu klatschen. Sofort stiegen die anderen Anhänger Hansens mit ein und innerhalb weniger Sekunden klatschte das gesamte Präsidium, denn niemand wollte neben dem jetzt anfahrenden Zug auf dem Bahnsteig stehen bleiben.

Jeder Versuch eventueller Gegner Hansens, ihn doch noch zu verhindern oder zumindest zu schwächen, war damit verhindert worden. Mit dem aufkommenden Applaus war allen Teilnehmern klar, dass Hansen derjenige sein würde, der im Falle eines Wahlsieges das letzte Wort haben würde, wer einen Regierungsposten bekommt und wer nicht.

Heiner Mertes wurde Wahlkampfleiter. Er sorgte für den Aufbau einer Wahlkampfzentrale mit Computern, Telefonen und vor allem für die Mitarbeiter. Außerdem mussten Spenden eingeworben und ehrenamtliche Helfer gewonnen werden.

Germanus Heil kümmerte sich als Generalsekretär um die inhaltliche Geschlossenheit. Er musste nun in kürzester Zeit ein Wahlprogramm auf die Beine stellen, das einerseits schwammig genug war, um als Volkspartei möglichst wenig anzuecken, aber das andererseits konkret genug war, um zu signalisieren: Seht her, wie haben Antworten auf die Fragen unserer Zeit.

Paul Ullmann trug als Kommunikationsfachmann und stellvertretender Wahlkampfleiter die Verantwortung dafür, dass aus dem organisatorisch-praktischen Teil von Mertes und dem inhaltlich-ideologischen Teil von Heil kampagnenfähige Botschaften entstanden, mit denen die Wahlkämpfer arbeiten konnten.

Heiner Mertes suchte die Werbeagentur aus, die der CKP-Vorstand beauftragte und die ihnen helfen sollte, aus dem 20-Millionen-Euro-Etat das Beste herauszuholen. Es wurden Anzeigenmotive vorgeschlagen, verworfen, neu gestaltet und schließlich akzeptiert. Standardformate für Wahlplakate wurden entwickelt, in die jeder Ortsverband die Köpfe seines Wahlkreiskandidaten hineinkopieren konnte. Und dann wurden in zig-tausender Auflage Wahlkampfartikel mit CKP-Logo zur Ausstattung der Wahlkampfhelfer und zum Verschenken an Wahlkampfständen erst ausgesucht und dann bestellt: Kugelschreiber, Wasserbälle, Kondome (»black is beautiful« als Wahlkampfgag für die jungen Erstwähler), Luftballons, Regenjacken, Regenschirme, und, und, und.

Für Germanus Heil lag die größte Herausforderung darin, alle widerstreitenden Interessen und teils völlig unrealistischen Forderungen und Erwartungen an das Wahlprogramm unter einen Hut zu bringen, so dass sich die vielen tausend engagierten Parteimitglieder dahinter versammeln konnten. Denn die größte Bedeutung, davon war er überzeugt, hatte ein Wahlprogramm nach innen. Ein Wahlkampf konnte nur dann gut und professionell geführt werden, wenn es ausreichend engagierte Parteimitglieder gab, die mit anpackten.

Heiner Mertes wurde im Gespräch mit Germanus Heil nicht müde zu betonen, dass gerade Rentner als Wahlkämpfer wichtig seien, denn sie hätten viel Zeit, um Plakate aufzuhängen, Wahlkampfstände zu betreuen oder Kuchen für Buffets zu backen. Deshalb achtete Germanus Heil besonders darauf, dass sich zentrale politische Forderungen der Senioren-Union der CKP Deutschlands im Wahlprogramm wiederfanden. Und als aus dem finanzpolitischen Arbeitskreis die vielleicht volkswirtschaftlich sinnvolle Forderung nach einer weiteren Anhebung des Renteneinstiegsalters kam, verhinderte er, dass es diese Forderung bis ins Wahlprogramm schaffte.

Natürlich konnte er das nicht allein verhindern, denn über das Wahlprogramm entschied ein Parteitag. Aber er sprach mit diesem und jenem aus dem finanzpolitischen Arbeitskreis und überzeugte die dortigen internen Meinungsführer, dass diese Forderung im Gesamtinteresse einer Volkspartei wie der CKP nicht sinnvoll war. Und er verwies darauf, dass ja viele in der Senioren-Union gerne einen höheren Spitzensteuersatz hätten, um einen Steuerzuschuss für die Pflegeversicherung einführen zu können. Wenn aber der finanzpolitische Arbeitskreis auf seine Forderung nach einem höheren Renteneinstiegsalter verzichten würde, dann könne er, Heil, sicherlich die Senioren-Union davon abbringen, die Erhöhung des Spitzensteuersatzes zu fordern.

Und so kam es, dass zwei kritische Punkte aus dem Weg geräumt wurden, noch bevor die öffentliche Debatte darüber so richtig begonnen hatte. Einige Wochen später auf dem Parteitag wurde das Wahlprogramm dann nach einer offenen, demokratischen Debatte mit überwältigender Mehrheit beschlossen. Denn natürlich gab es nicht nur diese beiden Gespräche von Heil. In ähnlicher Art und Weise brachte er in weiteren Gesprächen die umweltpolitische Arbeitsgruppe von ihrer Forderung nach Tempo 120 auf den Autobahnen ab (dass das später im Regierungshandeln noch einmal unter ganz anderen Vorzeichen ein Thema sein würde, konnte er nicht ahnen), und der energiepolitische Arbeitskreis verzichtete darauf, offensiv neue Braunkohlekraftwerke zu fordern. Stattdessen einigte man sich auf eine gemeinsame Forderung nach dem Ausbau der Atomkraft, da diese schließlich klimafreundlich und sicher sei.

Am Ende des Diskussionsprozesses hatte Heil viele

Ortsverbände besucht, bei jeder Arbeitsgemeinschaft der Partei an mindestens einem Treffen teilgenommen und ungezählte Telefonate geführt. Und dann und wann musste sich auch Hansen als Parteivorsitzender einschalten, um gegenläufige Positionen im Interesse des geschlossenen Auftretens der Partei zusammenzubringen beziehungsweise wegzumoderieren.

Mitte Juni war es dann so weit: Der dreitägige Parteitag in Leipzig stand an, auf dem Hansen nun auch offiziell zum Spitzenkandidaten gekürt werden sollte und es außerdem darum ging, das Wahlprogramm zu beschließen.

Dank der guten Vorarbeit von Germanus Heil war die Diskussion über den Vorschlag für das Wahlprogramm zwar anstrengend, aber undramatisch. Jeder Abschnitt wurde von einem Mitglied der Programmarbeitsgruppe vorgestellt und dann war eine Stunde für die inhaltliche Diskussion vorgesehen. So arbeitete sich der Parteitag Stunde um Stunde und Abschnitt um Abschnitt voran, und gegen Mittag des zweiten Tages war es dann soweit und die Delegierten beschlossen das »Regierungsprogramm«, wie Wahlprogramme neuerdings gern genannt wurden, mit über 90 Prozent der Delegiertenstimmen.

Wer gerade bei dem Diskussionsmarathon eine Pause brauchte, fand reichlich Zerstreuung außerhalb der Haupthalle. Am Stand der Chemieindustrie wurde gratis Kaffee ausgeschenkt, gleich bei mehreren Automobilherstellern konnte man sich neue Modelle ansehen und gerne auch mal Probe sitzen. Die Pharmaindustrie ergänzte die Präsentation ihrer Vorzüge und Leistungsfähigkeit mit einem Kuchenbuffet, und wer es herzhafter mochte, der ging zu dem großen Stand von McDonalds, an dem Burger, Pommes, Cola und Co. weiter kostenlos zu haben waren. Die Verdauungszigarette gab es dann in der von einem namhaften Zigarettenhersteller gesponserten Tabaklounge, in der Parteitagsdelegierte unter verschiedenen Zigaretten- und Zigarrensorten wählen konnten.

Ab dem späteren Vormittag des zweiten Tages sah die Parteitagsregie die Wahl des Kanzlerkandidaten vor. Für Hansen war dies seine erste Rede auf diesem Parteitag. Die Eröffnungsrede hatte Germanus Heil als Generalsekretär übernommen, der dann auch durch die nachfolgende inhaltliche Diskussion geführt hatte.

Am Ende der Diskussion über das Wahlprogramm hatte Heil bewusst darauf verzichtet, diese noch einmal zusammenzufassen. Denn bei der taktischen Vorplanung für den Parteitag im kleinen Kreis, an der neben Heil und Hansen auch Ullmann, Schreuner und Mertes teilgenommen hatten, war man übereingekommen, diesen Part für Hansen zu lassen, damit er einen guten inhaltlichen Einstieg finden würde.

Über eine Stunde lobte Hansen die guten Kompromisse und hob dabei zentrale Themen hervor, die aus seiner Sicht zum gemeinsamen Wertekanon aller Strömungen in der CKP und der CSP gehörten. So betonte er die Bedeutung der Familie für eine funktionierende Gesellschaft, die Wehrpflicht als Garant für eine demokratische Armee und die deutsche Wirtschaft, allen voran den Mittelstand, als Basis des Wohlstandes in Deutschland. Dann teilte er über eine halbe Stunde aus, denn ein guter Spitzenkandidat, davon war Leon Hansen überzeugt, musste den politischen Gegner auch mal etwas gröber angreifen können. Dem Ökologischen Bündnis 2000 warf er vor, mit seinem Natur-Wahn Energie so teuer zu machen, dass dies hunderttausende Arbeitsplätze in Deutschland kosten würde. Die Pläne der GPD, einen erhöhten Steuersatz für Reiche einführen zu wollen, geißelte er als Versuch, die Leistungsträger in der Gesellschaft, die den Wohlstand durch ihr Engagement und ihre unternehmerische Risikofreude erst möglich machten, abzustrafen, und für die Solidaritätspartei hatte er bloß noch Hohn und Spott übrig und warnte, in Erinnerung an das Wort eines ehemaligen Generalsekretärs, vor sozialistischen Wärmestuben, die die Menschen in die soziale Hängematte trieben, statt sie zu mehr Leistungsbereitschaft anzutreiben. Lediglich die Fortschrittlichen kamen halbwegs ungeschoren davon, denn schließlich würde man einen Koalitionspartner brauchen, denn allein die notwendige Mehrheit im Bundestag zu bekommen, war aussichtslos. Schließlich schloss er seine Rede mit den Worten: »Damit es Deutschland besser geht, möchte ich, dass die CKP und unsere Schwesterpartei CSP wieder die Regierung stellen werden. 80 Millionen Menschen in diesem Land haben eine bessere Regierung verdient, als die Chaos-Regierung von Gerechtigkeitspartei und Ökos in den letzten Jahren. Dafür möchte ich mich mit ganzer Kraft und ihrer Unterstützung einsetzen. Deshalb bitte ich um ihren Auftrag, die CKP als Kanzlerkandidat in diesen Wahlkampf zu führen.« Tosender Applaus war die Antwort der Delegierten und etwas länger als sieben Minuten lang ließ sich Hansen auf der Bühne feiern.

Danach begann das, was offiziell »Aussprache zur Wahl des Kanzlerkandidaten« genannt wurde. Tatsächlich war es aber eine weitestgehend geplante Kette von Lobesreden, denn für die anwesenden Journalisten sollten größtmögliche Geschlossenheit und Unterstützung signalisiert werden. Es standen anstrengende Wahlkampfwochen bevor, bei denen man sich vor dem politischen Gegner keine Blöße geben wollte.

So war denn auch der erste Redner Erhard Reiter. Der bayerische Ministerpräsident lobte Hansen überschwänglich und endete damit: »Ich weiß nicht, wie sie, meine sehr geehrten Damen und Herren, heute entscheiden werden. Aber eines weiß ich sicher: Wenn sich in einer Woche die CSP in Würzburg zum Parteitag trifft, dann werde ich dort vorschlagen, dass die Christlich-Soziale Union mit ganzer Kraft Leon Hansen als gemeinsamen Kanzlerkandidaten der Union unterstützt. Wir wollen einen gemeinsamen Wahlsieg für Deutschland und ich bin davon überzeugt, dass Leon Hansen der richtige Mann ist, um unser schönes Vaterland in eine gute Zukunft zu führen!«

Es folgten die Vorsitzende der Konservativen Frauen, der Vorsitzende der Jungen Konservativen und der Vorstand der Mittelstandsvereinigung der CKP, die jeweils ihre zentralen politischen Anliegen kurz erläuterten und dann betonten, wie sehr gerade Hansen als Kanzlerkandidat für die Durchsetzung ihrer Anliegen wichtig sei. Hier waren klare Signale wichtig in dem Sinne: Wir haben engagiert gestritten und diskutiert, aber jetzt haben wir uns auf eine Lösung verständigt. Deshalb waren auf dem Parteitag noch vor der Wahl Hansens rund fünf Stunden vorgesehen, um alle zu Wort kommen zu lassen, bevor die Abstimmung über den Kanzlerkandidaten ausgerufen wurde.

Dass Hansen am späteren Nachmittag mit überwältigender Mehrheit gewählt wurde, war ebenso wenig überraschend wie zeitlich gut geplant.

Während im Saal die offiziellen Programmpunkte liefen, versuchte Anne Lang die Tatsache auszunutzen, dass viele Pressevertreter da waren.

Der Energiekompromiss mit dem Ausbaustopp für Braunkohlekraftwerke war mittlerweile zwar offizielle Parteilinie, aber einige Parteifreunde aus den Braunkohleregionen hatten sich damit noch nicht abgefunden. Und so wurde Paul Ullmann sofort hellhörig, als er bereits am ersten Tag des Parteitags zufällig gesehen hatte, wie sich Anne Lang aus der Lausitz länger mit dem Redakteur der Leipziger Tagespost unterhielt und ihm am Ende des Gesprächs mit einem zufriedenen Lächeln die Hand gab.

Kaum war Anne Lang nicht mehr zu sehen, schlenderte Ullmann weiter und kam, ganz zufällig, mit dem Journalisten ins Gespräch. Es dauerte nicht lange, da wusste Ullmann, dass dieser den Streit um die Zukunft der Energiegewinnung neu anheizen würde und dass er sich in knapp zwei Stunden mit Anne Lang zum Interview treffen wollte. So ein Mist, dachte Ullmann, wenn das Thema jetzt wieder hochkocht, dann haben wir morgen statt einer friedlichen Aussprache offenen Streit auf der Bühne! Er beschloss, in die Offensive zu gehen.

»Oh, da hoffe ich, dass wir ihnen mit dem Interview mit Frau Lang nicht in die Quere kommen.«

»Wieso?« Der Journalist wunderte sich.

»Ich wollte sie gerade fragen, ob sie Interesse an einem Kurzinterview mit Herrn Hansen haben. Es ist bei uns gute Tradition, dass die Heimatzeitung aus der Stadt, in der der Parteitag stattfindet, am ersten Tag ein Interview mit dem Parteivorsitzenden macht.« Dass er diese Tradition gerade erfunden hatte, erwähnte er natürlich nicht.

»Ach, ja natürlich! Sehr gerne. Wann können wir das denn machen?«

»Ich spreche noch einmal kurz mit Hansen. Ich melde mich bei Ihnen. Ich gehe davon aus, dass wir das innerhalb der nächsten zwei Stunden hinbekommen.«

Kaum war Ullmann weg, kündigte der Redakteur das Interview bei seiner Zeitung an.

Anne Lang war derweil immer noch sehr zufrieden, weil sie davon ausging, dass sie bei dem Journalisten der Leipziger Tagespost ihr Thema gut untergebracht hatte. Das dachte dieser auch noch.

Eine Stunde später ging Ullmann mit erschrockenem Gesicht wieder hin zu ihm und sagte, dass es leider ein Problem gäbe, denn er habe vergessen, dass Hansen darauf besteht, keine Interviews zu geben, wenn gleichzeitig die Braunkohlefans zu Wort kämen. Und da Hansen selbstverständlich nicht versuchen würde, auf die Berichterstattung der Zeitung Einfluss zu nehmen und ein Thema zu verhindern, habe er angeboten, auf das Interview mit der Leipziger Tagespost zu verzichten.

Der Journalist musste schlucken. So ein Scheiß, dachte er, wie komme ich denn da jetzt raus? Verzichte ich auf das Hansen-Interview, steigt mir meine Redaktion aufs Dach und ich sehe ziemlich blöd aus. Aber ich kann mir doch auch nicht von dem Hansen ein Thema verbieten lassen – wo kämen wir denn da hin!

In seiner Not entschloss er sich, über die Brücke, die Ullmann ihm gebaut hatte, zu gehen. Da Hansen ja angeboten hatte, auf sein Interview zu verzichten, hatte er ja eigentlich gar nicht versucht, das Interview mit der Lang zu verhindern. Ich treffe vielmehr eine journalistische Entscheidung danach, was für meine Leser wichtiger ist – ein Interview mit dem vermutlich nächsten Bundeskanzler oder mit einer Abgeordneten aus der Provinz, die etwas zu meckern hat.

Die Absage an Frau Lang schickte er per SMS unter Hinweis auf Entscheidungen in der Redaktion. Verärgert nahm sie das zur Kenntnis. Als sie allerdings am nächsten Tag die Zeitung aufschlug, war sie stinksauer, dass sie so ausgebootet wurde. Als sie daraufhin erneut versuchte, ihr Thema unterzubringen, scheiterte sie daran, dass die Wahl Hansens zum offiziellen Kanzlerkandidaten am Nachmittag alle anderen Themen überstrahlte.

Auch andere Grundlagen der positiven Berichterstattung wurden bereits bei der Vorbereitung des Parteitages gelegt. Zuerst wurde dafür gesorgt, dass die Journalisten gute Arbeitsplätze mit Internetanschluss hatten und stets reichlich Essen und Trinken vorhanden war. Journalisten waren schließlich auch nur Menschen und wenn die Arbeitsbedingungen gut waren, dann waren sie besser gelaunt, und wer gut gelaunt ist, dem fällt es schwerer, schlecht über eine Veranstaltung zu schreiben.

Die zweite Bedingung war die richtige Parteitagsregie. Hier galt es, die Bedürfnisse und Produktionszeiten der Medien entsprechend in die Ablaufplanungen mit einzubeziehen. Deshalb wurde Leon Hansen am Nachmittag als Kanzlerkandidat gekürt. Die Abendnachrichten, die die meisten Zuschauer hatten, brauchten frische Informationen. Vor sechs war deshalb alles über die Bühne gegangen, denn sonst wäre Hansen wiederum für die Tageszeitungen »verloren« gewesen. Denn die Leitartikel müssen pünktlich zum Redaktionsschluss gegen sieben Uhr fertig sein. Und natürlich musste der Kandidat auch rechtzeitig feststehen, damit sich die Moderatoren der

Abendnachrichten noch auf Live-Interviews vorbereiten konnten. Wo sonst konnte man als Politiker so unmittelbar zu so vielen Millionen Menschen und potenziellen Wählern sprechen!

Das Timing auf dem Parteitag der CKP war perfekt. Am späten Vormittag hatte Hansen geredet, so dass die Zeitungsjournalisten vorher Zeit für die Absprachen mit ihren Redaktionen hatten, ihm dann aber mit voller Aufmerksamkeit zuhören konnten. Die Hörfunk- und Fernsehjournalisten konnten ihre Beiträge für die Mittagssendungen schnell fertigstellen und sich dann ebenfalls der Rede von Hansen zuwenden.

In der Mittagspause gab es reichlich Gelegenheit für kleine Gespräche am Rand mit einer ersten Bewertung und am Nachmittag folgten dann die ausführlichen Reden in der Aussprache, die für die Journalisten ein Reservoir voller Zitate waren, zumal die Redemanuskripte mit einer Sperrfrist vorab ausgeteilt wurden. Als Hansen dann schließlich um kurz vor 17.30 Uhr mit überwältigender Mehrheit gewählt worden war, reichte die Zeit noch für praktisch alle Medien, das Wahlergebnis ausführlich in die eigene Berichterstattung mit aufzunehmen. Und da Hansen noch kurz auf die Bühne trat und sich mit ein paar Worten für die Wahl bedankte, hatten auch die TV-Redaktionen frische Bilder für die Abendnachrichten.

Danach widmete sich Hansen erst einmal ausschließlich seinen Parteifreunden. In dem Wissen, dass die Medien durch seine Rede ihre Bilder und Töne bekommen hatten, genoss er den Zuspruch seiner stetig mehr werdenden Parteifreunde.

Als Leon Hansen am späteren Abend erst ein Live-Interview im heute-journal hatte und dann etwas später noch eines in den Tagesthemen, da kam es ihm tatsächlich ein bisschen so vor wie eine Krönung – es gab nicht viele Menschen, die am selben Tag in diesen beiden herausragenden Nachrichtensendungen interviewt wurden.

Paul Ullmann und Germanus Heil, die für den Ablauf des Parteitags und die Inszenierung der Kandidatenkür verantwortlich waren, hatten ihren Chef bei den beiden Interviews, die am Rande des Parteitages stattfanden, begleitet. Nun, nachdem auch die ARD die Live-Übertragung zu den Tagesthemen beendet hatte, waren die beiden erschöpft, aber sehr zufrieden. Der Parteitag war perfekt gelaufen. Sie hatten der Partei und den Medien alle Bilder geliefert und Hansen war nicht als entrückter Kandidat aufgetreten, sondern hatte sein Bild vom nahbaren Parteifreund gefestigt. Am Ende war er mit einem sehr guten Ergebnis zum Kanzlerkandidaten gekürt worden.

In der Hotelbar, an der sie sich um kurz nach Mitternacht noch einmal trafen, stießen sie mit einem Feierabendbier an und gingen dann auf ihre Zimmer. Mancher Parteifreund blieb noch länger in der Hotelbar und es kam gelegentlich sogar vor, dass ein Politiker mit einer Journalistin Brüderschaft trank.

Heil schlief ein mit dem Gedanken an den dritten und letzten Tag des Parteitages und all die vielen Dinge, die er dabei zu beachten hatte. Ullmann hingegen dachte vor allem an die Zeitungen von morgen und hoffte inständig, dass die Berichte und Kommentare so positiv ausfielen, wie es ihm der eine oder andere Journalist, den er schon länger kannte, angedeutet hatte.

Am nächsten Morgen trafen sich Hansen und Ullmann um neun zum Frühstück. Nach dem ebenso anstrengenden wie erfolgreichen Tag hatten sie beide das Gefühl, es sich redlich verdient zu haben, den Wecker erst etwas später klingeln zu lassen. Als Generalssekretär konnte sich Germanus Heil hingegen diesen Luxus nicht leisten. Er nahm zu dieser Zeit pünktlich zum offiziellen Beginn des dritten und letzten Tages des Parteitages auf dem Podium Platz.

Als sich Hansen an den Frühstückstisch setzte, hatte Ullmann bereits einen Stapel Zeitungen durchgearbeitet. Er grinste Hansen an und als dieser ihn erwartungsvoll anschaute, sagte er: »Es ist super gelaufen. Ich habe noch keinen einzigen schlechten Kommentar gefunden und, was noch wichtiger ist, auf allen Fotos siehst du gut aus. Da sind keine fiesen Aufnahmen von unten dabei, die dich überheblich aussehen ließen oder irgendwelche anderen komischen Bilder, wie du gähnst oder so. Die Botschaft ist überall die gleiche: Hansen ist der starke Mann der CKP und ein echter Herausforderer für den GPD-Kandidaten.«

Hansen nahm sich ein paar der Zeitungen und fing an zu lesen. Nach zwei Tassen Kaffee, einem Brötchen mit Käse und einer großen Portion Rührei sagte er zu Ullmann: »Das ist wirklich gut. Prima. Aber wie machen wir heute weiter? Sollten wir den Schwung von gestern nicht nutzen?«

Daraufhin zog Ullmann einen kleinen Notizblock hervor, schlug ihn auf und sagte dann zu Hansen: »Ich habe mit deinem Büro gesprochen. Du hast heute keine festen Termine mehr. Wir haben also ein paar Stunden Zeit für Pressearbeit. Die Fernsehnachrichten haben heute kein Interesse mehr, die haben gestern ausführlich berichtet. Aber ich habe verschiedene Anfragen von Tageszeitungen.

Da dich keiner der Zeitungsjournalisten befragen konnte, sind die da ganz heiß drauf.«

»Und«, Hansen schaute seinen Pressesprecher fragend an, »was schlägst du vor?«

»Du solltest ein paar Einzelinterviews führen. Um elf könnten wir beginnen. Wenn wir pro Interview 30 Minuten rechnen und dir dazwischen jeweils eine Viertelstunde Pause gönnen, dann schaffst du bis um drei Uhr fünf Interviews und auch der Letzte hat noch genügend Zeit, um es zu schreiben und von uns autorisieren zu lassen.«

»Na gut, aber wie sollen wir die auswählen?«

»Wir verteilen sie einfach über das Land. Die Süddeutsche Zeitung hatte sowieso angefragt. Dann sprichst du mit der FAZ und der Welt. Damit haben wir nicht nur die beiden für unsere Wählerklientel wichtigsten Zeitungen, sondern auch noch eine aus Hessen und eine aus Norddeutschland. Dann bieten wir noch der Leipziger Volkszeitung ein Interview an und der Westdeutschen Allgemeinen aus dem Ruhrgebiet. So haben wir alle vier Himmelsrichtungen und auch die Mitte.«

»Einverstanden. Und wo machen wir das?«

»Da nehmen wir eines der kleinen Besprechungszimmer hinter der Bühne. Da kannst du die Interviews führen und dich zwischendurch immer wieder auch auf der Bühne blicken lassen. Schließlich wollen unsere Parteifreunde ihren frischgebackenen Spitzenkandidaten auch zu Gesicht bekommen.«

Hansen nickte kurz und vertiefte sich dann wieder in die Zeitung. Ullmann wählte schon beim Aufstehen die Nummer seiner Sekretärin, damit sie ein Besprechungszimmer blockierte. Und dann kamen die Journalisten, einer nach dem anderen, ganz so, wie Ullmann es geplant hatte. Einem Interview mit dem frischgewählten Kanzlerkandidaten einer aussichtsreichen Oppositionspartei konnte kein Journalist widerstehen. Selbst dann nicht, wenn er erst eine Stunde vorher davon erfahren hatte.

Am Dienstagvormittag in der Woche nach dem Parteitag saß die Kernmannschaft wieder im Kanzler-Konrad-Haus in Berlin zusammen.

Nach etwas Smalltalk eröffnete Hansen die Besprechung: »Nun, Heiner, wo stehen wir?«

Heiner Mertes, der als Bundesgeschäftsführer für die Organisation des Wahlkampfes verantwortlich war, sagte: »Die Vorwahlkampfphase haben wir gut bestanden. Die Kandidatenkür und die anschließende Berichterstattung waren ein voller Erfolg. Jetzt beginnen überall die Sommerferien und damit eine ruhige Zwischenphase. Mitte August, wenn in vielen Bundesländern die Ferien beendet sind, startet die heiße Phase. Wir haben in allen großen Städten Veranstaltungshallen gebucht und Plakatflächen reserviert. Der Wahlkampfabschluss wird in Berlin in der O2-World stattfinden. Für die Wahlplakate gibt es ein paar Ideenskizzen. Aber bevor wir den Claim nicht festgelegt haben, kann die Agentur da nicht weitermachen. Das ist die wichtigste Entscheidung, die wir heute treffen müssen.«

»Vielen Dank, Heiner«, sagte Hansen. »Dann stell ihn doch bitte mal vor und danach müssen wir noch einmal über den Juli und den August sprechen.«

Heiner Mertes verwies an dieser Stelle auf Paul Ullmann.

Paul Ullmann, der als Pressesprecher der Partei auch für die zentralen Kommunikationsfragen des Wahlkampfes zuständig war, stand auf und hielt den auf eine

Präsentationspappe gedruckten Claim hoch: *Weil sie sich darauf verlassen können, dass er handelt: Leon Hansen*

»Das, liebe Parteifreunde, ist der Claim, mit dem wir in den Wahlkampf ziehen. Mit dem ersten Teil *Weil sie sich* sprechen wir die Menschen direkt an. Wir nehmen sie gleichsam an die Hand und führen sie zu dem zentralen Wert unserer Gesellschaft – der Verlässlichkeit. Das ist gleich in doppelter Weise gut. Ersten wissen wir, dass alle Menschen in diesem Land Verlässlichkeit wollen: Die Menschen wollen sich darauf verlassen können, dass ihr Job sicher ist, dass ein Arzt da ist, wenn sie einen brauchen, dass ihre Kinder eine ordentliche Schule besuchen können und so weiter und so fort. Gleichzeitig gelten Politiker als unzuverlässig. Ich erinnere nur daran, dass kaum jemand Wahlversprechen glaubt! Wir greifen dieses Bedürfnis auf und sprechen es offensiv an. Wir bringen die Verlässlichkeit als zentralen gesellschaftlichen Wert in den Wahlkampf.«

Ullmann trank einen Schluck Wasser, dann fuhr er fort: »Von der direkten Ansprache und der Verlässlichkeit geht es weiter zu dem zweiten Punkt, der zentralen Stärke von Hansen: er *handelt*! Auch da greifen wir die Sehnsucht der Menschen auf, dass es Politiker geben muss, die nicht nur reden, sondern die etwas tun. Macher will das Volk, und einen Macher werden wir präsentieren.«

An dieser Stelle meldete sich Germanus Heil, der Generalsekretär, zu Wort: »Aber das verstehe ich nicht. Leon«, er schaute zu Hansen, »ohne dir zu nahe treten zu wollen, wo hast du denn schon mal gehandelt? Du warst doch bisher immer Oppositionspolitiker und noch nie an der Regierung!«

»Richtig«, antwortete Ullmann, »und gerade deshalb müssen wir Leon als jemanden präsentieren, der handelt.

Die Menschen dürfen gar nicht auf die Idee kommen, dass er das nicht machen will oder kann, weil er noch keinerlei Erfahrungen als Regierungschef hat. Und zum guten Schluss noch einmal der volle Namen des Kandidaten. Damit führt der Dreiklang aus direkter Ansprache, Verlässlichkeit und Handlungskompetenz zu unserem Spitzenkandidaten.«

»Diesen relativ langen Claim«, fuhr Ullmann fort, »werden wir bis zwei Wochen vor der Wahl verwenden. Dann, in der Schlussphase, ist ein Plakatwechsel geplant. Bis dahin werden wir die Wahlkampfthemen rauf und runter kommuniziert haben und müssen sie nicht mehr erklären. Wir müssen dann, in den letzten Tagen, alles auf wenige inhaltliche Punkte und auf sehr plakative Aussagen beschränken. Die Kurzvariante des Claims für den Schlussspurt heißt deshalb auch: *Hansen handelt!* Ohne Schnörkel oder Wenn und Aber. *Hansen handelt!* soll den Leuten das Vertrauen geben, dass sich in diesem Land wirklich etwas zum Besseren verändern wird.«

Germanus Heil, der sich als Generalsekretär bisher auf die inhaltliche Ausrichtung konzentriert hatte und mit den PR-Aspekten weniger vertraut war, fragte: »Wie genau muss ich mir das vorstellen? Ich kann mir nicht vorstellen, dass das klappt, den Claim kurz vor Schluss zu wechseln.«

»Du hast recht«, antwortete Ullmann, »ein Claim-Wechsel wäre fatal. Aber wir wollen ihn verkürzen, nicht wechseln. *Hansen handelt!* ist praktisch das Destillat der Kampagnenkommunikation.«

Er blickte den Generalsekretär erwartungsvoll an, doch statt eines verständnisvollen Nickens schaute er in ein ratloses Gesicht – und Hansen sah auch nicht begeistert aus. Deshalb fuhr er fort:

»Ich möchte euch ein Beispiel nennen: Nehmt die Verkehrspolitik. Wir wollen die Anzahl der Verkehrstoten in jeder Wahlkampfrede Hansens zum Thema machen. Zwei, höchstens drei Zahlen und ein paar Beispiele von unglücklichen Menschen, denen durch einen Verkehrsunfall ein lieber Mensch genommen wurde. Dann sprechen wir darüber, dass es leicht wäre, daran etwas zu ändern, dass die Regierung aber nichts getan hat. Wenn Hansen Bundeskanzler wird, dann wird sich daran etwas ändern, denn: *Hansen handelt!*«

So richtig schien der Funkte noch nicht überzuspringen. Ullmann sprach weiter: »An jedem Wahlkampfstand wird unsere Broschüre zur Verkehrspolitik ausliegen und in jedem Interview und in jeder Rede aller Spitzenpolitiker der CKP wird das im Wahlkampf thematisiert werden. Und dann werden wir 14 Tage vor der Wahl überall Plakate aufhängen, auf denen ein dramatischer Autounfall abgebildet ist. Aber quer über diesem Bild, so dass es auf den ersten Blick so aussieht, als würden die Wörter einen Balken bilden, der das Autowrack durchstreicht, steht der Schriftzug *Hansen handelt!*. Dann werden alle wissen, was gemeint ist. Und dann werden die Leute es vielleicht nicht sagen oder denken, aber sie werden es fühlen: Gut, dass der Hansen dagegen etwas tun wird! Und dann werden sie ihn auch wählen!«

Hansen nickte nun, und auch Mertes war zufrieden. Nur Germanus Heil schaute skeptisch: »Ist das nicht doch zu dünn? Ich weiß, wir haben darüber schon oft gesprochen und ich verstehe ja auch, dass wir irgendwie auch so etwas wie Werbung machen. Aber unser Wahlprogramm hat so viele Facetten, die bekommen wir mit einem so schlichten Claim doch gar nicht rüber.«

Hansen lehnte sich etwas nach vorn und schaute Heil an: »Mal ganz im Ernst – kennst du auch nur einen normalen Menschen, der schon mal freiwillig ein Wahlprogramm gelesen hat? Die Leute wählen uns, weil sie das diffuse Gefühl haben, dass wir so ungefähr das machen, was ihren Interessen dient. Dass wir Arbeitsplätze schaffen und dafür sorgen, dass es ausreichend Krippenplätze und Ärzte gibt und genug für den Umweltschutz machen. Das Wahlprogramm ist den Menschen völlig egal!«

Nach einem Moment der gespannten Ruhe räusperte sich Mertes und sagte dann: »Ich glaube, dass wir uns eine Abstimmung sparen können. Wenn ich es richtig sehe, dann ist der Claim in seinen beiden Versionen so beschlossen.« Er wartete einen Moment und als kein Widerspruch kam, sagte er in Richtung Hansen gewandt: »Du hattest vorhin gesagt, dass wir noch einmal über die Zwischenphase im Juli und August sprechen müssen«.

»Richtig. Sie ist mir unserer bisherigen Planung nach zu ruhig. Auch wenn die Menschen in den Sommerferien sind, müssen wir sie ansprechen. Ich will raus zu den Menschen und mich zeigen. Im Sommer ist so wenig los, dass über jeden Wahlkampfauftritt von mir nicht trotz, sondern gerade wegen der Ferienzeit berichtet werden wird. Ihr habt eben, als wir über den Claim gesprochen haben, gesagt, dass das Vertrauen besonders wichtig ist. Das Vertrauen darin, dass ich handeln werde. Aber vertrauen kann ich nur jemandem, den ich kenne oder, was hier wohl eher zutrifft, jemandem, von dem ich glaube, dass ich ihn kenne.«

Die nächsten eineinhalb Stunden wurden von der Viererrunde verschiedene Möglichkeiten durchgesprochen, bis sie sich schließlich einigten, dass Hansen den Juli nutzen wird, um Kraft für die letzten sechs Wahlkampfwochen zu sammeln. In dieser Zeit stehen dann vor allem Interviews und Fernsehauftritte auf dem Wahlkampfprogramm, jedoch noch keine großen Wahlkampfveranstaltungen besuchen. Aber in den ersten drei Augustwochen wird er dann von der Zugspitze über den Thüringer Wald und die Müritz bis nach Fehmarn und Sylt jeden Tag an einem anderen Ort Wahlkampf machen. Er wird Betriebe besichtigen, soziale Einrichtungen besuchen und mindestens eine, manchmal auch zwei große Wahlkampfveranstaltungen machen, deren Hauptattraktion jeweils seine Rede sein soll.

Während Hansen am 14. August zum Wahlkampf im Thüringer Wald war, liefen die letzten Vorbereitungen für seinen Besuch einen Tag später in Ostfriesland auf Hochtouren. Auf dem Programm stand für den Vormittag der Besuch der Müllerwerft Puppenburg als wirtschaftliches Aushängeschild. Für den frühen und den späten Nachmittag war jeweils eine Wahlkampfveranstaltung auf den Inseln Norderney und Juist geplant. Da er mit dem Hubschrauber reiste, war das bisschen Meer zwischen den beiden Veranstaltungsorten kein Problem für ihn.

Die Ankunft des Kandidaten war auf Norderney nicht zu überhören, denn auf so einer kleinen Ferieninsel fiel jeder Hubschrauber auf.

Den ersten Teil des Weges von dem kleinen Flugplatz ließ Leon Hansen sich fahren. Die letzten 500 Meter ab der Bülowallee bis zu der kleinen Bühne am Weststrand legte Hansen zu Fuß zurück. Es tat ihm gut, das kleine Stück zu laufen. Außerdem versuchte er so oft wie möglich, zu Fuß bei Veranstaltungen aufzutauchen. Er war überzeugt davon, dass dies dynamischer und sympathischer wirkte.

Kurz nach 14 Uhr betrat er die kleine Bühne und schaute auf eine Menge von rund 800 Touristen und Einheimischen, die sich diese besondere Urlaubsattraktion nicht entgehen lassen wollten. Dann fing er an.

»Meine Damen und Herren, liebe Landsleute,

ich freue mich, dass sie sich die Zeit genommen haben, bei diesem wunderbaren Sommerwetter hierherzukommen. In den letzten Tagen und Wochen ist viel darüber gesprochen worden, was alles passieren soll und wo überall die Politik etwas tun muss. Lassen sie mich erst mal ganz deutlich sagen: Schön, dass sie hier sind und mir die Möglichkeit geben zu sagen, warum es Zeit ist für einen Wechsel in Berlin.

Wenn ich sage, dass ich mich freue, dass sie gekommen sind, dann meine ich damit nicht nur, dass sie überhaupt gekommen sind. Damit meine ich auch, dass ihnen unterwegs hierher nichts zugestoßen ist. Denn jeden Tag sterben auf Deutschlands Straßen bei Verkehrsunfällen elf Menschen. Tag für Tag elf Tote und mir ist nicht bekannt, dass die GPD in den letzten Jahren auch nur auf die Idee gekommen wäre, etwas dagegen zu unternehmen. Eine Partei, die tatenlos zuschaut, wie Tag für Tag die Menschen auf unseren Straßen sterben, gehört abgewählt! Ich bin bei den Fachleuten gewesen und habe sie gefragt, was ich denn tun könnte, um dieses vielfache Leid zu beenden. Wissen sie, was die mir geantwortet haben? Nun, sie sagten, dass man natürlich nicht jeden Unfall verhindern könne, dass sich die Zahl der Verkehrstoten aber durch wenige Maßnahmen halbieren ließe. Das wären fünf oder sogar sechs gerettete Menschenleben pro Tag. Durch einige wenige Maßnahmen. Man muss nur handeln, aber die Regierung tut nichts. Deshalb muss sie abgewählt werden. Denken sie an die Kinder, die ihre Eltern verloren haben, weil sie auf dem Weg zur Arbeit einen Verkehrsunfall hatten. Vor ein paar Wochen habe ich mit einer jungen Frau gesprochen, deren Freund im Koma liegt, nachdem ihm jemand die Vorfahrt genommen hatte. Gemeinsam wollten sie eine Familie gründen und einfach nur ihr kleines Glück genießen. Und nun geht sie Tag für Tag ins Krankenhaus und hofft und betet und streichelt seinen Kopf, und niemand weiß, ob er jemals wieder seine Augen öffnen wird. Gegen dieses Leid möchte ich etwas unternehmen. Wir werden Deutschlands Straßen wieder sicherer machen. Darauf, meine sehr verehrten Damen und Herren, können sie sich verlassen.«

Der aufbrandende Applaus durchströmte wie eine warme Welle seinen Körper. Er wusste, dass er den richtigen Ton getroffen hatte.

»Fragen sie sich nicht auch manchmal, warum eigentlich ständig die Krankenkassenbeiträge steigen? Die Leute erzählen mir immer wieder, dass sie, wenn sie zum Arzt wollen, oft erst einmal lange auf einen Termin warten müssen und dann auch noch lange im Wartezimmer sitzen. Und das ändert sich nicht, obwohl die Ärzte Jahr für Jahr mehr Geld bekommen und zu den Bestverdienern in diesem Land gehören. Da werden wir rangehen, da wird sich etwas ändern. Die private Krankenversicherung kümmert sich nur um Besserverdienende, Selbstständige und Beamte und hat insgesamt nicht einmal halb so viele Versicherte wie die gesetzliche Krankenversicherung an kostenlos mitversicherten Kindern und Ehepartnern. Und trotzdem tun die so, als würden sie das gute deutsche Gesundheitswesen subventionieren. Die Wahrheit ist doch, dass die private Krankenver-

sicherung gar nicht existieren könnte, wenn nicht die 70 Millionen gesetzlich Versicherten erst einmal die Krankenhäuser, die Haus- und Fachärzte oder auch die stets bereitstehenden Krankenwagen finanzieren würden. Keine Landarztpraxis und kein Rettungsdienst könnten existieren, wenn sie darauf warten müssten, dass einer der wenigen Privatversicherten mal krank wird oder einen Unfall hat. Immer wieder hört man davon, dass kranke Menschen sich von ihrem Arzt erst einmal anhören müssen, dass er ja eigentlich gar nichts verdienen würde und dass man als gesetzlich Versicherter ja froh darüber sein könne, überhaupt behandelt zu werden. Wir müssen das Gesundheitswesen so reformieren, dass man als gesetzlich Versicherter für seine Beiträge wieder ordentlich behandelt wird. Es muss Schluss damit sein, dass sich gesetzlich Versicherte in manchen Arztpraxen als Bittsteller behandelt fühlen. Darum werde ich mich kümmern.«

Hansen nutzte den erneut einsetzenden Applaus, um einen Schluck Wasser zu trinken. Dann schaute er in die Menge. Als es leiser wurde, fuhr er fort:

»Wissen sie eigentlich, dass die Menschen immer älter werden? Nun, die GPD hat das offensichtlich noch nicht gemerkt. Wie kämen die sonst auf die Idee, tatenlos zuzusehen, wie die Rentenkasse ausblutet? Weil immer mehr Menschen immer länger Rente beziehen, muss unser Rentensystem zukunftsfest gemacht werden. Weil ich will, dass die Rentner auch morgen noch ihren wohlverdienten Ruhestand genießen können, sehe ich es als meine Pflicht an, dafür zu sorgen, dass die Rentenkasse stimmt. Jede Hausfrau weiß, dass sie nur das ausgeben kann, was sie auch hat. Und was macht die GPD? Sie ignoriert die Wirklichkeit und riskiert die Renten von morgen. Sie greift in die Rentenkasse, die die Menschen in diesem Land mir ihren Beiträgen füllen, und verteilt das

Geld so, wie es ihr gerade gefällt. Aber, meine Damen und Herren, die Rentenkasse ist kein Spekulationsobjekt. Die Rente muss zukunftsfest gemacht werden. Wir werden handeln, damit ihre Rente auch morgen noch sicher ist.

Die Rente ist aber nur ein Punkt bei der Frage, wie wir unser Land zukunftsfest machen. Eine ganz wesentliche Frage ist dabei auch immer, wie wir unsere Kinder auf das Leben vorbereiten. Ich bin davon überzeugt, dass die erste Verantwortung für die Kindererziehung natürlich bei den Eltern liegt. Kein Staat sollte sich einbilden, dass er die Kinder besser kennen würde, als die Eltern ihre eigenen Kinder. Aber den Kleinen Lesen, Schreiben und Rechnen beizubringen, das ist eine klare staatliche Aufgabe. Und hier müssen sich die Politiker selbstkritisch fragen, ob die Schulen in diesem Land so organisiert sind, dass sie unseren Kindern die besten Startbedingungen für das Leben mitgeben. Die internationalen Vergleiche, die sogenannten PISA-Tests, deuten darauf hin, dass wir uns ändern müssen. Die Welt hat einmal neidvoll auf unser Bildungssystem und unseren Erfindungsreichtum geschaut. Und jetzt droht Deutschland ins Mittelfeld abzurutschen. Ich kann nur sagen: Aufgepasst! Wir müssen uns auch im internationalen Vergleich wieder an die Spitze der Bildung stellen und vorangehen. Wir müssen die Schulen reformieren. Es kann nicht sein, dass Lehrer fehlen, Unterricht ausfällt und es auf den Toiletten noch nicht mal Klopapier gibt. Wo sind wir denn? Leistungsstreben und Solidarität sind die beiden Seiten derselben Medaille. Wir müssen dafür sorgen, dass die jungen Leute das wieder lernen. Modernisieren wir dieses Land, ermöglichen wir unseren Kindern, gemeinsam zu lernen und sich gegenseitig zu stärken. Leistung und Solidarität sind der Kern unserer sozialen Marktwirtschaft. Durch eine mutige Schulreform werden wir dafür sorgen, dass wir auch in der Bildungspolitik die richtigen Antworten auf die Fragen des neuen Jahrtausends geben. Sie können sich darauf verlassen, dass unter meiner Regierung die gute Bildung unserer Kinder wieder den Stellenwert bekommt, die sie verdient.«

Während die Menge jubelte, winkte er zuerst mit beiden Händen, dann zog er ein Stofftaschentuch aus seiner Hosentasche, um sich den Schweiß von der Stirn zu wischen. Wie nach jedem Wahlkampfauftritt war er erschöpft, aber zufrieden. Er spürte fast so etwas wie Glück, denn Adrenalin durchströmte seinen Körper. Nach einigen Minuten verließ er die Bühne und mischte sich unters Volk. Das waren die Momente, die seine Leibwächter hassten. Wie leicht konnte ihm jetzt irgendein Idiot ein Messer in die Seite rammen! Aber auch bei diesem Auftritt passierte ihm nichts. Nachdem er noch eine halbe Stunde Autogrammkarten unterschrieben und eine Bratwurst gegessen hatte, ging es zurück zum Hubschrauber.

Um vier begann seine Rede auf der Nachbarinsel Juist.

Es waren noch 42 Tage bis zur Bundestagswahl im September 2009.

Aquaplaning

[2010]

Für die Qualität der deutschen Autos waren die Ingenieure zuständig. Dass pro Auto genug Geld verdient wurde, darauf hatten die Betriebswirte zu achten. Dass die (männlichen) Erwachsenen ihr Geld für gerade diese oder jene Marke ausgaben, darum kümmerten sich die Marketingabteilungen der Autokonzerne. Dass die gesetzlichen Rahmenbedingungen in Deutschland autofreundlich blieben und die Interessen der deutschen Automobilindustrie durch das Handeln der Bundesregierung nicht unangenehm berührt wurden, war die Aufgabe des Deutschen Automobilvereins, kurz DAV. Und dort zuallererst die des Vereinsvorsitzenden. Diesen Aufgaben ging Philipp de Fredo mit Leidenschaft und großem Engagement nach. Dabei widmete er sich der ersten Aufgabe aus dem inneren Antrieb heraus, dass er ein begeisterter Autofahrer war, der es liebte, in einem neuen Wagen mit 240 km/h über die Autobahn zu sausen. Der zweiten Aufgabe, die Interessen der Automobilindustrie zu schützen, widmete er sich ebenfalls mit einem weit überdurchschnittlichen

Engagement. Hier war der Hauptantrieb allerdings das sehr beachtliche Gehalt, das ihm der DAV für seine stets erfolgreiche Arbeit zahlte. Und es schmeichelte seinem Ego, dass er im Bundesverkehrsministerium ein- und ausgehen konnte und dass es ihm keine Mühe bereitete, den Verkehrsminister persönlich ans Telefon zu bekommen.

Philipp de Fredo war ein Freund von großen und schnellen Wagen. Als Vorsitzender des Deutschen Automobilvereins konnte er das Angenehme mit dem Nützlichen verbinden: Da der DAV die gesamte Branche vom Kleinwagen bis zur Luxuslimousine in Deutschland zu vertreten hatte, wurde von ihm erwartet, dass er sich nicht auf eine bestimmte Automarke festlegte. Gern stellten ihm die Mitglieder des Verbandes entsprechende Fahrzeuge zur Verfügung, die aber selbstverständlich aus dem repräsentativen Oberklassesegment stammten. Dabei ließ das öffentliche Erscheinungsbild des DAV vermuten, dass es sich um eine Interessenvertretung für Autofahrer im Allgemeinen handelte. Tatsächlich war der DAV jedoch ein Lobbyverband der deutschen Automobilkonzerne. Die Vertretung von Autofahrerinteressen war lediglich ein Mittel, nicht Zweck des Verbandes.

An diesem Dienstag, gut elf Monate nach der letzten Bundestagswahl, war de Fredo nun an dem Punkt, den jeder Spitzenlobbyist in diesem Land ebenso herbeisehnt wie fürchtet. Es gab nicht Bedeutenderes für einen Lobbyisten, als mit dem Bundeskanzler ein Vier-Augen-Gespräch zu führen. Es gab aber auch nichts Riskanteres, als dem Bundeskanzler zu drohen. Und dies stand ihm nun bevor.

Die erste Begegnung zwischen de Fredo und Hansen lag rund dreißig Jahre zurück. Damals war de Fredo im

Landesverband Hamburg des DAV für die Politikkontakte zuständig. Seine Aufgabe war es, nach jungen und vielversprechenden Politikern Ausschau zu halten. Dabei sollte er politische Talente entdecken, bevor sie zu großer Bekanntheit gekommen waren. Denn als Lobbyist an einen bekannten und erfolgreichen Politiker heranzukommen, war harte Arbeit, die vor allem viel Zeit brauchte. Die würde der DAV aber vielleicht später nicht haben, wenn es darum gehen würde, schnell etwas durchzusetzen oder zu verhindern. Und zudem würde man nur als Bittsteller kommen. Wie anders war die Lage, wenn man frühzeitig vorstellig wurde, um aufstrebenden und vielversprechenden Politikern durch logistische Hilfe unter die Arme zu greifen!

Als de Fredo im Sommer 1978 mit Hansen Kontakt aufgenommen hatte und ihm ein kostenloses Auto inklusive einer Tankkarte für die gängigen Tankstellen anbot, zögerte dieser nicht lange. Als Kreisverbandsvorsitzender hatte man viel Arbeit und war dauernd unterwegs – nur Geld gab es keins für diese Aufgabe. Die beiden jungen Männer verstanden sich auf Anhieb, und beiden war klar, dass sich ihre Zusammenarbeit vor allem dann für sie auszahlt, wenn sie nicht allzu bekannt wird. Es war das erste Mal, dass Hansen mit dieser Art von »Unterstützung« zu tun hatte. Es wurden keine Forderungen gestellt und keine Erwartungen formuliert. De Fredo hatte die Freizügigkeit des Automobilverbandes mit einer eher allgemeinen Anerkennung des großen politischen Engagements von Leon Hansen begründet und hinzugefügt, dass stabile Verhältnisse die Grundlage für gute Geschäfte waren und dass es dafür eine stabile Demokratie mit engagierten Demokraten brauchte. Unausgesprochen war aber auch klar, dass jemand, der einem ein Auto zur Verfügung stellt, zumindest erwarten durfte, zur Not auch mal kurzfristig einen Termin bei dem Nutzer des Autos zu bekommen.

De Fredo machte es sich zur Gewohnheit, Hansen mindestens einmal im Jahr zu treffen und mit ihm über Politik im Allgemeinen und die Entwicklung der Automobilbranche im Besonderen zu sprechen. Bei einem ihrer ersten Treffen erwähnte de Fredo, dass die Straßenbahn doch wirklich ein Ärgernis für die Entwicklung der Stadt sei. Hansen, der die Straßenbahn für ein veraltetes und überholtes Verkehrsmittel hielt, bestätigte de Fredo in seiner Ablehnung. Sein Engagement für die Abschaffung der Hamburger Straßenbahn war so gesehen, wenn auch nur von der Oppositionsbank aus, konsequent. Und bei einem der nächsten Treffen erkundigte sich de Fredo ganz beiläufig bei Hansen, welches denn seine Lieblingsautomarke sei, da man ihm gern ein modernes Auto zur Verfügung stellen wollte.

Nun, rund dreißig Jahre und viele Treffen und gemeinsam gelehrte Weinflaschen später, schaute er mit einer Stirn voller Sorgenfalten auf das Redemanuskript, das vor ihm auf dem Schreibtisch lag. Hansen wollte jetzt, ein Jahr nach den Bundestagswahlen, tatsächlich sein Wahlversprechen wahr machen und für mehr Sicherheit im Straßenverkehr sorgen Aber doch nicht mit einem Tempolimit für ganz Deutschland! De Fredo verstand das nicht. Auch wenn Hansen schon lange keinen vom DAV zur Verfügung gestellten Wagen mehr fuhr, waren die beiden in engem Kontakt geblieben. Er hatte den heutigen Bundeskanzler immer für einen Autofreund gehalten. Und vor allem für viel zu klug, um sich mit der Autolobby anzulegen. Das hatten doch selbst die vom Ökologischen

Bündnis 2000 nach dem einmalig dämlichen Fünf-Mark-pro-Liter-Benzin-Beschluss verstanden.

Es war 2010 in der parlamentarischen Sommerpause gewesen, in der, ausgelöst von zwei schweren Massenkarambolagen zu Beginn der Sommerferien in Nordrhein-Westfalen, das Thema Verkehrssicherheit eine große Rolle in den Medien spielte. Henning List, der Bundesverkehrsminister, hatte dabei keine gute Vorstellung abgegeben und die Umfragewerte der CKP hatten darunter erheblich gelitten. Nun wollte der Bundeskanzler, so hatte er es gegenüber einigen Journalisten durchsickern lassen, mit der ersten Sitzung des Bundestages eine wegweisende Rede zur Verkehrspolitik in Deutschland halten, bei der es um die Sicherheit im Straßenverkehr gehen würde. Die Journalisten hatten dies in ihren Zeitungen »aus gut unterrichteten Kreisen« ans Licht gebracht, und die Spekulationen, was der Bundeskanzler denn nun sagen würde, hörten nicht mehr auf. Damit hatte Hansen sein erstes Ziel erreicht und war sehr zufrieden: Es wurde nicht mehr über die schlechte Arbeit des Verkehrsministers gesprochen, sondern über die Erwartungen, die man an ihn hatte. Er liebte die Rolle des guten Bundeskanzlers, der in schwierigen Zeiten dem Volk etwas Gutes tat – auch wenn es hier ja eigentlich nur um Verkehrspolitik ging. Aber mit etwas Pathos regierte es sich leichter, und wenn gerade keine wirklich großen Themen greifbar waren, dann nahm er auch ein kleines Thema!

De Fredo war wie immer mit dem Wagen die Ebertstraße entlang gefahren und dann kurz hinter dem Brandenburger Tor und noch vor dem Reichstag und den Bürogebäuden des Bundestages bei der Hausnummer 24 mit dem Autofahrstuhl in die Tiefgarage gefahren. Von dort ging es hoch in die vierte Etage. Wie an jedem Morgen war seine Sekretärin vor ihm im Büro und brachte ihm, kaum dass er angekommen war, einen Kaffee. So stand er, den frischen Kaffee in der Hand, am Fenster und ließ seinen Blick schweifen – links sah er die Hochhäuser des Potsdamer Platzes und geradeaus schaute er direkt auf die grüne Oase im Herzen der Stadt, den Tiergarten. Auf der rechten Seite wurde die Aussicht dann vom Reichstagsgebäude begrenzt, auf dem wie immer eine europäische und drei deutsche Flaggen wehten. Zwei Stunden später klingelte das Telefon. Eine gute Bekannte von ihm, die nicht nur die freie Fahrt auf deutschen Autobahnen liebte, sondern darüber hinaus auch seit einiger Zeit mit Verkehrsfragen im Kanzleramt betraut war, rief ihn an. Die Andeutungen am Telefon reichten bereits aus, de Fredo hochgradig nervös werden zu lassen. Nach einem gemeinsamen Spaziergang an der Spree zur Mittagszeit wusste er, dass er ein richtig großes Problem hatte.

Die Pläne des Kanzlers waren Gift für die Autofirmen in Deutschland und was für de Fredo fast noch schlimmer war: Wenn der Kanzler damit tatsächlich durchkäme, würde er seinen Job verlieren. Ein solches Vorhaben der Politik nicht verhindert zu haben, würde ihn für seinen Verband untragbar machen. Für de Fredo ging es von nun an sowohl um die Interessen seines Verbandes als auch um seine ganz persönliche berufliche Zukunft. Er war noch eine weitere Stunde allein an der Spree entlang spaziert. Dann war er in sein Büro zurückgekehrt und hatte den Entwurf von Hansens Rede zur Verkehrspolitik, den ihm seine Kontaktfrau aus dem Kanzleramt gegeben hatte, genau gelesen. Auch wenn der eine oder andere inhaltliche Punkt noch nicht endgültig feststand, war der Tenor des Papiers doch eindeutig und dies war es, was ihm große Sorgen machte.

Nun, am frühen Nachmittag, schaute er noch einmal auf den Entwurf der Rede in seiner Hand, schrieb vier Namen auf einen Notizzettel und gab ihn seiner Sekretärin verbunden mit der Anweisung, mit den vier Personen unbedingt noch am selben Tag eine Telefonkonferenz zu organisieren.

Zwei Stunden später stand die Konferenz und de Fredo begann: »Meine sehr geehrten Herren! Ich danke ihnen ganz herzlich dafür, dass sie diese kleine Telefonrunde so kurzfristig möglich machen konnten.« Dann begrüßte er die Wirtschaftsminister aus Bayern, Baden-Württemberg, Nordrhein-Westfalen und Niedersachsen. Nach dem gegenseitigen Austausch von Höflichkeiten kam er zu dem entscheidenden Punkt: »Wir alle kennen die aus dem Umfeld des Bundeskanzlers gestreuten Hinweise und Andeutungen auf seine große Rede zur Verkehrspolitik Ende der kommenden Woche. Wie es der Zufall will, liegt mir der Entwurf von Hansens Rede vor. Entscheidend ist dabei, dass die Stoßrichtung seine grundsätzliche Zustimmung hat. Um es kurz zu machen: In diesem Redeentwurf steht die Ankündigung, ab dem 1. Januar 2011 ein bundesweites, umfassendes und ausnahmsloses Tempolimit einzuführen. Es wird auf den deutschen Autobahnen keinen Meter mehr ohne Geschwindigkeitsbegrenzung geben.«

Einen Moment waren die vier Wirtschaftsminister aus den Bundesländern, in denen die großen deutschen

Automarken von Opel über Porsche, BMW und Mercedes bis zu Audi und VW ihren Stammsitz hatten, sprachlos.

Linus Traven aus Niedersachsen, der sich von unterwegs zugeschaltet hatte und in seinem Dienstwagen auf der A 7 in Richtung Hannover unterwegs war, fragte zuerst nach: »Sind sie sicher, dass Ihre Informationen richtig sind? Ich bitte meine Zweifel zu entschuldigen, aber das geht völlig gegen unsere bisherige Parteilinie und der Kanzler hat zwar mit Blick auf die schrecklichen Unfälle überall darauf hingewiesen, dass man die Sicherheit auf den Autobahnen erhöhen müsse. Aber ein Tempolimit? Da können wir unser Wähler ja direkt bitten, eine andere Partei zu wählen!«

»Meinen Informationen zufolge«, sagte de Fredo betont sachlich, »schwebt dem Kanzler ein echter Paukenschlag vor, bei dem er sich nicht nur als Mann der Sicherheit auf deutschen Straßen präsentieren kann, sondern auch als Staatsmann, der die Umwelt im Blick hat. Dem Vernehmen nach möchte er der Öko-Partei eines ihrer wichtigsten Themenfelder abnehmen. Und« – er machte eine kurze Pause – »das größte Problem dürfte sein, dass er selbst daran glaubt, dass dies der Umwelt hilft.«

»Die Umwelt ist mir scheißegal!«, entfuhr es Henry Messer, der dabei die in seiner Heimat liegenden Porsche- und Mercedeswerke im Sinn hatte. »Jeder Depp weiß doch, dass wir unsere schnellen Autos nicht zuletzt deshalb so gut verkaufen, weil in der ganzen Welt bekannt ist, dass die sich hier bei uns auf den Autobahnen im Alltag bewähren. Die deutschen Autobahnen und die deutschen Autos sind zwei Seiten derselben Medaille. Wer die eine Hälfte zerstört, macht auch die andere kaputt. Die Manager von Toyota, GM und Chrysler klatschen doch laut Beifall, wenn der so einen Quatsch macht. Ich garantiere euch, dass Baden-Württemberg einer solchen Änderung im Bundesrat nicht zustimmen wird – auch wenn dies innerparteilich den größtmöglichen Ärger gibt. Bei aller Pflicht, hinter dem Kanzler zu stehen ... irgendwann ist Schluss!«

Mit Blick auf BMW und Audi unterstützte Florian Stent die Aussagen seines Kollegen aus Baden-Württemberg und verwies darauf, dass auch Bayern einer solchen Regelung im Bundesrat garantiert nicht zustimmen werde.

Als Vierter ergriff Jakob Jansen aus Nordrhein-Westfalen das Wort. »Natürlich würden auch wir diesem Vorschlag nicht zustimmen. Er würde uns letztlich Arbeitsplätze wegnehmen und das würde uns bei der nächsten Wahl einfach zu viele Stimmen kosten. Aber wenn wir uns gegen Hansen stellen, dann wäre das Ergebnis im besten Fall, dass seine Initiative mit unseren Stimmen im Bundesrat verhindert wird. Im schlimmsten Fall stimmen aber ein paar CKP-regierte Länder gemeinsam mit den GPD-Ländern dafür und wir hätten nicht nur Streit innerhalb des Regierungslagers, sondern auch noch ein beschissenes Gesetz! Deshalb nützt uns eine Blockade nichts. Wir müssen ihn dazu bringen, von seinem Vorschlag abzurücken.«

»Ich danke Ihnen, dass sie so klar und deutlich Position bezogen haben und ich kann Ihnen versichern, dass auch der DAV dies genauso sieht. Die deutsche Automobilindustrie gehört zum Gründungsmythos der Bundesrepublik Deutschland und sie ist auch heute noch einer der bedeutendsten Wirtschaftszweige des Landes. Außerdem lieben die Deutschen ihre Autos und sie lieben ihre freie Fahrt auf den Autobahnen. Ich glaube, dass Herr

Jansen recht hat. Wir müssen den Bundeskanzler davon überzeugen, dass ein Tempolimit keine gute Idee ist. Am kommenden Donnerstag steht die Rede von Hansen im Bundestag auf der Tagesordnung. Ich habe mir erlaubt, ein paar Vorschläge vorzubereiten, wie wir den Bundeskanzler davon überzeugen können, dass es bessere Möglichkeiten als ein Tempolimit gibt, damit er seinem Ziel, die Straßen sicherer zu machen, näherkommt.« Dann unterbreitete de Fredo seine Vorschläge. Nach einer knapp einstündigen Diskussion und Aufgabenverteilung war die Telefonkonferenz zu Ende und alle legten auf.

Etwa zur selben Stunde saßen Hansen, Triller, Ullmann und Schreuner zusammen und berieten über den gleichen Redeentwurf, über den de Fredo ein paar hundert Meter weiter süd-östlich gesprochen hatte. Ebenfalls dabei war Stefan Kössling. Eigentlich gehörte er nicht zum »Küchenkabinett« des Kanzlers, war aber als dessen Redenschreiber dazu gebeten worden. Denn schließlich ging es um das vom ihm verfasste Skript.

Dem jetzt vorliegenden Entwurf waren zahlreiche Gespräche und Anweisungen vorausgegangen: Nachdem Hansen sich entschieden hatte, die Rede zum Auftakt der zweiten Hälfte des Sitzungsjahres des Bundestages halten zu wollen, hatte Michaela Schreuner eine Woche zuvor ein erstes Planungsgespräch organisiert. Da der Kanzler das Ziel hatte, mit dieser Rede in einem wichtigen Politikfeld einen gänzlich neuen Akzent zu setzen, war er bei dem Auftaktgespräch selbst dabei. Außerdem natürlich Stefan Kössling und dann noch der zuständige Abteilungsleiter, der, ausgehend von den inhaltlichen Vorgaben des Kanzlers und mit Unterstützung der verschiedenen Referate in seiner Abteilung Infrastruktur und Verkehr, die fachlichen

Textbausteine für die Rede liefern sollte. Denn schließlich sollten ja bei allen politischen Vorgaben am Ende auch die Fakten stimmen. Nach einer halben Stunde war man wieder auseinandergegangen, denn der japanische Premierminister würde in wenigen Minuten im Kanzleramt eintreffen. Leon Hansen rückte seinen Krawattenknoten zurecht, warf einen prüfenden Blick in den Spiegel und machte sich dann auf den Weg zum Haupteingang, um ihn in Empfang zu nehmen.

Der Kanzler hatte das Erdgeschoss noch nicht erreicht, da hatte sein Abteilungsleiter schon die betroffenen Gruppen- und Referatsleiter zu einer Besprechung geladen. Und weitere 30 Minuten später saßen diese wiederum mit ihren Mitarbeitern zusammen. Und so waren gut eine Stunde nach dem Ende der ersten Planungsrunde über 20 Personen damit beschäftigt, Fakten für die Rede zu sammeln, zusammenzufassen und sortiert und gebündelt an ihren jeweiligen Vorgesetzen weiterzugeben.

Nachdem der Beamtenapparat mit Hochdruck gearbeitet hatte, beriet zwei Tage später dieselbe Runde, allerdings ohne Hansen, über die erste Rohfassung eines Redemanuskriptes und es bedurfte noch zwei weiterer Runden, bis sich Ullmann, Kössling, Triller und Schreuner einig waren, dass man die ausgefeilte Fassung an den Kanzler geben konnte. Weitere zwei Tage dauerte es, bis Hansen am Donnerstagvormittag, eine Woche, bevor er die Rede halten wollte, die Gelegenheit hatte, das Manuskript zu lesen.

Zur Erleichterung aller, die daran mitgearbeitet hatten, bezeichnete er das Manuskript als »gute Basis« und »in den Kernaussagen zutreffend«. Gleichzeitig wies er Schreuner an, möglichst rasch eine weitere Besprechung zu der Rede zu terminieren.

›Möglichst rasch‹ bedeutete ganz praktisch, dass sich der Kanzler nach seiner Rede auf dem Arbeitgebertag im Hotel Maritim, unweit des Kanzleramtes in Berlin-Mitte, statt wie geplant zum gemeinsamen Abendessen um zwanzig Uhr lediglich für eine gute Viertelstunde mit dem Vorsitzenden des Arbeitgeberverbandes an einen extra für diesen Zweck aufgestellten Stehtisch stellte und die beiden sich entspannt, vertraut und locker miteinander unterhielten. Dabei ging es allerdings nicht um den inhaltlichen Austausch. Der Arbeitgeberverband war ein wichtiger politischer Verbündeter der CKP und außerdem einer der größten Spender. Also dokumentierte Leon Hansen, dass er den Arbeitgeberverband für wichtig hielt, indem er ihm wertvolle Kanzlerzeit zur Verfügung stellte. So drückte er als Bundeskanzler Dankbarkeit aus. Der Verbandsvorsitzende konnte demonstrieren, dass er ein gutes und vertrauensvolles Verhältnis zum wichtigsten Politiker des Landes hatte. Das stärkte seine Stellung innerhalb des Verbandes und half ihm bei seiner Wiederwahl als Vorstand. Dass die beiden sich in Wahrheit persönlich nicht leiden konnten, spielte keine Rolle. Fast noch wichtiger war, dass neben den echten Pressefotografen und Fernsehteams auch jeweils ein Fotograf des Arbeitgeberverbandes und des Bundespresseamtes dabei war. Es dauerte eine gute halbe Stunde, dann standen die Bilder des vertrauten Gespräches sowohl auf der Internetseite des Bundeskanzlers als auch des Arbeitgeberverbandes.

Hermann Triller hatte derweilen die positive Einschätzung des Bundeskanzlers an den Abteilungsleiter weitergegeben und dieser wiederum an seine Gruppen- und Referatsleiter. Diese hatten ebenfalls den Redeentwurf vorliegen, da sie ihn, jeder für sein Spezialgebiet, erneut auf inhaltliche Richtigkeit prüfen mussten. Wer nicht erleichtert war, war Magdalena Vier, die Leiterin des Referates Verkehrspolitik aus der Abteilung Wirtschaft und Infrastruktur. Sie war zutiefst davon überzeugt, dass ein Tempolimit dem Automobilstandort Deutschland schaden würde.

Mit Anfang 30 bereits Referatsleiterin im Bundeskanzleramt zu sein, war alles andere als eine Selbstverständlichkeit. Magdalena Vier war nicht nur fleißig, gewissenhaft und loyal, sie hatte auch nach dem Regierungswechsel das richtige Parteibuch gehabt. Diese Kombination war der Katalysator für ihre Karriere gewesen. Nun genoss sie das Gefühl, im Kanzleramt wahrhaftig ein Teil der Macht zu sein, die bestimmte, in welche Richtung sich dieses Land entwickelte. Aber als sie jetzt merkte, dass der Kanzler im Begriff war, einen großen Fehler zu machen und diese Macht zu gefährden, bekam sie Herzklopfen und feuchte Hände. Sie wollte ihre Machtposition behalten – und sie wusste bereits heute, was der Kanzler erst in einer Woche verkünden wollte. Magdalena Vier hielt gar nichts von hehren, aber letztlich unpopulären Anwandlungen. Tempolimit – so ein Blödsinn!

In den letzten Jahren hatte sie oft genug erlebt, wie kluge Köpfe aus parteipolitischen Gründen für eine Erwähnung in der Tagesschau oder in der BILD oder aus falsch verstandener Loyalität verkehrte Entscheidungen getroffen hatten. Deshalb griff sie kurz entschlossen zu ihrem privaten Handy und wählte eine Telefonnummer in Berlin. Sie wollte die richtige Entscheidung treffen. Denn auch wenn – oder gerade weil – sie im Kanzleramt arbeitete, gehörte ihre Loyalität am Ende der Macht und nicht der Person des Kanzlers. Sie wollte den Fehler, den der Kanzler im Begriff war zu machen, nicht aus falsch verstandener Loyalität decken. Eine Stunde, nachdem sie das Telefonat geführt hatte, packte sie einen Ausdruck des Redeentwurfs in ihre Tasche und machte sich auf, um mit einem guten Bekannten spazieren zu gehen …

Fast zeitgleich saßen der Bundeskanzler sowie Triller, Ullmann, Schreuner und Kössling zwei Stockwerke höher beisammen, um die Rede noch einmal durchzusprechen. Der inhaltlich zuständigen Abteilungsleiter wurde diesmal nicht dazu gebeten. Jetzt ging es nicht mehr um die Inhalte, die waren klar. Jetzt ging es um die Verpackung der Botschaften, um den rhetorischen Aufbau der Rede und um die politischen Auseinandersetzungen, die die Rede zur Folge haben würde.

Wie so oft, wenn Hansen mit seinen Vertrauten etwas zu besprechen hatte, saßen sie nicht an dem Besprechungstisch in der Mitte des Kanzlerbüros, sondern rund um den Couchtisch auf den bequemen Sesseln. Die vier Männer hatten ihre Krawatten gelockert. Neben Kaffee, Wasser und Säften standen auch belegte Brötchen auf dem Tisch, denn regelmäßige Mahlzeiten waren in der Führungsetage des Kanzleramtes ein Luxus, den es praktisch nicht gab.

Hansen nahm sich eines der Brötchen, biss hinein und ging kauend zu den großen Panoramafenstern, von denen aus man einen herrlichen Blick auf den Tiergarten und das Reichstagsgebäude hatte. Dann drehte er sich um und sagte: »Die Rede ist inhaltlich in Ordnung, aber die zentrale Botschaft ist noch nicht deutlich geworden. Stefan« – und dabei sah er seinen Redenschreiber an –, »ich will klare Sätze und einfache Formulierungen. Von Leitartiklern und Kommentatoren der Hauptstadt-Journaille bis zu der Putzfrau, die jeden Tag den Teppich in meinem Büro saugt, soll jeder verstehen, was ich meine. Was die BILD nicht in eine Schlagzeile packen kann, ist zu lang!«

»Ich finde es wichtig«, meinte Ullmann, »dass wir an die zentralen Botschaften aus dem Wahlkampf anknüpfen: Für Umweltschutz und Sicherheit auf den Straßen! Damit konntest du auf der einen Seite bis hin zu den Taxifahrern punkten und auf der anderen Seite sogar in den Bereich der Öko-Wähler vordringen, die vor sich selbst eine Ausrede brauchten, um dich wählen zu können.« Nach diesen Worten griff er ebenfalls zufrieden lächelnd zu einem Brötchen. Immer, wenn er an die letzten Wahlkampfwochen und den Wahlabend dachte, überkam ihn tief aus seinem Innern ein Gefühl der Zufriedenheit mit seiner Leistung als damaliger oberster Kommunikationschef des Wahlkampfteams. Kauend ergänzte er: »Und ich werde natürlich dafür sorgen, dass ein paar Journalisten sich daran erinnern und auch darüber schreiben.«

Michaela Schreuner nahm den Faden auf und sagte: »Das ist genau der richtige Weg, denn wir können so zeigen, dass du zwar mit dem Tempolimit auf die schweren Unfälle im Sommer reagierst, aber dass dieses Thema dir schon immer am Herzen gelegen hat. Stefan, versuche doch mal über das Wahlkreisbüro von Hansen herauszufinden, ob es nicht in den letzten 20 bis 30 Jahren in seinem Wahlkreis ein paar schlimme Unfälle gegeben hat. Dann kannst du die mit einbauen und als Beleg dafür nutzen, dass der Kanzler schon oft mit diesem schrecklichen Thema konfrontiert war.« Stefan Kössling nickte ihr zu. »Gute Idee. Wenn er das dann in seiner Rede mit ein paar Details ausschmückt, haben wir auch die Sentimentalen auf unserer Seite.«

Hansen, der sich zwischenzeitlich wieder gesetzt hatte, blickte ungeduldig in die Runde: »So weit ist alles gut – aber die Kernaussage haben wir noch nicht so formuliert, dass sie BILD- und fernsehtauglich ist. Macht euch darüber Gedanken und überarbeitet den Text in diesem Sinn. Und wenn es konkrete Vorschläge für BILD-taugliche Kernaussagen gibt, dann will ich die sofort haben. So, und jetzt schauen wir uns noch kurz an, was morgen anliegt.«

Und wie an fast jedem Abend begann die Besprechung mit der Feststellung von Michaela Schreuner: »Um sechs wirst du abgeholt, um sieben ist die Durchsicht der dringendsten Informationen, die über Nacht eingegangen sind und um halb acht kurze Tagesbesprechung mit der Presselage und um acht hast du dann ein Gespräch mit …«

Am nächsten Tag, einem Freitag, informierte sie ihn, dass Traven und Messer, die Wirtschaftsminister von Niedersachsen und Baden-Württemberg, ihn wegen der Automobilindustrie hätten sprechen wollen und dass sie die beiden Herren mit der Standardbegründung – der übervolle Terminkalender des Kanzlers würde ein Gespräch leider nicht möglich machen – an den Bundesverkehrsminister verwiesen hat. Hansen blickte kurz von einer Akte auf, nickte zustimmend und dachte dabei, dass, wenn er mit jedem der über 100 Landesminister, der mit ihm sprechen wollte, auch tatsächlich sprechen würde, er keine Zeit mehr für die wirklich bedeutenden Dinge hätte. Wenn es so wichtig war, dann sollten die erst einmal ihren Ministerpräsidenten davon überzeugen und dann sollte der sich melden. Davon gab es schließlich nur 16!

Die Frage, warum ihn an ein und demselben Tag plötzlich zwei Wirtschaftsminister sprechen wollten, begann sich zart in einem fernen Winkel seines Gehirns zu formulieren, wurde aber von dem Hinweis seiner Sekretärin, dass er gleich das wöchentliche Treffen mit den Chefs der Geheimdienste hatte, an der Weiterentwicklung gehindert und verkümmerte.

Während der Kanzler am Freitag von einem Termin zum anderen eilte und Stefan Kössling an der Rede für den kommenden Donnerstag feilte, arbeiteten de Fredo und seine Mitarbeiter in ihrem schicken Lobbyistenbüro ebenfalls auf Hochtouren. Eine Sekretärin war damit beschäftigt, die Liste aller Bundestagsabgeordneten zu aktualisieren, die in ihrem Wahlkreis eine Autofabrik oder ein großes Zulieferunternehmen, zum Beispiel für Autositze oder Reifen, hatten. De Fredo selbst nahm sich sein kleines Notizbüchlein vor, in dem er die etwas sensibleren Politikkontakte fein säuberlich notiert hatte – nur für den Fall, dass er etwas mehr Druck würde aufbauen müssen.

Einer der Referenten, die für die Kontakte in die Politik zuständig waren, nutzte seine Beziehungen, um herauszufinden, auf welchen Veranstaltungen man am Wochenende den Fraktionsvorsitzenden Walter Meyer würde treffen können. Denn leider gab es zu ihm keine in langen Jahren gewachsene vertrauensvolle Beziehung. Ihn würde man abpassen müssen. Da er aber seinen Wahlkreis in Rüsselsheim und damit an einem der vier großen Opel-Standorte hatte, würde er sicherlich für die Initiative gegen das Tempolimit zu gewinnen sein. Dabei war de Fredo eines klar: Sein Ziel musste es sein, das Tempolimit zu verhindern, ohne dass das öffentliche Ansehen des Kanzlers beschädigt werden würde.

Am Montagvormittag saß der Kanzler in seiner Eigenschaft als Parteivorsitzender mit den Ministerpräsidenten und Landesvorsitzenden sowie den Vorsitzenden der Bundestagsfraktion und der Jungen Konservativen zur routinemäßigen Sitzung zusammen. Wie immer war die Zeit knapp und Hansen, der sich auf keinen Fall den Überraschungseffekt seiner Rede am Donnerstag kaputtmachen lassen wollte, nutzte seine Möglichkeiten als Sitzungsleiter aus, um den einen oder anderen Tagesordnungspunkt so weit auszudehnen, dass am Ende keine Zeit mehr war, um unter »Verschiedenes« noch ernsthaft etwas vorzubringen. So verhinderte er, dass Claudia Buttke, die Ministerpräsidentin von Baden-Württemberg, das Thema Tempolimit in der großen Runde ansprechen konnte. Es wusste zwar gar nicht, dass sie von seinem Vorstoß Wind bekommen hatte. Seine politische Erfahrung und sein politischer Instinkt sagten ihm aber, dass er vier Tage, bevor er die Katze aus dem Sack lassen wollte, besser keinem die Gelegenheit lassen sollte, irgendein Thema unter »Verschiedenes« anzusprechen. Nicht verhindern konnte er allerdings, dass ihn eine SMS von Walter Meyer, dem Fraktionsvorsitzenden, erreichte: *Tempolimit wird Problem in der Fraktion. Müssen reden. Gruß WM.*

48 Stunden bevor Meyer die SMS an den Kanzler geschrieben hatte, hatte de Fredo mit ihm gesprochen.

Im Ergebnis war es für de Fredo dann doch recht leicht gewesen, Herrn Meyer auf seine Seite zu bringen. Er wusste, dass Meyer ein Gemeindefest in Wattenscheid besuchen würde, und so hatte er sich selbst dorthin auf den Weg gemacht. Die Handynummer des persönlichen Referenten, der den Fraktionsvorsitzenden stets begleitete, hatte ihm einer seiner eigenen Mitarbeiter vorher besorgt.

Kaum war de Fredo in Wattenscheid eingetroffen, parkte er ein paar hundert Meter von dem Gemeindefest entfernt und rief den persönlichen Referenten von Walter Meyer an. Der Name de Fredo war dem Referenten geläufig und so dauerte es nur ein paar Minuten, bis er den Gesprächswunsch an seinen Chef weitergegeben hatte.

Auch wenn Walter Meyer de Fredo nur flüchtig kannte, war ihm natürlich klar, dass er hier und heute einen solchen Gesprächswunsch nicht einfach abschlagen konnte. Schließlich war es offensichtlich, dass er zu sprechen war – anders als im Büro, wo ihm seine Sekretärin unliebsame Gesprächspartner vom Leib hielt. Und de Fredo war solch ein unliebsamer Gesprächspartner. Für Meyer war er nicht mehr als ein Lobbyist, der ohne Rücksicht auf das Gemeinwohl seine Eigeninteressen bzw. die seiner Auftraggeber durchzusetzen versuchte. Aber als Vorsitzender des DAV war er eben auch der wichtigste Vertreter der deutschen Automobilindustrie – und wenn dieser ihn auf einem Gemeindefest ›zufällig‹ traf, dann musste er sich mit ihm unterhalten. Aber an derlei Zufälle glaubte Walter Meyer nicht.

Da ein Spitzenpolitiker auf einer solchen Veranstaltung keine Chance hat, auch nur ein vertrauliches Wort mit jemandem zu wechseln, machten Meyer und de Fredo einen kleinen Spaziergang. De Fredo erläuterte ihm die Situation und als Meyer von den Plänen zur Einführung eines Tempolimits hörte, war ihm klar, was eine solche politische Entscheidung für ihn bedeuten würde: Entweder gab er an, davon gewusst, sie aber nicht verhindert zu haben. Dann würde man ihn früher oder später wegen Unfähigkeit aus dem Amt jagen und auch in seinem Wahlkreis mit dem Opel-Werk würde er sich nicht mehr blicken lassen können. Es wäre sogar denkbar, dass ein Politiker der GPD beim nächsten Mal das Direktmandat gewinnen würde. Wenn er aber offiziell nichts davon gewusst hatte, dann wäre das mindestens genauso verheerend. Denn wer wollte schon einen Fraktionsvorsitzenden haben, der von einer der herausragenden Initiativen des Bundeskanzlers nichts wusste? Am Ende ihres kurzen Gesprächs gaben sich die beiden Männer die Hand. De Fredo sagte abschließend: »Können sie etwas tun, um Schaden von der deutschen Automobilindustrie abzuwenden?« Walter Meyer schaute de Fredo abschätzend an. Dann entgegnete er knapp: »Ich danke Ihnen für das Gespräch. Sie können sicher sein, dass ich Ihre Hinweise im Interesse des Wirtschaftsstandortes Deutschland nutzen werde.« Eine Viertelstunde später saß de Fredo sehr zufrieden in seinem neuen 7er BMW und war schon wieder auf dem Weg in Richtung Berlin.

Walter Meyer war zurück auf dem Gemeindefest. Doch während er mit den Bürgerinnen und Bürgern über die Probleme in dieser Region sprach, war er in Gedanken bei den Plänen des Kanzlers. Warum zum Teufel war Hansen auf so eine bekloppte Idee gekommen? Und warum hatte er ihn nicht eingeweiht?

Leon Hansen las die SMS von Meyer nach der Parteivorstandssitzung auf dem Rückweg ins Kanzleramt. Mit dieser Nachricht war klar, dass er sich auf Probleme einstellen musste. Noch aus dem Wagen rief er Michaela Schreuner an und beauftragte sie, das Küchenkabinett für 13 Uhr zusammenzurufen und für danach einen Termin mit Meyer zu vereinbaren, zur Not auch telefonisch. Aber auf jeden Fall innerhalb der nächsten Stunden. Dann schickte er selbst eine SMS an Meyer: *OK, melde mich.*

Um zwölf traf Hansen wie geplant die amerikanische Außenministerin. Den 13-Uhr-Termin, ein Gespräch mit einigen Vertretern des Nationalen Olympischen Komitees zu der Frage, ob die Bundesregierung die Kandidatur Münchens zur Olympiade 2018 unterstützen werde, hatte Hansens Staatsminister übernommen. Und so erwarteten Paul Ullmann, Michaela Schreuner und Hermann Triller ihn bereits, nachdem er um kurz vor eins, protokollarisch korrekt, die Außenministerin zum Ausgang geleitet hatte und wieder in sein Büro kam.

Sie nickten sich kurz zu und auf Hansens Nachfrage berichtete Schreuner, dass das Treffen mit Meyer heute um sechs stattfinden würde. Die beiden Herren hätten dann 30 Minuten Zeit. Mehr sei heute nicht drin gewesen. »Eine halbe Stunde wird reichen, danke. Meyer will mich sprechen, weil er meint, dass das Tempolimit ein Problem in der Fraktion wird.« Die drei anderen waren, ebenso wie Leon Hansen selbst, nicht wirklich überrascht, dass offensichtlich der zentrale Inhalt der Kanzlerrede durchgesickert war. Aber es war trotzdem ärgerlich. »Ich weiß nicht, wo genau er das Problem sieht und was er will. Aber ich habe kein gutes Gefühl bei der Sache.« Der Kanzler wollte eigentlich weitersprechen, doch da meldete sich seine Büroleiterin zu Wort: »Heute haben sich noch Florian Stent und Jakob Jansen gemeldet. Ich wollte die eigentlich abwimmeln, aber ...«

Hansen fiel ihr ins Wort. »In Bayern haben wir Audi und BMW und in NRW, da wo Jansen Wirtschaftsminister ist, sitzen Opel und diverse Zulieferbetriebe. Es würde mich nicht wundern, wenn die deshalb anrufen. Bitte organisiere irgendwie, dass ich mit beiden jeweils zehn Minuten telefonieren kann.

Während sich Michaela Schreuner eine entsprechende Notiz machte, sagte Paul Ullmann: »Was machen wir, wenn die Presse bereits Wind von deinen Plänen bekommen hat?«

Hansen antwortete: »Du sagst denen noch nichts, aber auch gar nichts. Erzähl irgendetwas von einer bedeutenden Rede, die die Interessen der Menschen in den Mittelpunkt stellt. Und du«, dabei schaute er Triller an, »findest raus, wer alles Zugang zu dem Redeentwurf hatte. Ich will wissen, wer das weitergegeben hat. Und schreibe bitte irgendeinen Vermerk an die Fachabteilung, aus dem deutlich wird, dass ich der Rede noch nicht zugestimmt habe. Falls es irgendwann mal einen Untersuchungsausschuss zu dem Thema geben sollte, brauche ich einen Beleg dafür, dass ich bis jetzt einem Tempolimit nicht zugestimmt habe. Stefan soll aber mit Hochdruck an der Rede weiterarbeiten. Aber das sagst du ihm nur mündlich. Nichts Schriftliches, auch keine Mail!«

Nachdem Triller und Ullmann gegangen waren, kam Schreuner noch einmal zu ihm: »De Fredo hat sich gemeldet. Er bittet dich dringend um ein Vier-Augen-Gespräch.« Hansen wusste sehr zu schätzen, dass sie dies nicht vor den beiden anderen angesprochen hatte. Zwar waren die beiden seine wichtigsten Mitarbeiter außerhalb seines eigenen Büros. Doch dass er so enge Kontakte zu dem Chef-Lobbyisten der Automobilindustrie hatte, dass der direkt um ein Vier-Augen-Gespräch bitten konnte und seine Büroleiterin es für möglich hielt, dass er, der Bundeskanzler, zusagte, mussten sie nicht unbedingt wissen. Je weniger Menschen dies wussten, desto besser. Und wenn sie es jetzt geschickt anstellten, dann würde außer seiner Büroleiterin, seinen beiden Sekretärinnen und seinem persönlichen Referenten niemand etwas von dem Treffen mitbekommen. Denn dass es ein Treffen geben würde, hatte Hansen sofort entschieden. Die Anrufe der verschiedenen Landesminister, die SMS von Meyer und nun der Gesprächswunsch von de Fredo machten ihm klar, dass irgendetwas in Bewegung geraten war. Er wusste bloß noch nicht was.

»Michaela, ich möchte ihn auf jeden Fall bis morgen um zwölf gesehen haben.« So kann ich zur Not, ergänzte er in Gedanken, zwischen Dienstagmittag und der Rede am Donnerstag immer noch einen Themenwechsel organisieren.

Schreuner nickte kurz und fing bereits in Gedanken an, die Termine am Abend und am kommenden Vormittag danach durchzugehen, welchen man wohl mit der geringsten öffentlichen Wirkung würde ausfallen lassen können. Denn das war das Blöde: Je weniger öffentlichkeitswirksam ein Termin des Kanzlers war, desto wichtiger war er häufig für dessen Arbeit. Wenn er aber einen inhaltlich eher unwichtigen Repräsentationstermin absagen würde, dann würde das natürlich von außen stärker wahrgenommen werden und es bestand die Gefahr, dass der eine oder andere Journalist genauer hinschaute, was der Kanzler denn stattdessen machte.

Zur selben Zeit saß de Fredo mit seinen Mitarbeitern zusammen und ging noch einmal die wichtigsten Punkte durch: Die Politikberichterstatter und Wirtschaftsredaktionen konnten mit einem Mausklick angemailt werden. Der Politik-Verteiler war an die aktuelle Lage angepasst worden: In mühevoller Kleinarbeit hatten zwei seiner Mitarbeiter übers Wochenende die Kontaktdaten aller Bundestagsabgeordneten, Landtagsabgeordneten und Mitglieder des Europaparlamentes zusammengestellt, in deren Wahlkreisen eine Autofabrik oder ein wichtiger

Zuliefererbetrieb lagen. Dazu kamen noch alle Verkehrs- und Wirtschaftsminister der Bundesländer sowie deren Staatssekretäre. Wenn wir da wirklich aktiv werden müssen, so dachte de Fredo zufrieden, dann werden wir aus allen Rohren schießen!

Dann klingelte sein Handy und Michaela Schreuner war dran. »Guten Tag. Der Bundeskanzler würde sie gern morgen um elf sehen. Es wäre ihm eine Freude, wenn sie es einrichten könnten, dann in sein Büro zu kommen. Er geht davon aus, dass sie alleine kommen und auch ohne weitere Mitarbeiter vorfahren.«

»Selbstverständlich werde ich gerne kommen. Um unnötiges Aufsehen zu vermeiden, werde ich zu Fuß kommen.« Von seinem Büro aus war es Luftlinie kaum ein Kilometer bis zum Kanzleramt.

»Das ist eine gute Idee. Ich werde es dem Kanzler ausrichten. Vielen Dank und auf Wiederhören.«

De Fredo schüttelte ein wenig ungläubig seinen Kopf und schaute auf das Telefon in seiner Hand. Es war eben doch etwas anderes, ob man nur glaubte, dass man in einem dringenden Fall praktisch jederzeit einen Termin für ein Vier-Augen-Gespräch mit dem Bundeskanzler bekam oder ob es tatsächlich passierte! Eine Gänsehaut kroch über seinen Rücken. Morgen um diese Zeit war es entschieden: Entweder der Bundeskanzler rückte von seinen Tempolimit-Plänen ab oder der DAV würde in die größte Auseinandersetzung mit der Bundesregierung gehen, seit es den Verband gab. Und dann wären auch meine Tage gezählt, dachte de Fredo weiter. Denn wenn wir verlieren, werde ich wie ein alter Köter vom Hof gejagt. Wenn wir aber gewinnen, dann werde ich irgendwohin weggelobt. Denn eines war klar: Sein Verband würde sich selbst nach einer solchen Auseinandersetzung wieder mit dem Kanzler verständigen müssen – aber dann ganz bestimmt nicht mehr mit ihm an der Spitze. Denn er würde, da machte sich de Fredo keine Illusionen, das Gesicht der Auseinandersetzung sein und deshalb am Ende auch ganz persönlich verlieren. Und so ging de Fredo an diesem Tag mit dem festen Vorhaben nach Hause, den Bundeskanzler am nächsten Tag zu überzeugen, diesen Blödsinn mit dem Tempolimit zu lassen. Er wollte keinen Krieg führen, an dessen Ende er selbst bei einem Sieg von der Kommandobrücke musste.

Nur ein paar hundert Meter weiter trafen sich Meyer und Hansen im Büro des Kanzlers. Nach dem Austausch von Höflichkeiten kam Meyer zur Sache. »Ich habe gehört, dass sie planen, am Donnerstag die Einführung eines bundesweiten und flächendeckenden Tempolimits anzukündigen. Stimmt das?«

Leon Hansen, durch und durch Politiker und deshalb weit davon entfernt, darauf eine konkrete Antwort zu geben, entgegnete: »Ein solches Vorhaben könnte ich gar nicht ohne die Unterstützung beider Regierungsfraktionen durchsetzen. Aber wo sie es gerade ansprechen: Was würden sie denn davon halten?«

Meyer, nicht minder ein Vollblutpolitiker, wusste damit, dass Hansen ein Tempolimit wollte. Denn dass er es nicht abstritt, war so gut wie eine Bestätigung. Aber er spielte das Spiel mit und tat so, als ob er das nicht gemerkt hätte. Denn wenn er Hansen dazu bringen wollte, von seinem Vorhaben abzurücken, dann durfte er ihn nicht vorher dazu nötigen zu sagen, dass er genau das wollte …

»Ich hielte die Einführung eines Tempolimits für inhaltlich falsch und vor allem, was noch wichtiger ist, unseren Wählern für nicht vermittelbar. Die Leute glauben an die freie Fahrt für freie Bürger und daran, dass wir vor allem deshalb so viele Autos in alle Welt exportieren, weil die Menschen die guten und schnellen Autos haben wollen, die sich auf den deutschen Autobahnen bewährt haben. Von Stuttgart über Ingolstadt, Dresden und Wolfsburg bis nach Bochum würden die Leute auf die Barrikaden gehen. Wir würden das nicht durchhalten und die Fraktion würde einen Aufstand machen. Ich bin davon überzeugt, dass wir das nicht durchbekämen!«

Nach dieser sehr deutlichen Ansage wussten beide, dass Hansen jetzt erst einmal würde nachdenken müssen, ob er seine Pläne weiterverfolgen würde oder nicht. Die beiden sprachen dann noch über einige andere Vorhaben und nach einer knappen halben Stunde war das Gespräch beendet.

Nachdem Meyer weg war, zog sich Hansen ein frisches Hemd an und ging zum Hubschrauber, der ihn nach Potsdam bringen sollte, wo er den französischen Staatspräsidenten zum Mittagessen traf. Während er auf dem kurzen Flug das Briefing für das Gespräch mit dem Präsidenten las, schweiften seine Gedanken immer wieder zum Tempolimit ab.

Bei der Routinesitzung am nächsten Morgen um halb acht gab es keine besonderen Ereignisse oder wesentliche Terminänderungen zu besprechen. Das Treffen mit de Fredo stand ohne dessen Erwähnung als »persönlicher Termin« im Kalender und die beiden Telefontermine mit den Wirtschaftsministern von Bayern und NRW waren mittags in die letzte Lücke gestopft worden, für die eigentlich eine zwanzigminütige Mittagspause geplant war. Aber da es fast immer so war, dass die eingeplanten Pausen im letzten Moment doch noch irgendwie verplant wurden, wunderte sich niemand darüber.

Um halb elf klingelte Hansens Handy. Das Display zeigte, dass Ullmann ihn sprechen wolle. Wie immer, wenn er es irgendwie möglich machen konnte, nahm er auch diesmal seinen Anruf an.

»Was gibt's?«

»Hallo. Eben hat mich der Leiter des Hauptstadtbüros der BILD-Zeitung angerufen. Er wollte wissen, ob seine Informationen richtig sind, dass du ein umfassendes Tempolimit planst. Als ich zögerte, ergänzte er, dass er die Geschichte bringt, wenn er bis 14 Uhr kein glasklares Dementi von uns hat.«

Als der Bundeskanzler darauf nicht reagierte, sondern schwieg, sprach Ullmann weiter: »Leon, ich konnte förmlich sehen, wie er die Schlagzeile gegen dich formuliert und wie er sich vor die deutschen Autofahrer und gegen dich als Verfechter des Tempolimits stellt.«

»Und – was sollen wir jetzt deiner Meinung nach machen?«

»Als dein Pressesprecher kann ich dir sagen, dass es ein harter Kampf wird, denn neben BILD werden sich weitere große Zeitungen wie die FAZ oder Die Welt gegen das Tempolimit wenden. Aber in der Süddeutschen Zeitung oder der Frankfurter Rundschau könnten wir Unterstützer finden. In der öffentlichen Meinung wird die Debatte sehr unangenehm, aber wir könnten sie überstehen.«

»Hm. Und was sagt du als mein Freund?«

»Wenn du die Mehrheit der Partei und der Bundestagsfraktion hinter dir weißt, dann mach es. Es bringt dir keine Anerkennung, es ist für dieses Land aber richtig. Wenn du die Mehrheit nicht hinter dir hast, dann wirst du mit dem Vorhaben scheitern und in der Konsequenz auch als Kanzler.«

»Danke. Ich denke darüber nach und melde mich wieder bei dir.«

Nachdem er aufgelegt hatte, schaute er auf die Uhr und auf seinen Kalender und in Gedanken ging er die anstehenden Termine durch: Um elf kommt de Fredo und dann habe ich eine Stunde Zeit für ihn. Dann ist das Briefing zur Entwicklung auf dem Energiemarkt und um 13 Uhr muss ich mit den Landeswirtschaftsministern telefonieren. Anschließend geht es mit dem Hubschrauber weiter nach Leipzig, wo ich mir erst die Strombörse anschauen muss, um anschließend mit den Vorstandsvorsitzenden der großen Energieversorgungsunternehmen den Energie-Dialog fortzusetzen.

Einen Moment schaute er aus dem Fenster und ließ seinen Blick über den Tiergarten schweifen. Dann hatte er sich entschieden.

Er rief Michaela Schreuner zu sich: »Um Viertel vor zwölf möchte ich dich, Ullmann und Triller sprechen. Das Energie-Briefing muss gekürzt werden und soll erst um Viertel nach zwölf beginnen. Falls ich de Fredo bis zwanzig vor zwölf nicht losgeworden bin, dann hole ihn irgendwie hier raus. Dir wird schon etwas einfallen.«

Schreuner nickte lediglich kurz und ging dann, ohne überhaupt ein Wort gesagt zu haben, wieder hinaus und schloss die Tür hinter sich. Sie kannte ihren Chef lange genug, um abzuschätzen, wann es besser war, einfach den Mund zu halten.

Nach einem kurzen Klopfen öffnete sich um Punkt elf die Tür zu Hansens Arbeitszimmer wieder und eine Sekretärin führte de Fredo in den Raum. Die beiden

Männer begrüßten sich herzlich und plauderten rund fünf Minuten über das Wetter in Berlin, die Vorzüge eines klimatisierten Büros und tranken dabei Kaffee. Dann fragte Hansen: »Nun, mein Lieber, was führt dich heute zu mir?«

»Ich habe gehört, dass du die Unfallserie im Sommer als Anlass nehmen willst, für mehr Sicherheit im Straßenverkehr zu sorgen und für den Umweltschutz ein Tempolimit einzuführen. Ein ausnahmsloses und flächendeckendes Tempolimit. Das wäre eine Entscheidung, die«, und dabei merkte de Fredo, dass seine Handflächen feucht wurden, »die Automobilindustrie in nicht unerheblichem Maße tangieren würde.«

Hansen schaute seinen alten Bekannten intensiv an. Solch eine deutliche Drohung hatte er, seit er Bundeskanzler war, selten bekommen. Aber, überlegte Hansen weiter, de Fredo hatte zumindest so klug formuliert, dass man ab jetzt so tun könnte, als habe es die Drohung nie gegeben, sondern lediglich einen gut gemeinten Hinweis. Hansen holte Luft, um zu antworten. Dann ein kurzes Zögern, der Bruchteil einer Sekunde nur, so dass de Fredo dies nicht merkte. Wenn ich jetzt auf das Tempolimit verzichte, dann habe ich die Chance vertan. Aber die Entscheidung war in ihm längst gereift und so sprach er den Satz, für den er bereits Luft geholt hatte, aus. »Ich kann dich beruhigen, ich plane kein derartiges Tempolimit. Ich glaube, es ist bekannt, dass mir die Sicherheit der Menschen im Straßenverkehr und der Umweltschutz sehr wichtig sind. Es gab auch tatsächlich auf Ebene der Referenten Vorschläge, ein solches Tempolimit einzuführen. Aber ich will das nicht und damit ist es vom Tisch.« Sprach's und schenkte sich einen frischen Kaffee ein. Dabei beobachtete er, wie sich de Fredo sichtlich entspannte. »Was ich aber plane«, fuhr Hansen fort, »ist ein Programm *Sichere Straßen und Wege* und ich würde mich außerordentlich freuen, wenn der DAV dieses unterstützten würde. Dabei denke ich zum einen an finanzielle Zusagen, denn sicherere Straßen sind ja auch ein Kernanliegen der Automobilindustrie. Zum anderen und da rechne ich insbesondere auf deine Unterstützung, würde ich mich am Donnerstag über positive Reaktionen auf meine Bundestagsrede sehr freuen.«

Während de Fredo dem Kanzler zuhörte, platzte er fast vor Glück und konnte sich ein erleichtertes Lächeln nicht verkneifen. Nachdem Hansen geendet hatte, sagte er: »Ich konnte diesen merkwürdigen Gerüchten über deine angeblichen Pläne auch nicht so richtig glauben, aber bitte versteh mich nicht falsch: Als Chef des DAV musste ich einfach sicher gehen, dass an diesem Unsinn nichts dran ist.«

In Laufe der nächsten zwanzig Minuten sagte de Fredo dann dem Kanzler umfangreiche Unterstützung sowohl in Form von öffentlichen Äußerungen als auch durch konkrete Leistungen, wie zum Beispiel der Finanzierung einer bundesweiten Anzeigenkampagne mit fünf Millionen Euro, zu.

Was waren schon fünf Millionen Euro, wenn ich dafür der deutschen Automobilindustrie ein Tempolimit ersparen kann, dachte de Fredo zufrieden.

Schließlich verabschiedeten sie sich voneinander und als sich ihre Blicke trafen, wussten beide, dass de Fredo einer der Drahtzieher hinter den Aktivitäten zum Stopp der Tempolimit-Pläne war. Doch Hansen war viel zu sehr Politik-Profi, um de Fredo sein Engagement übel zu nehmen. Sicher, er hatte maßgeblich daran mitgewirkt, dass sein Vorhaben gescheitert war. Aber zum einen war es verständlich, dass er sich für die Interessen seines Arbeitgebers einsetzte. Hansen war weit davon entfernt, so etwas persönlich zu nehmen. Zum anderen besaß de Fredo so viel Anstand und taktisches Geschick, dass er seine Gegenmaßnahmen nahezu lautlos gestartet hatte und so ihm, dem Bundeskanzler, die Möglichkeit offengehalten hatte, ohne Gesichtsverlust seine Pläne zu ändern. Denn dass de Fredo den Ausgang ihres Treffens mit einem Hinweis an die BILD-Zeitung gefährdet hatte, hielt Hansen für ausgeschlossen. Wer auch immer bei der BILD angerufen hatte, der Lobbyist konnte es nicht gewesen sein.

Ein paar Minuten später betraten Schreuner, Triller und Ullmann sein Büro. Als langjährige Weggefährten sahen sie ihm sofort an, dass etwas Grundlegendes vorgefallen sein musste. Außer einer kurzen Begrüßung sagte keiner der drei etwas.

Hansen, der an seinem Schreibtisch saß, machte keine Anstalten aufzustehen. Also setzten sich die anderen an den Besprechungstisch, der in dem großen Büro ungefähr in der Mitte zwischen dem Schreibtisch und der Sitzgruppe stand, und schauten erwartungsvoll zu ihm.

Hansen seufzte einmal und atmete tief durch: »Das Tempolimit ist gestorben. Ich weiß, dass ihr in den letzten Tagen viel Energie in dieses Projekt gesteckt habt. Aber die hirnlosen Weicheier in dieser Partei sehen statt der Chancen einer solchen Initiative nur die Probleme und Risiken. Ich habe in den letzten vierundzwanzig Stunden viel telefoniert und ihr könnt mir glauben, wir bekämen dafür bestenfalls durch massiven Druck von uns auf alle anderen eine Mehrheit und das wäre dann der Anfang vom Ende. Und dazu bin ich nicht bereit.«

Ullmann, der genau wusste, dass man sich mit einer solchen Initiative zwar nicht bei der Partei, aber bei einem größeren Teil der Bevölkerung beliebt machen konnte, holte gerade Luft, um Hansen etwas zu entgegnen – doch da sprach Hansen, mit Blick auf ihn, weiter. »Es wäre sicher ein Erfolg bei vielen gewesen, jedoch nicht bei der Mehrheit derjenigen, die zur Wahl gehen. Das ist mir in den letzten vierundzwanzig Stunden klar geworden. Den Deutschen das Recht zu nehmen, unkontrolliert über die Autobahnen zu rasen, hätte einen Aufschrei der Empörung durch das Land gejagt und die Boulevardmedien hätten sich Seite an Seite mit jedem zweiten Autofahrer auf mich gestürzt. Ich bin leider davon überzeugt, dass das politisch nicht durchzuhalten gewesen wäre.«

Nach dem letzten Satz lag eine abwartende Stille in dem Raum. Hansen stand auf, ging zu dem großen Panoramafenster und ließ seinen Blick, wie so häufig, wenn ihm unwohl war, über den Tiergarten bis hin zum Reichstagsgebäude schweifen. »Die Rede ist angekündigt, es wird überall spekuliert, was ich wohl sagen werde. Wir müssen ein Bündel von Maßnahmen schnüren. Das Programm wird unter dem Titel *Sichere Wege und Straßen* laufen. Michaela«, dabei schaute er in ihre Richtung, »organisiere mir bitte für morgen früh ein Treffen mit Henning, denn den Verkehrsminister möchte ich gern persönlich mit ins Boot nehmen. Unter seiner Federführung wird das Programm laufen. Bis dahin brauche ich dann auch die Eckpunkte für das Programm.« An seinen Kanzleramtsminister gewandt fuhr er fort: »Hermann, du musst die inhaltlichen Eckpunkte erarbeiten, die ich dann morgen dem Verkehrsminister vorstellen kann. Ich brauche jemanden«, und nun schaute er Ullmann an, »der die positive Richtung vorgibt. Bitte organisiere, dass ein, zwei Medien am Donnerstag die neue Initiative groß im Blatt haben. Aber ohne Quelle. Schließlich will ich ja das Parlament zuerst informieren ...«

Nachdem Hansen geendet hatte, meldete sich Ullmann zu Wort: »Leon, du hast zu entscheiden, wie es nun weitergeht. Aber eine Anmerkung: *Sichere Wege und Straßen* klingt als Programm so langweilig, dass das keine Begeisterung auslösen wird ...«

Hansen fiel ihm ins Wort: »Du hast natürlich recht. So würde es lahm und uninspiriert klingen. Auf Basis der Eckpunkte, die ja morgen früh fertig sind, kannst du eine knackige Überschrift formulieren. Und kümmert euch darum, dass ich einen guten Redetext bekomme.«

Dann zeigte Frau Schreuner auf die Uhr und Hansen verabschiedete die drei. Vor der Tür warteten bereits die nächsten Gesprächspartner, um ihn für den Besuch bei der Strombörse am Nachmittag in Dresden zu briefen.

Nach dem Briefing telefonierte er noch schnell mit Stent und Jansen, den beiden Wirtschaftsministern aus Bayern und Nordrhein-Westfalen. Auch sie wirkten erleichtert, dass ihre Information, dass der Bundeskanzler ein Tempolimit auf allen Autobahnen einführen wollte, offensichtlich falsch war. Während des Hubschrauberfluges nach Dresden schrieb er noch eine SMS an Meyer: *Tempolimit nicht geplant. Mehr Sicherheit wichtig. Gruß Hansen.* Nach der Landung des Hubschraubers stellte er sein Handy wieder auf Empfang und schickte die SMS raus.

Kurz darauf lehnte er sich im Wagen, der ihn zur Strombörse fuhr, mit einem leisen Schnaufen zurück und dachte zufrieden, dass mit dem Fraktionsvorsitzenden, den beiden Ministern und de Fredo exakt so viele Personen informiert waren, dass sich sicher verbreitete, dass er kein Tempolimit wollte. Dann nahm er noch einmal kurz die Mappe mit dem Briefing für den anstehenden Besuch in die Hand, um sich auf den letzten Metern noch einmal die Namen der Personen, mit denen er gleich sprechen würde, in Erinnerung zu rufen.

Nach dem Gespräch mit Hansen waren Schreuner, Ullmann und Triller direkt weiter in Trillers Büro gegangen, um die nächsten Schritte kurz miteinander abzustimmen. Auch wenn alle drei gleichermaßen genervt waren, dass die viele Arbeit an der bisherigen Rede umsonst gewesen war, leisteten sie sich kaum mehr als ein Schulterzucken. Jetzt war nicht die Zeit sich zu beklagen, jetzt war die Zeit zu Handeln. Und so machte sich jeder an die Arbeit: Michaela Schreuner verschob und strich so lange im Terminkalender des Kanzler herum, bis am nächsten Tag, dem Mittwoch vor dem Donnerstag mit der Rede, mittags und abends jeweils eine Stunde Zeit war, um die Rede vorzubereiten. Und sie instruierte den Fahrer, dass er am nächsten Morgen, bevor er sich auf den Weg nach Zehlendorf machte, um den Kanzler wie immer um halb sieben abzuholen, im Kanzleramt vorbeikam, um die Eckpunkte für das Programm *Sichere Wege und Straßen* abzuholen. Denn da der Kanzler bereits um sieben Uhr den Termin mit dem Verkehrsminister hatte, um es ihm vorzustellen, blieb ja außer der Fahrt von zu Hause ins Büro keine Zeit für ihn, um es zu lesen. Und sie beauftragte Hansens Sekretärin, für Frühstück für den Kanzler und den Minister zu sorgen. Denn Hunger und vor allem Kaffeedurst würden beide mit Sicherheit um sieben Uhr haben.

Hermann Triller hatte die Aufgabe, den inhaltlichen Kurswechsel an die Mitarbeiter weiterzugeben. So setzte er sich mit Stefan Kössling, dem Redenschreiber, sowie dem zuständigen Abteilungsleiter für den Verkehrsbereich zusammen und erläuterte ihnen die neue Situation. Dabei versäumte er nicht zu betonen, dass das, was bisher vorgelegen hatte, lediglich ein unabgestimmter Referentenentwurf gewesen sei, den sich der Bundeskanzler nicht zu eigen gemacht hatte oder hätte. Die beiden wussten selbstverständlich, dass dies nicht stimmte. Sie hatten aber verstanden und würden von nun an niemals etwas anderes behaupten. Denn beiden war klar, dass jemand, der in einer solchen Position im Kanzleramt arbeitete und nicht 150-prozentig loyal war, sehr, sehr schnell nicht mehr im Kanzleramt arbeitete. Es war jetzt 13 Uhr, der Kanzler setzte sich gerade in den Hubschrauber nach Dresden, da sagte Triller zu den beiden: »Um sechs brauche ich die Eckpunkte des Konzeptes und ein paar griffige Formulierungen, unter denen das Programm von Hansen angekündigt werden kann.«

Auf dem Weg in ihre jeweiligen Büros sagten die beiden ihren Sekretärinnen, wer unverzüglich zu den nun folgenden weiteren Besprechungen kommen sollte. Die anstehende Aufgabe konnte weder textlich, was die Formulierung von Kernbotschaften anbelangte, noch inhaltlich von den beiden allein bewerkstelligt werden. Außerdem beauftragten sie ihre Sekretärinnen, ihnen aus der Kantine etwas zum Mittagessen zu besorgen.

Als Magdalena Vier von ihrem Chef hörte, dass es jetzt darum gehe, innerhalb weniger Stunden Eckpunkte für ein geändertes Konzept ohne Tempolimit zu entwickeln, da wurde ihr heiß und kalt gleichzeitig – war sie sich doch sicher, dass sie mit der Übergabe der Unterlagen an de Fredo der Auslöser für diesen Richtungswechsel war. Obwohl es genau das war, was sie gewollt hatte, war ihr nun doch ein bisschen mulmig.

Ullmann hatte an diesem Nachmittag etwas Luft, da der Bundeskanzler vom stellvertretenden Regierungssprecher nach Dresden begleitet wurde und kein anderes dringendes Thema anlag. Kurz entschlossen fragte er den Leiter des Berliner Büros der BILD-Zeitung, ob dieser Zeit hätte, sich mit ihm im Café Einstein auf einen Kaffee zu treffen. Dieser sagte gerne zu – es hätte auch schon eines wirklich guten Grundes bedurft, einen solchen Vorschlag des Regierungssprechers abzulehnen. Den Anruf verband Paul Ullmann mit dem Hinweis, dass an dem Gerücht, dass der Bundeskanzler ein Tempolimit planen würde, selbstverständlich nichts dran sei.

Als sich die beiden dann eine gute Stunde später trafen, nutzte Ullmann das Treffen, um bei einem Stück Blaubeerkuchen mit Schlagsahne erste Andeutungen zu den Plänen des Kanzlers zu machen, die über die allgemeinen Gerüchte hinausgingen. Mit der Reaktion des Büroleiters war er sehr zufrieden, denn diese zeigte deutlich, dass die BILD den Vorschlag des Bundeskanzlers wohlwollend begleiten würde – jetzt, wo es um den Schutz von Kindern ging und nicht mehr um die Gängelung von Autofahrern durch ein generelles Tempolimit. Und als Ullmann zum Ende des Gespräches dann noch zusagte, dass die BILD die Kernaussage der Regierungserklärung bereits so früh bekommen wird, dass sie am Donnerstagmorgen, also einige Stunden vor der Rede, in dem Blatt stehen kann, waren beide sehr zufrieden: Ullmann, weil er jetzt sicher war, dass die Kernbotschaft von der größten deutschen Tageszeitung positiv verbreitet werden wird (natürlich ohne offizielle Quelle, denn der Kanzler muss natürlich zuerst das Parlament informieren …), und der Leiter des BILD-Büros, weil er damit die Information über ein wichtiges politisches Vorhaben des Bundeskanzlers exklusiv im Blatt haben würde. Das garantierte Auflage und dokumentierte in Richtung der Chefredaktion, dass er ein guter und stets bestens informierter Journalist war – und das wiederum würde sich bei seinen nächsten Gehaltsverhandlungen und Karriereschritten sicherlich positiv auswirken.

Nachdem Triller und Ullmann um sechs einen Blick auf die Eckpunkte des Konzeptes geworfen hatten, ging es mit einigen Hinweisen zurück an die Fachleute. Um zehn folgte eine weitere Abstimmungsrunde und am frühen Morgen gegen halb zwei war das Eckpunktepapier dann schließlich so weit, dass es in die Kanzlermappe für den kommenden Morgen gelegt wurde. Viereinhalb Stunden später war der Fahrer da, um die Mappe für den Kanzler abzuholen und um fünf nach halb sieben saß Hansen auf dem Weg ins Büro in seinem Wagen und las aufmerksam die Kurzfassung.

Als Leon Hansen um kurz nach sieben Uhr im Büro eintraf, saß der Verkehrsminister Henning List bereits an dem Besprechungstisch und wartete auf ihn. Normalerweise warteten Besucher selbstverständlich vor dem Büro des Kanzlers und nicht drinnen. In Anbetracht der Uhrzeit und der Tatsache, dass sich die beiden seit gemeinsamen Tagen auf den Hinterbänken des Bundestages kannten, hatte Michaela Schreuner ihn bereits hineingebeten. Gern hatte er den angebotenen Kaffee genommen und trotz aller innerer Anspannung – auch für einen Bundesminister war es ungewöhnlich, kurzfristig für morgens um sieben zum Gespräch mit dem Kanzler gebeten zu werden – schaute er sehnsüchtig auf den Korb mit frischen Brötchen.

Mit einem kurzen Verweis auf den Berliner Verkehr entschuldigte sich Hansen für seine kleine Verspätung und gleich darauf bissen beide herzhaft in ihre Brötchen.

»Henning«, begann Hansen, »du weißt natürlich auch schon längst, dass ich mich morgen zum Thema Verkehr und Sicherheit äußern werde...« Dabei schaute er seinen Verkehrsminister an – doch der schaute ebenso interessiert wie neutral zurück und verriet mit keiner Miene, ob er von den Gesprächen und hektischen Aktivitäten der letzten drei Tage etwas mitbekommen hatte. Also fuhr Hansen fort und skizzierte ihm, was er vorhatte.

Henning List war natürlich nicht entgangen, dass sich im Kanzleramt einiges tat, was eigentlich in seinen Zuständigkeitsbereich gehörte. Deshalb hatte er vor dem Gespräch vor der schwierigen Entscheidung gestanden, ob er seine Wut darüber, dass er als zuständiger Minister in die Pläne des Bundeskanzlers nicht eingeweiht war, zeigen oder lieber für sich behalten sollte. Nun, nachdem Hansen ihm von dem Programm erzählt hatte, war er froh, geschwiegen zu haben. Hansens Plan war einfach gut! Und wenn Hansen so ein Programm startete und begleitete, dann würde der positive Eindruck, den die Menschen von der Verkehrspolitik der Bundesregierung bekämen, automatisch auf ihn abfärben und seine eigenen Popularitätswerte nach oben treiben. Nach einem weiteren Brötchen verabschiedete sich List und Hansen traf sich mit seinen engsten Mitarbeitern für die tägliche Lagebesprechung um halb acht.

Im Laufe des Tages saßen sie noch zweimal zusammen, um an den Eckpunkten zu feilen und den Redetext zu verbessern. Um 18 Uhr ging der Text ans Bundespresseamt, damit von dort aus der Internetauftritt und der Versand an die Presse für den nächsten Tag vorbereitet werden konnten. Für den Internetauftritt war es wichtig, auch noch ein paar passende Bilder mit Hansen einzubauen. Da passte es gut, dass es Fotos von Hansen gab, wie er ein Fahrsicherheitstraining sowie einen Verkehrsübungsplatz besuchte. Die Mitarbeiter im Bilderarchiv waren zu Recht stolz darauf, dass sie zu fast jedem Thema, über das auf der Internetseite des Bundeskanzlers berichtet werden sollte, in kürzester Zeit passende Bilder auftreiben konnten.

Bereits zur Mittagszeit hatte Ullmann noch einmal länger mit dem Leiter des Hauptstadtbüros der BILD-Zeitung telefoniert und weitere Details abgesprochen. Er ließ ihm die Eckpunkte des Konzeptes zukommen sowie eine rührende Geschichte aus der Zeit, als Hansen noch als einfacher Abgeordneter in Hamburg für das Ende der Straßenbahn gekämpft hatte – natürlich deshalb, weil die Straßenbahn alle naselang schreckliche Verkehrsunfälle verursachte und Hansen sich schon immer für die Sicherheit im Straßenverkehr eingesetzt hatte. Anschließend rief er die Talkmasterin Manuela Pillner auf ihrem Handy an. Am Ende des Telefonates waren sich beide einig, dass für die am nächsten Abend laufende wöchentliche Talkshow das Thema noch einmal überdacht werden sollte …

Am Mittwochabend war alles getan und Hansen ging, nachdem er seine Rede zu Hause unter den kritischen Augen seiner Frau noch einmal geübt hatte, bereits um Mitternacht zu Bett.

Hansen schützt unsere Kinder! In dicken schwarzen Buchstaben drängte sich die Schlagzeile der BILD am Donnerstagmorgen Hansen entgegen. Unwillkürlich musste er einmal tief durchatmen und schickte ein Stoßgebet in den Himmel, um dem Herrgott für seinen Pressesprecher zu danken, der diese Schlagzeile organisiert hatte. Unter der Schlagzeile ging es etwas kleiner weiter:

Immer wieder sterben Kinder oder werden schwer verletzt, weil Autofahrer an Schulen zu schnell fahren. Mit einem neuen Gesetz will Bundeskanzler Hansen dafür sorgen, dass auf jeder Straße, die an einer Schule vorbeiführt, nur noch 30 gefahren werden darf. Zebrastreifen und Ampeln dürfen nicht mehr dem Rotstift zum Opfer fallen. Ein Regierungsexperte zu BILD: Der Bundeskanzler will mit seinen Länderkollegen verabreden, dass regelmäßig vor allen Grundschulen geblitzt wird. Keine Chance den Schulrasern!

Auf Seite zwei unten ging es weiter:

Was genau plant die Bundesregierung? BILD klärt die wichtigsten Fragen:

Bekommen alle Schulen sofort eine Geschwindigkeitsbegrenzung? Nein, leider geht das nur nach und nach. Die einzelnen Bundesländer müssen das jetzt machen. Der Bundeskanzler schlägt vor, dass mit den Grundschulen begonnen wird und dann die anderen Schulen folgen.

Warum ist das Thema dem Bundeskanzler so wichtig? Schon vor 30 Jahren, als er noch ganz am Anfang stand, hatte er sich als Politiker für mehr Sicherheit im Verkehr eingesetzt. Und gerade Kinder, davon ist Hansen überzeugt, brauchen den Schutz am meisten.

Wird Benzin jetzt teurer, um das alles zu bezahlen? Nein, keine Sorge! Die Kosten teilen sich die Bundesregierung und die Bundesländer. Und, was ganz wichtig ist, der Deutsche

Automobilverband hat zugesagt, sich mit mehreren Millionen Euro an den Kosten zu beteiligen!

Dann las Hansen den Kommentar oben links:

In diesem Sommer sind wieder viele Menschen auf unseren Straßen gestorben, als sie gerade auf dem Weg in einen fröhlichen und unbeschwerten Urlaub waren. Und nächste Woche beginnt die Schule wieder und überall in Deutschland werden die kleinen ABC-Schützen erstmals allein im Straßenverkehr unterwegs sein. Das Hansen-Programm macht die Schulwege sicherer und lässt Eltern ihren Kindern auf dem Weg zur Schule weniger besorgt hinterher sehen. Und vielleicht werden am Ende des Jahres einige Kinder noch leben, die sonst unter die sprichwörtlichen Räder gekommen wären. Danke, Herr Bundeskanzler!

Zweieinhalb Stunden später trat Hansen im Bundestag ans Rednerpult und stellte sein Programm vor. Seine Parteifreunde, die zwischenzeitlich wegen der Gerüchte zu einem allgemeinen Tempolimit verunsichert gewesen waren, hatten schon bei der BILD-Lektüre am Morgen aufgeatmet und die Sorge war in echte Begeisterung umgeschlagen. Dass nicht nur, weil sie das Programm gut fanden. Nein, vor allem deshalb, weil die Opposition nicht dagegen angehen konnte. Welcher Politiker könnte es sich schon erlauben, gegen ein Tempolimit vor Schulen zu sein? Wer wollte »zu teuer« rufen, wenn es einen Zebrastreifen oder eine Fußgängerampel vor einer Grundschule geben sollte? Außerdem hatte der Kanzler ja den Deutschen Automobilverband mit ins Boot geholt und eine große Initiative angekündigt, um Ampel-Sponsoren zu gewinnen. Die Idee war ebenso einfach wie genial: Die Geschäfte und Handwerksbetriebe in der Nähe einer Grundschule beteiligen sich an der Finanzierung der neuen Ampel, dafür durften sie eine Hinweistafel in ihr Schaufenster mit der Aufschrift: *Heizungsbauer Meier ist ein Partner für Verkehrssicherheit an der XY-Schule* hängen.

Ein Wirtschaftspolitiker des kleinen Koalitionspartners lobte dies in seinem Redebeitrag, der auf Hansens folgte, sogar überschwänglich als erstes Public-Private-Partnership-Projekt für mehr Verkehrssicherheit. Ein Plan, gegen den zu polemisieren sich die Opposition nicht traute – man konnte ganz einfach nicht dagegen sein, wenn der Bundeskanzler sich für mehr Verkehrssicherheit von Grundschülern einsetzte.

Bereits im ARD-Mittagsmagazin sowie den Mittagssendungen der verschiedenen nachrichtlich orientierten Radiosender wurde darüber berichtet. Die von der Bild zuerst genutzte Bezeichnung *Hansen-Programm* wurde übernommen, als wäre es die offizielle Bezeichnung. Die Nachrichtenagenturen von der Deutschen Presse-Agentur über den Evangelischen Pressedienst bis zu Reuters verschickten laufend aktualisierte Überblicksmeldungen und Zusammenfassungen, da sich von den Kirchen über die Gewerkschaften und Arbeitgeberverbände bis zu den Oppositionsparteien jeder für das *Hansen-Programm* aussprechen wollte. Jeder versuchte jetzt, einen Zipfel des politischen Erfolgs zu erhaschen.

Am frühen Abend wurden Hansen die ersten Kommentare aus den Zeitungen vom nächsten Tag gebracht. Die hatten schon Redaktionsschluss, weshalb ihm das Bundespresseamt bereits jetzt die dort offiziell erst morgen erscheinenden Kommentare hatte organisieren können. Nach erster Lektüre bat er seine Sekretärin Herrn Triller, Frau Schreuner sowie Herrn Ullmann zu ihm zu rufen und eine Flasche Champagner zu besorgen.

Eine Viertelstunde später saßen sie alle beisammen und Hansen sagte: »Der Tag ist klasse gelaufen und es wird noch besser: Nachdem auch die dpa im Laufe des Nachmittags vom *Hansen-Programm* gesprochen hatte, haben das zahlreiche Kommentatoren aufgenommen! Sie schreiben vom *Hansen-Programm* und sind begeistert! Ich brauche euch nicht zu sagen, wie wichtig es für mich ist, dass die Sicherheit der Grundschüler ab jetzt mit meinem Namen verbunden wird. Wir sind dem nächsten Wahlsieg in drei Jahren einen großen Schritt nähergekommen. Und diesen Schritt sind wir gemeinsam gegangen.«

Er nahm sein Glas in die Hand und schaute seine drei Weggefährten an. Dann sagte er: »Dafür danke ich euch!« und die vier stießen mit ihren Gläsern an.

Ein paar hundert Meter Luftlinie entfernt saß de Fredo. Auch er hatte ein Glas Champagner in der Hand. Er hatte gerade mit den beiden anderen Vorständen seines Verbandes telefoniert. Die beiden waren die unmittelbaren Vertrauten der verschiedenen Automobilhersteller, die den DAV durch ihre Vereinsbeiträge direkt finanzierten. Die beiden Vorstände waren die Einzigen innerhalb des DAV, die von de Fredo über die Pläne des Kanzlers unterrichtet worden waren, und mit ihnen hatte er seine Strategie abgestimmt. Nicht zuletzt hatten die beiden auch das millionenschwere Unterstützungspaket für das *Hansen-Programm* freigegeben.

So stand de Fredo am Fenster, schaute in Richtung Kanzleramt und war sehr zufrieden mit sich und seiner Arbeit. Als er sich wieder umdrehte, fiel sein Blick auf die Mappe mit den neuen Dossiers. Die verschiedenen Landesrepräsentanten des DAV hatten ihm wieder ihre Berichte über vielversprechende Jungpolitiker geschickt, bei denen es sich vielleicht lohnen könnte, ihr Mobilitätsbedürfnis zu unterstützen. Er musste sich die jetzt genau ansehen und dann von Fall zu Fall entscheiden, was zu tun sei und wem gegebenenfalls ein Fahrzeug angeboten wurde. Selbstverständlich ohne Gegenleistungen. Nur aus dem Interesse heraus, engagierte Demokratinnen und Demokraten zu unterstützen.

Er beschloss, sich die Mappe heute nicht mehr anzusehen und stattdessen nach Hause zu gehen. Er hatte schon seine Jacke an und war auf dem Weg zur Bürotür, da drehte er noch einmal um und ging zurück zu seinem Schreibtisch. Er nahm sich ein leeres Blatt, schrieb etwas darauf, legte es in die Mappe und verließ das Büro. Auf dem Zettel standen die beiden Wörter Magdalena Vier. Um kurz nach zehn schaltete er den Fernseher an und sah in der Runde bei Manuela Pillner den Verkehrsminister, den verkehrspolitischen Sprecher der GPD, ein Mitglied des Audi-Betriebsrates sowie noch zwei Leute, die er auf Anhieb nicht erkannte, sitzen. Als er dann sah, dass das Thema »Tempo 30 vor der Schule – wie sicher ist der Schulweg?« hieß, war er doch erstaunt. Wie konnte es die Redaktion von »Manuela Pillner« schaffen, diese Sendung auf die Beine zu stellen, wenn sie doch erst heute von dem Plan hatte erfahren können?

Berliner Beziehung

[2009]

Die Tage nach der gewonnenen Bundestagswahl waren für die vielen Helfer in der Wahlkampfzentrale der CKP eine seltsame Mischung aus Euphorie und Melancholie.

Natürlich waren alle glücklich über den Wahlsieg und darüber, dass sie dazu beigetragen hatten, dass Leon Hansen künftig Kanzler der Bundesrepublik Deutschland sein würde. Aber gleichzeitig war eine große Leere entstanden. Wochen und Monate hatten sie unermüdlich gearbeitet, kaum freie Tage gehabt und immer wieder vor neuen Herausforderungen gestanden, deren Bewältigung ihnen stets neue Erfolgserlebnisse verschafften. Und jetzt hieß es Schreibtische leerräumen, Kisten packen, alte Plakatentwürfe wegwerfen und die Telefone ausstöpseln und in Kisten sammeln. Mit dem Wahltag hatte sich schlagartig alles geändert. Nachdem die Wähler entschieden hatten, wurden sie, die kleinen, fleißigen Räder der Wahlkampfmaschinerie, nicht mehr gebraucht.

Im Gegenteil! Jetzt ging es darum, so wenig Leute wie möglich mit einzubeziehen, denn aus den politischen Mandaten, die die Wahl gebracht hatte, sollte reale Macht werden. Wo gerade noch Lautstärke und plakative Äußerungen wichtig gewesen waren, zählten nun die vertrauliche Absprache, die Kungelei um Posten und die Frage, wer welchen inhaltlichen Punkt durchsetzen konnte und wer dies dann wiederum durch eine gezielte Indiskretion gegenüber den Medien für sich auch öffentlichkeitswirksam als Erfolg verbuchen konnte.

Klaus Heinrich hatte keine Lust, zu dem Medizintechnikverband zurückzugehen. Aber er dachte nun häufiger darüber nach, denn er brauchte ja einen Job. Und da die gelegentlichen Treffen, bei denen ihn Andrea Vielkötter, seine ehemalige Chefin, stets in ein gutes Restaurant eingeladen hatte, zwar inhaltlich belanglos, aber doch nett waren, sprach auch eigentlich nichts dagegen. Außer, dass der Duft der echten Macht, den er erstmals aus der Ferne riechen konnte, ihn nicht mehr losließ. Zurück zu einem Verband? Klaus schüttelte innerlich den Kopf. Nur, wenn es gar nicht anders ginge!

Als dann Peter Hartmann, designierter Staatssekretär im Bundesgesundheitsministerium, Klaus Heinrich Ende Oktober anrief und ihm anbot, als Referent in das Grundsatzreferat des Gesundheitsministeriums zu kommen, dachte Klaus nicht lange nach. Nein, eigentlich dachte er überhaupt nicht nach. Endlich! Endlich bin ich wieder dabei! Er hatte keine Ahnung, was er im Grundsatzreferat würde machen müssen. Eigentlich wusste er überhaupt nicht, was ein Grundsatzreferat war. Aber sein Vertrag in der Parteizentrale lief aus und »Referent im Grundsatzreferat des Bundesministeriums für Gesundheit« klang einfach super toll! Klaus Heinrich sagte sofort zu.

Peter Hartmann, der schon seit ein paar Tagen nach einem jungen, möglichst noch formbaren Mitarbeiter für das Grundsatzreferat gesucht hatte, war über die rasche Zusage erleichtert. Von Heiner Mertes, der als Wahlkampfleiter die Arbeit von Klaus Heinrich immer geschätzt hatte, war der Tipp gekommen, ihn anzusprechen. Denn schließlich gab es nicht so viele, die gezeigt hatten, dass sie sich voll mit der Parteilinie identifizierten und gleichzeitig praktische Erfahrungen im Bereich der Gesundheitspolitik gesammelt hatten.

Nach den turbulenten Wochen in der Wahlkampfzentrale kam Klaus Heinrich an seinen ersten Arbeitstagen im Ministerium alles merkwürdig gedämpft vor. Auch später, als er Lara kennengelernt hatte und ihr erzählte, wie er ins Ministerium gekommen war und wie es so war, neu in einem Bundesministerium anzufangen, fiel ihm für dieses Gefühl kein anderer Begriff als *gedämpft* ein.

Neben seiner Freundin interessierte sich auch Andrea Vielkötter für seine neue Aufgabe. Mit einem Hinweis darauf, dass man sich in Restaurants nicht wirklich gut vertraulich unterhalten könne, hatte sie ihn an einem Donnerstagabend Mitte Dezember in ihr Büro eingeladen. Ihre Mitarbeiter hatten bereits Feierabend. Zu Beginn des Gesprächs fragte sie ihn, ob er ein Glas Wein trinken wolle, was er mit einem zaghaften Hinweis auf die Uhrzeit, es war kurz vor halb sieben, ablehnte. Sie sprachen eine gute Stunde über seine neue Aufgabe und Klaus fühlte sich geschmeichelt, dass seine ehemalige Chefin sich so sehr für seine neue Aufgabe interessierte. Er ahnte allerdings nicht, dass ihr Interesse an ihm über seine neue Aufgabe hinausging. Gern nannte er ihr die Namen der nach dem Regierungswechsel neu eingestellten Mitarbeiter und als er erwähnte, dass das Referat für Medizinprodukterecht einen neuen Leiter hatte, notierte sie sich mit einem zufriedenen Lächeln dessen Namen. Nachdem sie ihn verabschiedet hatte, goss sie sich ein Glas Wein ein. Mit einem Seufzer dachte sie daran, wie ungern sie ihn hatte gehen lassen …

»Weißt du«, sagte Klaus im Januar 2010 zu Lara, »das Erste, was ich im Ministerium komisch fand, war, dass jeder alleine in einem Büro saß und viele auch noch ihre Bürotür geschlossen hatten. Die ganze Zeit im Wahlkampf haben wir dicht beieinander gesessen. Es war wie in einem Taubenschlag und immer klingelte irgendwo ein Telefon, hörte man jemanden lachen oder schimpfen. Da war immer Leben in der Bude. Aber als ich da im Ministerium das erste Mal durch die Flure gegangen bin, war alles ruhig. Keine Stimmen, nur manchmal hinter einer Tür Gemurmel. Menschen begegnete man selten. Da ging kaum mal jemand über den Flur. Außer natürlich zur Mittagszeit, da machten sich lauter Kleingruppen auf den Weg in die Kantine.«

»Und woran lag das?«, wunderte sich Lara und nahm einen Schluck aus ihrem Weinglas. Nachdem sie bei Lara in der Wohnung zusammen gekocht hatten, saßen sie nun auf dem Sofa und unterhielten sich.

»Ich glaube, das liegt irgendwie daran, dass ein Ministerium funktioniert wie eine komplexe Maschine. Jeder hat dort seinen Platz und an diesem erledigt er genau das, wofür er zuständig ist.« An dieser Stelle stöhnte er kurz auf und mit einem komischen Laut, der entfernt an eine knarrende Tür erinnerte, wiederholte er das Wort:

»Zuständig! Das ist wirklich gleichzeitig das Unwort Nr. 1 und manchmal hat man den Eindruck, der wichtigste Begriff für die ganzen Beamten.« Statt etwas zu sagen, sah Lara ihn lediglich fragend an.

Klaus versuchte, es zu erklären. »Man hat nicht den Eindruck, dass da ein Kollege dem anderen hilft. Es wird nicht nach links und rechts, also zu den Kollegen, geschaut, sondern nach oben und nach unten. In so einem Ministerium wird nicht gemeinsam an einem großen Projekt gearbeitet, sondern jeder arbeitet die Vorgaben seines Vorgesetzen ab.«

»Aber«, sagte Lara skeptisch, »warum sollten denn deshalb die Beamten auf ihre Zuständigkeit bzw. Nichtzuständigkeit beharren und nicht mir ihren Kollegen rechts und links zusammenarbeiten?«

»Da ist immer die Hoffnung, dass das eigene Thema politisch ganz oben auf der Agenda landet. Und plötzlich kann es passieren, dass man vor dem Minister steht und ein Detail aus seinem Zuständigkeitsbereich in einer Sitzung erläutern muss. Und das ist dann die ganz große Chance, der Leitung des Hauses aufzufallen und auf der Karriereleiter eine Stufe zu überspringen. Dieser Moment ist zentral und gilt natürlich abgeschwächt für einen einfachen Referenten, wenn er vor seinem Abteilungsleiter steht oder für einen Sachbearbeiter, der dem Referatsleiter etwas vorzutragen hat. Um bei der vielen Arbeit, die die meisten Ministerialbeamten tatsächlich haben, seine Sachen überhaupt schaffen zu können, wimmeln die meisten alles ab, was sie nicht unbedingt machen müssen. Damit sie da, wo sie zuständig sind, immer auf Abruf glänzen können.«

Lara rollte theatralisch mit den Augen, aber beide genossen es, sich gegenseitig aus ihren jeweiligen Perspektiven zu erzählen, wie sie die Gesundheitspolitik erlebten. Es war sehr unterschiedlich, obwohl sie beide ganz dicht am Geschehen dran waren. Klaus bekam täglich mit, wie Gesetze entstanden, wann welche Entwürfe herumgereicht und welche Ideen verworfen wurden. Lara hingegen konnte nur über das berichten, was schon einen Schritt weiter war. Gleichzeitig war es bei Klaus so, dass er die Ministerin praktisch nie persönlich getroffen hatte und auch einen Staatssekretär selten zu Gesicht bekam. Lara hingegen wurde als Journalistin einer wichtigen Tageszeitung bei Verbandsfesten oder Presseterminen von der Ministerin persönlich und mit Handschlag begrüßt.

Was die beiden aber gemeinsam hatten, war eine gewisse Spottlust über Lobbyisten.

In der Politik war es so, das zumindest war die Haltung von Klaus, dass es weder mit noch ohne Lobbyisten ging. Die oftmals penetranten Versuche, Einfluss auf ein Gesetzgebungsverfahren zu nehmen, nervten zwar jeden Akteur in Ministerien und Parteien. Andererseits kamen tatsächlich manchmal wichtige Anregungen von den Verbänden und Unternehmensvertretern in der Hauptstadt. Schließlich kam es immer wieder vor, dass die ministerialen Theoretiker die praktischen Folgen eines Gesetzes nicht bedacht hatten.

Bei ihren Besuchen von Neujahrsempfängen, Sommerfesten, Parlamentarischen Abenden und Frühjahrsempfängen staunte Lara immer wieder darüber, mit welcher Selbstverständlichkeit die Ministerialbeamten, Abgeordnetenmitarbeiter, Verbandsvertreter und Journalisten eintrudelten. Dabei verwunderte sie weniger die Selbstverständlichkeit, mit der sie ihren Wein tranken und Canapés aßen. Vielmehr erstaunte sie die Selbstverständlichkeit, mit der all diese Menschen die kostenlosen Abende genossen und dabei zu glauben schienen, dass sie als Personen so herzlich willkommen seien. Lara hingegen war davon überzeugt, dass Schnittchen, Wein, die freundlichen Einladungen und herzlichen Begrüßungen fast ausschließlich an den Funktionen und Ämtern und nicht an den Persönlichkeiten lagen. Schon so manchen Abend hatten Lara und Klaus darüber diskutiert, wie wohl die Selbstwahrnehmung all der Leute war, die zu diesen Festen kamen.

Bei ihren Gesprächen hatten die beiden für sich eine kleine Typologie des Lobbyisten entwickelt, der sie beständig neue hinzufügten. Da gab es den Schein-Kompetenten, den Gutmenschen, den Geschniegelten und den Schleimigen, den Wirklich-Kompetenten und so weiter. Nach einem weiteren Fest im April 2012 erzählte Lara begeistert von einem neuen Typus:

»Hör zu, ich habe einen neuen. Und ich habe ihn Herrn Rotnase genannt.«

»Wie heißt der? Rotnase?«

»Ja«, sagte Lara. »Du kennst doch die Leute, die ständig zu viel trinken und davon eine rote Nase bekommen? Bei Politikern und Lobbyisten sieht man so was ja ab und zu. Und gestern Abend auf dem Lobbyfest des Pharmaverbandes ist mir wieder einer aufgefallen, das wird der nächste Typus: Herr Rotnase.«

»Na dann erzähl mal«, ermunterte Klaus sie.

»Ganz einfach«, Lara grinste. »Wer weder mit guten Kontakten noch mit guten Argumenten bis in die Abgeordnetenbüros und die Stuben der Ministerialbeamten vordringen kann, dem bleibt oftmals nur die Möglichkeit, sich einen solchen Kontakt zu ertrinken.«

»Du meinst, da säuft jemand so lange, bis endlich einer mir ihm redet?« Klaus war skeptisch.

»Ja, so ähnlich. Meist ist er schon jenseits der Fünfzig, eher in Richtung Sechzig. Und er hat diese rötliche Nase desjenigen, der schon lange regelmäßig zu viel Alkohol trinkt. Und einen wohlig gewölbten Bauch. Die rote Nase ist dabei so zwangsläufig, wie der Bäckermeister früher oder später ein paar Brandnarben von heißen Kuchenblechen hat. Er bewegt sich wie ein Fisch im Wasser und schlängelt sich zwischen den anderen Lobbyisten hindurch, als wäre er auf solchen Festen aufgewachsen. Ich nenne dessen Lobby-Strategie ›Trinken vom Anfang bis zum Schluss‹. Herr Rotnase ist der Frontkämpfer in der Lobbyistentruppe.«

Klaus ballte die linke Hand zu einer Faust, winkelte den linken Arm an und hob die Faust auf Schulterhöhe. Mit der rechten Hand ergriff er sein Rotweinglas und sagte mit feierlicher Stimme: »Auf die Frontkämpfer!«

Lara musste lachen, sah ihr konservativer Klaus mit der geballten linken Faust doch zu albern aus. Dann fuhr sie mit ihrer Typisierung fort: »Diese Rotnasen-Lobbyisten sind meistens die ersten auf den Lobbyfesten. Ihre Strategie ist es, gesellschaftliche Extremsituationen zu suchen, um eine emotionale Nähe zu ihren Zielpersonen zu schaffen.«

Da unterbrach Klaus sie schon wieder. Diesmal allerdings, ohne die linke Faust zu ballen. Er sagte: »Meine Güte, du redest ja wie eine Psychologin!«

»Ach Quatsch, du weißt ganz genau, dass es zu meinem Job als Journalistin gehört, Menschen zu beobachten und zu beschreiben. Also, nun unterbrich mich nicht dauernd. Also: Der erste Zeitpunkt, um Kontakt zu interessanten Ansprechpartner aufzunehmen, ist der Beginn eines solchen Festes. Du kennst das doch: Die Gastgeber begrüßen jeden ebenso herzlich wie persönlich, denn wie im richtigen Leben haben sie die Sorge, dass nicht genügend Gäste kommen. Herr Rotnase hat mit dem sehr frühen Erscheinen schon sein erstes kleines Ziel erreicht: Der Gastgeber hat ihn positiv wahrgenommen. Wäre er zu einem späteren Zeitpunkt gekommen, hätte der Gastgeber die Anwesenheit von Herrn Rotnase vermutlich gar nicht bemerkt. Dann kommt die Schlüsselphase: Es kommt für Herrn Rotnase jetzt darauf an, einen für ihn wichtigen Ansprechpartner direkt bei der Ankunft zu entdecken und unmittelbar nach der Begrüßung durch die Gastgeber abzufangen. Du kennst doch bestimmt auch das Gefühl, wenn man auf einem großen Fest eintrifft, kaum jemanden kennt und dann auf jemand Bekanntes stößt, der lächelnd auf einen zukommt. Ja, man freut sich sogar darüber, wenn man mit einem wildfremden Menschen ins Gespräch kommt. Das Gefühl der Erleichterung, nicht allein herumstehen zu müssen, sorgt dafür, dass man dem Menschen, der da gerade lächelnd auf einen zukommt und ein Gespräch beginnt, offen und zugewandt ist – oder?« Lara sah Klaus fragend an. Er nickte.

»So kann Herr Rotnase ein Gespräch beginnen und er weiß, dass, wenn er sich nicht besonders dämlich anstellt oder er großes Pech hat, sein Gegenüber ihn in guter Erinnerung behalten wird. Und sollte Herr Rotnase demnächst mal um einen Termin für ein persönliches Gespräch zu Thema X oder Y bitten, wird ihm dies sein erster Gesprächspartner auf diesem Fest wohl kaum verwehren. Der Lobbyist hat einen Fuß in der Tür.

Aber Herr Rotnase wäre nicht Herr Rotnase, wenn er jetzt nach Hause ginge. Stunde um Stunde wird er jetzt von Gesprächsrunde zu Gesprächsrunde schlendern. Stets im Blick, wer mit wem zusammen steht (vielleicht kann ich A mal bitten, mich B vorzustellen) oder wer sich bei dem Buffet an die Schlange anstellt, um sich bei interessanten Personen direkt dahinter einzureihen und ›zufällig‹ ein Gespräch zu beginnen. So verrinnen die Stunden und langsam leert sich das Fest wieder. Nach und nach gehen die Gäste. Aber Herr Rotnase bleibt.«

»Ich sehe ihn richtig vor mir, wie er mit seinem kleinen Schmerbauch und dünnem Haar durch die Räume streift und versucht, sich an den einen oder anderen heranzuschmeißen«, sagte Klaus.

»Ja«, fuhr Lara fort, »und dann beginnt für ihn die heiße Phase der festlichen Lobbyarbeit. Er nutzt jetzt die locker gewordene Atmosphäre und die gute Stimmung, um mit Menschen zu feiern, denen er vor wenigen Stunden noch gänzlich unbekannt war. Denn nach dem Motto »Mit wem ich mich heute lustig betrinke, den lass ich morgen vor der Türe nicht stehen« ertrinkt sich Herr Rotnase zum Ende des Festes noch den Zugang zu ein, zwei weiteren Personen, die für ihn wichtig sind. Nachts zwischen zwei und drei ist endgültig Schluss. Herr Rotnase hat mindestens ein halbes Dutzend neuer Visitenkarten und neuer Kontakte, die er auch tatsächlich ansprechen kann. Er ruft sich ein Taxi und fährt in dem Bewusstsein, einen guten Job gemacht zu haben, durch die Nacht nach Hause, um seinen beachtlichen Rausch auszuschlafen.«

Klaus hob sein Glas: »Auf Herrn Rotnase, den Frontkämpfer mit der robusten Leber.« Und dann stießen sie miteinander an und lästerten noch eine Weile über

Lobbyisten, bevor sie sich noch intensiver miteinander beschäftigten.

Die Gesundheitspolitik hatte Lara und Klaus zusammengebracht. Dass sie sie auch wieder auseinanderbringen würde, ahnten sie an diesem Abend im April 2012 noch nicht.

Als Klaus sich nur ein paar Abende später mit Lara treffen wollte, hatte sie keine Ahnung, was er ihr erzählen würde. Er hatte ihr nur eine SMS geschickt: *Super Neuigkeiten! Heute um 8 im Seitenblick. DK*

Sie antwortete: *??? Bis dann. DL*

Als sie um acht Uhr in ihrer Lieblingskneipe in der Rykestraße in Prenzlauer Berg ankam, wartete Klaus bereits auf sie. Nach dem Begrüßungskuss sah sie ihn fragend an: »Und?« Doch Klaus sagte nur: »Wird noch nicht verraten, einen Moment noch.« Und tatsächlich, nur einen Augenblick später brachte der Kellner zwei Gläser Sekt.

»Wir haben etwas zu feiern?«

»Ja«, sagte er nur. Dann hob er sein Glas und sie tat es ihm nach. »Wir trinken auf den neuen Mitarbeiter des Bundeskanzleramtes.« Er stieß mit ihr an und trank einen Schluck.

Lara hingegen trank nicht. Sie sah ihn verständnislos an. »Was meinst du damit? Habe ich was verpasst? Wer ist denn da neu und warum freust du dich so?« Klaus musste lachen, stellte sein Glas beiseite und nahm über den Tisch hinweg ihre Hand. »Der neue Mitarbeiter bin ich! Der Staatssekretär hat mich heute zu sich gerufen und mir angeboten, dass ich als Referent für Gesundheitspolitik ins Kanzleramt gehe. Und da habe ich natürlich sofort »Ja« gesagt! Ist das nicht super?« Jetzt endlich hatte Lara begriffen. »Das ist ja hammerfett, wie geil!« Sie fiel ihm um den Hals, gab ihm einen dicken Kuss und sagte: »Ich will das jetzt ganz genau wissen!«

Nachdem Klaus von dem Gespräch erzählt hatte, sagte er: »Ich kann das immer noch nicht richtig fassen – ich soll da nächste Woche anfangen. Morgen soll ich meine Sachen packen und dann heißt es »Tschüss Ministerium« und nach dem Wochenende »Guten Morgen Kanzleramt!« Ich meine, gibt es etwas Geileres, als im Herzen der Macht zu arbeiten? Da wird echt entschieden, was in diesem Land passiert. Und ich darf mitmachen, ich werde dabei sein.«

Zwischenzeitlich hatten beide von Sekt auf Bier gewechselt. Nachdem sie auch damit noch einmal angestoßen hatten, fragte Lara: »Und was ist dann da deine Aufgabe?«

»Ich arbeite eigentlich ganz normal in dem Spiegelreferat und ...«

Lara, die es als Journalistin gewohnt war, auf die feinen Zwischentöne zu achten, unterbrach ihn sofort: »Warum sagst du *eigentlich* und was ist ein Spiegelreferat?«

»Das ist ganz einfach: Für jedes Ministerium gibt es ein Referat im Kanzleramt, das die Arbeit des Ministeriums beobachtet. Es spiegelt sozusagen die Arbeit des Ministeriums wider. So ist das Kanzleramt immer eigenständig informiert, was sich politisch in allen Bereichen des Regierungshandelns so tut. Und wenn irgendetwas schlecht läuft oder dem Kanzler nicht passt, dann kann er sich einmischen. Auch wenn er eine Rede halten muss, zum Beispiel wenn ein wichtiger Energiekonzern sein hundertjähriges Bestehen feiert und der Kanzler da selbst eine Rede hält oder auch nur ein Grußwort schickt, dann muss das vorbereitet werden. Die Rede selbst schreibt einer der Redenschreiber. Aber den fachlichen Hintergrund, den liefert das jeweilige Spiegelreferat. Außerdem ist es die Aufgabe des Kanzleramtes, zwischen verschiedenen Ministerien zu vermitteln, wenn die sich bei einem Thema nicht einig sind.«

»Okay«, sagte Lara, »das habe ich verstanden. Aber was meintest du, als du gesagt hast, dass du dort *eigentlich* ganz normal arbeiten wirst?«

»So ganz genau weiß ich das auch nicht. Ich hab das gar nicht so mit Absicht gesagt. Aber komisch war es schon, dass ich zum Staatssekretär kommen sollte und der mir das gesagt hat, also dass ich ins Kanzleramt gehen soll. Ich meine, ich bin ja auch noch nicht ewig im Gesundheitsministerium, und immer, wenn ich etwas von Versetzungen mitbekommen habe, dann hat das der direkte Vorgesetzte gemacht und nicht gleich der Staatssekretär.«

Aus der Begeisterung von Klaus wollte gerade skeptische Nachdenklichkeit werden, da gab ihm Lara noch einen dicken Kuss und strahlte ihn an: »Warum auch immer die dich ins Kanzleramt holen – es ist einfach der Hammer und das feiern wir jetzt!«

Am Montagmorgen saß Klaus an seinem neuen Schreibtisch. Sein Referatsleiter hatte ihn unten am Eingang des Kanzleramtes abgeholt, nachdem er den Sicherheitsbereich passiert hatte. Wie an einem Flughafen, hatte er gedacht, als er seine Tasche durchleuchten lassen musste und er selbst durch einen Metalldetektor gegangen war. Darauf angesprochen, ob das denn jeden Tag so sei, sagte sein Referatsleiter: »Keine Sorge, sie bekommen noch heute einen Hausausweis und dann können sie morgen direkt durchgehen.«

Die ersten Tage an seinem neuen Arbeitsplatz verliefen so alltäglich, dass Klaus fast schon enttäuscht war. Obwohl er den manchmal lähmenden Alltag im täglichen Einerlei einer großen Behörde wie dem Bundesgesundheitsministerium mitbekommen hatte, war er doch ein wenig überrascht davon, wie unspektakulär es im Kanzleramt zuging. Er wurde den neuen Kollegen vorgestellt, bekam von der Schreibtischunterlage bis zum Papierkorb eine Bürogrundausstattung und zum Mittagessen ging das Referat geschlossen in die Kantine.

Spannend wurde es am Ende der ersten Woche. Am Donnerstag bekam er um halb elf einen Anruf aus dem Büro des Kanzleramtsministers, dass dieser ihn gerne um elf in seinem Büro sprechen würde. Klaus konnte nur ein kurzes »selbstverständlich« antworten, dann wurde auf der anderen Seite schon aufgelegt. Klaus stand auf und musste ein paar Schritte im Büro hin und her gehen. Vor Aufregung konnte er nicht still sitzen. Die nächsten 15 Minuten grübelte er, was der Kanzleramtsminister wohl persönlich von ihm wollen könnte. Schließlich warf er einen prüfenden Blick in den Spiegel, ob seine Krawatte auch richtig saß, nahm sich einen Notizblock und einen Stift und machte sich auf den Weg. Das Gebäude war so weitläufig und er kannte den Weg bisher nur theoretisch – da erschien es ihm nur vernünftig, für den Weg eine Viertelstunde einzuplanen. Und tatsächlich musste er nur einen Moment im Vorzimmer warten, bis der Minister ihn in sein Büro bitten ließ.

Hermann Triller saß an seinem Schreibtisch, erhob sich aber und ging ihm entgegen, als Klaus das Büro betrat.

Ein Mensch mit mehr Erfahrung wäre jetzt erleichtert gewesen, denn das freundliche Entgegenkommen Trillers war ein offensichtliches Signal, dass ein angenehmes Gespräch folgen sollte. Doch Klaus fehlte diese Erfahrung. Er sah nur diesen mächtigen Mann auf sich zukommen und spürte, wie seine Achselhöhlen feucht wurden.

»Sie sind also Herr Heinrich.«, sagte Triller, während er ihm die Hand reichte. »Herzlich willkommen an Bord. Ich freue mich, dass sie da sind.« Mit einer einladenden Handbewegung wies er auf die kleine Sitzgruppe und bat Klaus Heinrich Platz zu nehmen. Schnell kam Triller zu dem Punkt, um den es ging: »Sicherlich haben sie sich gewundert, weshalb sie so kurzfristig ins Kanzleramt wechseln sollten und was hier genau Ihre Aufgabe ist.« Klaus sah ihn erwartungsvoll an, sagte aber nichts. Triller sprach weiter: »Das Gesundheitsministerium bereitet gerade eine grundlegende Gesundheitsreform vor. Es wird, das ist zumindest das Ziel, noch bis zum Frühsommer dauern, bis wir öffentlich darüber sprechen. Sie sind«, und nun lehnte er sich kaum merklich nach vorn und sah Klaus direkt in die Augen, »zur absoluten Vertraulichkeit verpflichtet. Sollte ich mitbekommen, dass auch nur eine Information durch sie den Weg in die Öffentlichkeit findet, dann werden sie nicht einfach ins Gesundheitsministerium zurückgeschickt, nein, dann fliegen sie raus. Und zwar so, dass alle Welt es mitbekommt und sie so schnell nichts Neues finden.«

Klaus Heinrich nickte und sagte: »Ja, selbstverständlich. Sie können sich auf mich verlassen.« Er überlegte einen Moment, ob er erzählen sollte, dass seine Freundin als Journalistin über Gesundheitspolitik schrieb. Aber ihm war schon klar, dass er dann auch gleich wieder ins Gesundheitsministerium zurückgehen könnte.

Triller fuhr fort: »Gut. Nachdem wir das geklärt haben, sage ich ihnen, was der tiefere Sinn des Gesetzes ist: Wir wollen im Wahljahr Ruhe an der Gesundheitsfront. Das ist das Ziel. Dafür werden wir die Finanzierungsstrukturen der gesetzlichen Krankenversicherung grundlegend ändern. Es wird künftig einen einheitlichen Beitragssatz für alle Krankenkassen geben. Wir werden das offensiv als Maßnahme zur Verbesserung der Versorgung der Menschen verkaufen. Aber jetzt kommt der entscheidende Punkt: Ich habe die Sorge, dass das Gesundheitsministerium das eigentliche Ziel der Reform – nur damit sie es nicht vergessen: Ruhe an der Gesundheitsfront – aus dem Blick verliert. Die werden jetzt ein Gesetz schreiben und Tag für Tag bedrängt werden, dieses oder jenes so oder so zu machen. Die sollen frei schalten und walten, so lange das Ziel … na, Herr Heinrich?«

»Ruhe an der Gesundheitsfront bis zur Bundestagswahl!«

»Richtig. Also, die können fast machen, was sie wollen, solange sie das Ziel nicht aus den Augen verlieren. Ihre Aufgabe wird es sein, zu allen Terminen zu gehen, bei denen etwas zu den Inhalten der Reform entschieden werden könnte. Damit meine ich nicht nur die Sitzung der Arbeitsgruppe Gesundheit der CKP/CSP-Bundestagsfraktion. Damit meine ich auch die Sitzungen der Arbeitsgruppe zur Sozialpolitik, die Fraktionssitzungen, die Tagungen der Christlich-Konservativen-Arbeitnehmerschaft und so weiter. Und, ganz wichtig, auch die entsprechenden Sitzungen der Fortschrittlichen. Als Mitarbeiter des Kanzleramtes werden sie zu praktisch allen Gremien unterhalb des Parteivorstandes zugelassen werden. Und über alles, was sich in der Gesundheitspolitik tut, schreiben sie mir jede Woche unter dem Blickwinkel der anstehenden Reform einen Bericht. Aber wenn sie das Gefühl haben, dass sich irgendwo etwas tut, was ein schnelles Eingreifen erforderlich machen könnte, dann schicken sie mir eine kurze formlose Mail und ich melde mich bei ihnen. Sie werden«, und bei diesen Worten musterte Triller ihn noch einmal intensiv, »viele sehr anstrengende Monate erleben. Sie haben bei einem der herausragenden Projekte der Bundesregierung eine wichtige Aufgabe. Planen sie im Sommer einen Urlaub oder kann ich davon ausgehen, dass sie sich bis zum Beschluss der Reform durch den Deutschen Bundestag mit ganzer Kraft dafür einsetzen?«

Klaus, der direkt begriffen hatte, dass er jetzt einer »freiwilligen« Urlaubssperre zustimmen sollte, tat dies auch: »Aber selbstverständlich, Herr Minister. Wenn ich eine solche Aufgabe übernehme, dann auch ganz.«

»Prima.« Triller stand auf und gab ihm die Hand. Damit war das Gespräch beendet und Klaus verließ das Büro nur eine knappe Viertelstunde, nachdem er es betreten hatte.

Er ging ein paar Meter und dann dachte er: Scheiße! Jetzt habe ich eine super Aufgabe, aber ich darf Lara nichts davon erzählen. Aber wenn ich ihr sage, dass ich an etwas Wichtigem arbeite, was ich ihr aber nicht erzählen darf, dann fängt sie sofort an, in der Gesundheitspolitik rumzuschnüffeln wie ein Trüffelschwein in einem Eichenwald. Deshalb fasste er einen Entschluss, um diesem Problem zu entgehen.

Ein paar Stunden später trafen sich Lara und Klaus und sie fragte ihn erwartungsvoll: »Und – wie war's heute? Weißt du jetzt genauer, was deine Aufgaben sind?« Klaus bemühte sich um ein möglichst gelangweiltes Gesicht und sagte: »Das ist eigentlich das Gleiche wie vorher im Ministerium: Der Referatsleiter verteilt die Arbeit und dann arbeiten wir das ab.«

»Wie? Du willst mir doch nicht erzählen, dass das ein langweiliger Nullachtfünfzehn-Job ist! Ich dachte, dass du da irgendeine tolle Aufgabe bekommst. Du hattest doch von den Andeutungen des Staatssekretärs erzählt, als er dir das angeboten hat.«

»Natürlich ist das jetzt schon irgendwie toll, im Kanzleramt zu arbeiten. Wenn man morgens aus dem Bus steigt und an den ersten neugierigen Touristen vorbei ins Kanzleramt geht, dann ist das«, und bei diesen Worten spürte Lara wieder seine echte Begeisterung, »schon sehr geil. Die Arbeit an sich scheint mir aber doch nicht so spektakulär zu sein. Aber was ich noch sagen wollte«, versuchte er das Gespräch auf ein anderes Thema zu lenken, »ich habe heute deinen Artikel über die Verbraucherzentralen gelesen, der war echt interessant. Ich wusste gar nicht, dass die überwiegend vom Verbraucherschutzministerium finanziert werden. Sind die dann überhaupt noch unabhängig? Oder müssen sie die Verbraucher immer so beraten, wie es die jeweilige Regierung gerade will?«

Auf ihren Artikel angesprochen machte Lara den Themenwechsel mit, ohne es richtig zu merken. Und wenige Minuten später diskutierten die beiden über die Aufgaben von Verbraucherschutzorganisationen und das Thema Kanzleramt war vergessen.

Die nächsten Monate gehörten mit zu den spannendsten, die Klaus bisher erlebt hatte. Er war bei unzähligen Fachdiskussionen und Sitzungen dabei, zu denen er sonst nie Zugang gehabt hätte. Selbst bei Besprechungen mit Staatssekretären und einmal sogar mit der Gesundheitsministerin war er dabei. Es wurmte ihn nur unglaublich, dass er das Lara nicht erzählen konnte.

Ein besonders schwieriger Moment war Ende Mai, als Lara mit ihm einen gemeinsamen Sommerurlaub planen wollte. Da sie noch nie zusammen in den Urlaub gefahren waren, war Lara etwas unsicher, als sie ihm den Vorschlag machte. Klaus reagierte ablehnend. Er musste ablehnend reagieren, denn wenn man dem Kanzleramtsminister zusagt, dass man keinen Urlaub macht, bis das Gesetz beschlossen ist, dann kann man nicht in den Sommerurlaub fahren. Und das wäre natürlich auch eine sehr gute Begründung gewesen, die Lara verstanden und akzeptiert hätte. Doch Klaus hatte sich zur Verschwiegenheit verpflichtet und auch jetzt hielt er sich daran. Statt ehrlich zu sein, sagte er: »Ich kann diesen Sommer leider nicht. Ich habe den neuen Kollegen zugesagt, dass ich erst einmal keinen Urlaub nehme. Bei denen haben sich noch aus der Zeit des Krankenkassen-Ausgabenbegrenzungsgesetzes so viele Überstunden und Urlaubstage angesammelt, dass die alle in den Sommermonaten ganz viel Urlaub machen und ich deshalb keinen nehmen kann.«

Lara war enttäuscht. Sie hielt das für eine faule Ausrede, weil er sich nicht traute zuzugeben, dass er nicht mit ihr in den Urlaub fahren wollte. Schließlich war dieses Krankenkassen-Ausgabenbegrenzungsgesetz schon 2009 beschlossen worden. Sie konnte sich beim besten Willen nicht vorstellen, dass jemand drei Jahre später deshalb immer noch Überstunden abbauen oder alten Urlaub verbrauchen musste. Immerhin hatte er nachgeschoben, dass er gern mit ihr Anfang des kommenden Jahres in den Skiurlaub fahren wollte. Sie war enttäuscht, doch die Ankündigung mit dem Skiurlaub hielt sie davon ab, ihrer

Enttäuschung freie Bahn zu lassen und sich mit ihm deshalb zu streiten.

Dass Klaus mittlerweile im Kanzleramt arbeitete, war zwischenzeitlich auch zu seiner ehemaligen Chefin vorgedrungen. Und diese freute sich, mal wieder einen Anlass zu haben, Klaus zum Gespräch einzuladen. Diesmal bat sie ihn allerdings erst für abends um acht in ihr Büro.

Während Klaus korrekt in Anzug mit Krawatte gekleidet war, hatte sie den warmen Sommertag zum Anlass genommen, einen kurzen Rock und eine luftige Bluse anzuziehen. Die Bluse war eng geschnitten und ließ ihren Busen so eindrücklich zur Geltung kommen, dass Klaus sich anstrengen musste, nicht darauf zu starren. Dass sie ihre Haare, anders als bei ihren bisherigen Treffen, heute offen trug, war ihm allerdings nicht aufgefallen.

Diesmal fragte sie gar nicht erst, ob Klaus ein Glas Wein wollte. Nachdem er sich auf das Sofa gesetzt hatte – bei dem gegenüberstehenden Sessel stand bereits ihr gebrauchter Kaffeebecher –, holte sie aus dem Nebenzimmer ein Flasche gut gekühlten Weißwein, schenkte zwei Gläser ein und reichte eines an Klaus: »Bei dieser Hitze gibt es doch nichts Besseres! Zum Wohl, lieber Herr Heinrich.« Wohlweislich hatte sie ihm diesmal keine Chance gegeben, abzulehnen.

In der nächsten Stunde unterhielten sich die beiden angeregt über Gesundheitspolitik im Allgemeinen und seine neue Aufgabe im Speziellen. Wobei Klaus darauf achtete, nichts von der geplanten Gesundheitsreform durchsickern zu lassen. Andrea Vielkötter sorgte dafür, dass die Gläser nicht leer wurden. Klaus, der zum Mittag lediglich einen Salat in der Kantine gegessen hatte, stieg der Wein zunehmend zu Kopf. Aber auch an Andrea Vielkötter ging der Alkohol nicht spurlos vorbei. Zu ihrem Interesse an Klaus Heinrich gesellte sich langsam der Mut, diesem auch Taten folgen zu lassen. Sie stand auf, um eine zweite Flasche zu öffnen. Klaus wollte gerade den Mund aufmachen, um zu protestieren, da war die Flasche bereits auf. Vor ihm stehend beugte sie sich nach vorn, um ihm erneut einzuschenken. Dabei entging ihr nicht, dass sein Blick in ihren offenherzig präsentierten Ausschnitt glitt. In diesem Moment hatte sie entschieden, dass sie ihn haben wollte. Jetzt! Berauscht vom kühlen Weißwein beschloss sie, ihn nicht mehr vom Haken zu lassen.

Andrea Vielkötter setzte sich neben ihn aufs Sofa. Sie hob das Weinglas und schaute ihm in seine blauen Augen. Dann sagte sie lächelnd: »Klaus, ich glaube nicht, dass heute noch einer meiner Mitarbeiter wieder ins Büro kommt.«

Klaus schluckte trocken. Er spürte, wie es zwischen seinen Beinen kribbelte und dass Andrea Vielkötter ihn reizte. Aber auch Lara ging ihm nicht aus dem Kopf. Und außerdem war die Vielkötter mal seine Chefin gewesen! Kaum merklich versuchte er, ein paar Zentimeter von ihr abzurücken. Sicher, er fand sie interessant und irgendwie wirkten ihre Reize auf ihn. Aber er wollte keinen Sex mit ihr. Die Frau war mindestens zehn Jahre älter als er, er kannte sie kaum, und er wäre nie auf die Idee gekommen, sich privat mit ihr zu treffen.

Andrea Vielkötter merkte sehr wohl, dass Klaus sich sträubte. Aber sie war es gewohnt, dass ihre Entscheidungen respektiert wurden. Sie hatte, dessen war sie sich sicher, ihm klar zu verstehen gegeben, was sie von ihm wollte. Aber gut, wenn er sich zierte, dann musste sie eben noch deutlicher werden.

Klaus saß am Rand des Sofas und war verwirrt. Er fühlte sich von dieser Frau unangenehm bedrängt, aber gleichzeitig schmeichelte ihm, dass sie offensichtlich scharf auf ihn war. Und dann war da noch der Gedanke an Lara.

Andrea Vielkötter lehnte sich zu ihm rüber. Während sich ihr Mund seinem Ohr näherte, spürte er ihren Busen gegen seinen Oberarm drücken. »Klaus, ich kann absolut verschwiegen sein. Was wir beide hier jetzt machen, wird niemals jemand erfahren. Genauso wird niemals jemand im Kanzleramt erfahren, dass du jeden Monat 500 Euro von uns bekommst.« Klaus lief es eiskalt den Rücken runter. Er drehte den Kopf zu ihr und sagte: »Wollen sie damit sagen, dass ...« Sie legte den Finger auf seinen Mund. »Niemand will etwas sagen und auch du solltest jetzt den Mund halten.« Sie legte ihre Hand in seinen Schritt und sagte: »Hör auf zu reden und lass uns ficken.«

Lara hatte nicht erfahren, wo Klaus an dem Abend gewesen war. Aber Streit, ganz gewaltigen Streit, gab es zwei Wochen später trotzdem.

Es war an einem Mittwoch Mitte Juni, als Lara zu einem Hintergrundgespräch ins Bundesgesundheitsministerium eingeladen wurde. Nachdem die ersten Gerüchte in Berlin die Runde gemacht hatten, dass die Bundesregierung in der Gesundheitspolitik irgendetwas Größeres vorhatte, hatte das Bundesgesundheitsministerium reagiert. In Abstimmung mit dem Kanzleramt hatte die Ministerin entschieden, dass sie jetzt selbst die Pläne vorstellen würde und nicht darauf warten, dass nach und nach immer mehr durchsickerte.

Statt zu einer klassischen Pressekonferenz hatte sie sich nach der Beratung mit ihrem Pressesprecher für ein kleineres Pressegespräch entschieden. Denn wenn relativ wenige Journalisten kamen, dann war mehr Zeit, die Dinge in Ruhe zu erklären und Fragen zu beantworten. Rund 20 Journalisten von den großen Tageszeitungen, den Nachrichtenagenturen sowie von den Redaktionen der Tagesschau, der heute-Nachrichten sowie von N-TV und N24 wurden schließlich eingeladen. Das Pressegespräch fand im Sitzungsraum des Ministeriums im fünften Stock in der Friedrichstraße statt. Die Journalisten wurden von der Ministerin, dem Staatssekretär, dem Leiter der Abteilung für die gesetzliche Krankenversicherung sowie dem Pressesprecher erwartet. Nach einer kurzen Begrüßung durch den Pressesprecher ergriff die Ministerin das Wort:

»In den letzten Tagen war hier und da zu hören, dass die Bundesregierung wesentliche Änderungen bei der gesetzlichen Krankenversicherung plant. Das ist richtig. Wir bereiten derzeit eine umfassende Gesundheitsreform vor. Deutschland ist ein reiches Land, doch immer wieder leben hier Menschen ohne eine Krankenversicherung. Zehntausende Menschen haben Angst davor, krank zu werden, weil sie sich den Gang zum Arzt oder sogar einen Krankenhausaufenthalt nicht leisten könnten. Das wollen wir ändern. Mit der Gesundheitsreform 2012 wird eine umfassende Versicherungspflicht eingeführt, damit jeder in unserem Land krankenversichert ist. Wir wollen mehr Solidarität wagen und die Finanzierung der Krankenversicherung gleichmäßiger auf alle Schultern verteilen. Heute verlangen manche Krankenkassen einen hohen Beitragssatz, andere einen niedrigen. Ich bin davon überzeugt, dass der Geldbetrag, den jemand für seine Krankenversicherung bezahlt, nicht davon abhängig sein sollte, in welcher Krankenkasse er ist, sondern davon, wie hoch sein

Einkommen ist. Deshalb werden wir für alle Krankenkassen einen gleich hohen Beitragssatz festlegen. Damit die Kassen mit vielen Kranken deshalb nicht zu wenig Geld bekommen und diejenigen mit wenigen Kranken nicht zu viel, werden wir alle Beiträge in einem neu zu schaffenden Gesundheitsfonds sammeln und gerecht auf die einzelnen Krankenkassen verteilen. Die Kasse, die viele Kranke hat, bekommt mehr Geld als diejenige, die wenige Kranke hat.«

Nachdem die Ministerin geendet hatte, schaute ihr Pressesprecher fragend in die Runde und sagte: »Ihre Fragen bitte«.

Rund eine halbe Stunde wurde die Ministerin nach der mutmaßlichen Höhe des Beitragssatzes gefragt (kann man noch nicht sagen), dem Zeitpunkt, wann die Reform in Kraft treten sollte (1. Januar 2013), welche Leistungen gestrichen werden (keine, dass ist ja das Tolle) und, und, und.

Die Frage, über deren Antwort Lara sich so aufregte, stellte dann ein Kollege der Süddeutschen Zeitung: »Ist die geplante Reform bisher lediglich eine Planung des Bundesgesundheitsministeriums oder ist das Kanzleramt bereits mit eingebunden?«

Die Ministerin antwortete: »Wir arbeiten eng mit dem Kanzleramt zusammen. Lassen sie es mich so sagen: Die Tatsache, dass ich extra einen Mitarbeiter aus meinem Haus ins Kanzleramt geschickt habe, der dort jetzt für die reibungslose Abstimmung im gesamten laufenden Prozess mit dem Kanzleramt sorgt, ist ein Zeichen für die enge und vertrauensvolle Zusammenarbeit.«

Die Nachfrage des Journalisten der Süddeutschen Zeitung, warum es denn ein Zeichen des Vertrauens sei, wenn man extra einen Mitarbeiter aus dem Gesundheitsministerium ins Kanzleramt schicken musste, nahm Lara gar nicht mehr war. Ihr wurde schlagartig klar, was ihr Freund tatsächlich Tag für Tag im Büro machte und dass er sie in den letzten Monaten Tag für Tag verarscht hatte, wenn er darüber sprach, dass er eigentlich nichts Spannendes machen würde.

Der Streit am Abend war gewaltig. Sie konnte nicht fassen, dass er sie so lange belogen hatte. Klaus verteidigte sich damit, dass er ihr das nicht sagen konnte. Zum einen hatte er dem Kanzleramtsminister absolute Verschwiegenheit zugesagt, zum anderen hatten Lara und er gemeinsam verabredet, dass sie sich gegenseitig nichts erzählen würden, was den anderen in Loyalitätskonflikte mit seinem Arbeitgeber bringen würde. »Und du hättest doch gar nicht anders können, als dem Thema nachzugehen und zu recherchieren.«, verteidigte sich Klaus. »Wenn ich dir gegenüber auch nur eine kleine Anmerkung gemacht hätte, wäre in dir der journalistische Spürhund erwacht und du hättest so lange keine Ruhe gegeben, bis du alles herausgefunden hättest. Und damit hätte ich meine Loyalitätspflicht gegenüber dem Kanzleramt verletzt.« Fast flehentlich sagte er noch: »Lara, ich hatte keine andere Wahl. Was meinst du denn, warum ich immer so wenig wie möglich von meinem Job geredet habe – ich wollte so weit wie irgend möglich vermeiden, dass ich dich anlügen muss.«

Doch Lara war gekränkt und sie stritten über eine Stunde. Erst als Klaus sagte: »Es tut mir leid, dass ich dir das nicht erzählt habe. Da habe ich einen Fehler gemacht«, lenkte Lara ein. Nicht zuletzt deshalb, weil ihr klar geworden war, dass Klaus eigentlich recht hatte:

Wenn er es ihr erzählt hätte, wäre sie tatsächlich aktiv geworden, auch wenn sie das ihm gegenüber nie zugegeben hätte. An diesem Abend sprachen sie dann nicht mehr über Gesundheitspolitik. Sie sprachen an diesem Abend insgesamt nicht mehr viel und es übernachtete auch jeder in seiner eigenen Wohnung, was schon lange nicht mehr der Fall gewesen war.

Beiden war klar, dass sie sich nicht wirklich richtig verhalten hatten, dass es aber auch kein absolut richtiges Verhalten hätte geben können. So ließen sie den Streit um seinen Job und die Geheimnistuerei in den nächsten Tagen langsam hinter sich. Und nachdem jetzt klar war, dass er zumindest indirekt an der Konzeption der Gesundheitsreform und des Gesundheitsfonds beteiligt war, ließ es sich nicht vermeiden, dass sie die Reformpläne immer wieder miteinander diskutierten.

Man hätte meinen können, dass diese Reform für die beiden ein gutes Diskussionsthema war. Aber für Lara war der Gesundheitsfonds eine schlichte Geldsammelstelle, die nur den Sinn hatte, unauffällig mehr Geld ins Gesundheitssystem zu schleusen, um Ärzte, Krankenhäuser und so weiter vor der nächsten Bundestagswahl ruhig zu stellen.

Klaus dagegen sah in ihm die Basis für ein grundlegendes Umdenken bei den Krankenkassen. »Bisher ging es denen doch immer nur darum, einen möglichst geringen Beitragssatz zu haben und der Rest war denen egal.«

»Ja, und?«, konterte Lara. »Ihr verpasst allen Kassen den Einheitsbeitrag und dann bemühen die sich nicht mal mehr darum, möglichst wirtschaftlich zu arbeiten!« Klaus schüttelte den Kopf: »Du verstehst scheinbar nicht, wie das funktioniert. Die einzelnen Kassen stehen doch trotzdem noch untereinander im Wettbewerb. Da täglich ältere Mitglieder sterben, müssen die Kassen permanent um neue Mitglieder werben. Das machen sie jetzt über den Beitragssatz, aber künftig werden sie das über einen besseren Service und bessere Leistungen machen.«

»Du willst mir erzählen, dass ich nicht weiß, wie das funktioniert?« Ihre Stimme wurde merklich lauter. »Du hockst den ganzen Tag im Kanzleramt und liest Berichte und Stellungnahmen, wie toll alles ist, und hörst dir die Schönfärberei des Pressesprechers der Gesundheitsministerin an. Du bist doch kein Beobachter mit Abstand, du bist parteiisch! Was Du hier erzählst ist Regierungspropaganda!«

»Ach, mit dir kann man doch gar nicht mehr vernünftig diskutieren, du bist ja total hysterisch.« Klaus verließ das Zimmer.

Wenn sie sich nicht über die Gesundheitspolitik in die Haare bekamen, dann waren sie glücklich zusammen. Immer noch konnten sie stundenlang über Politik und Filme reden und sie hatten nach wie vor viel Spaß daran, auf Abendveranstaltungen und Lobbyfesten die Menschen zu beobachten und sich nachher über sie lustig zu machen.

Aber es gehörte nun mal zu Laras Job, über die Gesundheitspolitik zu berichten und so gerieten sie beide immer wieder aneinander. Das lag nicht zuletzt daran, dass der Ton insgesamt rauer geworden war.

Bisher hatte das Gesundheitsministerium die einschlägigen Hauptstadtjournalisten immer alle zusammen in Hintergrundgesprächen über den Stand der Reform informiert. Doch mittlerweile kam es vor, dass einzelne Journalisten, die beispielsweise einen unfreundlichen Kommentar geschrieben hatten, einfach nicht eingeladen wurden. Auch Lara hatte sich schon einmal maßlos darüber geärgert, als sie erst am nächsten Tag aus der Zeitung erfahren hatte, dass es mal wieder einen sehr informativen Pressetermin im Ministerium gegeben hatte. Als sie sich im Ministerium beschwerte, wurde ihr nur gesagt, dass leider der Raum nicht groß genug gewesen sei, um alle interessierten Journalisten einzuladen. Und da habe man halt Prioritäten setzen müssen. »Aha! Und wonach werden diese Prioritäten bitte schön festgelegt?«, fragte Lara wütend. »Nun«, lautete die Antwort, »sie werden sicherlich verstehen, dass wir uns bei Platzmangel für die Journalisten entscheiden, die unsere Politik objektiv beschreiben und bewerten und nicht für diejenigen, die immer nur das Haar in der Suppe suchen.« Lara beendete das Gespräch grußlos.

Als Lara sich in der Redaktion über das Verhalten des Ministeriums aufregte, erntete sie vielfach nur Schulterzucken. »Ach Lara«, sagte ein älterer Kollege, der schon in Bonn dabei gewesen war, »es gibt immer wieder Minister, die zu solchen Methoden greifen. Da kann man nichts machen. Aber wir sind nicht die Einzigen, die es trifft.«

»Wen denn noch?«, fragte Lara nach.

»Die Lobbyisten, die besonders laut protestieren, bekommen auch immer wieder Ärger.«

»Aber wieso? Es ist doch deren Job, ihre Anliegen laut und deutlich zu formulieren. Und außerdem hat das Ministerium doch gar nichts gegen die in der Hand«, entgegnete sie. Er lachte: »Aber Lara, die haben noch viel mehr gegen die in der Hand als gegen uns! Wenn Verbände wie die der Ärzte oder der Pharmaindustrie besonders laut protestieren, dann müssen die immer mit einem Anruf aus dem Ministerium rechnen. Die Botschaft solcher Telefonate ist dann eindeutig: Wenn ihr nicht ruhig seid, dann kommt diese oder jene Gesetzesänderung, die euch besonders weh tut. In fast jedes Gesetzgebungsvorhaben lässt sich irgendeine kleine Sauerei einbauen, die, von der Öffentlichkeit kaum bemerkt, einzelnen Interessengruppen schwer zusetzen kann. Und ein Cheflobbyist kann dann über so etwas ganz schnell stolpern und von seinen eigenen Leuten fallengelassen werden wie eine heiße Kartoffel.«

Lara war einigermaßen entsetzt darüber, wie selbstverständlich ihr älterer Kollege diese angebliche Einflussnahme des Ministeriums hinnahm. Sie war davon überzeugt, dass sie ihre Kommentare inhaltlich nicht davon beeinflussen lassen würde, wenn das Ministerium versuchte, Druck auf sie auszuüben.

Nach der parlamentarischen Sommerpause gab es im September die erste Lesung des Gesetzentwurfes im Bundestag. Anschließend fand die Anhörung statt. Von den Krankenkassen über Ärzte, Gesundheitsökonomen bis hin zu Patientenverbänden wurden Vertreter als Fachleute und Sachverständige angehört und selbst wenn von manchen keine direkte Kritik kam, ließen sich die Schwächen der Reform an den Macht- und Verteilungskämpfen der Lobbyistenverbände ablesen. In der anschließenden Berichterstattung in den Zeitungen wurde deutlich auf die Schwierigkeiten und Probleme hingewiesen, die ein solcher Gesundheitsfonds mit sich bringen würde. Auch Lara hatte in der Berliner Rundschau deutlich auf die Probleme hingewiesen. Am Abend erntete sie dafür heftige Kritik von Klaus:

»Mit dieser Reform werden endlich alle Menschen in diesem Land krankenversichert – und du tust in deinen Artikeln immer so, als würden wir hier etwas Schreckliches planen, um den Menschen in diesem Land zu schaden! Was soll das?«

»Hör mal, Klaus, ich bin nicht dafür da, irgendetwas schön zu schreiben, nur weil es auch gute Effekte hat. Natürlich finde ich es gut, dass eine allgemeine Versicherungspflicht eingeführt wird. Aber die Probleme überwiegen. Es nervt mich einfach, dass ihr die Leute für dumm verkauft!«

Klaus war entrüstet: »So ein Schwachsinn – wo verkaufen wir denn die Leute für blöd?«

»Ihr behauptet, dass durch den Gesundheitsfonds die Versicherungspflicht eingeführt wird.«

»Ja, so ist es ja auch!«

»Wenn man wirklich einen Gesundheitsfonds für die Einführung der Versicherungspflicht brauchen würde, dann müsstet ihr auch für die private Krankenversicherung einen Gesundheitsfonds einführen. Macht ihr aber nicht! In der privaten Krankenversicherung soll es die Versicherungspflicht ohne Fonds geben, in der gesetzlichen Krankenversicherung geht es aber angeblich nicht ohne. Das ist verlogen!« Klaus, dem dagegen kein Argument einfiel, wich aus. »Aber wenn der Gesundheitsfonds angeblich so schlecht ist, warum sollte die Politik ihn dann einführen wollen?«

»Das kann ich dir genau sagen: Er verschafft der Politik mehr Macht über die Kassen! Heute kann jede einzelne Kasse ziemlich frei schalten und walten. Sie sind alle eigenständig und die Politik hat keinen direkten Zugriff auf die einzelnen Kassen. Ganz wichtig ist dabei, dass jede einzelne Kasse ihren Beitragssatz selbst festlegt. Wenn es aber den Gesundheitsfonds gibt, dann kommt der Einheitsbeitragssatz. Die Kassen müssen alle Einnahmen abgeben und bekommen nur noch das, was ihnen aus dem Gesundheitsfonds zugewiesen wird.«

»Ja, und?« Klaus schaute sie fragend an. »Was ist daran so schlimm?«

»Verstehst du das denn nicht? Wenn ich als Kassenvorstand befürchten muss, dass meine öffentliche Kritik an der Vergabepraxis dazu führt, dass ich im kommenden Jahr über eine kleine Änderung an den Geldverteilkriterien des Gesundheitsfonds weniger Einnahmen habe und dadurch vielleicht einen Zusatzbeitrag erheben muss, dann halte ich mich mit meiner öffentlichen Kritik lieber zurück.«

Als Klaus nichts entgegnete, da wusste Lara, dass sie tatsächlich einen wichtigen Kritikpunkt gefunden hatte. Einen Punkt, über den bisher noch niemand geschrieben hatte! Sie beschloss, diese Erkenntnis noch etwas für sich zu behalten, bis der Zeitpunkt ihrer Ansicht nach günstiger wäre, um ihn vorzubringen. Denn schließlich wollte sie, wenn sie schon so ein Argument in die öffentliche Diskussion einbrachte, auch einen schönen Effekt erzielen. Sie dachte sich, dass es ihrer Karriere sicherlich nicht schaden würde, wenn sie in dieser Diskussion mit einem neuen Argument einen wichtigen Denkanstoß geben würde.

Ein paar Wochen später war es dann so weit. Jetzt, Anfang Dezember, stand die letzte und entscheidende Abstimmung im Bundestag bevor. Da einige Abgeordnete der Regierungskoalition bereits angekündigt hatten, gegen das Gesetz zu stimmen, lagen die Nerven bei den Regierungsvertretern blank. Sie hatten die ernsthafte Sorge, dass sie, rund zehn Monate vor der nächsten Bundestagswahl im September 2013, eine Abstimmung im

Bundestag verlieren könnten. Das wäre ein Desaster für die Regierung.

Lara hatte in der Berliner Rundschau einen großen Bericht über die Reform geschrieben, in dem sie auch auf die durch den Gesundheitsfonds steigenden Einflussmöglichkeiten der Politik auf die Krankenversicherung aufmerksam machte. Ergänzt wurde dieser eher sachlich-beschreibende Artikel um einen Kommentar von ihr. Mit diesem Kommentar erzielte sie tatsächlich eine große Wirkung. Aber ganz anders, als sie es erwartet hatte.

Nachdem sie ihre Artikel geschrieben hatte, traf sie sich noch mit Klaus. Doch da sie das für sie beide derzeit wichtigste Thema, die Gesundheitsreform, nicht ansprechen konnten, ohne sich sofort wieder zu streiten, wurde es ein eher wortkarger Abend. Mit dem Hinweis darauf, dass er am nächsten Tag ganz früh raus müsse, verabschiedete sich Klaus und ging nach Hause.

Am nächsten Morgen klingelte bereits um kurz nach acht Uhr ihr Handy. Als der Anruf kam, war Lara zuerst nur erstaunt. Sicher, sie hatte davon gehört, dass es solche Anrufe gab. Doch sie war bisher davon verschont geblieben. Es waren seine freundliche Art und seine klare, sonore Stimme gewesen, die sie bereits bei früheren Begegnungen, zum Beispiel bei Presseterminen oder Lobby-Festen, für ihn eingenommen hatten. Doch nach dem Telefonat, das so freundlich begann, legte sie zitternd auf.

Sie rannte aus der Küche, wo sie gerade gefrühstückt hatte, ins Badezimmer, wo sie sich übergeben musste. Nachdem sie ihren Magen restlos entleert hatte, trat sie vor den Spiegel und versuchte, ihr derangiertes Äußeres wieder in Form zu bringen. In ihren schulterlangen braunen Haaren klebten Reste ihres Müslis, das soeben ihren Körper verlassen hatte. Leicht angeekelt spülte sie die Haarspitzen im Waschbecken aus. Dann wusch sie ihr Gesicht gründlich und putzte sich noch einmal die Zähne.

Auf dem Weg in ihr Büro rief sie Klaus an. Kaum hörte sie seine Stimme, fuhr sie ihn auch schon an: »Dein alter Chef hat mich gerade zu Hause angerufen und bedroht!«

»Was hat er?«, fragte Klaus erstaunt zurück. »Er hat dich bedroht? Aber womit denn und warum?« Doch bevor sie antworten konnte, sagte er: »Du, wir sehen uns doch sowieso heute Abend bei mir – oder? Lass uns dann darüber reden, ich habe hier voll Stress und kann jetzt sowieso nicht in Ruhe telefonieren.« Nachdem keine Reaktion kam, fragte er in das Schweigen: »Okay?«

Lara, die wusste, dass Klaus im Büro immer schwer dazu zu bewegen war, einem privaten Thema die notwendige Aufmerksamkeit zu schenken, seufzte hörbar, schob ein mehr gemurmeltes als ausgesprochenes »ja, ich bin gegen acht bei dir« hinterher und legte dann frustriert auf. Was musste ihr eigentlich noch passieren, damit Klaus sie wichtiger nahm als seinen Job? Diese Scheißpolitik kotzte sie immer mehr an.

Den Tag verbrachte sie mit Routinekram, eine eigene Geschichte brachte sie heute nicht ins Blatt. Nachdem sie ihrem Chefredakteur ein Signal gegeben hatte, dass es ihr heute nicht so gut ging, wurde ihr bei der Redaktionskonferenz am Vormittag auch kein Thema zugewiesen. Da alle wussten, dass sie normalerweise sehr fleißig war und sich auch vor unangenehmen oder langweiligen Themen nicht drückte, war das auch kein Problem. Sie hatte auch kurz mit dem Gedanken gespielt, sich an ihren Chefredakteur wegen des Anrufs heute Morgen zu wenden, sich dann aber dagegen entschieden. Vielleicht würde er ihr gar nicht glauben? Es war ja auch kaum zu glauben, dass in Deutschland ein Journalist von einem Mitglied der Bundesregierung so unverfroren unter Druck gesetzt wurde!

Im Laufe des Tages war der Ärger über ihren Freund verflogen und als sie Feierabend gemacht hatte und auf dem Weg zu ihm war, freute sie sich sehr auf ihn und konnte es gar nicht erwarten, sich mit ihm austauschen zu können. Klaus öffnete die Tür, und als er sah, dass sie offensichtlich etwas schwer mitgenommen hatte, nahm er sie erst einmal in den Arm.

Er hatte Nudeln für sie beide gekocht und eine Flasche Rotwein geöffnet. Sie nahm einen Schluck von dem Wein, rührte die Nudeln jedoch nicht an.

»Nun erzähl doch mal, was los ist«, forderte Klaus sie auf.

Und Lara erzählte. »Ich habe doch einen Artikel über die Gesundheitsreform und einen Kommentar geschrieben ...« Sie kam nicht dazu, weiterzusprechen, denn Klaus unterbrach sie: »Das war wirklich ein Scheiß-Kommentar. Nur weil du die Reform blöd findest, konstruierst du irgendwelche Argumente!«

Lara wurde wütend: »Darum geht es doch gar nicht! Hör mir doch mal zu!«

Klaus schaute zerknirscht drein und Lara nahm den Faden wieder auf. »Also, ich habe gestern den Artikel und den Kommentar geschrieben. Heute Morgen klingelt dann um kurz nach acht mein Handy – und dran ist dein ehemaliger Chef!«

»Hartmann?«

»Genau der. Dieses Arschloch hat mich heute Morgen bedroht.«

»Ach rede doch keinen Quatsch! Warum sollte Hartmann dich denn bedrohen? Und womit?«

»Das habe ich zuerst auch gedacht. Das Gespräch fing auch ganz freundlich an. ›Mir ist aufgefallen, dass sie sich sehr bei der Berichterstattung über die Gesundheitspolitik der Bundesregierung engagieren.‹ Aber dann ging es los:

›Sie sind wirklich ein sehr eifriges Mädchen. Sie sollten sich aber mal Gedanken darüber machen, ob wirklich jede Idee, die in ihrem noch sehr jungen Kopf entsteht, aufgeschrieben werden sollte.‹ Ich habe ihn unterbrochen, aber er fuhr mir sofort über den Mund. ›Nun halten sie mal ihre vorlaute Klappe! Ihnen scheint nicht ganz klar zu sein, wie groß ihr Problem ist. Ich beobachte sie bereits seit einigen Monaten. Sie schreiben tendenziös gegen die Gesundheitspolitik der Bundesregierung an. Das ist unprofessionell. Das ist schlicht und einfach schlechte Arbeit. Vor einigen Wochen habe ich mit dem Herausgeber der Berliner Rundschau zusammen gesessen. Wir waren uns einig darüber, dass eine tendenzielle Berichterstattung in einer guten Zeitung nichts zu suchen hat. Und Journalisten, die tendenziöse Berichte schreiben, deshalb auch nicht in seine Redaktion gehören.‹«

Klaus schaute ungläubig. Aber Lara redete gleich weiter. »Und dann kam es erst richtig dicke«, und wieder zitierte sie ihn: »›Wir sprachen auch darüber, dass das Bundesgesundheitsministerium nach dem In-Kraft-Treten der Gesundheitsreform am 1. Januar 2013 eine große Anzeigenkampagne starten wird. Dann werden wir für rund zehn Millionen Euro Anzeigen in einigen Tageszeitungen schalten. Aber nicht in allen. Und Tageszeitungen, die eine tendenzielle Berichterstattung zulassen, werden garantiert keine Anzeigen bekommen.‹«

Jetzt war Lara richtig in Fahrt und machte Hartmanns sonore Stimme nach. »›Ihr Verleger und ich sind uns einig, dass wir uns gemeinsam für einen seriösen Journalismus einsetzen und ich ihm deshalb unbedingt Bescheid geben werde, falls mir auffällt, dass bei seiner Zeitung unseriöse Journalisten arbeiten. Er wird dann, darauf können sie sich verlassen, handeln. Liebe Frau Schneider, ich hoffe doch sehr, dass wir uns verstanden haben. Ungerne würde ich ihren Herausgeber anrufen müssen, denn gerade als junge Journalistin hat man es schwer, nach einem Rauswurf einen neuen Job zu finden. Auf Wiederhören.‹«

Klaus nahm sie in den Arm und streichelte ihr über den Kopf. Dann sah sie ihn an und sagte: »Das Schlimmste an dem Anruf war, dass ich ihm nichts entgegnen konnte. Ich habe mich überhaupt nicht gewehrt. Dieser Mann, mit dem ich schon häufiger bei Veranstaltungen nett geplaudert habe, ruft mich einfach an und droht damit, mich rauswerfen zu lassen. Weißt du, ich habe mit einer Tasse Kaffee in der Küche in meinem Lieblingssessel gesessen, als er anrief, und nun brauche ich den Sessel nur anzusehen und ich höre wieder seine Stimme, die mir droht.«

Klaus schenkte Rotwein nach und sagte: »Das muss für dich wirklich ganz fürchterlich gewesen sein. Solch einen Anruf möchte wohl niemand bekommen.«

Er wusste schließlich nur zu gut, wie man sich fühlte, wenn man bedrängt und gedemütigt wurde. Er hatte Lara nicht erzählt, dass er mit seiner Ex-Chefin im Bett gewesen war. Nicht so sehr, weil er glaubte, dass Lara ihm eine Szene machen würde. Das auch. Aber vor allem war es ihm peinlich gewesen, dass er sich am Ende ihrem Druck gebeugt hatte. Sie hatte ihn dazu gebracht, mit ihr zu schlafen, obwohl er nicht wollte. Doch damit musste er jetzt fertig werden. Und genauso, dachte er, muss doch auch Lara damit fertig werden, dass sie kritisiert wird! Der Ärger über seine eigene Schwäche fing an, sich gegen Lara zu richten. Er trank einen Schluck und sagte dann: »Aber auch wenn die Form natürlich nicht richtig war und der Staatssekretär dir nicht hätte drohen dürfen, hat er, finde ich, inhaltlich schon recht. Du berichtest tatsächlich sehr einseitig.«

Lara traute ihren Ohren nicht. Hatte sie ihm nicht gerade erzählt, wie fürchterlich sie den Anruf fand? »Willst du ernsthaft dieses Arschloch in Schutz nehmen?«, schimpfte Lara. »Es geht darum, dass ich eine Journalistin bin und mich ein Mitglied der Bundesregierung offen unter Druck gesetzt hat. Hängst du wirklich schon so sehr in dieser ganzen Regierungsmaschinerie drinnen, dass du das gar nicht mehr merkst?«

»Ach Quatsch«, entgegnete Klaus jetzt auch etwas lauter. »Du denkst nur noch an dich und versuchst dich dadurch zu profilieren, dass du schlecht über die Gesundheitspolitik schreibst, egal, was die Bundesregierung da gerade macht. Du bist gar nicht mehr in der Lage, die Gesundheitspolitik neutral zu betrachten. Außerdem gehört ein Staatssekretär gar nicht direkt zur Bundesregierung und recht hat er auch – du hast tatsächlich die journalistische Distanz verloren!«

Mit einem leichten Zittern in der Stimme und sehr leise sagte sie, ihm dabei direkt in die Augen schauend: »Du willst mir tatsächlich erzählen, dass Hartmann eigentlich recht hat?«

»Lara, du hast dich verrannt. Statt dich selbst zu fragen, ob du noch als gute Journalistin arbeitest, hackst du jetzt auf dem Staatssekretär rum, weil er seine Kritik vielleicht unglücklich formuliert hat.« Fassungslos schaute Lara ihn an: »Klaus, seit du jeden Tag zehn Stunden für diese Gesundheitsreform arbeitest, hast du dich leider sehr, sehr verändert.« Dann stand sie auf, zog ihre Jacke an, holte ihre Zahnbürste, die sie vor einigen Wochen mitgebracht hatte, aus dem Bad und ging.

Einige Tage später, am 13. Dezember 2012, beschloss der Deutsche Bundestag mit knapper Mehrheit die Einführung des Gesundheitsfonds und der allgemeinen Krankenversicherungspflicht. Lara schrieb einen Kommentar: *Der Gesundheitsfonds – besser als sein Ruf.*

Am Abend feierte Klaus mit seinen Kollegen den großen Erfolg. Lara saß alleine zu Hause und weinte bittere Tränen, denn sie hatte ihren Freund und ihre journalistische Unschuld verloren.

Berlin lockt

[2012]

Die rechte obere Schreibtischschublade von Michaela Schreuners Schreibtisch beherbergte eine der wichtigsten Namenslisten im Kanzleramt. Denn nur wer auf dieser Liste stand, wurde direkt mit Leon Hansen verbunden. Es war ein seltenes Privileg und kaum mehr als zwei Dutzend Menschen hatten es. Auf der Liste standen seine beiden Kinder, seine Frau und verschiedene Parteifreunde. Meistens auch der Vorsitzende der Fortschrittlichen. Nur wenn Hansen sich über ihn geärgert hatte, dann ließ er ihn vorübergehend von der Liste streichen. Sollte er doch seinen Parteifreunden erklären, warum er den Kanzler nicht erreichte! Hansen spielte mit Vorliebe mit seiner Gunst.

Und auch Triller nutzte gern seine Macht als Chef des Bundeskanzleramtes. Alle, die nicht auf der Liste standen und einen Termin mit dem Kanzler haben wollten, mussten an ihm vorbei. Sicher, Herman Triller entschied nicht allein, ob jemand eine Zu- oder Absage vom Kanzler bekam. Aber er entschied, von welchem Terminwunsch der Kanzler überhaupt erfuhr. Die Lektüre zahlreicher

Termin- und Gesprächswünsche gehörte zu seinen täglichen Pflichten.

Mit einem zufriedenen Lächeln las Hermann Triller Anfang März 2012 das Schreiben von Peter Marwitzki, der in aller gebotenen Höflichkeit den Bundeskanzler eingeladen hatte. Er legte das Schreiben auf seinen Schreibtisch, lehnte sich zurück und steckte sich, das offizielle Rauchverbot ignorierend, was er in seinem Büro nicht oft tat, eine Zigarette an.

Vor seinem inneren Auge sah er sich wieder im Jahr 1976 als Lehrling in der Werkhalle stehen und die Erinnerung an die Schikanen, denen er damals ausgesetzt war, flammte wieder auf. Dabei waren es, mit dem entsprechenden Abstand betrachtet, nicht die Hänseleien der anderen Lehrlinge, die am schlimmsten waren. Sie waren für ihn von heute betrachtet nicht das Problem, denn jedes Kind wurde irgendwann mal irgendwo gehänselt. Und dass ihm das in seinem ersten Lehrjahr auch passiert war, das störte ihn nun nicht mehr so sehr. Nein, es war die Erinnerung daran, dass Peter Marwitzki als sein Lehrgeselle versucht hatte, ihn zum Gewerkschaftseintritt zu nötigen. Ihn, der sich als Lehrjunge im ersten Lehrjahr weder richtig wehren konnte noch überhaupt verstand, warum er so unter Druck gesetzt wurde! Das würde er ihm nie vergessen. Peter Marwitzki war damals mit seinen dreißig Jahren rund doppelt so alt gewesen wie er. Doch statt ihm zu helfen, hatte er ihm das Leben zur Hölle gemacht. Triller war nicht nur ein mächtiger Mann. Er war auch nachtragend. Jetzt war der Moment gekommen, wo sich beides trefflich miteinander kombinieren ließ.

Peter Marwitzki war sich der Tatsache, dass sich sein Lebensweg und der des Kanzleramtsministers vor

36 Jahren schon mal gekreuzt hatten, nicht bewusst. Die Menge der Lehrlinge war in den Jahren in der Firma an ihm vorbeigezogen, ohne dass sich ihm Einzelne eingeprägt hatten. Sein Umgang mit dem jungen Hermann Triller hätte er damals mit einem Grinsen als »ruppig« bezeichnet. Da soll sich der Bengel mal nicht so anstellen! Der hält sich wohl für was Besseres! Aber dass er sich an diesen »Bengel« nicht erinnerte, sollte ihm nicht gut bekommen.

Im Unterschied zu vielen Gewerkschaftern war für Peter Marwitzki die Gewerkschaftsarbeit in der Fabrik weniger Überzeugung als vielmehr sein Weg, um der Werkbank zu entfliehen und eine eigene Karriere im Anzug zu beginnen. Wo viele seiner Kollegen einen selbstbewussten Arbeiterstolz hatten, verspürte er nur das Bedürfnis, etwas Besseres zu werden. Er wollte einen Schreibtisch, ein warmes Büro und er genoss es außerordentlich, wenn ihm nach einer Rede applaudiert wurde.

Nachdem Peter Marwitzki einige Jahre und zahlreiche Fortbildungen später den Sprung aus dem Werk auf den Posten eines Gewerkschaftssekretärs geschafft hatte, war er recht bald vom Gewerkschaftsalltag gelangweilt. Der war ausgefüllt mit Verwaltungstätigkeit und immer wieder dem Besuch von Veranstaltungen und Betriebsfesten. Marwitzki war zwar das Gesicht der Gewerkschaft in seiner Region und dort ein wichtiger Mensch. Außerhalb jedoch war er ein Unbekannter.

Das änderte sich erst, als die »Bochumer Waggonschlacht« ihren Weg von der Lokalzeitung über die BILD bis in die Fernsehnachrichten schaffte.

1982 sollte in Bochum das Güterwaggon-Ausbesserungswerk schließen und damit die letzten der Arbeitsplätze wegfallen, die vor über 100 Jahren entstanden waren.

Peter Marwitzki wollte gerade sein Gewerkschaftsbüro verlassen und in die Mittagspause gehen, als der Anruf kam. Der Betriebsratsvorsitzende des Werkes erzählte ihm aufgebracht und hilflos, was der Geschäftsführer Dr. Ludwig Spaten gerade auf einer Mitarbeiterversammlung verkündet hatte. Marwitzki zögerte keinen Moment: »Ich setzte mich sofort ins Auto und bin in 20 Minuten bei euch.«

So war es dann auch und Marwitzki besprach mit knurrendem Magen mit den Mitgliedern des Betriebsrates, was jetzt zu tun sei. Dessen Vorsitzender Jürgen Schneider fasste die Situation zusammen: »Das Werk soll zum Monatsende geschlossen werden, weil es seit über einem Jahr rote Zahlen schreibt und jetzt zahlungsunfähig ist. Die Eigentümer sind nicht bereit, auch nur einen weiteren Pfennig in den Erhalt des Werkes zu investieren. Die Löhne für den laufenden Monat sollen noch ausgezahlt werden, mehr nicht. Keine Übergangszeit, keine Abfindung. Die Politiker machen zwar bei jeder geschlossenen Zeche ein riesiges Theater, aber sonst halten die die Schnauze. Da haben wir keine Hilfe zu erwarten.«

»Und lässt sich Dr. Spaten nicht umstimmen, hat er denn kein Interesse am Fortbestand des Werkes?«, fragte Marwitzki.

»Ach, Peter«, sagte der Betriebsratsvorsitzende und schaute Marwitzki dabei mit resigniertem Blick an, »du hast ihn doch in den letzten Jahren erlebt. Er ist immer noch derselbe schleimige Handlanger der beiden Aktionärsfamilien. Und da er als Geschäftsführer auch seinen

Anteil an der jetzigen Situation hat, wird er nichts machen, was die Eigentümer ärgern würde.«

»Hm«, Marwitzki schaute nachdenklich, »vielleicht haben ihm die beiden Eigentümerfamilien einen anderen Job in Aussicht gestellt, wenn er das hier glatt über die Bühne bringt. Die wollen sicherlich nicht, dass das viel Aufmerksamkeit erregt.« Marwitzki trank einen Schluck des mittlerweile nur noch lauwarmen Kaffees und schwieg. Dann stutzte er einen Moment – was hatte er selbst gerade gesagt? Die würden bestimmt nicht viel Aufmerksamkeit wollen? Jetzt schaute er die Betriebsratsmitglieder mit dem Anflug eines Lächelns an: »Das könnte die Lösung sein – Öffentlichkeit!«

Die anderen sahen ihn fragend an. Warum sollte »Öffentlichkeit« ihre Probleme lösen? »Es ist ja kein Geheimnis«, erläuterte Peter Marwitzki, »wem dieser Betrieb gehört, und es ist auch klar, dass die beiden Eigentümerfamilien hier nicht etwas schließen müssen, weil sie sonst im Armenhaus landen, sondern weil sie gute Gewinne machen wollen und sonst nichts.«

»Ja – und?«, fragte Karsten Koch. Der junge Schweißer war erst im zweiten Jahr Mitglied im Betriebsrat.

Marwitzki stand auf und lief aufgeregt im Zimmer hin und her. »Natürlich werden überall im Ruhrgebiet Straßenbahnen stillgelegt und Bahnlinien geschlossen. Aber trotzdem muss doch ständig etwas transportiert werden – oder etwa nicht? Und Straßen werden immer mehr gebaut, damit immer mehr Laster darauf herumfahren können. Warum solltet ihr hier keine Laster umbauen oder reparieren können? Die sind doch auch nur aus Eisen! Und das ganze Erdöl, das jetzt überall statt der Kohle verfeuert wird, was ist damit? Das wird doch schließlich auch mit Tankwagen in Güterzügen transportiert. Und wer wartet diese Waggons? Wer repariert sie, wenn sie kaputt sind? Das könntet ihr sein! Besetzt das Werk und lasst keinen mehr rein! Ihr seid diejenigen, die die Werte geschaffen und die Aktionäre reich gemacht haben. Ihr seid diejenigen, die hier an der Zukunft arbeiten könnten, statt sich einfach vom Hof jagen zu lassen! Zeigt den Aktionären, dass ihr Arbeiter wisst, was ihr wollt und dass man euch nicht für dumm verkaufen kann.«

Marwitzki hatte sich in Rage geredet. Als er das merkte, stoppte er seinen eigenen Redefluss und setzte sich wieder hin. Er schaute in die Runde der sieben Betriebsratsmitglieder, die alle etwas verdattert oder überrumpelt wirkten.

Ulrich Merker, der zwar nicht Betriebsratsvorsitzender war, aber als dienstältestes Betriebsratsmitglied innerhalb dieser Gruppe durchaus eine Sonderrolle hatte, hatte sich zuerst besonnen. »Peter, ich glaube, du hast recht.«

»Aber«, entgegnete Koch, »wenn wir hier alles blockieren, dann freuen die sich doch! Die wollen hier doch sowieso alles dicht machen.«

»Mit einem kleinen Schönheitsfehler«, entgegnete Merker, »die haben doch Verträge unterschrieben und müssen die Waggons, die hier zur Reparatur sind, wieder zurückgeben. Wenn wir dafür sorgen, dass hier keine reparierten Waggons mehr rausgehen, dann bekommen die Firmenbesitzer ein echtes Problem – den entstandenen Schaden müssen sie dann nämlich ausgleichen.«

»Aber was passiert dann?«, fragte Karsten Koch.

»Dann«, sagte Marwitzki, »erklären wir den Eigentümern, dass sie genau zwei Möglichkeiten haben: Entweder wir halten das Werk weiter besetzt und sie verlieren weiter Geld oder sie setzen sich mit uns an einen Tisch und wir entwickeln einen gemeinsamen Plan, wie man aus dem Eisenbahnwaggon-Ausbesserungswerk einen Servicebetrieb für LKWs macht!«

»Also«, Marwitzki schaute fragend in die Runde, »wollt ihr das? Die Gewerkschaft kann euch unterstützen, ich selbst werde Tag und Nacht bei euch bleiben und Seite an Seite mit euch kämpfen. Aber das klappt nur, wenn ihr dabei seid, wenn alle Kollegen stehen wie *Ein Mann*! Es ist eure Entscheidung, ihr müsst ja oder nein sagen.«

Schnell waren sich alle einig, dass das ihr Weg sein sollte.

Als die Arbeiter am nächsten Morgen zu der vom Betriebsrat einberufenen Mitarbeiterversammlung gingen, schwirrten schon die verschiedensten Gerüchte durch die Werkstätten und Büros. Nach einer mehrstündigen Diskussion, bei der Peter Marwitzki dafür gesorgt hatte, dass jeder zu Wort kam, wurde abgestimmt. Fast ohne Gegenstimmen wurde für die Werksbesetzung gestimmt. Allen war klar, dass jetzt schnell gehandelt werden musste. Die Werksleitung oder auch die Eigentümer durften es nicht schaffen, schnell noch reparierte Waggons vom Gelände herunterzuschieben oder die Personalakten aus dem Büro zu schaffen. Die anstehenden Aufgaben wurden verteilt, und jeder machte sich daran, die ihm übertragene so gut wie möglich umzusetzen.

Drei Schweißer besorgten sich ein paar alte Eisenketten und verschlossen erst mal alle Tore, durch die ein Auto oder ein Eisenbahnwaggon gepasst hätte, mit dicken Ketten. Schlösser brauchten sie nicht – sie schweißten sie einfach zu. Das wäre, so hatte es Marwitzki gesagt, eine klare Botschaft für ihre Entschlossenheit und auch ein tolles Bild für die Presse, die sicherlich bald auftauchen würde.

Ludwig Spaten, der von seinem Büro aus die Aktivitäten beobachtete, rief besorgt bei dem Vertreter der beiden Eigentümerfamilien an. Als er nicht so genau berichten konnte, was tatsächlich vor sich ging, wurde er losgeschickt, um das in Erfahrung zu bringen. Das war ein Fehler. Kaum hatte er das Verwaltungsgebäude verlassen, stellten sich zwei kräftige Arbeiter mit verschränkten Armen vor die Tür – sie hatten schon auf diesen Moment gewartet. Dr. Spaten schaute sich irritiert um. Als er mitbekam, dass die Arbeiter tatsächlich das Werk besetzten und er nicht mehr zurück in sein Büro konnte, verließ er das Werksgelände.

Die Lehrlinge wurden losgeschickt, um die Frauen der Arbeiter zu verständigen. Sie waren kaum eine halbe Stunde weg, da tauchten schon die ersten Ehefrauen auf. Sie hatten nicht glauben können, was die Burschen, die bei ihnen geklingelt hatten, ihnen erzählt hatten: »Wir besetzen das Werk, denn wir wollen uns nicht einfach rauswerfen lassen. Jetzt brauchen wir zu essen, zu trinken, Zigaretten und Decken für die Nacht.«

Einzelne Frauen waren, gelinde gesagt, nicht begeistert davon, dass ausgerechnet ihr Mann da mitmachte. Sie hatten die Sorge, dass er sich die Chance auf eine Arbeit woanders damit verbaute. Aber die meisten waren stolz auf ihre Männer, weil sie nicht einfach den Schwanz eingezogen und sich klaglos in ihre Entlassung gefügt hatten. Und so kam es, dass ein eifriges Kommen und Gehen einsetzte: Die Frauen schleppten alles an, was sie auftreiben konnten: Brot und Butter, Wurst und Bier, Wolldecken und Zigaretten …

Die Lackierer erstellten die Plakate, die an das Werkstor gehängt wurden. Die Mitglieder des Betriebsrates schrieben mit Hilfe der Sekretärin des Geschäftsführers einen Forderungskatalog. Innerhalb eines Tages hatten die Mitarbeiter des Ausbesserungs- und Reparaturwerkes Bochum eine spontane Idee in die Tat umgesetzt. In der Nacht wurde nur wenig geschlafen, denn die Aufregung und die Anspannung des Tages, gepaart mit dem Bier, welches die fürsorglichen Ehefrauen herangeschafft hatten, ließen den Abend sehr lang werden.

Am nächsten Morgen wurden Peter Marwitzki und Jürgen Schneider von der Wache am Haupttor geweckt. Dr. Spaten war da und wollte in sein Büro. Und er hatte die Polizei mitgebracht.

Es wurde ein kurzes Gespräch. Jürgen Schneider, der als Betriebsratsvorsitzender der Sprecher der Arbeiter war, teilte ihm mit, dass man so lange niemanden auf das Werksgelände lassen würde, bis die Werksschließung vom Tisch sei. Auch ihn würde man nicht lassen, denn er verträte nicht die Arbeiter, sondern die Eigentümer.

Dr. Spaten, der zwischenzeitlich mehrfach mit den Eigentümern gesprochen hatte und von ihnen den Auftrag hatte, bei dieser Besetzungsaktion ihre Interessen zu vertreten, verwies auf das Hausrecht und dass die Polizei da wäre, um es zur Not durchzusetzen. Doch Schneider ließ sich davon nicht beeindrucken und blieb dabei, ihm den Zutritt zu verwehren.

Als Schneider nach dem Gespräch am Werkstor die Werkshalle betrat, wurde er sofort von aufgeregten Arbeitern umringt. Sie alle hatten die beiden Polizisten gesehen und wollten wissen, was los war. Nach einer kurzen Diskussion ergriff Marwitzki das Wort: »Wir haben das

Gelände gut gesichert, und die beiden Polizisten haben nicht den Eindruck gemacht, als würden sie es allein mit uns allen aufnehmen wollen. Aber Dr. Spaten und die Aktionäre haben hier eigentlich das Hausrecht. Es besteht die Gefahr, dass die Polizei Verstärkung anfordert und dann hier einrückt.«

»Die sollen nur kommen, die Bullen! Dann hauen wir denen die Fresse ein«, brüllte einer der Arbeiter dazwischen und einige stimmten zu. Doch Marwitzki entgegnete: »Das hat doch keinen Zweck! Selbst wenn wir uns hier ein, zwei Tage halten könnten. Am Ende ist die Polizei stärker und ihr habt nicht nur eure Jobs verloren, sondern kommt vielleicht auch noch in den Knast, weil ihr Polizisten verletzt habt. Nein, so kann es nicht gehen.«

»Aber was soll das dann alles? Warten wir jetzt auf die Bullen und gehen dann? Was ist denn das für ein Scheißplan?«

»Das wäre«, mischte sich Schneider wieder ein, »wirklich ein schlechter Plan. Wir brauchen keine Schlägerei mit der Polizei, wir brauchen das Fernsehen und die Zeitungen hier, damit alle sehen können, wer für die Gewinne der Kapitalisten bezahlt! Ich garantiere euch: Wenn die ersten Übertragungswagen vor den Werkstoren stehen, dann wird hier erst mal nicht geräumt. Dann werden die mit uns verhandeln, ob sie wollen oder nicht. Und deshalb haben Marwitzki und ich heute Morgen bei den Ruhrnachrichten, beim Express und beim WDR angerufen und denen erzählt, was hier los ist. Es dauert nicht mehr lange, dann sind die hier.«

Es kam, wie Schneider es vorausgesagt hatte. Bereits in den Mittagsnachrichten im Radio war die Werksbesetzung ein Thema. Am Abend wurde in den Regionalnachrichten im Fernsehen berichtet und am nächsten Tag erschienen die ersten Artikel in den Zeitungen.

Die Berichterstattung nahm langsam Fahrt auf. Die Werksbesetzung war für die Medien eine gute Geschichte, denn sie ließ sich in vielen Facetten darstellen: Es gab Interviews mit den Personalratsvertretern und den einfachen Arbeitern. Ein Kamerateam blieb vierundzwanzig Stunden dabei und filmte alles: Angefangen bei den Wachen, die mitten in der Nacht an den Toren standen, über die Arbeiterfrauen, die morgens mit frischem Essen kamen, bis hin zu den Gesprächsrunden des Betriebsrats, in denen das weitere Vorgehen abgesprochen wurde. Es gab stets neue Fernsehbilder.

Die Kinder der Arbeiter wurden befragt und waren stolz auf ihre Väter. Die Frauen der Arbeiter wurden nicht nur dabei gezeigt, wie sie ihren Männern frische Wäsche und Essen brachten, sondern auch beim Rechnen. Denn sie merkten als Erste, dass das Geld knapp wurde, wenn kein Lohn mehr ausbezahlt werden würde. Ein paar Tage Werksbesetzung mitzumachen sei eine Sache, hieß es von der einen oder anderen Hausfrau, wenn es aber länger weder Lohn noch Arbeitslosengeld gäbe, dann müsse man ganz schön die Pfennige zählen, um die nächste Monatsmiete noch bezahlen zu können.

Das Werk wurde zu einem Symbol für den schwierigen Strukturwandel im Ruhrgebiet, dem immer wieder traditionelle Unternehmen zum Opfer fielen – und dass dabei oft die einfachen Arbeiter auf der Strecke blieben.

Die BILD hatte unter der Überschrift »Bochumer Waggonschlacht« ein Foto gedruckt, auf dem links grimmige und muskelbepackte Arbeiter des Werkes standen und rechts Polizisten mit Helmen und Schilden. Allerdings war die Polizei nur ein einziges Mal so weit vorgerückt, um auszutesten, ob die Besetzer nicht vielleicht einfach zurückweichen würden. Als sie das nicht taten, hatten sich die Beamten wieder zurückgezogen und die Eigentümerfamilien darauf hingewiesen, dass eine Räumung des Werkes vermutlich doch mit mehr Aufwand verbunden wäre. Ergänzt hatte der Einsatzleiter diese Information mit einem Appell, doch den Verhandlungsweg nicht zu schnell zu verlassen.

Ludwig Spaten ging ganz in diesem Sinne mehrfach auf die Werksbesetzer zu und diskutierte mit ihnen. Doch auf die zentrale Forderung der Werksbesetzer, das Werk zu erhalten und auf die Instandhaltung von Lastwagen umzustellen, wollten die Eigentümer nicht eingehen.

In den nächsten Tagen passierte nichts. Die Eigentümerfamilien setzten darauf, dass das Interesse der Medien wieder erlahmen würde, wenn es keine neuen Entwicklungen gab. Und ihre Strategie ging auf. Während die ersten Tage gleich mehrere Fernseh- und Radioübertragungswagen vor Ort waren, war nun, am fünften Tag der Besetzung, nur noch ein Radiowagen des WDR da. Die Regionalzeitungen berichteten zwar immer noch täglich, aber jetzt bekam die Berichterstattung eine neue Richtung…

Dr. Spaten wusste, von welchen Firmen gerade Waggons zur Reparatur im Werk waren. Nun sprach er die Firmen gezielt an und man verabredete, was diese sagen würden, wenn sich die Presse bei ihnen melden würde. Gegenüber der Presse hielt sich Dr. Spaten zurück. Um mit der Presse zu sprechen, hatten die Eigentümer einen PR-Berater engagiert. Dieser führte verschiedene Vier-Augen-Gespräche mit einzelnen Journalisten und wies sie darauf hin, dass die egoistischen Proteste der Werksbesetzer woanders Arbeitsplätze kosteten. Den darauf fragend reagierenden Journalisten nannte er die Namen einiger Firmen, die vergeblich auf ihre fertigen Waggons warteten.

Die Journalisten nahmen den neuen Aspekt dieses Themas gerne auf. Denn mittlerweile war die Story praktisch zu Ende erzählt und so freuten sie sich über den neuen Dreh, mit dem sie sie weiterführen konnten. Außerdem hatte jede Geschichte mindestens zwei Seiten und die Journalisten fühlten sich besser, jetzt auch die andere Seite darzustellen. So kam es, dass zur Überraschung der Werksbesetzer auch Artikel erschienen, die die Probleme derjenigen Firmen beschrieben, die vergeblich auf ihre Eisenbahnwaggons warteten. Der Vertreter einer Spedition, die sich auf den schienengebundenen Massengütertransport spezialisiert hatte, wurde mit der Aussage zitiert: »Weil wir unsere Waggons nicht wiederbekommen, mussten wir schon erste Aufträge absagen. Wenn das so weitergeht, stehen wir bald vor den ersten Entlassungen.«

Ulrich Merker, der die Zeitung als erster gelesen hatte, rief umgehen den gesamten Betriebsrat zusammen. Und auch Marwitzki als Gewerkschaftsvertreter sollte dazukommen. Nachdem alle da waren, warf Merker die Zeitungen auf den Tisch. »Was ist das denn bitte schön für eine riesengroße Scheiße? Kann mir mal jemand erklären, warum wir plötzlich die Blöden sind?«

»Aber du wolltest doch unbedingt die Werksbesetzung«, entgegnete Karsten Koch. »Nun schrei hier nicht so rum, als könntest du nichts dafür!« Eine hitzige Diskussion entwickelte sich, bei der sich nur Marwitzki und der Betriebsratsvorsitzende Jürgen Schneider zurückhielten. Erst, als sich Ratlosigkeit breitmachte, meldete sich Peter Marwitzki wieder zu Wort. »Selbstverständlich hatten wir gehofft, dass wir das Werk erhalten können und das war auch unsere offizielle Forderung. Aber ich erinnere daran, was wir ganz am Anfang gesagt haben: Das Ziel ist es, dass wir uns nicht einfach wie Hunde mit eingezogenem Schwanz vom Hof jagen lassen. Und Ziel ist außerdem, dass mehr herausspringen muss, als dass dieser Monatslohn einfach nur der letzte ist.«

Koch knurrte ihn mürrisch an. »Du hast leicht reden, um deinen Job geht es nicht!«

»Kollegen«, entgegnete Marwitzki und schaute dabei erst Koch, dann aber nach und nach alle an, holte tief Luft und wiederholte das »Kollegen«, um dann weiterzusprechen: »Wenn ein solches Werk geschlossen werden muss, dann gibt es hinterher immer noch viel zu tun ...« und dann erläuterte er seinen Plan und nach und nach waren die anderen einverstanden. Noch am selben Nachmittag traf sich die Verhandlungsrunde. Marwitzki hatte nun, da die Entscheidung zum Verhandeln gefallen war, darauf gedrängt, dies möglichst schnell zu tun. Die Presseberichte wurden schlechter und so konnte es passieren, dass in relativ kurzer Zeit auch die öffentliche Meinung umschlug. Das würde ihre Verhandlungsposition deutlich schwächen.

Die Verhandlungsrunde, die sich kurz darauf zusammenfand, bestand lediglich aus vier Personen: Auf der einen Seite Peter Marwitzki und Jürgen Schneider. Auf der anderen Seite Dr. Ludwig Spaten und Dr. Stefan von Mohr. Von Mohr war Rechtsanwalt und vertrat die beiden Eigentümerfamilien.

In den nächsten Stunden wurde gerechnet, gezählt und verhandelt. Immer wieder gingen Schneider und

Marwitzki raus, um sich mit den Kollegen zu beraten. Auch Dr. von Mohr verließ mehrfach den Verhandlungsraum, um seine Auftraggeber anzurufen und sich mit ihnen abzustimmen. Am Ende stand die Lösung, die beide Seiten mittragen konnten. Unter der Überschrift *Rückbau des Bahnbetriebswerkes* standen die folgenden Punkte:

— *Das Werk wird innerhalb der kommenden drei Jahre schrittweise zurückgebaut.*
— *Für den Rückbau werden 16 Personen benötigt. Alle Mitarbeiter, die zum Stichtag 31. Mai 1982 60 Jahre alt sind, werden bis zum Erreichen des Rentenalters weiter beschäftigt.*
— *Alle anderen Mitarbeiter erhalten für jedes Jahr der Werkszugehörigkeit eine Abfindung in Höhe eines Monatsgehaltes.*
— *Jeder Mitarbeiter erhält einen einmaligen Weiterbildungszuschuss in Höhe von 2.500,– DM.*
— *Mit der Unterzeichnung dieses Papieres durch den Betriebsrat und den bevollmächtigten Vertreter der Aktionäre endet die Werksbesetzung. Die Arbeiten werden fortgesetzt, auslieferungsbereite Waggons werden zur Abholung bzw. Auslieferung freigegeben.*
— *Der Rückbau des Werkes beginnt am 1. August 1982.*
— *Mit dem Beginn des Rückbaues scheiden alle Mitarbeiter des Werkes aus, die zum Stichtag 31. Mai 1982 jünger als 60 Jahre sind.*

Die *Bochumer Waggonschlacht* war zu Ende und das Werk wurde schrittweise statt auf einen Schlag geschlossen. Für Peter Marwitzki war dies der Startschuss zu seinem langen Weg an die Gewerkschaftsspitze.

Während sich Marwitzki noch mit der Betriebsbesetzung gegen die negativen Auswirkungen des Strukturwandels im Ruhrgebiet zu stemmen versuchte, genoss nur ein paar Kilometer entfernt der mittlerweile 21-jährige Hermann Triller dessen positive Seiten: Er studierte im zweiten Semester an der erst vor wenigen Jahren in Bochum gegründeten Ruhruniversität. Es war Anfang der Achtzigerjahre nicht mehr wirklich außergewöhnlich, dass ein Arbeiterkind nach einer Lehre das Abitur nachholte und dann auf der Universität studierte. Aber für Triller fühlte es sich so an. Stolz und glücklich betrat er als Erstsemester im Herbst 1981 das Universitätsgelände.

Triller hatte sich entschieden, Jura zu studieren. Hätte er die Entscheidung, was er studieren wollte, ein paar Jahre früher getroffen, wäre sicherlich ein Bauingenieursstudium, Maschinenbau oder etwas anderes Technisches dabei heraus gekommen. Aber die Erfahrungen der Ungerechtigkeit und vor allem der eigenen Hilflosigkeit während seiner Lehre ließen ihn nicht los. Er wollte seine Chance nutzen, den Aufstieg zu schaffen, der Werkbank zu entfliehen und sich mit dem Handwerkszeug auszustatten, dass er nie wieder so wehrlos sein würde. So lief es auf Jura hinaus. Mit Interesse nahm er die Aktivitäten des Studentenparlamentes wahr, das wiederum den Allgemeinen Studentenausschuss, kurz AStA, wählte. Hier beobachtete er erstmals aus der Nähe, wie Demokratie funktionierte. Er sah seine Chance, selbst Macht zu bekommen und Dinge, die ihm wichtig waren, zu beeinflussen und mit zu entscheiden. Da das Studentenparlament jedes Jahr neu gewählt wurde, sollte es, da war er ganz optimistisch, eigentlich möglich sein, dort einen Platz zu ergattern.

Während seines zweiten Semesters besuchte Triller nicht nur fleißig alle Vorlesungen und Seminare, sondern auch Veranstaltungen der verschiedenen Hochschulgruppen, die im Studentenparlament vertreten waren. Schließlich entschied er sich für den Ring Christlich-Konservativer Studenten, den RCKS, eine CKP-nahe Studentenorganisation. Es waren nicht wirklich politische Überzeugungen, die ihn zum RCKS zogen, vielmehr waren es die anderen Gruppen, zu denen er nicht wollte. Die Hochschulgruppe der Jungen Gerechten solidarisierte sich ständig mit irgendwelchen Gewerkschaftsaktionen und war damit für Triller gestorben. Wenn er jemandem aus dem Weg gehen wollte, dann Gewerkschaftsfunktionären.

Bei den anderen Gruppen war es eher so etwas wie ein kulturelles Problem. Triller war, was die äußeren Formen anbelangte, ein eher konservativer Mensch. Lange Haare bei Männern, zumal wenn sie ungewaschen waren, konnte er nicht leiden. Die Treffen der linken Gruppen fingen nie pünktlich an und vorhandene Tagesordnungen und Themen wurden entweder per Abstimmung ständig geändert oder einfach ignoriert. Außerdem ging ihm das Sozialgerede auf die Nerven. Natürlich war er dankbar und froh, dass er studieren konnte, obwohl er aus einfachen Verhältnissen kam. Aber die Diskussion darüber, ob es überhaupt Prüfungen geben solle und Noten oder nicht, die fand er ziemlich bescheuert. Er wollte sich hocharbeiten und erfolgreich sein. Und wie sollte er zeigen, dass er besser war und dadurch Karriere machen, wenn es keine Noten gab?

Beim RCKS wurde er freundlich begrüßt, die Sitzung begann pünktlich und bei den Diskussionen nach der offiziellen Sitzung hinterher in der Kneipe stellte er fest, dass die Leute vom RCKS seine Einschätzung zum Thema Noten, Karriere und lange Haare teilten. Das sah er als gute Basis für sein eigenes Engagement an. Ein paar Treffen später trat er dem RCKS bei.

Hochschulpolitik hatte ihre eigenen Gesetzmäßigkeiten und Triller entdeckte hier sein Talent für das Aushandeln von Kompromissen, das Organisieren von Mehrheiten und das Belügen von Machtlosen. Jährlich fanden Wahlen zum Studentenparlament und zum AStA statt. Um immer wieder mit von der Partie zu sein, versprach er Kommilitonen im letzten Studienjahr, dieses oder jenes als Mitglied des AStA umzusetzen. Aber leider, kaum war er gewählt, vergaß er sein Versprechen – jedoch nur dann, wenn er sicher war, dass derjenige im Laufe des kommenden Jahres die Uni verlassen würde.

Gleichzeitig nutzte er sein Amt im AStA, um jüngeren Studenten, die noch ein paar Jahre bleiben und damit auch wählen würden, Wünsche zu erfüllen. So war er zwar weit davon entfernt, ein Feminist zu sein, aber er sicherte sich die Stimmen vieler Frauen im Studentenparlament für seine Wiederwahl in den AStA dadurch, dass er sich immer wieder dafür einsetzte, dass für die Frauenberatungsstelle und die Kinderbetreuung zusätzliches Geld ausgegeben wurde. Sein taktisches Geschick, sein »lockeres« Verhältnis zu vertraulichen Absprachen mit Personen, die für ihn nicht mehr wichtig waren und die Zurückhaltung, wenn es um Auftritte ging, die eine starke Außenwirkung hatten, ebneten ihm den Weg in seine ersten studentischen Ämter und Machtpositionen. Seine eigene Zurückhaltung, das Nicht-zur-Schau-Stellen seiner eigenen Person war dabei ein wichtiger Faktor.

Triller gefiel das Aushandeln, Kungeln und Macht haben. Er hatte Blut geleckt und wollte mehr. Da er sich im RCKS wohl fühlte, war es für ihn die logische Konsequenz, der Christlich-Konservativen Partei beizutreten. Im Grunde hätte es auch jede andere Partei sein können, denn Inhalte waren für ihn, zumindest innerhalb eines gewissen Toleranzbereiches, nicht so wichtig.

Als eines der wenigen Mitglieder des RCKS, das es geschafft hatte, im eher linken AStA mitwirken zu können, war er innerhalb seiner Partei auf Landes- und auf Bundesebene ein stets gern gesehener Fachmann, wenn es um Hochschulpolitik ging. Und selbst in Baden-Württemberg, wo der demokratisch gewählte AStA als Institution zur Interessenvertretung der Studenten in den 70er Jahren abgeschafft worden war, hörte man ihm interessiert zu. Hermann Triller war auch klug genug, dort oder in Bayern, wo es noch nie eine frei gewählte Studentenvertretung an den Hochschulen gegeben hatte, darauf zu verzichten, eine solche zu fordern.

Für Triller waren diese Termine in Kreisverbänden und inhaltlichen Arbeitsgruppen eine wertvolle Schule, denn so übte er das Vortragen seiner Positionen und das Werben für diese, wenn es um eine inhaltliche Weiterentwicklung ging. Was er allerdings nie machte, war, für den Vorsitz einer der Arbeitsgruppen zu kandidieren. Auch wenn am Rande von Veranstaltungen Interviews gegeben wurden und bei Podiumsdiskussionen außerhalb von Parteiveranstaltungen Teilnehmer gesucht wurden, meldete er sich nicht. Noch immer mied er das Licht der Öffentlichkeit und stahl niemandem die Schau.

Sein bundesweites Engagement hatte einen guten Nebeneffekt: Er lernte in allen Landesverbänden engagierte

Politiker kennen, die, wie es Hochschulpolitiker meistens waren, überwiegend auch noch relativ jung waren und somit noch lange in der Partei aktiv sein würden. Kontakte, die ihm in seiner weiteren politischen Karriere noch so manches Mal helfen sollten, wenn er in irgendeinem Winkel der Partei einen informellen Kontakt brauchte.

Nach seinem Studium und dem Referendariat arbeitete er zunächst als niedergelassener Rechtsanwalt.

Der Einstieg in die Führungsriege der Landespartei gelang ihm kurz nach der Beendigung seines Referendariates 1988. Nach der Machtübernahme der CKP auf Bundesebene ein paar Jahre zuvor hatte es viele Leute aus Parteiämtern auf der Landesebene nach Bonn gezogen. Es gab in den Bundesministerien eine Vielzahl interessanter Jobs zu besetzen, da erschien die Parteiarbeit ausgerechnet in einem Landesverband wie dem von Nordrhein-Westfalen wenig attraktiv. Wer wollte sich schon in einem Landesverband engagieren, bei dem die Regierungsübernahme durch die CKP auf absehbare Zeit noch unwahrscheinlicher war als ein Regierungswechsel in Bayern?

Als Triller mitbekam, dass es für das Amt des Schatzmeisters noch keinen Bewerber gab, erkannte er sofort seine Chance, sich dem Führungszirkel der Partei zu nähern. Er bat einen Freund, ihn vorzuschlagen, und kaum war der Vorschlag in der Welt, galt er für die etablierten Parteifunktionäre als der perfekte Kandidat – hier wollte jemand ein Amt übernehmen und die Arbeit machen, aber für niemanden aus dem Landesvorstand würde daraus eine Konkurrenz erwachsen. Man kannte Triller als ebenso verlässliche wie zurückhaltende Person. Es war keine Frage, dass die anderen Vorstandsmitglieder beziehungsweise diejenigen, die es werden wollten, Trillers Kandidatur unterstützten. Galt doch diese Funktion als ähnlich beliebt wie das Amt des Elternvertreters in der Schule: Viel Arbeit, wenig zu sagen und ›Danke‹ sagt auch niemand.

Hermann Triller hingegen verband mit seinem neuen Amt zwei Ziele: Zum einen berechtigte ihn die Funktion, an allen Sitzungen des Landesvorstandes teilzunehmen. Zum anderen war es ein ungeschriebenes Gesetz bei praktisch allen Parteien, dass die Mitglieder im Landesvorstand früher oder später für ihr Engagement mit einem Parlamentsmandat belohnt wurden.

Nach einem Jahr hatte er sich als Schatzmeister etabliert, und als im Herbst 1989 die Listenaufstellung für die im nächsten Frühjahr kommende Landtagswahl begann, meldete Triller seine Ansprüche an. Selbstverständlich weder laut noch öffentlich. Nein, er suchte das Gespräch mit seinem Landesvorsitzenden und bat ihn darum, sich für ihn einzusetzen. Es war für diesen keine Frage, dass der Schatzmeister der Partei einen sicheren Platz auf der Liste für die Landtagswahl bekam. Wer wollte auch einem fleißigen Mitglied des Landesvorstandes dieses Anliegen verwehren? Im Mai 1990 war es so weit: Der erst 29-Jährige Triller hatte es mit einer klugen Mischung aus Zurückhaltung, Fleiß und kaum sichtbarem Ellenbogeneinsatz geschafft, einen Sitz im Landtag von Nordrhein-Westfalen zu ergattern.

In den Folgejahren arbeitete er nach dem bewährten Prinzip weiter, dass er erst einmal niemandem auf die Füße trat, zu allen Terminen pünktlich erschien und sein Amt als Schatzmeister der Landespartei gewissenhaft weiterführte. So kam es, dass er bei der nächsten Landtagswahl fünf Jahre später wieder einen sicheren Platz auf der Landesliste erhielt und erneut in den Landtag einzog.

Doch nun wollte er sich nicht mehr mit einem Landtagsmandat und dem Ehrenamt des Schatzmeisters begnügen. Er wollte mehr Macht. Und er hatte in seinen ersten fünf Jahren im Landtag sehr genau beobachtet, welche Posten als bedeutend galten und wo die Macht tatsächlich lag. Genau dort setzte er an.

Als Schatzmeister der Partei wusste er, dass Heiner Jensen ernsthafte finanzielle Probleme hatte. Heiner Jensen war der Parlamentarische Geschäftsführer der Landtagsfraktion. Als »PGF«, wie er bei den Abgeordneten nur genannt wurde, war er so etwas wie der Manager der Fraktion. Detailwissen war nicht notwendig, aber ein guter Überblick und vor allem das Talent, Kompromisse zu schmieden und im Hintergrund Strippen zu ziehen.

Heiner Jensen musste bei knappen Abstimmungen im Parlament dafür sorgen, dass alle Abgeordneten auch wirklich da waren. An manchen Tagen kam er sich vor wie eine Kindergärtnerin. Seine Arbeit war anstrengend und zeitintensiv, dabei aber nicht öffentlichkeitswirksam. Tatsächlich kannte ihn außerhalb des Politikbetriebs kaum jemand. Er fühlte sich in seinem Job absolut sicher und konkurrenzlos. Welcher andere Politiker, so dachte er häufiger, wollte schon einen Job haben, der ihn weder in die Zeitung noch ins Fernsehen brachte?

Aber Hermann Triller wollte es. Er wollte es sogar so sehr, dass er sein Wissen nutzte, um Heiner Jensen aus dem Weg zu räumen.

Heiner Jensen war der wichtigste Mitarbeiter des Fraktionsvorsitzenden. Er handelte mit den Geschäftsführern der Fraktionen der anderen im Parlament vertretenen Parteien aus, über welche Themen wie lange und zu welcher Tageszeit geredet wurde. Was erst abends um sieben im

Landtag auf der Tagesordnung stand, fand fast nie den Weg in die Medien – die Zeitungen für den nächsten Tag waren bereits geschrieben, und auch für das Radio oder die Regionalnachrichten im Fernsehen kam es zu spät. So entschärfte er manches Thema, das auf diese Art und Weise zwar im Landtag diskutiert wurde, aber von der Öffentlichkeit nicht wahrgenommen wurde. Andererseits nutzte er seinen Einfluss auf die Tagesordnung, um Leuten aus seiner Fraktion, denen er wohlgesonnen war, einen guten Auftritt zu verschaffen: Er achtete darauf, dass deren Themen gegen Mittag auf die Tagesordnung kamen. Damit war fast garantiert, dass die entsprechenden Reden Spuren in den Medien hinterließen. Heiner Jensen wusste um seine Macht, und er wusste, dass die anderen in der Landtagsfraktion der CKP dies ebenfalls wussten. Deshalb fühlte er sich unangreifbar. Aber gerade diese Macht und die scheinbare Unangreifbarkeit reizten Herrmann Triller.

Zwei Tage nach der Landtagswahl lud Triller Jensen zum Essen ein.

Der Wahlkampf war vorbei und die CKP würde mit Sicherheit weitere fünf Jahre in der Opposition verbringen. Die Koalitionsverhandlungen zwischen der GPD und dem Ökologischen Bündnis 2000 liefen gerade an und ihnen galt das gesamte Medieninteresse. Die CKP konnte es nun ruhig angehen lassen. Zum Regierungswechsel hatte es zwar nicht gereicht, aber der leichte Stimmengewinn sorgte dafür, dass der Partei- und Fraktionsvorsitzende in seinen beiden Ämtern unangefochten würde weitermachen können. Es war also Zeit, nach den Wochen der Hektik das eine oder andere Gespräch in kleiner Runde oder auch nur zu zweit zu führen.

Triller und Jensen trafen sich bei einem kleinen Italiener in der Düsseldorfer Altstadt. Zum obligatorischen Altbier bestellte sich Triller eine Salamipizza, während Jensen einer Portion Spaghetti mit Steinpilzsoße den Vorzug gab.

Nach jeder Wahl werden die Karten innerhalb einer Parlamentsfraktion neu gemischt. Wer bekommt welchen Sprecherposten? Wer wird Arbeitsgruppenvorsitzender oder gar stellvertretender Fraktionsvorsitzender? Jensen war es aus seiner langjährigen Tätigkeit als Parlamentarischer Geschäftsführer gewohnt, dass gerade relativ junge Abgeordnete das Gespräch mit ihm suchten, wenn es um das interne Weiterkommen ging. Jeder wusste um seine guten Kontakte zum Fraktionsvorsitzenden und um seine Entscheidungsbefugnisse bei den Angestellten der Fraktion. Und natürlich hatte er im internen Machtgefüge der Fraktion ein gehöriges Wörtchen bei der Frage mitzureden, wer welchen Sprecherposten bekam. Und so saß er entspannt mit Triller zusammen, aß auf dessen Kosten leckere Spaghetti und wartete darauf, dass dieser endlich sein Anliegen vorbringen würde. Für Jensen war es völlig klar, dass Triller nach seiner über sechsjährigen Arbeit als Schatzmeister jetzt einen der wichtigen Sprecherposten haben wollte und ihn dafür um Unterstützung bitten würde. Und da er wusste, dass der Partei- und Fraktionsvorsitzende Triller als Schatzmeister und Vertrauensperson außerordentlich schätzte, würde er sich auch dafür einsetzen.

Aber als Triller auf sein Anliegen zu sprechen kam, fiel ihm fast der Löffel aus der Hand. »Lieber Heiner«, sagte er, »leider gibt es ein Problem.« Heiner Jensen schaute ihn verwundert an. Warum war der Tonfall von Hermann

Triller nicht bittend oder wenigstens zurückhaltend, sondern eher grob, anklagend? Gelassen fragte er zurück, was denn das für ein Problem sei und wie er ihm helfen könne.

»Es geht nicht darum, wie du mir helfen könntest ...«, Triller trank einen Schluck von seinem Bier, »... es geht darum, was wir unternehmen, damit aus deinem relativ kleinen privaten Problem kein großes politisches wird.«

Noch während Jensen »ich weiß nicht wovon du redest« sagte und sich dann eine Zigarette anzündete, rauschte plötzlich das Blut in seinen Adern, und er dachte, es kann doch nicht sein, dass Triller das weiß ... woher?

»Dann will ich dir gern auf die Sprünge helfen«, entgegnete Triller. »Für deinen Mitgliedsbeitrag in der CKP hast du der Partei eine Einzugsermächtigung erteilt. Monat für Monat wird der Beitrag abgebucht. Aber vor drei Jahren kam es dann zum ersten Mal vor, dass dein Konto nicht die notwendige Deckung aufwies und die Abbuchung von der Bank nicht ausgeführt wurde. So etwas ist lästig und macht viel Arbeit. Deshalb hat unser Buchhalter mich auf das Problem angesprochen.«

Jensen schaute Triller nicht mehr an, sondern er begann auf sein Bierglas zu starren. Er wusste ja eigentlich, was jetzt kommen würde, und er ahnte auch, welches Druckmittel Triller einsetzen würde. Triller wollte einen Posten und er sollte ihm dabei helfen, diesen zu bekommen. Aber welchen wollte er? Wollte er etwa, dass er ihm dabei half, stellvertretender Fraktionsvorsitzender zu werden, oder warum fuhr er so große Geschütze auf? Das konnte er vergessen, das durchzusetzen würde nicht in seiner Macht stehen. Es gab zu viele Abgeordnete, die schon deutlich länger als Triller im Landtag waren und hervorragende Facharbeit geleistet hatten.

»Es war ein Fehler, dein Konto so oft ins Minus rutschen zu lassen. Ich wäre sonst nie auf die Idee gekommen, mich näher mit deinen Finanzen zu befassen. Und als Schatzmeister einer Partei hat man viele Kontakte zu Banken und Finanzdienstleistern und erfährt so dieses oder jenes.«

Während der Kellner zu ihnen kam, ließ Triller die Worte wirken und bestellte noch zwei Bier. Dann schaute er Jensen direkt ins Gesicht und sagte mit einem Hauch von Fürsorge in der Stimme: »Es wäre schlimm, wenn bekannt würde, dass du Spielschulden hast. Spielschulden, die so groß sind, dass dein Privatkonto immer wieder im Minus war.«

Jensen starrte Triller wütend an und zischte ihm über den Tisch zu: »Das wagst du nicht! Wenn bekannt wird, dass du einen Parteifreund verraten hast, dann ist deine politische Karriere beendet!«

»Siehst du, lieber Heiner, deshalb habe ich mich ja hier mit dir getroffen, damit wir beide in Ruhe und ganz ohne Medien und Öffentlichkeit eine Lösung für das Problem finden können.«

Jensen fing bereits an zu überlegen, wie er ihm vielleicht doch einen Posten als stellvertretender Fraktionsvorsitzender verschaffen konnte, da sprach Triller weiter: »Als Parlamentarischer Geschäftsführer bist du für die Finanzen der Landtagsfraktion verantwortlich. Als Schatzmeister der Partei bin ich für die Finanzsituation der Partei verantwortlich. Ich weiß also sehr gut, welch enorme Verantwortung du auf deinen Schultern trägst. Ich weiß aber auch, wie groß der Reiz ist, sich einfach mal bei einem dieser Konten etwas Geld zu borgen.« Triller machte eine kurze Pause, in der er sich erneut eine

Zigarette anzündete, und nahm einen Schluck von dem frischen Bier, das der Kellner gerade gebracht hatte. Dann stellte er das Bierglas ab, lehnte sich zurück, sah Jensen mit einem ernsten Gesicht an und sagte: »In vier Wochen tritt der neue Landtag zum ersten Mal nach der Landtagswahl wieder zusammen. Du solltest recht bald erklären, dass du in der jetzt beginnenden Legislaturperiode leider nicht mehr für das Amt des Parlamentarischen Geschäftsführers zur Verfügung stehst. Das würde mir«, und er sagte das mit einem fast schon kindlich-unschuldigen Blick, »die Möglichkeit geben, meinen Beitrag dazu zu leisten, dass deine persönlichen finanziellen Schwierigkeiten nicht öffentlich werden.«

Heiner Jensen war ein erfahrener Politiker, der schon so manche schwierige Diskussionen und Verhandlungen mitgemacht hatte und sich selbst als gewieften Strippenzieher beim Postengeschachere bezeichnen würde. Nur diesem in vielen, vielen Jahren erworbenen Training war es zu verdanken, dass er in dem hübschen kleinen Restaurant nicht ausflippte, sondern zumindest äußerlich ruhig blieb. »Meine persönliche finanzielle Situation geht dich und die Öffentlichkeit einen Scheißdreck an. Was soll das Ganze?«

»Du hast völlig recht, ich sehe es genauso wie du. Deine häufig schwierige finanzielle Situation geht die Öffentlichkeit nichts an.« Während sich in Jensens Kopf gerade die Frage nach dem »aber« formulierte, sprach Triller das Wort aus: »Aber die Öffentlichkeit interessiert sich für solche Dinge. Spätestens dann, wenn die BILD deine finanzielle Situation und dein Verhältnis zu Spielbanken zum Thema machen würde, würde es die Öffentlichkeit interessieren. Und meine größte Sorge ist«, und mit diesen Worten stieß Triller in eine neue Dimension der Heuchelei vor, »dass darunter nicht nur deine Familie leiden würde, sondern dass du dein Landtagsmandat abgeben müsstest. Der Druck aus der Fraktion würde so groß werden, dass du weichen müsstest. Und das«, Triller lächelte ihn an, »möchten wir doch beide vermeiden. Oder nicht?«

In Jensens Kopf rauschte das Blut, und er war kaum in der Lage, einen klaren Gedanken zu fassen.

Schließlich sagte Triller den entscheidenden Satz: »Du trittst aus gesundheitlichen Gründen zurück und schlägst mich als deinen Nachfolger vor. Ich werde alles in meiner Macht Stehende tun, dass deine private finanzielle Situation auch privat bleibt. Außerdem werde ich mich dafür einsetzen, dass du als Abgeordneter in einem attraktiven Themenfeld einen Sprecherposten bekommst.« Mit einem Lächeln auf den Lippen setzte er nach: »Ich sehe keine andere Möglichkeit, um dich vor dem politischen Untergang aufgrund deiner eigenen Fehler zu retten.«

Jensen sah ihn nur mit funkelnden Augen an, aus denen eine Mischung aus Wut und Verachtung zu quellen schien. Er sagte nichts.

Triller stand auf und sagte: »Ich sehe, dass du jetzt erst einmal etwas Zeit zum Nachdenken brauchst. Nun, vielen Dank für das angenehme Gespräch. Gerne übernehme ich die Rechnung. Ich melde mich bei deiner Sekretärin und verabrede mit ihr einen Termin, damit wir beide unser Gespräch von heute Abend recht bald fortsetzen können«.

Wortlos sah Jensen an Triller vorbei, als dieser ging.

Jensen nahm eine Zigarette aus der Schachtel und versuchte sie sich anzuzünden – doch es gelang erst beim zweiten Versuch. So sehr zitterten seine Hände. Auch wenn sein Verstand noch nicht in der Lage war zu begreifen, was gerade passiert war, so wusste er doch instinktiv, dass Triller recht hatte und dass seine politische Karriere am Scheideweg war.

Der Kellner kam, um die Teller abzuräumen. Jensen zeigte wortlos auf sein leeres Bierglas und der Kellner nickte. Bei einem weiteren Bier, einem Grappa und zwei Zigaretten ging er in Gedanken die Optionen durch, die ihm jetzt blieben.

Er könnte einfach aus gesundheitlichen Gründen auf eine Kandidatur verzichten und sich über ein paar ruhige Jahre als Hinterbänkler freuen. Doch bei dieser Überlegung wurde ihm bewusst, wie sehr er an dem ganzen Politikbetrieb hing und dass er es kaum würde ertragen können, bei so gar nichts mehr mitzureden. Er musste Triller Platz machen, aber er wollte auch nicht als Hinterbänkler verstauben. Er wollte weiterhin dabei sein. Er brauchte, so seine Überlegung, mindestens ein interessantes Sprecheramt, um politisch innerhalb der Fraktion und der Landespolitik relevant zu bleiben. Das wollte er haben. Und er würde es bekommen. Triller würde ihn unterstützen und der Fraktionsvorsitzende, mit dem er so viele Jahre erfolgreich zusammengearbeitet hatte, auch. Die Entscheidung war gefallen: Er würde verzichten und gleichzeitig Triller als seinen Nachfolger vorschlagen. Bei diesem Gedanken musste er fast kotzen. In dieser Nacht schlief Jensen ausgesprochen schlecht. Er ekelte sich vor seinem eigenen, gnadenlosen Opportunismus und erschreckend nachgiebigem Rückgrat.

Drei Wochen und zahlreiche Gespräche später traf sich der Landtag zu seiner konstituierenden Sitzung.

Triller wurde auf Vorschlag von Jensen zum neuen Parlamentarischen Geschäftsführer gewählt, und von diesem Tag an arbeitete er noch enger mit dem Fraktions- und Parteivorsitzenden zusammen. Jensen wurde zum neuen sportpolitischen Sprecher der Landtagsfraktion gewählt und freute sich bereits jetzt darauf, in dieser Eigenschaft zur Fußball-Europameisterschaft 1996 nach England zu fahren.

In den folgenden Jahren arbeitete Triller ebenso engagiert an seiner Politikkarriere wie Marwitzki an seinem Aufstieg bei den Gewerkschaften.

2002 schaffte es Triller in den Bundestag und hatte Glück. Dank seiner Erfahrungen als Parlamentarischer Geschäftsführer im Düsseldorfer Landtag bekam er die Möglichkeit, mit dem Amt als einer der vier Parlamentarischen Geschäftsführer einen relativ einflussreichen Posten zu ergattern. Eine außergewöhnliche Chance, die er gerne ergriff. Dies hatte er vor allem dem Umstand zu verdanken, dass er als Abgeordneter aus Nordrhein-Westfalen der größten Landesgruppe innerhalb der konservativen Bundestagsfraktion angehörte. In der Bundestagsfraktion wurde mit Argusaugen darüber gewacht, dass keine Region aus Deutschland bei den Posten zu gut oder zu schlecht wegkam. Und so fügte es sich, dass einerseits die inoffizielle NRW-Quote noch nicht ausgeschöpft war und Triller andererseits ernsthafte Erfahrungen als Parlamentarischer Geschäftsführer aus Düsseldorf mitbringen konnte. Als Neuling im Bundestag wurde er von der CKP/CSP-Bundestagsfraktion nicht mit Begeisterung in dieses Amt gewählt (es gab durchaus Abgeordnete aus anderen Bundesländern, die diesen Posten auch gern gehabt hätten), aber man akzeptierte den Länderproporz und seine Qualifikation.

Triller arbeitet sich rasch in seine neue Aufgabe ein und dabei arbeitete er auch immer wieder mit dem Fraktionsvorsitzenden direkt zusammen. So traf er erstmals auf Leon Hansen. Es war dann ein eher unspektakulärer Abend, an dem aus der eher allgemein guten Zusammenarbeit so etwas wie eine politische Freundschaft zu entstehen begann. Die zwei waren nach einem langen Tag im Herbst 2005 mit schier endlosen Debatten im Bundestag noch etwas trinken gegangen. Beide scheuten vor einer echten Freundschaft zurück und hielten vorsichtig Distanz. Zu oft schon hatten sie erlebt, wie jemand glaubte, in dem anderen einen guten Freund zu haben. Aber wenn es dann hart auf hart kam, wenn es um eine wichtige politische Entscheidung, um einen sicheren Listenplatz oder die Wahl für einen bestimmten Posten ging, da war es dann schnell zu Ende mit der Freundschaft.

An diesem Abend führten sie ein langes Gespräch über Macht. Sie beide besaßen und genossen sie, aber jeder auf seine Art. Leon Hansen genoss die sichtbare Macht und das Zeigen der eigenen Bedeutung, Hermann Triller die Machtausübung im Verborgenen. Hansen liebte die Bühne, Triller den Backstagebereich. Ihnen wurde an diesem Abend klar, dass sie beide nach ganz oben wollten, unter *ganz oben* verstanden sie jedoch unterschiedliche Orte. Deshalb waren sie ein ideales politisches Team. Mit dieser Auslotung hatte Hermann Triller einen wesentlichen Schritt auf seiner persönlichen Karriereleiter gemacht, denn die beiden beschlossen ihre Zusammenarbeit auf Basis des gegenseitigen Vertrauens darauf, dass der eine dem anderen nicht in die Quere kommen würde, auszubauen. Weil der Parlamentarische Geschäftsführer der wichtigste Organisator des parlamentarischen Machtapparates war, wollte der Fraktionsvorsitzende Leon Hansen auf diesem Posten eine Vertrauensperson haben. Und Hermann Triller wollte den Job haben. Das Amt eines zweiten Parlamentarischen Geschäftsführers hatte ihm gut gefallen, doch jetzt wollte er mehr.

Nachdem sie sich erst einmal einig waren, bedurfte es keiner großen Anstrengung, den bisher amtierenden Parlamentarischen Geschäftsführer dazu zu bewegen, nicht erneut zu kandidieren. Hansen machte ihm deutlich, dass er seine Kandidatur zum Vizepräsidenten des Bundestages gerne unterstützen würde. Immerhin ein bedeutendes Amt, was sich unter anderem daran ablesen lasse, dass jedem Vizepräsidenten eine erhöhte Vergütung und ein persönlicher Dienstwagen mit Chauffeur zustehe. Sollte er allerdings wieder Parlamentarischer Geschäftsführer werden wollen, dann müsse er sich leider gegen ihn aussprechen. Da Hansen als Fraktionsführer unumstritten war, blieb ihm praktisch keine andere Wahl, als seinen Verzicht auf den Posten zu verkünden.

Dank des Zuspruchs von Hansen konnte Triller zum Beginn der neuen Legislaturperiode im Herbst 2006 problemlos zum Parlamentarischen Geschäftsführer aufsteigen. Somit hatten Hansen und Triller die beiden wichtigsten Funktionen in der CKP/CSP-Bundestagsfraktion inne.

Drei Jahre später kam es schließlich zu der vorgezogenen Neuwahl, die Hansen und Triller ins Kanzleramt gebracht hatte. Und jetzt, im Jahr 2012, und somit rund drei Jahre nach dem berauschenden Wahlabend, waren die beiden die entscheidenden Teile einer eingespielten

Machtmaschine: Triller schlug innerhalb des Kanzleramtes den Takt, während Hansen als Bundeskanzler über den Kurs entschied.

Ein zweites Mal las Triller den Brief, den Marwitzki an den Bundeskanzler geschrieben hatte:

Sehr geehrter Herr Bundeskanzler,

die Sozialpartnerschaft von Arbeitgebern und Gewerkschaften ist ein konstitutives Element unserer sozialen Marktwirtschaft. Gemeinsam ist es uns gelungen, in einem fairen Interessensausgleich einerseits die deutsche Wirtschaft wettbewerbsfähig zu halten und international erfolgreich zu machen, und andererseits die Lebensqualität der Menschen in diesem Land Schritt für Schritt zu verbessern. Was könnte diesen Erfolg besser zusammenfassen als das Wortpaar »Exportweltmeister und Fünf-Tage-Woche«.

Doch dieses Gleichgewicht, sehr geehrter Herr Bundeskanzler, ist ins Wanken geraten. Infolge des erreichten Wohlstandes haben immer mehr Arbeitnehmer den Gewerkschaften den Rücken gekehrt. Die ehemals schlagkräftigen berufsspezifischen Gewerkschaften mussten sich aufgrund ihrer schwindenden Mitgliederzahlen zu Mischgewerkschaften zusammenschließen, die irgendwie die Interessen ihrer Mitglieder vertreten. Aber weil die Mitglieder aus so vielen verschiedenen Sparten kommen, können die so entstandenen Mischgewerkschaften von niemandem die Interessen so richtig vertreten. Die Arbeitgeber können die Arbeitsbedingungen zunehmend diktieren.

Um das Erfolgsmodell soziale Marktwirtschaft zu sichern, brauchen wir starke Gewerkschaften, die konkrete Arbeit-

nehmergruppen vertreten. Die LOKFÜHRERGEWERKSCHAFT *ist eine dieser dynamischen und durchsetzungsstarken Gewerkschaften, mit denen die Sozialpartnerschaft neu belebt werden kann.*

Im Zuge der Tarifauseinandersetzungen werden die dynamischen Gewerkschaften, die sich auf bestimmte Arbeitnehmergruppen konzentrieren, als Spartengewerkschaften, die ihre Partikularinteressen über das Gemeinwohl stellen, verunglimpft. Eine Allianz alternder Gewerkschafts- und Arbeitgeberfunktionäre steht der Modernisierung der Sozialpartnerschaft im Weg.

Sehr geehrter Herr Bundeskanzler, die soziale Marktwirtschaft braucht starke Interessensvertreter sowohl bei den Arbeitgebern als auch bei den Arbeitnehmern. Es wäre ein wichtiges Zeichen für die Zukunft einer modernen Sozialpartnerschaft, wenn Sie, sehr geehrter Herr Bundeskanzler, auf dem nächsten Bundeskongress von der LOKFÜHRERGEWERKSCHAFT *am 15. Juni 2012 sprechen könnten. Ganz herzlich lade ich Sie dazu im Namen der* LOKFÜHRERGEWERKSCHAFT *ein.*

Mit freundlichem Gruß
Peter Marwitzki
Vorstandsvorsitzender der LOKFÜHRERGEWERKSCHAFT

Triller lächelte und dachte, ganz schön dreist von diesem Marwitzki, einfach einen Jammerbrief an den Kanzler zu schreiben und zu hoffen, dass er sich davon beeindrucken lässt. Der Kanzleramtsminister kam nicht umhin, Marwitzki für dieses Vorgehen Respekt zu zollen. Wer weiß, vielleicht würde Hansen sogar auf die Idee kommen, die Einladung anzunehmen oder zumindest den Arbeitsminister zu schicken oder ein schriftliches Grußwort schreiben zu lassen.

Aus Trillers Perspektive bestand die ernsthafte Gefahr, dass Hansen eine Unterstützung von der LOKFÜHRERGEWERKSCHAFT als grundsätzliches Bekenntnis zur Tarifpartnerschaft interpretierte und sich deshalb entschloss, deren Bundeskongress durch irgendeine Form von Präsenz der Bundesregierung zu unterstützen.

Aber dafür müsste er wissen, überlegte Triller, dass es diesen Bundeskongress gibt und dass er dahin eingeladen worden ist.

Bisher hatte der Kanzleramtsminister Hermann Triller ausschließlich im Interesse des Kanzlers und der Bundesregierung entschieden, welche Anfragen es bis zum Kanzler schafften und welche nicht. Diesmal beschloss er, die Entscheidung von seinen eigenen Interessen abhängig zu machen. Triller rief seine Sekretärin. »Bitte schicken sie dem von der LOKFÜHRERGEWERKSCHAFT eine Eingangsbestätigung und den Hinweis, dass wir uns wieder bei ihm melden.« Und dann nannte er ihr noch ein paar Personen, mit denen er telefonieren wollte. Mit einem kurzen Nicken bestätigte sie ihm die Arbeitsanweisungen und ging wieder in ihr Büro, um die entsprechenden Telefontermine ihres Chefs zu organisieren.

Etwa zur gleichen Zeit saß Marwitzki mit den anderen Vorständen der LOKFÜHRERGEWERKSCHAFT zusammen.

Heinz Lummel, einer der zwei Vizevorstände, sagte zu Marwitzki: »Peter, glaubst du wirklich, dass wir einen Vertreter der Bundesregierung zu unserem Bundeskongress bekommen?«

»Ja,« entgegnete Marwitzki, »das wird schon klappen.«

»Wir brauchen dringend einen Erfolg.«, ergänzte Horst Bütow, ein weiterer Vize-Vorstand. »Der öffentliche Druck der Arbeitgeberverbände und der traditionellen Gewerkschaften zeigt langsam Wirkung! Wir verzeichnen kaum noch Eintritte und wenn ich die Kolleginnen und Kollegen frage, warum sie nicht zu uns kommen, dann drucksen die alle nur rum. Tatsache ist aber, dass wir kleinen Gewerkschaften mittlerweile schon fast ein so schlechtes Image haben wie Versicherungsvertreter.«

Marwitzki schaute seine drei Vorstandskollegen verärgert an: »Ihr übertreibt. Es stimmt natürlich, dass unsere Arbeit kein Selbstläufer ist, aber ...«

»Nichts aber«, unterbrach ihn Bütow, »unser Image wird immer schlechter. Nimm die Piloten, die Krankenhausärzte oder uns. Immer heißt es, dass eine kleine Gruppe ihre Macht ausnutzt, nur um für sich Vorteile rauszuholen und dass sie damit dem Rest schadet. Und jetzt erklär mir mal, wie du darauf kommst, dass es mit einer Teilnahme des Bundeskanzlers oder zumindest eines Vertreters der Bundesregierung schon klappen würde. Was macht dich da so zuversichtlich?«

»Gerne.« Marwitzki zündete sich die Zigarette an, inhalierte einmal tief und sagte dann: »Wenn im Kanzleramt eine Einladung eingeht, mit der das Büro des Kanzlers nicht direkt etwas anfangen kann, dann geht die in die zuständige Fachabteilung zur Prüfung. Es soll verhindert werden, dass der Kanzler etwa bei einer kleinen und völlig unbedeutenden Veranstaltung auftaucht, aber genauso muss verhindert werden, dass ein wirklich wichtiger Termin übersehen wird. In unserem Fall können wir davon ausgehen, dass es sowohl beim Arbeitsministerium als auch beim Verkehrsministerium eine Anfrage geben wird, wie die uns beurteilen. In beiden Ministerien kenne ich wichtige Menschen, die ich angesprochen habe. Sie werden es für dringend angeraten halten, dass der Kanzler zu unserem Bundeskongress kommt. Aber damit nicht genug.«

Marwitzki genoss die gespannten Blicke der anderen beiden, als er sich einen frischen Kaffee einschenkte. Dann sprach er weiter: »Ich kenne einige Bundestagsabgeordnete schon seit vielen Jahren. Sie alle werden sich an unterschiedliche Referenten im Kanzleramt wenden. Mit anderen Worten: Überall, wo der Bundeskanzler nachfragen lässt, ob er sich mit uns treffen sollte, wird er ein klares und deutliches *Ja* als Antwort bekommen.«

»Und wenn er nicht kommt?«, entgegnete Lummel.

»Dann wird er einen Vertreter schicken. Ich garantiere euch, dass ein Vertreter der Bundesregierung zu unserem Bundeskongress kommen wird. Das wird ein großer Erfolg für uns!«

Während Marwitzki große Versprechungen machte, rief Triller ungefähr zum selben Zeitpunkt Elisabeth Preuß, die Staatsekretärin im Bundesverkehrsministerium an. »Es gibt eine Anfrage an den Bundeskanzler, auf dem Bundeskongress der LOKFÜHRERGEWERKSCHAFT zu sprechen. Ich halte es jedoch für keine gute Idee, wenn sich die Bundesregierung auf diesem Weg in die innergewerkschaftlichen Auseinandersetzungen hineinziehen lassen würde. Was meinen Sie?«

Preuß, die schon ziemlich unsensibel hätte sein müssen, um nicht zu verstehen, was der Kanzleramtsminister von ihr wollte, entgegnete: »Diese Gewerkschaft spielt in der Eisenbahnbranche eine gewisse Rolle, das kann man nicht leugnen. Allerdings ist sie weit davon entfernt, eine Mehrheit zu vertreten. Genau genommen ist sie eine Spartengewerkschaft, die keine zentrale Rolle spielt.«

»Verstehe ich sie richtig, dass wir von einer Spartengewerkschaft sprechen, die nicht die Branche vertritt, sondern lediglich Partikularinteressen innerhalb der Branche? Und dass daraus folgt, dass die Anwesenheit eines Vertreters der Bundesregierung auf deren Bundeskongress nicht angeraten ist?«

»Ja, so sehe ich das«, antwortete Preuß.

»Vielen Dank für ihre Einschätzung, liebe Frau Kollegin. Dann gehe ich davon aus, dass die offizielle Antwort ihres Hauses auf die schriftliche Anfrage aus dem Kanzleramt ebenso ausfällt.« Nach dem Austausch einiger Höflichkeiten war das Telefonat beendet. Anschließend führte Triller ein zweites Telefonat mit dem Staatssekretär aus dem Arbeitsministerium, in dessen Arbeitsbereich die Gewerkschaften fielen. Das Ergebnis dieses Telefonates war das gleiche.

Rund drei Wochen nach den Telefonaten, es war zwischenzeitlich Ende April geworden, lag dem Kanzleramtsminister die Bewertung der Fachabteilung vor. Und sie war so ausgefallen, wie er es sich gewünscht hatte. Der entscheidende Satz lautete: *In Übereinstimmung mit den fachlichen Bewertungen des Bundesministeriums für Arbeit sowie des Bundesministeriums für Verkehr kommen wir zu der Einschätzung, dass die Teilnahme eines Vertreters der Bundesregierung an dem Bundeskongress der* LOKFÜHRERGEWERKSCHAFT *nicht angezeigt ist.*

Triller musste grinsen. Dann sagte er zu seiner Sekretärin: »Bitte schicke dem Marwitzki von der LOKFÜHRER-

GEWERKSCHAFT eine Zwischenmeldung, dass wir noch nicht sicher sagen können, ob der Bundeskanzler kommen wird.« Was er nicht sagte, aber dachte: Wenn der so einen Brief liest, dann denkt er, dass zwar der Bundeskanzler eher nicht kommt, aber bestimmt ein anderer Vertreter der Bundesregierung.

Ungefähr zeitgleich mit der Terminanfrage lief die Vorbereitung der Rede des Bundeskanzlers auf dem jährlichen Arbeitgebertag. Dass er an dieser Veranstaltung teilnehmen würde, stand nie in Zweifel. Der Arbeitgebertag gehörte zu den mit Abstand wichtigsten Terminen der deutschen Wirtschaft und damit stand er auch bei der Terminplanung des Kanzlers ganz oben. Die Frage war nicht, ob der Bundeskanzler zum Arbeitgebertag kam. Die Frage war lediglich, wie es terminlich möglich gemacht wurde, dass er kommen konnte.

Als Kanzleramtsminister schaltete sich Triller gelegentlich bei der Vorbereitung besonders wichtiger Termine des Kanzlers ein. So fiel es nicht weiter auf, dass er bei dem Redemanuskript ein paar Anmerkungen hatte und einen Absatz zur Sozialpartnerschaft einfügte.

Mitte Mai, es waren nur noch drei Wochen bis zum Bundeskongress der LOKFÜHRERGEWERKSCHAFT und zwei Wochen bis zum Arbeitgebertag, erhielt Marwitzki den lang ersehnten Brief.

Seine Sekretärin, die alle seine Briefe öffnete, hatte ihm den Brief nicht gesondert gegeben, sondern ihn in die Postmappe gelegt, wie sie es mit jedem Brief tat. Marwitzki wunderte sich etwas. Schließlich wusste seine Sekretärin doch, wie sehr er auf diesen Brief gewartet hatte und da hätte sie ihm den doch auch gleich geben können. Wer würde wohl auf dem Bundeskongress sprechen? Der Bundeskanzler? Nein, der wohl nicht, dann wäre die Zusage früher gekommen. Aber vielleicht der Verkehrs- oder Arbeitsminister?

Marwitzki faltete den Brief auseinander und begann zu lesen. Und nach wenigen Zeilen wusste er, warum ihm seine Sekretärin den Brief nicht persönlich gegeben hatte. Sie wollte nicht die Überbringerin der schlechten Nachricht sein. *Leider müssen wir Ihnen mitteilen, dass aus terminlichen Gründen weder der Bundeskanzler noch ein anderer Vertreter der Bundesregierung an Ihrer Veranstaltung wird teilnehmen können.*

Kein weiterer Hinweis auf ein anderes Mitglied der Bundesregierung, ja nicht mal das Angebot eines schriftlichen Grußwortes! Marwitzki war schockiert. Er hatte so sehr das Maul aufgerissen vor seinen Gewerkschaftskollegen, dass er nun bis auf die Knochen blamiert war. Und woher sollte er jetzt vernünftigen Ersatz bekommen? Drei Wochen vor der Veranstaltung?

Gleich am nächsten Tag kam der Vorstand der Gewerkschaft zur Krisensitzung zusammen. Marwitzki musste viel Wut, aber auch Häme, Spott und vor allem echte Enttäuschung ertragen. Doch schließlich einigte man sich auf das weitere Vorgehen: Da bisher keine Zusage des Kanzlers oder eines Vertreters vorgelegen hatte, hatten sie klugerweise auf eine entsprechende Ankündigung im Programm verzichtet. Das sollte eigentlich kurzfristig erfolgen; schon allein, um die Medien neugierig zu machen. Also beschlossen sie, aus der Not eine Tugend zu machen: Wer auch immer sie fragen würde, warum kein Politiker auf ihrem Bundeskongress sprechen würde, dem würden sie dies als Zeichen ihrer politischen Unabhängigkeit verkaufen.

Nach außen wurde diese Linie gehalten, doch nach innen war das laute Grummeln kaum zu überhören. Sie hatten Marwitzki nicht zuletzt deshalb geholt, weil er über erstklassige politische Kontakte verfügte. Und nun so etwas!

Zwei Wochen später hatten sich die Gemüter wieder weitgehend beruhigt und die Vorbereitungen des Bundeskongresses liefen planmäßig weiter. Doch die Rede des Bundeskanzlers auf dem Arbeitgebertag brachte nicht nur das Blut der Gewerkschafter wieder in Wallung, sondern das Fass zum Überlaufen.

Peter Marwitzki wusste natürlich, dass der Bundeskanzler eine Woche vor ihrem eigenen Bundeskongress auf dem Arbeitgebertag sprechen würde. Aber er hatte dem keine besondere Bedeutung beigemessen. So war er auch völlig überrascht, als ihn die ersten Anrufe von Journalisten erreichten, was die LOKFÜHRERGEWERKSCHAFT denn zu den Äußerungen des Kanzlers sagen würde.

Peter Marwitzki bat einen der anrufenden Journalisten, ihm das Redemanuskript aus der Pressemappe zuzumailen. Im Nu hatte er das Manuskript vor sich liegen und begann zu lesen. Als er die entscheidende Stelle gefunden hatte, da wusste er, dass er jetzt ein echtes Problem hatte. *Das Herz unseres Wohlstandes ist die soziale Marktwirtschaft. Das ist der faire Ausgleich zwischen den Interessen der Arbeitgeber einerseits und der Arbeitnehmer andererseits. Wo andere Länder Produktionsausfälle und Schlimmeres erleiden müssen, sichert die Sozialpartnerschaft von Arbeitgebern und Gewerkschaften den Betriebsfrieden in diesem Land und damit die Produktivität. Der Erhalt des Betriebsfriedens erfordert verlässliche Sozialpartnerschaft und nicht den Sieg von Einzelinteressen über das Wohl gan-*

zer Betriebe oder gar ganzer Branchen. Ich will mich nicht in die Arbeit der Sozialpartner einmischen. Aber bitte erlauben sie mir an dieser Stelle eine Bemerkung: So wie wir Arbeitgeber brauchen, die nicht nur an den kurzfristigen Profit denken, sondern auch an das langfristige Wohl einer Firma und ihrer Angestellten, so brauchen wir auch Gewerkschaften, die das Interesse aller Angestellten eines Unternehmens vertreten und nicht nur das von Piloten, Ärzten oder Lokführern.

Mit einem lauten »Scheiße« zerknüllte er den Ausdruck des Redetextes und warf ihn in den Mülleimer. Das war der absolute Super-Gau! Wochenlang machte er seinen Vorstandskollegen den Mund wässrig, wen Tolles er zum Bundeskongress als Redner heranschaffen würde, und dann kam keiner. Stattdessen so ein Scheiß!

Am späteren Abend kam Marwitzki mit den zwei Vizevorständen der Gewerkschaft zu einer Krisensitzung zusammen.

Marwitzki, der in den letzten Monaten immer das große Wort geführt hatte, blieb diesmal eher ruhig. Alle drei diskutierten engagiert die Situation. Nach einer guten Stunde sagte Lummel: »Peter, du hast uns wochenlang erzählt, dass du mit deiner Erfahrung alles im Griff hast. Aber nichts hast du im Griff.« Marwitzki wollte gerade ansetzen, um sich zu verteidigen, doch Lummel ließ das nicht zu: »Halt, jetzt hörst du uns zu! Jahrelang konnten wir mehr oder weniger ungestört unsere Arbeit machen. Als die Schwierigkeiten zunahmen, haben wir dich an unsere Spitze geholt, um uns mehr Unterstützung bei der Politik zu organisieren. Aber was passiert? Der Kanzler, der sich bisher immer aus den Auseinandersetzungen zwischen den verschiedenen Gewerkschaften herausgehalten hat, startet einen Frontalangriff auf die kleinen Spartengewerkschaften und stellt uns an den gesellschaftlichen Rand! Und wer ist auf die Idee gekommen, den Bundeskanzler anzuschreiben? Du warst das!«

Marwitzki war weiß wie eine Wand geworden, denn er spürte zwischenzeitlich, worauf diese Sitzung hinauslaufen würde.

»Wir haben dich«, schloss sich Horst Bütow seinem Vorredner an, »zu unserem Vorstand gewählt, weil wir glaubten, dass du es besser machst als dein Vorgänger. Es ist aber schlechter geworden. Unsere Probleme sind größer und nicht kleiner geworden. Die Gewerkschaft ist eine Woche vor unserem Bundeskongress geschwächt und nicht gestärkt.« Er machte eine Pause, in der die Spannung in dem Raum zum Greifen nahe war. »Sicherlich siehst du das ebenso und wir wären nicht überrascht, wenn du nun deinen Rücktritt erklären würdest – das wäre zumindest besser, als wenn wir dich auf dem Gewerkschaftskongress in einer Woche abwählen müssten.«

Am nächsten Tag verschickte die Pressestelle der LOKFÜHRERGEWERKSCHAFT diese Pressemitteilung:

Generationswechsel eingeläutet

Der bisherige Vorsitzende der LOKFÜHRERGEWERKSCHAFT, *Peter Marwitzki, macht den Weg frei für einen Generationswechsel an der Spitze einer der erfolgreichsten Gewerkschaften Deutschlands. Bereits auf dem Bundeskongress in der kommenden Woche werden die Delegier-*

ten den Nachfolger wählen. Dazu erklärt Heinz Lummel, stellvertretender Vorstand der LOKFÜHRERGEWERKSCHAFT*: »Ich danke Peter Marwitzki für seine herausragende Arbeit zum Wohl unserer Gewerkschaft und damit zum Wohl der vielen tausend Lokführer, die tagein, tagaus im Dienste der Reisenden in diesem Land stehen. In die anstehenden Tarifauseinandersetzungen müssen wir gemeinsam und geschlossen gehen. Deshalb freut es mich sehr, dass der Gesamtvorstand der* LOKFÜHRERGEWERKSCHAFT *mich einstimmig für die Nachfolge des geschätzten Kollegen Peter Marwitzki vorgeschlagen hat. Gern werde ich mich kommende Woche zur Wahl stellen.«*

Rund zwei Kilometer vom Berliner Büro der LOKFÜHRERGEWERKSCHAFT entfernt saß Triller in seinem Büro im rauchfreien Kanzleramt, las die Pressemitteilung ein zweites Mal und zündete sich eine Zigarette an, deren Rauch er genussvoll inhalierte. Ein Lobbyist, der nichts erreicht, musste gehen. Das war so und würde auch immer so sein. Für einen Moment huschte der Gedanke durch seinen Kopf, dass er dem neuen Vorsitzenden nach seiner Wahl ein kleines Glückwunschschreiben schicken könnte. Doch das wäre dann wohl zu viel. Er beschloss, weiter still zu genießen.

Verteidiger

[2012]

Leon Hansen schaute einen nach dem anderen an. Da saß Paul Ullmann, der für ihn seit gut drei Jahren als Regierungssprecher versuchte, die Presse in Schach zu halten. Ohne seinen geschickten Umgang mit den Journalisten, überlegte er, hätte wohl so manche schlechte Schlagzeile die Regierung in ernsthafte Schwierigkeiten bringen können.

Er blickte zu Hermann Triller. Ihm sah man die Jahre als Chef des Kanzleramtes deutlich an. 16-Stunden-Tage waren auch für ihn die Regel, einen Tag ohne dienstliche Telefonate hatte es für ihn seit der Wahlnacht nicht mehr gegeben. Auch die zahlreichen Zigaretten hatten ihren Teil zu seinem blassgrauen Teint beigetragen und Triller hat, so dachte Hansen nachdenklich, seinen Bauch um mindestens drei Hemdengrößen erweitert.

Heiner Mertes hatte ihm bereits als Wahlkampfleiter für die Bundestagswahl 2009 wertvolle Dienste erwiesen und war auch danach als Bundesgeschäftsführer sein wichtigster Kontakt in die Partei hinein gewesen. So wie Triller sein Sprachrohr und Seismograf zu den verschiedenen Regierungsakteuren war, so war Mertes dies zu den Landes- und Kreisverbänden der Partei. Hansen konnte sich kaum vorstellen, wie er ohne diese beiden Männer seine beiden Ämter als Bundeskanzler und Parteivorsitzender hätte unter einen Hut bekommen sollen.

Michaela Schreuner war eine der beiden anwesenden Frauen. Seine langjährige Büroleiterin sorgte dafür, dass er die tägliche Arbeit bewältigen konnte. Sie dirigierte Besucher, die sich nicht begegnen sollten, ebenso geschickt aneinander vorbei wie sie einen sechsten Sinn dafür entwickelt hatte, mit welchen Problemen sie den Kanzler gerade ansprechen konnte und mit welchen lieber nicht. Sie wusste ihre Macht durchaus zu schätzen – und zu nutzen. Den Vorschlag des Bundespresseamtes, dass der Kanzler künftig jede Woche per Videobotschaft etwas zu einem aktuellen Thema sagen sollte, hatte sie ihm nur deshalb so kurzfristig vorgelegt, weil er sich gerade mehrfach über die Medien geärgert hatte. Sie war sich sicher, dass er in dem Moment keinen Sinn für solch einen neuen Medienschnickschnack (wofür sie das hielt) hatte. Und sie behielt recht. Er hatte das Vorhaben rundweg abgelehnt. Mit ihrem Gespür für seine Launen hatte sie das Projekt verhindert. Und die Kollegen des Bundespresseamtes hatten sich noch bei ihr dafür bedankt, dass sie deren Anliegen so rasch vorgetragen hatte …

Und dann saß noch Christiane Hansen mit an dem Tisch. Sie war nur selten in solchen Runden dabei und somit unterstrich ihre Anwesenheit den besonderen Charakter des Treffens. Und auch das Datum und der Ort zeigten, dass es sich nicht um eine Routinebesprechung handelte. Es war der 27. Dezember 2012 und sie hatten sich im Privathaus von Hansen in Berlin-Zehlendorf getroffen.

Nachdem sie gut gegessen und getrunken hatten, ergriff Hansen das Wort:

»Ich freue mich, dass wir heute hier beisammen sind, und ich muss an ein ähnliches Treffen vor vielen Jahren denken. Das war 2003, ebenfalls kurz nach Weihnachten. Damals saßen wir noch zu viert in Hamburg zusammen und schmiedeten Pläne, wie wir die Parteiführung erobern. Heute sitzen Hermann und Paul mit dabei.« Er hob das Glas in Richtung der beiden. »Schön, dass ihr heute mit am Tisch sitzt.« Die beiden lächelten unverbindlich zurück, wussten sie doch nicht, worauf das Ganze hinauslaufen würde. Hansen fuhr fort: »In den letzten drei Jahren wart ihr, jeder Einzelne von euch, für mich die wesentlichen Stützen. Ich möchte euch ganz herzlich für eure Arbeit danken, für eure Unterstützung und auch dafür, dass ihr manchmal geduldiger mit mir wart, als ich es eigentlich verdient habe.«

Es war schon eine besondere Atmosphäre in dem Raum. Jedem am Tisch war bewusst, dass hier die mächtigsten Personen der amtierenden Bundesregierung beisammensaßen. Vor der Tür standen die Dienstwagen von Hansen, Triller und Ullmann und mehrere Beamte der Personenschutzgruppe des Bundeskriminalamtes sicherten das Gebäude. Sie alle genossen ihre Macht. Dieses Gefühl war es, das Hansen aufgriff: »In neun Monaten ist nun wieder Bundestagswahl und ich möchte die Wahl erneut gewinnen.« Er schaute in die Runde. »Ich möchte die Wahl zusammen mit euch gewinnen!«

Nun war es Ullmann, der mit etwas zuviel – dem Alkohol geschuldeten – Pathos in der Stimme sein Glas hob: »Auf die nächste Bundestagswahl und darauf, dass der neue Bundeskanzler auch der alte ist!« Die anderen stimmten mit ein. Nur Christiane Hansen stand auf, um eine neue Flasche Wein zu holen. Sie dachte in diesem Moment vor allem daran, dass vier weitere Jahre Kanzlerschaft hießen, dass sie praktisch ohne ihren Mann würde leben müssen. So stolz sie auch auf ihn war und so sehr sie ihn bewunderte, so sehr hatte ihr doch in den letzten Jahren immer wieder seine Nähe gefehlt. Dass ihr Mann als Bundeskanzler viel würde arbeiten müssen, war ihr klar gewesen. Aber dass er eigentlich gar kein Privatleben mehr haben würde, hätte sie nicht gedacht. Und was nützte ihr der berühmteste Mann, wenn sie sich praktisch nie mit ihm zeigen konnte, wenn es kaum Gelegenheiten gab, bei denen sie Seite an Seite mit ihm bei Empfängen glänzen konnte? Selbst bei den Staatsbesuchen waren sie die meiste Zeit getrennt, denn sie wurde regelmäßig von den Protokollbeamten zum Damenprogramm abgeschoben, während er Fabriken besichtigte und Gespräche führte. Während sie ihren Gedanken nachhing, ergriff Triller das Wort: »Leon, ich freue mich, dass du weitermachen willst, und ich freue mich, dass du mit uns weitermachen willst. Aber so richtig überraschend«, und dabei musste er unwillkürlich grinsen, »kommt das für uns nicht. Ich habe keinen Zweifel an deinem Willen, wiedergewählt zu werden und ich habe ebenso wenig Zweifel daran, dass die Partei dich erneut zum Kanzlerkandidaten nominieren wird.«, fuhr Triller fort. »Alles andere wäre ja auch völlig abwegig. Aber eines muss man deutlich sagen: Die Umfragewerte für die CKP sind nicht so, dass wir sicher davon ausgehen können, die Wahl zu gewinnen.«

Hansen zeigte mit dem Finger auf seinen Kanzleramtschef. »Und das, lieber Hermann, ist das, worüber ich im neuen Jahr als Erstes mit euch sprechen möchte.

Ich möchte zusammen mit euch einen Schlachtplan entwickeln, der uns das Kanzleramt für weitere vier Jahre sichert.«

Die Reaktionen am Tisch waren wie erwartet: Alle stimmten begeistert zu und aus der fast schon förmlichen Stimmung wurde wieder eine ausgelassene Runde, bei der Anekdoten aus den letzten Regierungsjahren ausgetauscht und Sprüche geklopft wurden, wie man den politischen Gegner im Wahlkampf fertig machen würde. Sie alle hatten Blut geleckt und die Jahre an der Macht genossen. Sie wollten mehr davon!

Nur Mertes war nicht ganz so euphorisch. Er hatte sich das in der Runde nicht anmerken lassen, doch rückblickend war er nicht so ganz zufrieden. Auch wenn er wusste, dass seine Funktion als Bundesgeschäftsführer der Partei eine Schlüsselposition im Machtgefüge der Partei war, konnte sie ihn doch nicht so befriedigen, wie es eine formalere Machtposition gekonnt hätte. Insgeheim war er auf Triller und Ullmann neidisch, denn die hatten ihre Büros im Bundeskanzleramt beziehungsweise im Bundespresseamt und selbstverständlich saßen sie mit am Kabinettstisch, wenn die Bundesregierung zusammenkam. Er nahm sich vor, Hansen unter vier Augen darauf anzusprechen, dass er nach der Bundestagswahl nicht weiter für das Amt des Bundesgeschäftsführers zur Verfügung stehen würde und dass er ebenfalls, wenn schon nicht Minister, dann doch wenigstens ein hohes Amt in der Regierung haben wollte, bei dem der Schreibtisch im Bundeskanzleramt stand und der Dienstwagen mit Fahrer auf dessen Parkplatz.

Aufgrund der Silvesterfeiertage und eines Kurzurlaubs von Mertes, den er skifahrend in Österreich verbrachte, traf sich die Runde erst Mitte Januar wieder, um das weitere Vorgehen zu besprechen. Nur Christiane Hansen war, anders als kurz nach Weihnachten, nicht dabei. Aber dies wunderte niemanden, war es jetzt doch eine reine Arbeitsbesprechung.

Als sie sich abends um kurz nach acht im Büro von Hansen trafen, nahm niemand von ihnen die bereitgestellten Platten mit belegten Brötchen und die Getränke bewusst wahr. Drei Jahre zuvor hätten sie sich noch darüber gefreut, dass offensichtlich irgendwo jemand daran dachte, dass man bei einer Sitzung, die erst so spät begann, Hunger hatte. Doch jetzt gehörte dies zu den vielen kleinen Privilegien der Macht, die kaum noch wahrgenommen wurden.

So saßen sie alle wieder beisammen und tauschten sich zunächst zwanglos aus. Die Männer hatten ihre Krawatten gelockert und die Jacketts auf die Sessel der zweiten Sitzgruppe in dem großen Kanzlerbüro gelegt, während Michaela Schreuner unter dem Tisch ihre unbequemen hochhackigen Schuhe abstreifte.

Dann beendete Hansen das lockere Plaudern, indem er sagte: »Wir alle haben bereits einen Bundestagswahlkampf hinter uns. Wir wissen, wovon wir reden. Keiner von uns fängt bei null an. Aber«, an dieser Stelle machte er eine kurze Pause, um seine Aussage zu betonen, »es gibt einen zentralen Unterschied, den wir unter keinen Umständen vernachlässigen dürfen: 2009 waren wir die Angreifer. Damals haben wir die Gerechtigkeitspartei aus dem Kanzleramt vertrieben. Diesmal müssen wir verteidigen und nicht erobern. Das ändert fast alles!«

Die anderen pflichteten ihm bei. Triller, der als Chef des Bundeskanzleramtes stets den laufenden Regierungsbetrieb mit im Blick hatte, ergänzte: »Während die GPD mit voller Kraft eine Attacke nach der anderen reiten kann, müssen wir jeden Tag damit rechnen, dass uns irgendein Problem von einer Seite unter Druck setzt, mit dem wir nicht gerechnet haben. Wenn ich nur daran denke, dass kurz vor der Wahl ein Lebensmittelskandal hochkocht, deutsche Soldaten im Auslandseinsatz sterben oder die BILD so eine Sozial-Geschichte hochzieht wie damals mit Mallorca-Ralf, dann wird mir ganz schlecht.«

Ullmann hingegen verwies auf den Kanzlerbonus: »Natürlich kann es immer Probleme und Schwierigkeiten geben. Und es kann immer passieren, dass sich ein Minister blöd benimmt und dies dann auf die ganze Regierung abfärbt. Aber die großen Probleme sind auch große Chancen. Denkt nur an das Hochwasser und wie Schulze in Gummistiefeln den Krisenmanager gegeben hat. Oder den Angriff der USA auf den Irak – auch daraus hat Schulze einen Wahlkampfschlager gemacht. Der Kanzler ist der Macher in der Krise, und die anderen Politiker haben sich hinter ihm zu versammeln. Deshalb ist jede große Krise eine Chance für uns. Ein Problem sind eher die kleinen Krisen, weil wir da von der Opposition angegriffen werden können. Ich will aber noch einen anderen Punkt hervorheben: Wenn wir es geschickt anstellen, dann bekommen wir dich, Leon, jeden Tag in einem positiven Umfeld in die Nachrichten.«

Dem widersprach Mertes: »Das wird nicht funktionieren. Die Presse wird natürlich berichten, aber nicht über jede kleine Wahlkampfaktion. Selbst wenn der Kanzler dabei ist, nehmen die doch nicht alles!«

»Ja klar, die nehmen nicht jeden Mist«, antwortete Ullmann, »da hast du recht. Aber wir haben es doch in der Hand, Futter zu beschaffen, das die Presse auch fressen will! Mit jedem ausländischen Staatsgast, den du empfängst«, und dabei schaute er Hansen an, »sind wir mindestens für eine kurze Meldung in der Tagesschau. Natürlich darfst du dann nicht jeden vor dem Kanzleramt empfangen, das wird irgendwann zu langweilig. Lasst uns den niederländischen Regierungschef einladen und du empfängst ihn im Holländischen Viertel in Potsdam. Mit dem argentinischen Staatschef gehst du ein Steak essen und wenn der französische Präsident kommt, dann besichtigt ihr gemeinsam die Airbus-Fabrik in Hamburg. So nutzen wir den Kanzlerbonus. So bekommen wir gute Bilder und präsentieren Hansen als geachteten Staatsmann.«

»Okay«, sagte Hansen und schaute dann zu Triller: »Bitte organisiere in Abstimmung mit dem Auswärtigen Amt entsprechende Termine. Kurze Besuche, aber effektvolle Orte, an denen wir uns treffen. Da fällt mir noch etwas ein: Michaela, ich möchte gerne, dass wir uns in dieser Strategierunde zweimal im Monat sehen und Zeit haben, über den Wahlkampf zu sprechen. Bitte organisiere diese Termine. Sie haben dann für uns alle ganz hohe Priorität – es braucht dann schon eine kleine Katastrophe, dass einer von uns nicht kommt.«

Die anderen nickten. Es war ihnen allen recht. Denn das größte Problem an der Zusammenarbeit mit dem Bundeskanzler war sein permanent übervoller Terminkalender, an dem sich auch noch ständig etwas änderte. Es brauchte nur der Staatschef eines befreundeten Staates den Kanzler sprechen zu wollen, dann wurde das fast immer zu Lasten anderer Termine ermöglicht, die dann verschoben oder gestrichen wurden. Diese Unzuverlässigkeit des Kanzlers, für die er selbst nichts konnte, nervte sie alle.

»Es gibt noch eine große Herausforderung, die indirekt auch mit dem Thema ›verteidigen statt angreifen‹ zu tun hat.« Heiner Mertes richtete sich in seinem Sessel auf.

»Aha«, brummelte Triller und sah Mertes skeptisch an. »Und welche?«

»Wir müssen unsere Leute auf die Straße bekommen. Vor vier Jahren haben unsere Leute begeistert Wahlkampf gemacht und für den Wechsel gekämpft. Jetzt erleben sie seit drei Jahren, dass auch wir nicht alles ändern konnten und dass auch wir nicht alles besser machen und ...«

Da fiel ihm Ullmann ins Wort: »Na, nun übertreib mal nicht. Wir haben doch gute Arbeit gemacht! Zum Beispiel ...«

Doch er kam nicht weiter, denn Hansen unterbrach nun wiederum ihn: »Ich glaube, dass Heiner recht hat. Die Euphorie, die es bei dem letzten Wahlkampf gab, wird es nicht wieder geben. Die kann es auch gar nicht mehr geben. Vor vier Jahren waren wir die Hoffnung, jetzt sind wir die Realität. Und in der Realität bekommt auch die schönste Frau Falten und muss mal pupsen. Deshalb kann man sie trotzdem auch nach vielen Jahren noch lieben. Aber so schön, wie eine Frau in den Augen eines frisch verliebten Mannes ist, wird sie nie wieder. Doch das macht auch nichts. Denn dafür wachsen Vertrauen, Erfahrung und Verlässlichkeit. Wer vertraut und mit jemandem gute Erfahrungen gemacht hat, der hat auch etwas zu verlieren. Das unterscheidet ihn von dem frisch Verliebten.«

»Mit Verlaub«, Triller schüttelte leicht den Kopf, »die Menschen lieben ihre Politiker nicht und viele vertrauen ihnen noch nicht einmal. Wir können unsere Leute nicht begeistern, wenn wir auf irgendwelche abstrakten Werte setzen. Wir brauchen konkrete politische Ziele. Denn dafür kleben unsere Leute Plakate und stellen sich an Wahlkampfstände. Und dafür werden wir auch gewählt!«

»Mal ganz unter uns: Das Wahlprogramm interessiert doch keinen Menschen.«, widersprach Ullmann. »Wahlprogramme sind für Oppositionsparteien wichtig, denn die müssen die Regierungspolitik inhaltlich kritisieren und eine Alternative anbieten. Wir als Regierungspartei hingegen sollten uns am besten gar nicht mit der Opposition beschäftigen. Wir sollten nicht darüber sprechen, was die anderen schlechter machen würden als wir. Denn damit würden wir sie als ernsthafte Alternative zu uns behandeln und dieses Signal auch dem Wähler geben. Wir sollten auch nicht darüber sprechen, was in unserem Wahlprogramm steht. Das ist sowieso nur Wischiwaschi und bringt uns ebenfalls auf ein Niveau mit dem politischen Gegner. Auf dem nächsten Parteitag wird es beschlossen werden und Leon wird es ein paar Tage lang überall loben und erzählen, wie toll es ist. Aber dann lasst uns Leon ganz nach vorn schieben und auf seine Erfolge aus den letzten drei Jahren verweisen. Das ist für die Menschen greifbar, da bekommen wir sie auf einer emotionalen Ebene. Dazu viele Staatsgäste und einen guten Straßenwahlkampf. Dann wird das Ganze funktionieren!«

In den kommenden Wochen trafen sie sich regelmäßig. Nur einmal musste der Kanzler eine der Strategierunden ausfallen lassen. Wegen der Euro-Krise war ein Finanzministertreffen kurzfristig zu einem Treffen der Regierungschefs ausgeweitet worden, bei dem Leon Hansen nicht fehlen durfte.

Schließlich wurde es März und Hansen wurde auf dem Parteitag erwartungsgemäß mit überwältigender Mehrheit zum Kanzlerkandidaten gewählt. Wer hätte auch ernsthaft dagegenstimmen sollen, dass der amtierende Kanzler, mit zwar keinen überwältigenden, aber eindeutig chancenreichen Umfragewerten, erneut als Kandidat aufgestellt wurde? Mit einer ebenfalls überzeugenden Mehrheit wurde ein Wahlprogramm beschlossen, das der Einschätzung, die Ullmann im Kanzleramt ein paar Wochen vorher getroffen hatte, sehr nahe kam: Von konservativ bis liberal wurden alle Parteiströmungen bedient, und zu jedem Thema von Umwelt über Arbeitsplätze, Eurokrise bis zur Familienpolitik fanden sich Aussagen. Aussagen, die allerdings so unkonkret waren, dass sie dem tatsächlichen Regierungshandeln nicht ernsthaft im Wege stehen würden.

Nach dem Parteitag begann Hansen einen Interviewmarathon, mit dem er der Partei zeigte, dass er sie ernst nahm. In jedem Interview lobte er das Wahlprogramm und dann hob er, je nach Medium, unterschiedliche Punkte hervor: In der Wirtschaftswoche legte er einen Schwerpunkt darauf, dass die Energiewende die Wettbewerbsfähigkeit der Unternehmen nicht gefährden dürfe. In der Welt betonte er, dass es auch zu einer modernen Familienpolitik gehöre, wenn Frauen sich Zeit nähmen und mehrere Jahre zu Hause bei ihren Kindern blieben. In der Frankfurter Rundschau sprach er über die Wichtigkeit, außenpolitisch verlässlich zu sein und dass Deutschland gegebenenfalls auch militärische Komponenten zur Verfügung stellen müsse, dass es mit ihm aber keine Abenteuer gebe und er friedliche Lösungen wolle. In der Süddeutschen Zeitung lobte er die Eigenverantwortlichkeit des Patienten im deutschen Gesundheitssystem, verwies aber gleichzeitig darauf, dass niemand zu stark belastet werden dürfe und seine Regierung deshalb die Praxisgebühr abgeschafft habe. Und in der BILD lobte er die Lebensleistung der Rentner und dass sich jede Rentnerin und jeder Rentner darauf verlassen könne, dass es mit ihm als Bundeskanzler keine Rentenkürzungen geben werde. Und in seinen Talkshowauftritten, zu denen er nur ging, wenn er der einzige Gast war, sprach er über alle diese Themen und lobte ganz allgemein die Wettbewerbsfähigkeit Deutschlands, die niedrigen Arbeitslosenzahlen und dass der Wohlstand durch die vielen fleißigen Menschen erarbeitet worden sei.

Es war eine gute Woche für die CKP und ihren Spitzenkandidaten, was sich auch in steigenden Umfragewerten zeigte. Ein Wahlsieg, so die Demoskopen, erschien durchaus erreichbar. Allerdings gab es ein Problem, das direkt mit Leon Hansen zusammenhing. Als die Strategierunde aus Hansen, Triller, Ullmann, Schreuner und Mertes Ende März wieder einmal zusammengekommen war, beschrieb Mertes das Problem: »Leon, wir haben jetzt die Ergebnisse einer umfassen Imageanalyse von dir bekommen und dabei zwei herausragende Ergebnisse erhalten: Zum einen giltst du in deiner Rolle als Bundeskanzler als hoch kompetent. Es gibt jedoch einen Bereich, in dem wir angreifbar sind, und das hat die Opposition offenbar ebenfalls herausgefunden.«

»Aha«, sagte Michaela Schreuner, »und was soll das sein?«

Klaus Mertes sah Leon Hansen an und sagte: »Du giltst als fern von den Menschen.«

»Das verstehe ich nicht.«, warf Michaela Schreuner ein, und Hansen schaute ebenfalls etwas ratlos.

»Das Problem«, entgegnete Mertes, »liegt darin, dass die Wahlentscheidung der Menschen meistens nicht von abstrakten Kompetenzzuschreibungen für die Lösung sachlicher Probleme entschieden wird, sondern von der Frage, über was mache ich mir ganz konkret Sorgen, welche Probleme habe oder sehe ich für mich ganz persönlich und wer ganz konkret kann mir dabei helfen, diese zu lösen? Und da kommt die Komponente des persönlichen Vertrauens ins Spiel. Um es für alle hier greifbar zu machen: Die GPD plant ein groß angelegtes Programm von Hausbesuchen durch ihren Spitzenkandidaten. Während die Wähler dich, Leon, nur im Fernsehen erleben, erleben sie den GPD-Kandidaten bei sich zu Hause. Und das schafft Vertrauen, das schafft Kompetenzwerte. Denn, so die Logik, wenn sich jemand mit seinem Programm, seinen Konzepten und Lösungsvorschlägen zu mir nach Hause traut und das direkte Gespräch sucht, dann muss er davon wirklich überzeugt sein. Dann interessiert er sich wirklich für meine Probleme und nicht nur irgendwie allgemein für die Rente, den Euro oder so. Die meisten Leute wollen nicht, dass *die* Rente sicher ist. Sie wollen, dass *ihre eigene* Rente sicher ist. Sie wollen auch nicht, dass *der* Euro gerettet wird. Sie wollen, dass *ihre eigenen* Ersparnisse gerettet werden. Natürlich machen sich die Menschen das in der Regel nicht bewusst. Aber so funktioniert es.«

»Aber der GPD-Kandidat kann doch höchstens ein paar Hundert Hausbesuche machen«, sagte Schreuner. »Was soll das bringen? Auf ein paar Hundert Stimmen mehr oder weniger wird es ja wohl am Ende kaum ankommen.«

»Da hast du recht«, sagte Mertes, »aber darauf kommt es auch nicht an. Es ist jedem klar, dass ein Kanzlerkandidat nicht zu jedem nach Hause kommen kann. Aber es funktioniert trotzdem. Das wissen wir aus den Analysen der Präsidentschaftswahlkämpfe in den USA. Wenn eine Partei ihren Spitzenkandidaten und auch einfache Wahlkampfhelfer zu einzelnen Menschen nach Hause schickt, dann kommt die Botschaft bei allen an, dass sich der Kandidat um ihre persönlichen Probleme kümmern wird. Und damit, liebe Freunde, könnten wir ein Problem bekommen. Wenn sich der Eindruck verfestigt, dass auf der einen Seite ein dem Volk entrückter Bundeskanzler regiert und auf der anderen Seite eine Alternative zur Verfügung steht, die sich meiner konkreten Sorgen annimmt, dann könnte das so manchen Wähler umstimmen. Damit allein gewinnt oder verliert niemand einen Wahlkampf. Aber wenn es knapp wird, könnten das die entscheidenden Prozentpunkte sein.«

»Okay«, meldete sich Hansen zu Wort, »das kann ich alles nachvollziehen. Aber du glaubst doch wohl nicht im Ernst, dass ich jetzt anfange, Hausbesuche zu machen?«

Nun ergriff Paul Ullmann das Wort, der während der bisherigen Diskussion geschwiegen hatte. »Die Konservative Partei und du als ihr Spitzenkandidat haben das grundsätzliche Problem, dass die Menschen sowohl die Partei als auch dich, Leon, als weit weg empfinden. In den alten Bundesländern hat die GPD das Image, näher bei den Menschen dran zu sein, in den neuen Bundesländern die Solidaritätspartei. Deshalb ist auch das Konzept der Hausbesuche, wie es die GPD verfolgt, für uns so problematisch. Sie können damit ein bestehendes positives Vorurteil bestärken und müssen es nicht erst aufbauen oder gar eines entkräften. Deshalb müssen wir, da bin ich mit Heiner ganz einer Meinung, dem etwas entgegensetzen. Wir müssen dich näher an die Menschen ran bringen. Und das werden wir tun. Im Fernsehen müssen wir an die ganzen menschelnden Talkshows ran. Du musst zu Kirner, Lunz und Maschberger, um den Menschen Leon Hansen zu präsentieren. Du musst zeigen, dass du eigentlich auch ein ganz normaler Mensch bist. Erzähle von den Problemen, die richtige Schule für deine Kinder zu finden. Erzähle von deiner Mutter und wie klein ihre Rente ist und erzähle davon, wie gerne du am Sonntag ausschläfst.«

»Aber damit haben wir doch das von euch beschriebene Problem nicht gelöst.«, sagte Hansen, dem der Gedanke daran, zu diesen Talkshows zu gehen, nicht gefiel. Ullmann, erleichtert, dass Hansen nicht sofort gegen seinen Einfall protestierte, fuhr fort: »Nein, natürlich nicht. Denn auch wenn diese Kuschel-Talkshows wichtig dafür sind, dich wieder alltäglicher, anfassbarer zu machen, so reicht das noch nicht. Das Medium, das die Menschen wohl am intensivsten lesen, ist die Lokalzeitung. Was darin steht, das betrifft die Menschen meist persönlich. Und wenn du, Leon, in diesen Zeitungen vorkommst, dann bist du näher an den Menschen, als du es mit jedem anderen Medium schaffen könntest. Die unterschwellige Botschaft wird sein: Wenn Hansen in meiner Lokalzeitung ist, dann interessiert er sich tatsächlich auch für mich und meine Belange. Du musst in die Lokalzeitungen und zwar so, dass die groß über dich berichten. Wir organisieren für dich Besuchstouren, bei denen du bis zur Wahl systematisch so viele Zeitungsredaktionen besuchst wie nur möglich.«

Hansen fragte skeptisch: »Und du glaubst, dass das funktioniert? Ich müsste doch überall das Gleiche erzählen. So viel Neues gibt es doch gar nicht zu berichten. Und wie viele Zeitungen gibt es überhaupt?«

Mertes meinte: »Zu jedem Redaktionsbesuch würden wir dir natürlich ein kleines Briefingpapier erstellen, was in den jeweiligen Regionen für Themen wichtig sind, was die Menschen beschäftigt. Wenn es eine öffentliche Diskussion um den Bau einer Umgehungsstraße gibt, könntest du über deine Verkehrspolitik sprechen. Wenn die Ärztemangel haben, dann sprichst du über deine Gesundheitspolitik und wenn es bei den Schulen Probleme gibt, dann redest du wieder über deine eigenen Kinder und die Probleme, die du früher hattest.«

»Außerdem«, setzte Ullmann hinzu, »können wir natürlich nicht jede Lokalzeitung besuchen. Schließlich haben wir über 300 Tageszeitungen in Deutschland. Aber viele von denen haben eine überregionale Zentralredaktion. Da kommen wir in die Lokalausgaben, ohne jemals da gewesen zu sein.«

»Das klingt wirklich gut.«, stellte Hansen zufrieden fest. »Aber was ist mit den großen, überregionalen Zeitungen? Sollten wir die nicht stärker nutzen?«

Darauf entgegnete Ullmann: »Nein, denn die Heimatzeitung hat die größte Glaubwürdigkeit und wird von den Menschen am intensivsten gelesen. Wenn die Leute beim Frühstück in ihrer Zeitung lesen, dass du da warst, dann hast du es über den Umweg der Zeitung auch in ihre Küche geschafft. Die großen politischen Interviews, die werden wir natürlich weiterhin in den überregionalen Leitmedien führen. Aber die Herzen der Menschen, die bekommen wir nicht über die Frankfurter Tagespost, die bekommen wir über die Lokalteile der Regionalzeitungen!«

Nachdem im vergangenen Dezember die Gesundheitsreform verabschiedet worden war und als neues Gesetz im Bundesgesetzblatt veröffentlicht wurde, hatte sich über Nacht der Arbeitsalltag von Klaus Heinrich verändert. Über ein halbes Jahr lang war er zehn bis zwölf Stunden täglich damit beschäftigt gewesen, dafür zu sorgen, dass die Interessen des Kanzleramtes nicht zu kurz kamen. Von den ersten Fragmenten des neuen Gesetzes über den Referentenentwurf bis hin zu jedem einzelnen Änderungsantrag, der im Laufe des Gesetzgebungsverfahrens eingebracht wurde, hatte er jeden Buchstaben gewissenhaft gelesen und für den Kanzleramtsminister bewertet. Einmal durfte er sogar bei einer Arbeitsbesprechung mit dem Bundeskanzler dabei sein! Umso langweiliger kam ihm sein jetziger Alltag vor. Ihm wurde schmerzlich bewusst, dass er als Referent in der internen Hierarchie tatsächlich immer noch ziemlich weit unten stand. Als Referent ohne ein Sonderprojekt war sein Referatsleiter meist der einzige Vorgesetzte, zu dem er noch Kontakt hatte. Nur gelegentlich hatte er ein direktes Gespräch mit dem Gruppenleiter, doch mit dem für seinen Bereich zuständigen Abteilungsleiter, geschweige denn mit dem Kanzleramtsminister, hatte er seit der Verabschiedung der Gesundheitsreform nicht mehr gesprochen.

Klaus saß in seinem Büro und dachte mit Wehmut daran, wie er einmal das Redemanuskript des Bundeskanzlers vorab bekommen hatte, um es inhaltlich gegenzulesen. Er hatte handschriftlich ein paar kleine Änderungsvorschläge vermerkt und es an Stefan Kössling, den Redenschreiber des Kanzlers, zurückgegeben. Zwei Tage später, als er dann die Rede hörte, kam eine seiner Formulierungen aus dem Mund des Bundeskanzlers! Es war ein unglaublich gutes Gefühl gewesen! Er spürte damals zum ersten Mal am eigenen Leib, dass Macht und Einfluss eine erotisierende Wirkung hatten, und er war froh, dass er allein war und deshalb niemand seine Erektion bemerken konnte. In diese trübe Stimmung hinein kam der Anruf aus dem Büro des Kanzleramtsministers gerade recht: Triller wolle ihn sehen. Klaus band sich schnell eine Krawatte um, zog sein Sakko an und machte sich auf den Weg in das im Hauptbau und einige Stockwerke höher gelegene Büro.

»Mein lieber Herr Heinrich«, begrüßte ihn Triller, »schön, sie wiederzusehen. Sie haben, und das haben wir beide ja auch Ende vergangenen Jahres schon mal besprochen, bei der Gesundheitsreform einen prima Job gemacht.«

»Vielen Dank.«

»In rund sechs Monaten ist die Bundestagswahl. Sie haben bereits vor vier Jahren in der Wahlkampfzentrale mitgearbeitet. Ich möchte sie bitten, dies in diesem Jahr wieder zu machen.«

Klaus rutschte etwas unruhig auf seinem Stuhl herum. Sicher, dachte er, ist es eine große Anerkennung, wenn der Kanzleramtsminister einen um etwas bittet. Kann man da überhaupt ablehnen? Aber einen Job im Kanzleramt aufzugeben, um Wahlkampf zu machen? Klaus zögerte.

Triller, den diese Zurückhaltung nicht überraschte, erläuterte ihm den Plan von der Wahlkampftour des Bundeskanzlers zu Dutzenden von Lokalredaktionen. »Wir brauchen jemanden im Wahlkampfteam, der diese Touren verantwortet. Sie sollen der verantwortliche Projektleiter sein. Sie müssen zum einen, und dafür brauchen wir ihre Fähigkeiten und Erfahrungen aus dem Wahlkampf, die

Besuche organisatorisch vorbereiten. Das wird ein riesiger Aufwand, denn die Termine des Wahlkämpfers Hansen müssen mit denen des Parteivorsitzenden Hansen und denen des Bundeskanzlers Hansen abgestimmt werden. Zum anderen brauchen wir ihr Talent zu erspüren, welche Themen und Besuche vor Ort die richtigen für Hansen sind.«

Als Klaus an dieser Stelle etwas ratlos schaute, erläuterte Triller: »Natürlich sind die politischen Botschaften klar und die Interviews wird der Regierungssprecher betreuen. Aber wir wollen bei jedem Redaktionsbesuch ein lokales Thema mit einbauen, damit Hansen den Eindruck vermitteln kann, dass er sich tatsächlich für die Belange der Menschen vor Ort interessiert. Dazu soll jeweils noch ein Termin vor oder nach dem Redaktionsbesuch kommen, damit schöne Fotos entstehen. Also ein Werksbesuch, eine kleine Fahrradtour auf dem neuen Radweg, Krabben puhlen am Hafen oder eine Helmprobe an der Bobbahn.«

»Ich verstehe«, sagte Klaus, »ich soll verhindern, dass Hansen einen Krabbenpuhltermin macht, wenn sich die Regierung ein halbes Jahr vorher für die Kürzung der Fischereisubventionen stark gemacht hat oder dass er einen Bobhelm aufsetzt, wenn wir die Sportförderung gekürzt haben.«

»Genau. Nur, dass sie das Thema positiv angehen sollten – es geht nicht nur darum, schlechte Themen zu vermeiden, sondern vor allem darum, Gewinnerthemen nach vorn zu bringen.«

»Herr Minister, ich fühle mich geehrt, dass ich diese Aufgabe übernehmen soll und habe dazu auch große Lust. Aber, wie soll ich das sagen, ähm …«

Da hakte Triller ein: »Ich denke, ich weiß, was sie beschäftigt. Sie wollen Ihren Job hier im Kanzleramt nicht einfach so für eine kurzfristige Aufgabe im Wahlkampf aufgeben.« Klaus nickte. »Da kann ich sie beruhigen. Sie werden für ihren Einsatz im Wahlkampf beurlaubt. Ihre Stelle hier wird in der Zeit nicht besetzt werden. Nach der Wahl können sie wieder auf ihren alten Platz zurückkehren. Und«, er schaute Klaus noch einmal direkt an, »ich bin mir ziemlich sicher, dass wir nach einer gewonnenen Bundestagswahl und einer gelungenen Redaktionskampagne unter ihrer Leitung eine andere Verwendung für sie haben werden, als sie als einfachen Referenten zurück in das Gesundheitsreferat zu schicken. Und – was sagen sie?«

Klaus wurde bewusst, dass er keine Bedenkzeit hatte. Der Minister erwartete jetzt sofort eine Antwort von ihm. Er musste einmal schlucken, dann sagte er: »Ich bin dabei, vielen Dank für das Angebot!«

»Sehr schön!« Der Minister stand abrupt auf und rief seine Sekretärin herein: »Frau Kreuß, der Herr Heinrich wird ab Montag bis Ende September beurlaubt. Seine Planstelle hier im Haus bekommt einen Sperrvermerk und wird nicht, auch nicht vorübergehend, neu besetzt. Bitte veranlassen sie die weiteren Schritte. Und sagen sie Mertes Bescheid, dass Herr Heinrich zugesagt hat.«

Zu Klaus gewandt sagte er: »Viel Erfolg bei ihrer neuen Arbeit. Die Kollegen aus der Wahlkampfzentrale werden sich bei ihnen melden. Fangen sie schon mal mit dem Packen an und nehmen sie sich den Freitag frei. Die nächsten Monate werden anstrengend.« Nur 15 Minuten, nachdem er das Büro des Kanzleramtsministers betreten hatte, stand Klaus Heinrich wieder davor und sein Leben hatte eine ziemlich rasche und unerwartete Wendung genommen. Er konnte sein Glück kaum fassen!

Hansen war sehr zufrieden mit der Aufstellung der Partei. Sie waren gut vorbereitet, um das Kanzleramt zu verteidigen. Das Wahlprogramm stand, die wesentlichen Positionen in der Wahlkampfzentrale waren besetzt und für ihre empfindliche Stelle, seinen fehlenden Bürgerkontakt, hatten sie mit dem Konzept der Redaktionstour auch eine Lösung gefunden. Was nun, sechs Monate vor der Bundestagswahl noch fehlte, war der sogenannte Claim. Der zentrale Wahlkampfslogan, der sich als Leitmotiv durch die Kampagne ziehen würde.

Zur Präsentation des finalen Vorschlages waren neben der Strategierunde weitere Personen eingeladen worden. Stefan Kössling, Hansens Redenschreiber, war ebenso dabei wie der Generalsekretär Germanus Heil, Walter Meyer als Fraktionsvorsitzender und, zu dessen großer Überraschung, auch Klaus Heinrich.

Mertes hatte ihn mit dem Hinweis darauf, dass er für einen wesentlichen Teil der Wahlkampfaktivitäten verantwortlich sei, dazu gebeten. Als Klaus das Arbeitszimmer Hansens betrat, wusste er ohne jeden Zweifel, dass es die richtige Entscheidung gewesen war, den Schritt in das Wahlkampfteam zu machen. Auf dem Weg der normalen Beamtenlaufbahn statt über die Partei hätte es noch mindestens 15 Jahre gedauert, bis er wieder auch nur in die Nähe des Machtzentrums gekommen wäre.

Nachdem Mertes als oberster Wahlkampfleiter noch einmal die Herausforderungen des Wahlkampfes skizziert hatte, übergab er das Wort an Rolf Tillmanns, den Leiter der beauftragten PR-Agentur, um den Claim zu präsentieren.

»Sehr geehrter Herr Bundeskanzler, meine Damen und Herren. Wir haben eine gute Bundesregierung. Dem Land geht es gut, und wir wollen, dass das so bleibt. Mit dem Claim für die Wahl wollen wir Optimismus vermitteln. Wir sind umgeben von Problemen und Herausforderungen. Und das ist gut so! Denn egal, wohin die Leute schauen, sie stellen fest, dass es ihnen besser geht als den Menschen woanders in der Welt. Lassen sie mich einige Beispiele nennen:

In Japan gab es eine Atomkatastrophe – in Deutschland läuft die Energiewende!

In Frankreich wird um Sozialreformen gerungen – Deutschland hat sie bereits gemacht!

In Spanien ist die Arbeitslosigkeit auf einem historischen Höchstwert – in Deutschland die Beschäftigungsquote!

In Griechenland gehen den Kliniken die Medikamente aus – in Deutschland haben die Krankenkassen Milliardenüberschüsse!

Ich könnte diese Aufzählung jetzt beliebig fortsetzen. Diese Regierung hat Erfolge vorzuweisen, mit denen sie für sich werben kann. Das werden wir, das werden sie auch tun. Jeder dieser Erfolge zeigt den Menschen, wo wir uns gerade befinden: Wir sind auf einem guten Weg. Wir sind noch nicht angekommen, nein wir sind unterwegs. Mit dieser Regierung geht es gut voran und das ist es, was wir zeigen müssen. Deshalb sollte der Claim lauten: *Ein guter Weg für Deutschland!* Mit diesem Claim setzen wir eine ebenso positive wie patriotische Botschaft. Damit sprechen wir die konservativen Wähler an, denen es um Deutschland geht. Damit sprechen wir aber auch die Wähler der Mitte an, für die deren eigene wirtschaftliche Situation wahlentscheidend ist. Und wir sprechen damit auch diejenigen an, die noch nicht so richtig zufrieden sind, denn wir sagen deutlich: Wir sind noch nicht am Ziel – aber wir sind auf dem Weg und die Richtung stimmt. Die wichtigste Frage, und damit erzähle ich ihnen vermutlich nichts wirklich Neues, die jeder Wahlkämpfer, der an der Macht ist und wiedergewählt werden will, beantworten muss, lautet: Warum soll ich dich noch einmal wählen? Die Antwort, die wir geben, ist glasklar: Weil wir auf dem richtigen Weg, aber noch nicht am Ziel sind.«

Obwohl der Claim bereits in verschiedenen Gremien und Abstimmungsrunden hin und her diskutiert wurde, gab es auch jetzt wieder eine angeregte Diskussion. Denn diesmal zählte es: Jetzt war mit Leon Hansen der Bundeskanzler und Parteivorsitzende dabei. Wenn er als Spitzenkandidat dem Claim nicht seinen Segen geben würde, dann würde die Suche wieder von vorn losgehen.

Hansen hatte der Diskussion eine Viertelstunde zugehört, dann sagte er: »Ich finde den Claim gut. Er ist griffig, merkbar und bringt bei den Wählern die richtigen Saiten zum Schwingen. Aber ist er nicht zu allgemein? Sicher, wir brauchen etwas sehr Allgemeines. Aber wir brauchen auch etwas, was wir zuspitzen können, wenn es eng wird.«

»Da hast Du völlig recht.«, sagte Heiner Mertes. »Lass' mich etwas ausholen, um zu erläutern, wie es aus unserer Sicht mit dem Claim weitergehen sollte.«

»Bitte.«

»In den ersten Monaten des Wahlkampfes wird es um eher allgemeine und grundsätzliche Fragen gehen. Der Claim muss dann universell einsetzbar sein. Er wird künftig die Internetseite der Partei zieren sowie in allen Reden, die du auf Parteiveranstaltungen halten wirst, eingebaut werden. In deiner Rolle als Bundeskanzler, also zum Beispiel bei Staatsbesuchen, geht das leider aus rechtlichen Gründen nicht. Das könnte als verbotene Parteienwerbung gewertet werden. Es wird mehrere Standardplakate, Standardreden und Aufkleber geben, die alle Landes- und Kreisverbände über die Wahlkampfzentrale beziehen können. Die Grundbotschaft, dass Deutschland auf einem guten Weg ist, die muss und die wird sich durch alle kommunikativen Maßnahmen ziehen. Aber rund sechs bis acht Wochen vor der Wahl werden wir, sofern wir uns heute auf den Claim verständigen, den Claim modifizieren. Herr Tillmanns, wenn sie bitte übernehmen würden.«

»Gerne, vielen Dank Herr Mertes. Also. Zeitlich sind wir jetzt bei Anfang August. Die Grundbotschaft ist dann gesetzt und wir wissen aus den Analysen der Wahlkampfzentrale, die eng mit verschiedenen Meinungsforschungsinstituten zusammenarbeitet, welches die Themen sind, die den Menschen unter den Nägeln brennen. Wer weiß, vielleicht gelingt es ja auch einer Oppositionspartei, ein anderes Thema auf die Agenda zu setzen. Auf jeden Fall, das war ja ihr Punkt, können und müssen wir in der heißen Phase sowohl reagieren als auch agieren können. Zu diesem Zeitpunkt entscheiden wir darüber, was wir Ende August, Anfang September plakatieren. Wir haben dann noch einmal die Möglichkeit, für die letzte Woche vor der Wahl die Plakate zu ändern. Zu welchem Zeitpunkt auch immer, die Grundidee bleibt stets dieselbe: Unsere Wahlkampfkommunikation hat stets die Erfolge der Bundesregierung als Ausgangspunkt.

Wenn die Opposition die Energiewende zum Thema macht, dann plakatieren wir: *Sichere Energie für Deutschland – wir sind auf dem richtigen Weg!*

Wenn sie in der Gesundheitspolitik für die Bürgerversicherung wirbt, dann plakatieren wir: *Ein gutes Gesundheitssystem für Deutschland – wir sind auf dem richtigen Weg.*

Und selbst wenn es um die Homo-Ehe geht, wo wir eigentlich keine Erfolge vorzuweisen haben, sondern eher die Getriebenen des Bundesverfassungsgerichtes sind, dann plakatieren wir: *Wir wollen die Familien stärken – ein guter Weg für Deutschland.*

Meine sehr geehrten Damen und Herren«, Rolf Tillmanns schaute in die Runde, »in der letzten Woche, wenn um die Stimmen der noch Unentschlossenen geworben wird, wenn sich der Wahlkampf auf die Frage verdichtet, wer künftig als Kanzler das Land regieren soll, dann plakatieren wir: *Hansen geht den richtigen Weg – ein guter Kanzler für Deutschland!*«

Als Hansen lächelte und dann seine Zustimmung signalisierte, war die Erleichterung im Raum fast körperlich zu spüren. Alle waren froh, dass nun die letzte Hürde auf dem Weg von der Konzeption des Wahlkampfes zur praktischen Umsetzung genommen worden war.

In den nächsten Wochen wurden Plakate, Aufkleber, Kugelschreiber und Luftballons mit dem Claim bedruckt. Tausende T-Shirts und Jacken mit dem Logo der Partei wurden in den verschiedensten Größen angeschafft, um jeden Wahlkämpfer an jedem Info-Stand in den Fußgängerzonen des Landes ausstatten zu können. Die Fernseh- und Hörfunkwerbespots wurden aufgenommen und der Wahlkampfbus beklebt.

Das wichtigste Wahlkampfmittel war und blieb jedoch Hansen. Ob bei den großen Reden auf den Rathausplätzen, den Werksbesichtigungen mit Pressebegleitung, den

Redaktionsbesuchen bei zahlreichen Lokalzeitungen oder wenn er ausländische Staatsgäste empfing: Hansen überzeugte durch sein persönliches Auftreten, bei dem er die richtige Mischung aus bürgernahem Spitzenkandidaten und wegweisendem Staatsmann verkörperte.

Und als eine Woche vor der Bundestagswahl die letzte Wahlkampfphase mit dem Ziel der Mobilisierung der Stammwähler anlief, da wurden bundesweit alle Wahlplakate ausgetauscht. Von zigtausenden Plakatwänden lächelte einem nun in ganz Deutschland der Bundeskanzler entgegen und sagte, selbst in Bayern, voller Zuversicht: *Deutschland ist auf dem richtigen Weg – mit Leon Hansen! Deshalb CKP wählen!*

Wahltag

[22. September 2013]

Gemeinsam mit seiner Frau Christiane betrat Leon Hansen das Wahllokal in Berlin-Zehlendorf, um hier, wo er mittlerweile seinen ersten Wohnsitz hatte, öffentlichkeitswirksam seine Stimme abzugeben. Es surrten ein halbes Dutzend Fernsehkameras und zahlreiche Fotoapparate klickten, als der Bundeskanzler seinen Stimmzettel in die Wahlurne steckte.

Hansen, Ullmann und Mertes hatten lange beratschlagt, welche Uhrzeit die beste für Hansens Stimmabgabe sein würde. Schließlich ging es darum, Hansen noch einmal in die Nachrichten zu bekommen und seine hohen Sympathiewerte zu nutzen. Unter den 62 Millionen wahlberechtigten Bundesbürgern, so das Kalkül, waren viele, die bis zum Ausfüllen des Stimmzettels noch unentschlossen waren oder gar nicht zur Wahl gingen, weil sie sowieso nicht wussten, wen sie wählen sollten. Immerhin gingen rund 30 Prozent aller Wahlberechtigten überhaupt nicht zur Wahl! Es kam, dies hatten zuletzt einige Landtagswahlen gezeigt, immer wieder vor, dass am Ende ein paar tausend Stimmen den Unterschied zwischen Sieg und Niederlage ausmachten. Und wenn dann nur ein winziger Bruchteil der Wahlberechtigten in den Mittagsnachrichten oder auf einem der Nachrichtenportale Hansen bei der Stimmabgabe sah und deshalb bei dem sonntäglichen Spaziergang doch bei dem Wahllokal vorbeiging und für Hansen stimmte, dann konnten das unterm Strich die 2000 oder 3000 Stimmen sein, die vielleicht fehlten. Deshalb stand Hansen um elf Uhr lächelnd in seinem Wahllokal.

Paul Ullmann hatte Hansen zu dem letzten Pressetermin an diesem Wahltag begleitet. Auch wenn er optimistisch war, so war ihm doch das Besondere dieses Augenblicks bewusst: Wenn es heute bei der Wahl schiefging, dann war das Hansens letzter öffentlicher Termin als nicht abgewählter Bundeskanzler. Und dass er selbst sich im Falle einer Niederlage ebenfalls einen neuen Job würde suchen müssen, auch das ging Ullmann durch den Kopf.

Als Hansen wieder abgefahren war, plauderte Ullmann noch etwas mit den Journalisten, bevor auch er sich wieder auf den Weg nach Hause machte. Unterwegs bat er seinen Fahrer kurz anzuhalten, denn das Wahllokal lag auf dem Weg und er wollte rasch seine eigene Stimme abgeben.

Allein in der Wahlkabine überlegte Ullmann kurz, was es wohl für ein Gefühl sein würde, eine ganz andere Partei zu wählen. Die Freibeuter vielleicht? Doch dann siegte seine Sorge darüber, sich an einer ganz knappen Niederlage mitschuldig zu machen, und er kreuzte mit der Erst- und der Zweitstimme die Christlich-Konservative Partei an.

Zu Hause angekommen ließ er seinen Fahrer wieder warten. Nach zehn Minuten kam er in Joggingklamotten aus seiner Wohnung. Er drückte dem Fahrer Wechselwäsche, einen Anzug und zwei frische Hemden (man wusste ja nie) in die Hand. Der Fahrer legte die Sachen auf den Rücksitz. Dann ließ sich Ullmann zum Brandenburger Tor fahren, stieg aus und schickte den Fahrer mit seinen frischen Sachen vor in die Wahlkampfzentrale.

Er selbst trabte los und versuchte sich seine Anspannung im Tiergarten abzulaufen. Er lief geradeaus in den Park und hielt sich dann etwas rechts, sodass er hinter dem Sowjetischen Ehrenmal entlanglaufen konnte und die vierspurige Straße des 17. Juni umging. Als er sieben, acht Minuten gelaufen war, sah er zwischen den Bäumen hindurch in rund 500 Meter Entfernung den großen, etwas klobigen Bau des Kanzleramtes. Ob ich dort in ein paar Wochen noch arbeiten werde, fragte sich Ullmann. Vom Platz der Republik her, der großen Wiese vor dem Reichstagsgebäude, hörte er Menschen rufen und lachen. Es ist schon toll, überlegte Ullmann, dass das hier bei uns nicht alles so weiträumig abgesperrt ist wie bei den Amis. So wirkt die Politik den Menschen nicht ganz so entrückt wie in vielen anderen Ländern. Als er auf Höhe der »Schwangeren Auster« war, machte er einen Linksschwenk, überquerte die Straße des 17. Juni und lief mit großem Abstand im Uhrzeigersinn rund um den großen Stern und dann wieder in Richtung Brandenburger Tor. Nachdem er diese Runde dreimal gelaufen war, schlängelte er sich durch ein paar Nebenstraßen und kam eine gute Stunde später in der Wahlkampfzentrale an, wo er nach einer erfrischenden Dusche seinen Anzug anzog. Dann ging er in das Büro von Heiner Mertes, der vor seinem Computer saß.

»Hallo Heiner! Na, wie ist die Stimmung?«

Der grinste ihn an: »Meinst du bei mir oder den Wählern?«

»Nun sag schon – hast du schon irgendwelche Zahlen?«

»Nein, nichts Konkretes. Die Wahlbeteiligung ist ungefähr genauso hoch wie letztes Jahr um die Zeit. Aber um kurz nach eins bekomme ich die Ergebnisse der ersten Nachwahlbefragung. Dann sollten wir mehr wissen. Für 14 Uhr habe ich eine Telefonkonferenz angesetzt.«

»Okay, dann sehen wir uns um zwei wieder.«

Peter Marwitzki hatte sich seit Langem auf den Wahlsonntag gefreut. Er hatte in den letzten Wochen Wahlkampf für die GPD gemacht. Als Rentner, der er seit seinem unrühmlichen Rücktritt vom Amt des Gewerkschaftsvorsitzenden war, hatte er nun genug Zeit. Auch wenn es ihm anfangs schwergefallen war, als einfaches Parteimitglied aktiv zu werden, hatte ihm die Anerkennung in seinem Kreisverband gutgetan und ihn motiviert weiterzumachen. Denn für die meisten seiner einfachen Parteifreunde war er nicht der gescheiterte Ex-Funktionär, sondern ein verdienter Gewerkschafter, der sich jahrzehntelang für die Interessen des einfachen Arbeiters eingesetzt hatte. Und sogar auf seinen mittlerweile über drei Jahrzehnte zurückliegenden Erfolg für die Arbeiter beim Schließen des Eisenbahn-Ausbesserungswerks in Bochum hatte ihn jemand angesprochen.

Doch er setzte sich nicht nur wegen seiner grundlegenden Überzeugungen für die GPD im Wahlkampf ein. Er wollte auch einfach Hansen weghaben. Es war für ihn eine persönliche Demütigung gewesen, dass Hansen auf seine Anfrage, einen Vertreter zum Gewerkschaftstag zu schicken, erst gar nicht reagiert und dann, als es längst zu spät war, um noch einen guten Ersatzredner zu bekommen, abgesagt hatte. Selbst das hätte er ihm vielleicht noch verzeihen können. Aber dass er sich kurz vor dem Gewerkschaftstag ausdrücklich gegen die kleinen Spartengewerkschaften gewandt hatte, das konnte und wollte er ihm nicht verzeihen. Auch wenn er das niemals würde beweisen können – er wüsste auch gar nicht, wem gegenüber und was das bringen sollte – so war er in seinem Innersten davon überzeugt, dass das kein Zufall war. Aber mehr als die Opposition zu wählen, konnte er nicht tun, um sich an der Regierung zu rächen. Und zumindest diese Chance wollte er heute noch nutzen. Nach dem Mittagessen machte Marwitzki erst einmal einen ausgiebigen Spaziergang mit seinem Westhighland Terrier.

Philipp de Fredo hingegen ging nicht zur Wahl. Beim Frühstück hatte er noch einmal kurz darüber nachgedacht. Doch ihm persönlich war mittlerweile völlig egal, wer die Bundestagswahl gewinnen würde. Auch wenn er sich der CKP oder den Fortschrittlichen näher fühlte als diesen Leuten vom Ökologischen Bündnis 2000 oder den Sozialromantikern der GPD, so war ihm die Geschichte mit den Plänen für ein Tempolimit doch eine Lehre gewesen. Wenn sogar ein konservativer Bundeskanzler auf die Idee kam, auf den Autobahnen Tempo 100 einzuführen, dachte er, dann ist es auch egal, wer regiert. Verlassen kann ich mich auf keine Partei mehr!

Um Viertel vor zwei bekam Mertes den Anruf des Wahlforschungsinstituts, das im Auftrag der ARD die Leute befragte, die aus dem Wahllokal kamen. Aus diesen Nachwahlbefragungen wurden die Prognosen erstellt, die ARD und ZDF um 18 Uhr veröffentlichten. Mertes genoss das Privileg, einer der Menschen zu sein, die bereits vor der Schließung der Wahllokale diese Zahlen bekamen. Aber als ihm am Telefon die Zahlen durchgegeben wurden, spürte er, wie ihm der Schweiß ausbrach. Mit einem kurzen Ruf befahl er seine Sekretärin zu sich: »Informieren sie sofort den Bundeskanzler sowie Ullmann, Triller und Schreuner, dass wir uns statt der Telefonkonferenz persönlich treffen. Fragen sie, wann Hansen da sein kann und geben sie die Zeit dann den anderen durch.« Eigentlich wollte sie fragen, was sie denn dem Herrn Bundeskanzler bitteschön sagen sollte – sie konnte ja schlecht den Kanzler her zitieren! Aber als sie ihren Chef noch einmal ansah, wurde ihr sehr schnell klar, dass das keine gute Idee war. Und tatsächlich war es auch gar nicht nötig. Hansens Sekretärin leitete die Bitte von Mertes ohne nachzufragen an den Kanzler weiter und keine drei Minuten später kam die Rückmeldung, dass der Kanzler schon um halb drei da sein werde. Was sie allerdings nicht wusste, war, dass Mertes dem Kanzler parallel noch schnell eine SMS geschickt hatte: *Nachwahlbefragung bringt Problem. Dringend Strategierunde.*

Während sich dann eine gute halbe Stunde später die fünf Personen in Hansens Büro im Kanzleramt trafen, ging ein paar hundert Kilometer weiter westlich Peter Marwitzki in Essen-Kettwig in sein Wahllokal, um zwei Kreuze bei der GPD zu machen.

Sie saßen rund um den Sitzungstisch. Frischer Kaffee, Wasser und Saft standen bereit. Doch keiner trank etwas. Alle sahen Heiner Mertes erwartungsvoll an. Dieser ergriff das Wort: »Es tut mir leid, dass ich unsere Pläne über den Haufen werfen musste, aber die ersten Ergebnisse aus der Nachwahlbefragung sind alarmierend und wir müssen dringend klären, wie wir damit umgehen wollen.«

»Na, los, nun erzähl schon«, forderte Hansen ihn auf.

Mertes skizzierte die Situation.

Ungläubig fragte Triller: »Bist du dir ganz sicher?«

Heiner Mertes antwortete: »Na ja, was heißt schon sicher. Vier Stunden vor dem Schließen der Wahllokale kann das Ergebnis noch nicht absolut sicher feststehen und theoretisch könnten die Fortschrittlichen auch noch über fünf Prozent kommen.«

»Was heißt ›theoretisch‹?«, entfuhr es Paul Ullmann. »Heißt das, dass sie noch eine Chance haben oder heißt das, dass sie keine mehr haben? Was denn nun?«

Mertes musste schlucken. Ihm ging es gehörig auf den Keks, dass der Herr Regierungssprecher ihn anpflaumte, als wäre er irgendeiner seiner Mitarbeiter. Genervt antwortete er: »Ich weiß es nicht, und die Demoskopen wissen es auch nicht. Man müsste zum Beispiel wissen, ob die Fortschritts-Wähler eher am Vormittag oder am Nachmittag zur Wahl gehen. Das weiß aber niemand, weil rund zwei Drittel der Fortschritts-Wähler von vor vier Jahren die Partei in diesem Jahr nicht wiedergewählt haben.«

»Es könnte also sein«, warf Michaela Schreuner rasch ein, bevor die beiden sich weiter beharken konnten, »dass wir noch mehr Stimmen als vor vier Jahren bekommen und trotzdem die Wahl verlieren?«

»Ja, so ist es«, antwortete Ullmann.

»Nun mal langsam«, entgegnete Leon Hansen. »Wenn ich es richtig verstehe, dann haben wir die Wahl auf jeden Fall gewonnen – oder?« Fragend schaute er Mertes an.

»Ja, das ist richtig. Wir kommen zusammen mit der Christlich-Sozialen Partei auf rund 42,1 Prozent. Die Gerechte Partei Deutschlands landet bei 26,4 Prozent, das Ökologische Bündnis bei 8,4 Prozent und die Solidaritätspartei ebenfalls bei 8,4 Prozent. Die Fortschrittspartei ist mit 4,8 Prozent nicht mehr dabei.«

»Das heißt ja …« Ullmann hielt die Erkenntnis nicht mehr auf dem Stuhl. Er stand auf und fuhr fort: »Habt ihr das mal durchgerechnet? Wenn die anderen drei gemeinsame Sache machen, dann haben die die Mehrheit! Dann sind wir Opposition, die Linken übernehmen die Macht und deine Kanzlerschaft ist im Arsch, Leon! Was nützt es uns, wenn wir die größte Fraktion im Bundestag sind, aber keinen Koalitionspartner finden?«

»Moment, so weit ist es ja noch nicht. Heiner.« Sein Blick wanderte wieder zu seinem Bundesgeschäftsführer. »Was ist mit den Euro-Gegnern von der Anti-Euro-Partei?«

»Die AEP ist ebenfalls nicht drin«. Mertes schaute kurz auf seinen Notizzettel. »Die kommen nach derzeitigem Stand auf 4,1 Prozent. Und dann entfallen noch fünf bis sechs Prozent auf irgendwelche Splitterparteien.«

Für einen Moment waren alle im Raum still. Der Gedanke, dass die sicher geglaubte Fortsetzung der konservativ-fortschrittlichen Koalition vielleicht doch nicht möglich wäre, musste erst einmal verdaut werden. Triller stand auf, öffnete ein Fenster und steckte sich eine Zigarette an. Hansen, der bei anderer Gelegenheit jeden aus seinem Büro geworfen hätte, der einfach ein Fenster öffnete und sich eine Zigarette anzündete, ignorierte das einfach. Er war selbst viel zu aufgewühlt und wusste, dass sein alter Weggefährte in solchen Situationen nicht ohne Nikotin sein konnte.

»Okay.« Leon Hansen stand ebenfalls auf. Er streckte sich und war wieder ganz der Anführer, der den Weg vorgibt. »Wenn die Fortschrittlichen es doch noch schaffen, dann haben wir eine Mehrheit. Dann ist alles gut. Es sieht aber so aus, also ob sie es nicht schaffen werden. In vier Stunden weiß das ganze Land, dass die alte Koalition am Ende ist. Unsere Aufgabe wird es sein, das Land davon zu überzeugen, dass das Ende der Koalition nicht das Ende der Kanzlerschaft von Leon Hansen ist!«

Nun meldete sich Michaela Schreuner zu Wort und schaute den Regierungssprecher an: »Theoretisch hast du recht, die anderen hätten dann die Mehrheit gegen uns. Aber die GPD und die Solidaritätspartei sind doch auf Bundesebene wie Hund und Katz! Deshalb würde aus einer linken Parlamentsmehrheit niemals eine Regierungsmehrheit werden! Keine Sorge, eine Linksregierung wird es nicht geben.«

Heiner Mertes schüttelte den Kopf und sagte: »Ich bin da nicht so optimistisch wie du, Michaela! Wenn die die Chance haben, an die Macht zu kommen, dann greifen die zu. Ich meine, die wären doch blöd! Die haben alle drei Wahlkampf gegen uns gemacht, die sind alle drei gegen die Vorratsdatenspeicherung, wollen die Rente erhöhen, eine Bürgerversicherung, die Kohlekraftwerke abschaffen und, und, und.«

»Ja, das sehe ich auch so«, bekräftigte Ullmann. »Offensichtlich haben die GPD-Kollegen die gleichen Zahlen wie wir. Die GPD, oder zumindest einige von denen, wollen sich wohl nicht so schnell geschlagen geben. Die dpa meldet aus GPD-Kreisen, dass man eine Koalition mit der Linkspartei nicht von vornherein ausschließen werde. Und Harras Eitz, der stellvertretende Parteivorsitzende der GPD, der aus Nordrhein-Westfalen kommt, hat, so meldet es zumindest gerade die Nachrichtenagentur Reuters, gegenüber dem Bonner Generalanzeiger gesagt, dass die Zeit reif sei, auf Bundesebene eine Minderheitenregierung unter Tolerierung der Linkspartei auszuprobieren.«

»Die bluffen doch nur«, meinte Schreuner. »Die GPD kann sich die Kanzlerschaft bei diesen Zahlen abschminken. So viel wird sich daran nun nicht mehr ändern. Die, die jetzt und in den nächsten Jahren in der GPD das Sagen haben, werden sich nicht von der Solidaritätspartei abhängig machen. Dafür sitzt der Schock über deren Überläufer, der mal ihr Wirtschaftsminister war, zu tief.«

»Aber was sollen dann solche Äußerungen?«, fragte Mertes.

»Also, ich schätze das so ein«, erläuterte Schreuner, »aus Sicht der GPD gibt es noch genau zwei realistische Optionen: Entweder werden sie stärkste Oppositionspartei oder unser Juniorpartner. Da die das wissen, haben sie jetzt angefangen, den Preis möglichst hochzutreiben.«

»Du glaubst also, dass die das nur in die Welt gesetzt haben, damit wir Angst bekommen, dass die eine Regierung ohne uns machen könnten? Damit wir denen, falls es für eine Neuauflage der Koalition mit der Fortschrittspartei nicht reicht, bessere Bedingungen für eine Große Koalition anbieten?«, fragte Triller.

»Ja«, sagte Schreuner, »alles andere halte ich für mehr als unwahrscheinlich.«

Dem widersprach Ullmann: »In der Theorie hast du sicherlich recht. Und ich halte das auch für die wahrscheinlichste Variante. Aber ihr wisst doch, wie das manchmal läuft! Direkt um sechs, bei der Präsentation des Wahlergebnisses, heißt es: Die Fortschrittspartei ist raus, die Regierung wurde abgewählt. Es gibt eine Mehrheit für das Mitte-Links-Bündnis. Dann hat die GPD etwas dazugewonnen und prahlt damit, dass sie der Gewinner der Wahl ist und aus der neuen Mehrheit eine stabile Regierung formen wird. Und wenn es dann ganz dumm läuft, dann erklärt noch irgendjemand aus unserer Partei dich zum Verlierer und schon hat sich die ganze Geschichte gedreht.«

Hansen sagte immer noch nichts. Er hörte zu.

Schreuner widersprach erneut: »Natürlich kann man sich solche Schauergeschichten ausdenken. Aber wer von uns sollte denn Leon in den Rücken fallen?«

»Hm«, grunzte Triller. »Ich wüsste da wen.« Die anderen sahen ihn fragend an. »Wisst ihr noch, wie Leon unsere liebe Parteifreundin Claudia Buttke damals bei dem Ärger um das geplante Tempolimit ausgebremst hat? Sie hat seither keine Gelegenheit ausgelassen, in den Parteigremien gegen dich zu stänkern, Leon. Ich traue ihr durchaus zu, dass sie dich öffentlich unter Druck setzt, um sich selbst für die Zukunft in Stellung zu bringen.«

Nachdem er nun schon direkt angesprochen worden war, sagte Hansen: »Ich glaube, wir sollten die Gefahr nicht unterschätzen. Wenn es heute Abend ganz schlecht läuft, könnten wir am Ende tatsächlich die Dummen sein. Deshalb müssen wir jetzt etwas tun, um das zu verhindern. Noch haben wir die Möglichkeit, die Initiative zu ergreifen. Und das werden wir auch tun!« Er erläuterte den anderen, was er vorhatte. Als sie die Aufgaben verteilt hatten, gingen sie wieder auseinander.

Wieder allein in seinem Büro, ließ Hansen sich als Erstes mit Claudia Buttke, der Ministerpräsidentin von Baden-Württemberg, verbinden. Ihr traute er zu, aus ihrem Ärger über ihn die Gunst der Stunde zu nutzen, um ihm um kurz nach sechs einen mitzugeben. Er traute ihr auch zu, dass sie dabei nicht bedachte, welche Entwicklung sie auslösen konnte … Wenn eine Ministerpräsidentin aus derselben Partei ihn anzählen würde, dann könnte das ein verheerendes Signal an alle seine Kritiker sein, dass er nun zum Abschuss freigegeben sei. Nach einigen höflichen Eingangsfloskeln kam er zur Sache: »Liebe Frau Buttke, da der Wahlkampf nun vorbei ist, gehe ich derzeit die verschiedenen Optionen für mein neues Kabinett durch.«

Hansen hatte kaum ausgesprochen, da sagte Buttke mit einem sarkastischen Unterton: »Sie glauben doch wohl nicht, dass ich als Ministerin nach Berlin komme!«

»Nein, natürlich nicht. Sie sind eine prima Ministerpräsidentin und das sollten sie auch bleiben. Aber sie haben nicht ganz unrecht. Ich möchte tatsächlich mit ihnen über einen neuen Minister sprechen.«

»Dann schießen sie mal los.«

»Die Wirtschaft Baden-Württembergs brummt. Ob Produktivität, Arbeitslosigkeit oder Lehrstellenangebot. Sie sind fast überall ganz vorn in Deutschland. Sie haben einen tollen Wirtschaftsminister, den ich gerne in Berlin in meinem nächsten Kabinett sähe. Die wirtschaftlich stärkste Region Deutschlands ist bisher nur mit einer Person im Kabinett vertreten und das möchte ich ändern. Ich würde aber niemals versuchen, jemanden von Ihrer Mannschaft nach Berlin abzuwerben, ohne sie vorher zu fragen.«

Claudia Buttkes Gedanken rasten. Das wäre super, wenn sie einen weiteren Vertrauten am Kabinettstisch hätte. Sie selbst zog es nicht nach Berlin. Sie mochte die Hauptstadt mit dem ganzen überdrehten Politik- und Medienrummel nicht. Aber Einfluss, den wollte sie schon haben. Und hatte sie Hansen gerade richtig verstanden? Er bat sie praktisch um den Gefallen, ihr einen Minister abzugeben? Sonst war es doch eher umgekehrt und alle liefen hinter dem Kanzler her, um einen der ihren unterzubringen. Sie schüttelte den Kopf über so viel Dummheit von Hansen – ihr das Angebot zu machen, ohne dafür etwas zu verlangen. Aber sie hatte noch nie viel von ihm gehalten.

Laut sagte sie ins Telefon: »Das wird eine ganz schöne Lücke in meine Landesregierung reißen. Aber trotzdem würde ich es akzeptieren, wenn sie Herrn Messer in die Bundesregierung berufen würden.« Es folgten noch ein paar eher belanglose Sätze, und nachdem das Telefonat beendet war, war Claudia Buttke hoch zufrieden mit ihrem Erfolg. Jetzt würde sie einen weiteren Statthalter im Zentrum der Macht haben und wäre nie wieder uninformiert darüber, was in Berlin vorging. Auch Leon Hansen war mit dem Gespräch sehr zufrieden, hatte er doch sein Ziel erreicht. Jetzt, wo die Buttke davon ausging, bald jemanden am Kabinettstisch sitzen zu haben, würde sie seinen Machtanspruch nicht mehr infrage stellen. Das Schöne an solchen Geheimabsprachen ist ja, dachte Hansen, dass es dafür keine Zeugen gibt. Sollte sie ihn doch verklagen, wenn er den Messer doch nicht zum Minister machte.

Als Nächstes rief Hansen den Vorsitzenden des Bad Seegeberger Kreises an. Er war sich zwar nahezu sicher, dass diese Gruppierung eher rechter Abgeordneter der GPD sich gegen eine Linksregierung mit den Ökos und der Solidaritätspartei aussprechen würde, aber auch hier wollte er auf Nummer sicher gehen. Bei ihm ging er davon aus, dass er als Spitzenpolitiker im Bundestag ebenfalls bereits die Ergebnisse der Nachwahlbefragungen kennen würde. Außerdem kannten sich die beiden noch aus ihrer gemeinsamen Zeit im Hamburger Stadtparlament. Während Hansen darauf wartete, mit ihm verbunden zu werden, dachte er, dass es sich doch gelohnt hatte, sich auch in den vier Jahren seiner Kanzlerschaft mindestens einmal pro Jahr mit ihm zum persönlichen Vier-Augen-Gespräch getroffen zu haben.

Auch bei diesem Telefonat wurde zuerst etwas Smalltalk gemacht, dann kam Hansen unumwunden zum entscheidenden Punkt: »Sie kennen die Ergebnisse der Nachwahlbefragungen?«

»Ja.«

»Dann lassen sie mich ganz offen sein: Die Fortschrittlichen werden aus dem Bundestag fliegen, und dann sind wir nur noch zu viert. Dann gibt es zwei Möglichkeiten. Entweder eine große Koalition oder sie gehen mit dem Ökologischen Bündnis und der Solidaritätspartei zusammen.«

»Es gibt noch eine Möglichkeit: Sie gehen mit dem Ökologischen Bündnis zusammen. Gemeinsam werden sie eine klare Mehrheit haben.«

»Nein, das werde ich nicht machen. Ich will klare Verhältnisse und keine Experimente.«

»Okay – und was wollen sie nun von mir?«

»Wenn ich mir ihre Aussagen und die von einigen ihrer Parteifreunde aus dem Bad Seegeberger Kreis anschaue, dann glaube ich nicht, dass sie ein Linksbündnis wollen. Es wird aber möglicherweise in wenigen Stunden genau diese Forderungen geben. Aus dem linken Flügel ihrer Partei werden diese Forderungen kommen. Dann sendet die Solidaritätspartei vielleicht Kompromisssignale aus, die Ökos finden das auch gut und innerhalb weniger Stunden ist das Tabu einer Linksregierung gefallen. Und wenn es erstmal so weit wäre, dass ein solches Dreierbündnis als denkbar diskutiert wird, dann, glauben sie mir, kommt es schneller, als es uns beiden lieb ist.«

»Aber sie wissen doch, dass ich dagegen bin. Was wollen sie also von mir?«

»Ich möchte Ihnen etwas vorschlagen.«

»Aha.«

»Wenn wir uns verabreden, dass sie sich unmittelbar nach Bekanntgabe der ersten Hochrechnungen für eine große Koalition aussprechen, dann will ich Ihnen diese Verabredung gerne erleichtern. Ich verspreche Ihnen, dass wir in einer großen Koalition einen flächendeckenden Mindestlohn einführen werden. Und wir werden es so machen, dass wir uns in den Koalitionsverhandlungen immer wieder laut und deutlich dagegen wehren werden. Aber am Ende setzen sie ihn gegen unseren Widerstand durch und beweisen, dass das eine Koalition auf Augenhöhe ist, auch wenn wir bei den Prozenten weit auseinanderliegen. Am Ende haben wir beide die beste Regierung, die mit dem Wahlergebnis machbar ist. Und sie sorgen dafür, dass Ihre Partei gut in diese Koalition hinein findet.«

Paul Ullmann war im Anschluss an die Besprechung in sein Büro ins Bundespresseamt gefahren. Dort rief er zwei Referenten des Sonntagsdienstes zu sich. Sie wunderten sich etwas über den Arbeitsauftrag, den Ullmann ihnen gab, aber selbstverständlich machten sie sich sogleich an die Arbeit. Sie hatten auch nicht viel Zeit, denn spätestens um Viertel vor fünf, also in etwas mehr als einer Stunde, sollten sie fertig sein.

Michaela Schreuner hatte nur ein paar Meter von Hansens ihr eigenes Büro. Dort ging sie noch einmal den Terminplan für die kommende Woche durch und markierte Termine, bei denen Hansen sich von einem seiner Staatsminister würde vertreten lassen können. Denn wenn die Fortschrittspartei wirklich aus dem Bundestag fliegen würde, dann brauchte Hansen in der kommenden Woche deutlich mehr Zeit für Gespräche mit der GPD. Mit den Fortschrittlichen würden es einfache Koalitionsverhandlungen werden, mit der Gerechtigkeitspartei hingegen deutete alles auf zähe Verhandlungen hin, bei denen Hansen nicht so viel an Mitarbeiter delegieren konnte. Aber noch war die Wahl nicht entschieden, weshalb sie die Streichliste auch erst am nächsten Tag mit Triller besprechen und dann umsetzen würde.

Ein Stockwerk tiefer stimmte Hermann Triller sich mit dem Ministerpräsidenten von Nordrhein-Westfalen ab. Die beiden kannten sich noch gut aus ihrer gemeinsamen Oppositionszeit im Landtag, als der eine parlamentarischer Geschäftsführer und der andere Fraktionsvorsitzender gewesen war. Und so dauerte es nur wenige Minuten, bis Triller die Zusage hatte, dass sich der Ministerpräsident unmittelbar nach den ersten offiziellen Ergebnissen für eine große Koalition aussprechen würde. Wahrscheinlich hätte er, aber da war sich der Ministerpräsident selbst nicht ganz sicher, erst einmal für ergebnisoffene Sondierungsgespräche votiert. Aber, so dachte er sich, wenn ich hier dem Bundeskanzler den Rücken stärke, dann habe ich etwas gut bei ihm, was ich früher oder später mit Sicherheit einmal gebrauchen kann.

Nach einer guten Stunde mit weiteren Telefonaten mit namhaften Parteifreunden, in denen seine Sekretärin zwei-, dreimal hereingeschaut und für frischen Kaffee gesorgt hatte, ließ er sich erschöpft in seinen Schreibtischstuhl sinken. Da die Tür zwischen dem Vorzimmer und seinem Büro geschlossen war, rief er nicht einfach zu seiner Sekretärin ins Vorzimmer hinüber, sondern griff zum Telefonhörer: »Frau Kreuß, bitte seien sie so nett und schließen sie die Tür zu ihrem Büro ab und kommen rüber zu mir.«

Die Anspannung der letzten Stunden war nun etwas von ihm abgefallen, und Hermann Triller hatte schon während des letzten Telefonates gemerkt, wie seine Gedanken gelegentlich sein Büro verließen und bei seiner Sekretärin landeten. Dann betrat sie sein Büro. Er lächelte sie an. »Wären sie bitte so nett und würden die Vorhänge schließen?« Sie wusste, was dies bedeutete und da sie auch Lust hatte, antwortete sie »gerne« und zog die Vorhänge zu. Sie mochte es, wenn Triller scharf auf sie war. Allerdings kam es nicht allzu häufig vor, dass sie tatsächlich miteinander schliefen. Das lag nicht zuletzt daran, dass meist einfach zu viel im Kanzleramt los war, als dass man die Tür von innen abschließen konnte, ohne dass es auffiel.

Als sie Triller das erste Mal begegnete, hätte sie nicht im Traum daran gedacht, diesen Mann einmal an sich ranzulassen. Aber im Laufe der Monate in seiner unmittelbaren Nähe hatte sie nicht nur seinen Charme ihr gegenüber zu schätzen gelernt, sondern auch gespürt, welche Macht dieser Mann hatte, welchen Einfluss er auf die Regierungsgeschäfte hatte. Sie genoss die Nähe dieser Macht. Wenn jemand voller Überheblichkeit auf dem Weg in Trillers Büro ohne zu grüßen an ihr vorbeiging und hinterher mit eingezogenem Schwanz wieder rausging, dann war sie ihm direkt dafür dankbar, dass er diesen arroganten, überheblichen Menschen in seine Schranken verwiesen hatte.

An einem solchen Tag, und das war nun schon fast zwei Jahre her, war es auch zum ersten Mal passiert, dass sie sich mit ihrem Chef einließ. Der Vorsitzende eines großen Industrieunternehmens hatte ein Gespräch mit Triller, und weil ein anderer Termin nicht möglich gewesen war, hatten sie sich am Samstagnachmittag getroffen. Nicole Kreuß hatte ihn freundlich begrüßt, ihm den Mantel abgenommen und ihm, da Triller noch ein Telefonat führte, einen Kaffee angeboten. Doch dieser Mann murmelte nur etwas Unverständliches und würdigte sie ansonsten keines Blickes. Mit jeder Faser strahlte er aus, dass es unter seiner Würde war, mit einer Sekretärin zu sprechen.

Gut 20 Minuten später verließ er mit hochrotem Kopf das Büro von Triller und schnappte sich wort- und grußlos den Mantel, den sie ihm hinhielt. Als sie diesen Mann, der sich ihr gegenüber eben noch als personifizierte Überheblichkeit gezeigt hatte, wie einen geprügelten Hund das Büro verlassen sah, konnte sie sich ein Grinsen kaum verkneifen.

Ein paar Minuten später betrat sie das Büro ihres Chefs, um das benutzte Geschirr abzuräumen.

Offensichtlich war das Gespräch auch an ihm nicht spurlos vorübergegangen, denn er saß erschöpft an seinem Schreibtisch.

»Oh je, sie sehen aber wirklich geschafft aus …« Da trat sie hinter ihn und sagte: »Sie erlauben …?« und begann seine Schultern zu massieren. Das war das erste Mal, dass sie und Triller sich jenseits eines Handschlags berührten.

Sie spürte, wie er sich unter ihren Händen entspannte und ihre Bewegungen wurden langsam mutiger. Sie massierte seinen Nacken. Schließlich bat sie ihn, die Krawatte etwas zu lockern, damit sie ihn besser massieren könne. Er nahm sie gleich ganz ab.

Mein Gott, dachte Triller, was passiert hier gerade? Er schaute vor sich auf den vollgekramten Schreibtisch. Eigentlich müsste ich jetzt protestieren ... Aber er merkte, dass er das, was zu passieren schien, wollte. Oder bildete er sich das nur ein? Passierte gar nichts? Seine Sekretärin war einfach nur nett zu ihm, dem müden Chef. Und schließlich, überlegte Triller, ist sie über zwanzig Jahre jünger als ich! Doch die Stimmung im Raum hatte sich verändert. Trillers Puls beschleunigte sich, als sie, immer noch hinter ihm stehend, anfing, seine oberen Hemdenknöpfe zu öffnen. Sie beugte sich zu ihm hinunter und flüsterte in sein linkes Ohr: »Ist es Ihnen recht, wenn ich die Vorhänge schließe?« Er nickte.

Als sie sich ihm wieder näherte, war er etwas vom Schreibtisch abgerückt und hatte sich mit dem Stuhl zu ihr gedreht. Sie nahm die Einladung an und setzte sich breitbeinig so auf seinen Schoß, dass sie sich direkt in die Augen schauen konnten. Ohne ein weiteres Wort küssten sie sich. Was als zaghafter Kuss begann, wurde schnell heftiger. Sie spürte in ihrem Schritt, dass auch er sehr erregt war. Seine Hände wanderten unter ihre Bluse, und während er mit seiner rechten Hand begann, ihren BH zu öffnen, war seine linke mit den Knöpfen ihrer Bluse befasst.

Als es vorbei war, ließ er sich erschöpft wieder in seinen Bürostuhl fallen, der immer noch hinter ihm stand. Sie setzte sich auf den Schreibtisch und sah ihn an. Triller war völlig verunsichert, wie es jetzt weitergehen sollte. Musste er sich entschuldigen? Sie sah seinen zweifelnden Gesichtsausdruck und als er den Mund aufmachen wollte, sagte sie: »Herr Minister, es ist alles in Ordnung. Was halten sie davon, wenn sie jetzt 'ne Zigarette ausgeben und wir danach ihr Büro wieder aufräumen?«

Während Triller an diesem Wahlsonntag erst telefoniert und sich dann mit tatkräftiger Unterstützung seiner Sekretärin im Kanzleramt entspannt hatte, wartete Klaus Heinrich zusammen mit den anderen Teamleitern in der Wahlkampfzentrale auf Heiner Mertes.

Um halb vier sprach Mertes dann zu den Wahlhelfern und informierte sie darüber, dass die Ergebnisse der Nachwahlbefragungen eindeutig zeigten, dass Hansen als Kanzler bestätigt werden würde und dass die CKP sogar noch dazugewonnen hatte. Auf eine Frage nach den Ergebnissen der anderen Parteien verwies er auf die absolute Vertraulichkeit der Zahlen, dass sie es aber verdient hätten zu erfahren, dass sich der gemeinsame Kampf für die Wiederwahl Hansens gelohnt hatte. Deshalb hatte er ihnen zumindest die CKP-Zahlen nennen können. Aber nun gab es wieder viel zu tun. Die vorbereiteten Botschaften wurden ganz genau abgestimmt und alle bereiteten sich darauf vor, wenige Sekunden nach der Bekanntgabe der ersten Prognose um sechs via Twitter, Google+, facebook und über die Internetseite der Partei die zentrale Botschaft zu verbreiten: *Hansen mit zusätzlichen Stimmen im Amt bestätigt.* »Diese Botschaft«, so schloss Mertes die Besprechung, »bereitet ihr jetzt für alle unsere Medien vor, damit ihr um eine Minute nach sechs nur noch auf *senden* klicken müsst.« Klaus Heinrich und seine Kollegen machten sich an die Arbeit.

Anschließend sprach Mertes noch die beiden aus dem Team an, die für die Verteilung der parteiinternen Informationen zuständig waren, und bestellte sie für halb sechs wieder zu sich.

Paul Ullmann hatte zwischenzeitlich den Stick mit den Informationen, die ihm seine beiden Mitarbeiter zusammengestellt hatten, eingesteckt und sich dann vom Bundespresseamt in die Parteizentrale fahren lassen. Dort schaute er sich um fünf zusammen mit Mertes die Unterlagen an. »Da haben die beiden in der Kürze der Zeit wirklich eine tolle Sammlung an fiesen Zitaten aus den Reihen der Solidaritätspartei zusammengetragen«, freute sich Ullmann.

»Ja«, ergänzte Mertes, »Leon wäre sehr zufrieden.« Sie machten sich an die Arbeit. Mertes formulierte ein Anschreiben an die Parteifreunde und half danach Ullmann dabei, eine kleine Übersicht zu erstellen. Zu jedem Politikfeld von der Außen- über die Finanz- bis zur Sicherheitspolitik gab es zwei bis drei Zitate, mit deren Hilfe man begründen konnte, warum die Solidaritätspartei absolut regierungsunfähig war. Mitten in der Arbeit musste Ullmann lachen.

»Was ist los?«, fragte Mertes.

»Die sind wirklich so blöd! Hör mal, was deren Landesvorsitzender aus Thüringen zum Erben gesagt hat: ›Weil Vermögen nur angehäuft werden kann, wenn andere ausgebeutet werden, sollen diese nicht vererbt, sondern der Gemeinschaft, also dem Staat, zugute kommen. 50.000 Euro bekommen die Erben, den Rest die Gemeinschaft‹.«

»Oh Mann, die machen uns das ja echt leicht! Kein GPD-Politiker, der ein kleines Häuschen oder eine gute Lebensversicherung hat, wird bei solchen Plänen noch für eine Koalition mit denen sein.«

Sie schafften es gerade eben, die Liste bis halb sechs fertigzubekommen. Ullmann ließ Mertes mit den beiden

Mitarbeitern aus dem Wahlkampfteam, die pünktlich wieder da waren, allein, und ging runter ins Foyer, um zu schauen, wie viel Presse zwischenzeitlich eingetroffen war und ob die Leute aus der Pressestelle der Partei alles im Griff hatten.

Während sie bei der vorherigen Besprechung gestanden hatten, setzte Mertes sich jetzt mit den beiden an den kleinen Besprechungstisch. »Hört gut zu. Was ich euch jetzt sage, muss die nächste halbe Stunde noch absolut vertraulich sein.« Die beiden schauten gespannt. »Ich habe vorhin berichtet, dass der Wahlsieg von Hansen sicher ist. Um ganz genau zu sein: Es ist sicher, dass wir wieder die mit Abstand stärkste Partei werden und sogar noch kräftig dazugewinnen. Es ist aber nicht sicher, dass wir hinterher auch regieren können. Denn die Fortschrittlichen werden es heute vermutlich nicht schaffen, wieder in den Bundestag einzuziehen. Uns und dem Land droht eine Linksregierung. Das wollen, das müssen wir verhindern!«

Die beiden schauten immer noch gespannt, fragten sich jetzt aber, was sie denn bitteschön tun könnten, um eine solche Regierung zu verhindern, wenn es doch durch die Pleite der Fortschrittspartei eine andere Mehrheit gab.

»In unserem Verteiler sind über 330 CKP-Kreisverbände, 237 Bundestagsabgeordnete, hunderte Landtags- und Kreistagsabgeordnete. Sie alle werden heute Abend mit den Medien reden. Das ist unsere Chance, Argumente zu verbreiten, warum die Linkspartei nicht an die Macht darf. Wir müssen den Menschen Angst machen. Eines muss deutlich werden: Entweder Stabilität mit einer großen Koalition unter Hansens Führung oder steigende Steuern, eine abstürzende Wirtschaft und Gefahr für Frieden und Freiheit, wenn die Linksregierung kommt.

Deshalb habe ich hier ein Papier und das Anschreiben für eine Mail. Ungefähr um viertel nach sechs gebe ich euch ein Zeichen, und dann schickt ihr eine Mail an den gesamten Partei-Wahlkampfverteiler. Den Text des Anschreibens kopiert ihr in die Mail, und die Argumente hängt ihr als pdf-Dokument an. Und jetzt macht schnell – ich erwarte von euch, dass jeder Funktionär unserer Partei, der vor die Presse tritt, vorher auf seinem Smartphone lesen kann, was er sagen soll!«

»Okay«, sagte einer von den beiden. »Dann bereiten wir das jetzt vor.« Zu seinem Kollegen gewandt meinte er: »Mach du schon mal die Mail fertig, ich bringe die Zitate noch rasch auf unser Briefpapier und …« Da unterbrach ihn Mertes. »Nein, auf keinen Fall! Glaubst du denn wirklich, wir haben das vergessen?«

»Äh, nein, ich dachte …«

»Hört zu. Wir wollen, dass diese Zitate sich möglichst schnell und möglichst weit verbreiten. Viele aus den Parteien haben Kontakte zu Journalisten und werden sie denen auch geben. Wenn da unser Logo drauf ist, dann wird das rasch in die Ecke gelegt, weil viele das für parteiisch halten. Wenn ihr das Papier aber so lasst, wie es ist, dann weiß niemand, woher es kommt, und, das könnt ihr mir glauben, dann werden die Zitate häufiger von der Presse aufgegriffen. Denn kein Journalist will sich von einer Partei instrumentalisieren lassen. Aber Fakten nutzt jeder gerne. Deshalb haben wir auch darauf geachtet, dass bei jedem Zitat die Quelle dabeisteht. So, und nun an die Arbeit!«

Lara hatte um kurz nach halb fünf die Redaktion verlassen und sich auf den Weg gemacht. Nach einem Fußmarsch von knapp zehn Minuten kam sie an ihrem Wahllokal an. Es war nicht viel los. Nur zwei andere Wähler waren vor ihr. Nachdem sie ihren Ausweis vorgezeigt hatte, bekam sie den Stimmzettel. In der Wahlkabine gab sie ihre Erststimme dem CKP-Kandidaten, den sie als Person sehr schätzte. Bei der Zweitstimme machte sie ihr Kreuz beim Ökologischen Bündnis. Anschließend fuhr sie mit der U-Bahn weiter und dann noch ein paar Stationen mit dem Bus bis zur Parteizentrale der CKP, wo heute Abend deren Wahlparty stattfinden würde und wo mit Sicherheit früher oder später auch Leon Hansen auftauchen würde. Das war, dachte Lara, sicherlich einer der spannendsten Orte, an dem man als politisch denkender Mensch an so einem Abend sein konnte.

Während Klaus im ersten Stock arbeitete, betrat sie das Foyer und meldete sich am Pressecounter an. Auf die sonst obligatorische Pressemappe wurde an diesem Abend verzichtet – alles Wissenswerte würde ab 18 Uhr live im Fernsehen laufen und dann in Hinterzimmergesprächen. Lara hatte keine Ahnung, dass die Parteichefs schon längst wussten, wie die Wahl ausgehen würde. Sie ging durch das Foyer und stellte sich an einen Stehtisch zu Ariane Wächter, Marco Bartens und Peter Leonhard, die für verschiedene Zeitungen von dem Wahlabend berichten mussten. Die Spekulationen, wie die Wahl wohl ausgehen würde, waren bereits in vollem Gang. Nahrung bekamen sie dadurch, dass der eine oder andere meinte, bereits ein paar Zahlen zu kennen. Es ging das Gerücht, dass die Fortschrittlichen ganz viele Stimmen verloren hatten und es für sie knapp werden könnte.

Um Viertel vor sechs wurde in der Wahlkampfzentrale die Wahlberichterstattung des ZDF auf die Großbildleinwand geschaltet. Von Minute zu Minute wurde es voller.

Zur gleichen Zeit trafen Michaela Schreuner und Hermann Triller in der Wahlkampfzentrale ein. Sie waren gemeinsam in dem Wagen von Triller gefahren. Frau Schreuner hatte sich kurz darüber gewundert, dass Triller keine Krawatte mehr trug, dem dann aber weiter keine Beachtung geschenkt. Mit dem Fahrstuhl fuhren sie aus der Tiefgarage weit nach oben, wo Heiner Mertes sein Büro als Bundesgeschäftsführer der Partei hatte. Er hatte es ihnen angeboten, damit sie etwas Abstand zu dem Wahlkampfteam in der ersten Etage hatten. Mertes selbst war nicht bei ihnen, da er in seiner aktuellen Funktion als Wahlkampfleiter im ersten Stock bei seinen Wahlkampfmitarbeitern geblieben war. Aber Paul Ullmann gesellte sich zu den beiden. Einerseits musste er sich direkt nach dem Wahlergebnis konzentrieren, um auf unerwartete Ergebnisse reagieren zu können und die passende Sprachregelung formulieren zu können, andererseits wollte er in diesem wichtigen Moment auch nicht alleine sein. Und er wusste, dass die beiden es verstehen würden, wenn er sich dann, statt ausgiebig mit ihnen zu jubeln, über seinen Laptop beugen würde.

In Essen-Kettwig saß Peter Marwitzki mit ein paar Genossen vor dem Fernseher. Sie hatten in der Kreisgeschäftsstelle eine kleine Wahlparty für die Wahlkampfhelfer organisiert. Es gab belegte Brötchen und draußen auf dem Hof würde später noch der Grill angeschmissen werden. Aber jetzt, um kurz vor sechs, wollte niemand draußen stehen und möglicherweise die erste Prognose verpassen. Dazu gab es Freibier, finanziert aus der Wahlkampfkasse, die der örtliche Wahlkreiskandidat für diesen Abend mit den ehrenamtlichen Helfern noch einmal aus der eigenen Tasche aufgefüllt hatte.

Philipp de Fredo interessierte sich nicht für die hektische Berichterstattung am Wahlabend. Für ihn wurde es erst dann wieder richtig interessant, wenn die Koalitionsverhandlungen begannen. Dann würde es sein Job sein, für die Automobilindustrie unliebsame Festlegungen im Koalitionsvertrag zu verhindern. Doch nun stand er vor dem Spiegel und rasierte sich. In einer halben Stunde würde er seine Freundin abholen. Er freute sich bereits auf den gemeinsamen Opernabend.

So wie Leon Hansen, der, wieder zurück in Zehlendorf, mit seiner Frau vor dem Fernseher saß, ahnten auch in Essen-Kettwig bei der Wahlparty der GPD die meisten bereits, was es bedeutete, als der Moderator um 17.55 Uhr sagte, dass es sicherlich ein langer und spannender Wahlabend werden würde.

Im Foyer fragte Ariane Wächter in die kleine Runde: »Also, was glaubt ihr, was passiert, wenn die Fortschrittlichen wirklich rausfliegen? Große Koalition, schwarzöko oder gerecht-solidarisch-öko?« Nach einer kurzen, lebhaften Diskussion sagte Marco Bartens: »Da es eine Minute vor sechs ist, halte ich fest: Ariane und ich glauben, dass es eine Linksregierung geben wird, und ihr«, dabei schaute er Lara Schneider und Peter Leonhard an, »erwartet dann eine große Koalition?«

»Ja natürlich«, sagte Lara, »die CKP wird auf jeden Fall eine große Koalition machen!« Da entgegnete Bartens: »Es geht doch nicht darum, was die CKP will. Wenn die FP rausfliegt und die AEP draußen bleibt, dann kann die

CKP nur noch hoffen, dass die anderen drei Parteien, die dann die Mehrheit haben, diese nicht nutzen.«

Und dann war es soweit: »Es ist 18 Uhr, hier die erste Prognose: CKP und CSP: 42,3 Prozent, GPD 26,2 Prozent, Ökologisches Bündnis 2000 …« Doch das Ergebnis ging in dem unbeschreiblichen Jubel der CKP-Anhänger unter. Sie waren die mit Abstand stärkste Partei geworden und hatten die GPD um Längen geschlagen! Aber der Jubel währte nur eine Sekunde, dann realisierten sie das Ergebnis der Fortschrittspartei: 4,7 Prozent.

»4,7 Prozent – so ein Mist«, murmelte Klaus Heinrich vor sich hin. Ihm und seinen Mitstreitern aus dem Wahlkampfteam war klar, dass dies womöglich eine große Koalition bedeuten könnte. Sicher, überlegte er weiter, auch dann hätten sie ihr wichtigstes Wahlziel erreicht: Hansen würde Kanzler bleiben. Aber eine große Koalition bedeutete, dass mehr Ministerien an den Koalitionspartner gehen würden als an die Fortschrittlichen gegangen wären, wenn sie es gerade ebenso wieder in den Bundestag geschafft hätten. Und weniger Ministerien für die CKP, dachte Klaus, bedeutete auch weniger Jobs für Leute wie mich. Und er wollte jetzt auf jeden Fall Referatsleiter werden! Mertes schreckte ihn aus seinen Gedanken auf: »Zack, zack jetzt! Es ist schon zwei Minuten nach sechs und ich sehe niemanden am Computer sitzen! Seht zu, dass ihr unsere Botschaften rausbekommt.«

Während im ersten Stock die E-Mails verschickt wurden, meldeten sich im Fernsehen die ersten Politiker zu Wort. Als eine der Ersten trat Ellen Koch, Bundesgeschäftsführerin der Solidaritätspartei, vor die Kamera: »Die Konservativen sind abgewählt, die Hansen-Koalition ist abgewählt. Es gibt einen klaren Wählerauftrag für die drei linken Parteien.«

»Hab ich's euch nicht gesagt?«, sagte Ullmann zu Triller und Schreuner.

»Abwarten«, entgegnete Triller. Und richtig, nur ein, zwei Minuten später tauchte das Gesicht von Claudia Buttke auf dem Bildschirm auf. »Die Christlich-Konservative Partei hat einen überwältigenden Wahlsieg errungen. Leon Hansen ist und bleibt Bundeskanzler. Sollten sich die Prognosen bestätigen und die Fortschrittlichen wirklich nicht im neuen Bundestag vertreten sein, dann werden sich andere Mehrheiten finden, an deren Spitze Hansen stehen wird.«

»Seht ihr«, Triller grinste breit, »die Botschaft ist gesetzt, und niemand kann da widersprechen. Jetzt sollen die Linken in der Solidaritätspartei und bei der GPD mal versuchen, eine eigene Mehrheit zu zimmern!«

Kurz darauf wurde im Fernsehen eine Runde mit Spitzenpolitikern angekündigt, die die Ergebnisse bewerten würden. Neben Harras Eitz von der GPD waren noch der CKP-Ministerpräsident aus NRW sowie ein Vertreter des Ökologischen Bündnisses und Ellen Koch dabei.

Frau Koch wiederholte ihre Forderung, dass es jetzt zu einem Linksbündnis kommen müsse. Herr Eitz unterstützte sie: »Wir dürfen in Deutschland keine Denkverbote haben, und alle demokratischen Parteien müssen untereinander koalitionsfähig sein.«

»Da hört ihr es – die wollen eine Linksregierung machen«, rief Ullmann vor dem Fernseher, während die Diskussion dort weiterlief.

»Richtig«, entgegnete der Ministerpräsident, »Denkverbote wollen wir nicht. Was wir aber auch nicht wollen, ist, dass die Altkommunisten von der Solidaritätspartei alle fleißigen Menschen in diesem Land enteignen!«

»Wie bitte?« Die Moderatorin schaute ihn irritiert an. »Können sie das bitte erläutern?«

»Gern. Im Wahlprogramm der Solidaritätspartei steht, dass alle Erbschaften außer einem Minibetrag nicht mehr an die Erben gehen sollen, sondern an den Staat.«

»Also ganz so ist das ja nicht«, entgegnete Ellen Koch.

»Doch, genau so ist das!«

»Nun lassen sie mich ausreden, Herr Ministerpräsident, ich habe ihrem Blödsinn ja schließlich auch zugehört.«

»Das war kein Blödsinn. Ich bin ja mal gespannt, wie sie das jetzt erklären wollen.«

»Es ist doch ganz einfach: Wir wollen eine gerechte Gesellschafft, in der jede und jeder die gleichen Zukunftschancen hat. Wenn alle Menschen fair bezahlt werden, dann geht es allen gut. Reichtümer kann man nur anhäufen, wenn dafür andere Menschen arm bleiben. Wenn es arme Menschen gibt, dann braucht der Staat viel Geld, um den armen Menschen zu helfen. Wer in seinem Leben viel Geld angehäuft hat, der konnte das nur, weil er andere ausgebeutet hat. Deshalb muss er dieses Geld an den Staat geben. Wir wollen aber niemandem etwas wegnehmen. Deshalb wird einfach ein Teil des Erbes an den Staat umgeleitet, aber 50.000 Euro bekommen die Erben.«

»Und?« Die Moderatorin schaute auffordernd zu Eitz, dem Vertreter der GPD. »Ist das die Basis für eine gemeinsame Koalition?«

»Es gibt neben der Frage der Erbschaften viele Gemeinsamkeiten, wie die Forderung nach einem Mindestlohn und viele weitere wichtige Themen, über die wir uns verständigen können, zum Beispiel …«

Da unterbrach ihn der Ministerpräsident: »Nun weichen sie doch nicht aus! Wollen sie wirklich bei der Enteignung alter Menschen mitmachen?«

»Also, äh, niemand will den alten Menschen etwas wegnehmen. Wir wollen das Erbe gerechter verteilen.«

»Gerechter verteilen nennen sie das?« Der Ministerpräsident wirkte ehrlich empört. »Ich will Ihnen mal was sagen. Sie tun so, als ob sie nur ein bisschen was umverteilen wollen. In Wirklichkeit bringen sie die Menschen um ihre Lebensleistung, wenn sie da rangehen. Sie wollen nicht den alten Menschen etwas wegnehmen, sondern viel schlimmer: Sie wollen die Toten enteignen. Pfui, ist das pietätlos. Ich kann mir beim besten Willen nicht vorstellen, dass eine so stolze und traditionsreiche Partei wie die Gerechte Partei Deutschlands da mitmacht.«

»Ich höre gerade aus der Regie, dass es eine erste Hochrechnung gibt. Vielen Dank in die Runde, und nun die Zahlen.«

Kaum hatte der Ministerpräsident sein Handy wieder angestellt, bekam er auch schon eine SMS von Triller: *Klasse, vielen Dank. Du hast was gut bei mir! HT.*

Im Foyer der Parteizentrale wurde die Frage, ob sich Hansen wohl gegen eine linke Mehrheit im Bundestag würde halten können, intensiv diskutiert. Marco Bartens war noch immer davon überzeugt, dass es nicht darauf hinauslaufen würde. »Das wird eine Linksregierung! So, wie der Eitz für die Öffnung hin zu den Linken geworben hat. Das kann doch kein Zufall sein.«

»Glaubst du, dass das eine abgestimmte Strategie ist?«, fragte Lara.

»Ja klar. Der Eitz hatte ja heute Nachmittag schon mal was in die Richtung gesagt und jetzt werden Stück für Stück mehr aus der Gerechtigkeitspartei Farbe bekennen.«

»Na ja, aber das mit den enteigneten Toten war schon ein Tiefschlag«, gab Leonhard zu bedenken. »Ob die sich davon erholen? Die erste Nachrichtenagentur hat das schon aufgenommen und gemeldet.«

»Schaut mal, die haben jetzt den Sprecher des Bad Segeberger Kreises vor der Kamera. Ich habe es euch doch gesagt – jetzt kommt ein Befürworter nach dem anderen aus der Deckung«, sagte Bartens in der Gewissheit, genau zu wissen, wie es nun weitergehen würde.

»Nun seid doch mal leise, ich will hören, was der sagt!«

»Ich kann mir beim besten Willen nicht vorstellen, wie eine Regierung mit der Solidaritätspartei funktionieren soll, die aus der Nato austreten will, unfinanzierbare Rentenversprechungen macht und jetzt auch noch den Menschen, die sich in ihrem Leben einen bescheidenen Wohlstand aufgebaut haben, alles nach ihrem Tod wieder wegnehmen will. Eine Partei, die verhindern will, dass die vielen fleißigen Menschen das Erreichte an ihre Kinder weitergeben können, ist für mich kein ernst zu nehmender Gesprächspartner. Für eine Regierung mit der Solidaritätspartei werde ich meine Hand nicht heben und ich kenne viele in meiner Partei, denen es genauso geht.«

»Aber welche Möglichkeit gibt es denn dann?«, fragte die Moderatorin.

»Ich bin kein Fan von großen Koalitionen. Wir können da nur mitmachen, wenn wir wirklich grundlegende Ziele der Gerechtigkeitspartei durchsetzen können.«

»Was wäre das?«

»Ich sage mal so: Wenn wir die Zusage der CKP für die Einführung eines gerechten Mindestlohns hätten, dann wäre eine große Koalition angesichts der sich abzeichnenden Mehrheitsverhältnisse der richtige Weg.«

Kaum war das Interview beendet, sagte Peter Leonhard: »Wenn sich der Chef des Bad Seegeberger Kreises so weit aus dem Fenster lehnt, dann ist eine Linksregierung wohl definitiv vom Tisch. Die Wette haben wohl Lara und ich gewonnen.«

»Hm, ich befürchte«, sagte Ariane Wächter, »dass du da recht hast. Aber ich finde es schon erstaunlich, wie schnell das jetzt gegangen ist. Ich hätte nicht gedacht, dass sich eine Hansen-Kritikerin wie die Buttke aus Baden-Württemberg gleich um sechs vor die erstbeste Kamera stellt und ein Loblied auf Hansen singt.«

»Ach was soll's«, meinte Bartens. »Aber als der Typ vom Bad Seegeberger Kreis auftauchte, dachte ich wirklich, dass der sich auch für eine Linksregierung ausspricht. Aber da ich die Wette wohl verloren habe, hole ich noch eine Runde Bier. Und danach muss ich mich auf den Weg in die Redaktion machen, um meinen Kommentar zu schreiben.«

Um kurz vor halb elf saßen Hansen, Triller, Ullmann, Mertes, Schreuner und Christiane Hansen beisammen. Sie freuten sich wie kleine Kinder daran, dass ihr Plan aufgegangen und die Diskussion um ein Linksbündnis im Keim erstickt worden war. Nachdem sie eine Weile getrunken, gelacht und erzählt hatten, stand Paul Ullmann auf und sagte: »Leon, auf deine zweite Kanzlerschaft!« Nun standen auch die anderen auf und sie stießen miteinander an. Dann sagte Triller: »Und darauf, dass die Linken noch möglichst lange zu blöd sind, ihre Mehrheit zu nutzen und das Kanzleramt uns überlassen.«

Das erneute Klirren der Gläser ging in befreiendem Gelächter unter.

Die Personen

Anders, Bert	*Redakteur der Hamburger Tagespost*
Bütow, Horst	*Vize-Vorstand der* LOKFÜHRERGEWERKSCHAFT
Bartens, Marco	*Journalist*
Buttke, Claudia	*Ministerpräsidentin von Baden-Württemberg*
de Fredo, Philipp	*Vorsitzender des Deutschen Autofahrervereins*
Eitz, Harras	*Stellvertretender Parteivorsitzender der GPD in NRW*
Hagen, Marion	*Stellvertretende Kreisverbandsvorsitzende in Hamburg*
Hansen, Christiane	*geb. Schnitzler, Frau von Leon Hansen*
Hansen, Leon	*Bundeskanzler*
Hartmann, Peter	*Staatssekretär im Bundesgesundheitsministerium*
Heil, Germanus	*Generalsekretär der CKP*
Heinrich, Klaus	*Referent im Bundeskanzleramt*
Jansen, Jakob	*Wirtschaftsminister von Nordrhein-Westfalen*
Jensen, Heiner	*Vorgänger von Triller als Parlamentarischer Geschäftsführer der CKP-Fraktion im Landtag von Nordrhein-Westfalen*
Koch, Ellen	*Bundesgeschäftsführerin der Solidaritätspartei*
Koch, Karsten	*Schweißer, jüngstes Mitglied im Betriebsrat des Eisenbahn-Ausbesserungswerks in Bochum*
Konopke, Dr. Peter	*Vorsitzender des Deutschen Krankenhausvereins*
Kössling, Stefan	*Redenschreiber im Bundeskanzleramt*
Kotowski, Siegfried	*Leiter des Personenschutzes von Hansen*
Kreuß, Nicole	*Sekretärin von Herrn Triller*
Lang, Anne	*CKP-Abgeordnete aus der Lausitz*
Lausitz, Sven	*Fahrer von Hansen*
Leonhard, Peter	*Journalist*
List, Henning	*Bundesverkehrsminister*
Lummel, Heinz	*Vize-Vorstand der* LOKFÜHRERGEWERKSCHAFT

Marwitzki, Peter	*Gewerkschaftssekretär Bochum, später Vorstand der* LOKFÜHRERGEWERKSCHAFT
Merker, Ulrich	*Ältestes Mitglied im Betriebsrat des Eisenbahn-Ausbesserungswerks in Bochum*
Mertes, Heiner	*Bundesgeschäftsführer der CKP*
Messer, Henry	*Wirtschaftsminister von Baden-Württemberg*
Meyer, Walter	*Fraktionsvorsitzender der CKP*
Mohr, Dr. Stefan von	*Rechtsanwalt, Vertreter der Aktionärsfamilien des Eisenbahn-Ausbesserungswerks in Bochum*
Preuß, Elisabeth	*Staatssekretärin im Bundesverkehrsministerium*
Reiter, Erhard	*Ministerpräsident von Bayern*
Roebel, Hermann	*Vorsitzender des Kassenärzteverbandes*
Schneider, Jürgen	*Vorsitzender des Betriebsrates des Eisenbahn-Ausbesserungswerks in Bochum*
Schneider, Lara	*Redakteurin bei der Berliner Rundschau*
Schnittgart, Johannes	*Bundestagsabgeordneter der CKP*
Schönfließ, Karla	*Bundesgesundheitsministerin*
Schreuner, Michaela	*Büroleiterin von Hansen*
Spaten, Dr. Ludwig	*Geschäftsführer des Eisenbahn-Ausbesserungswerks in Bochum*
Stent, Florian	*Wirtschaftsminister von Bayern*
Tillmanns, Rolf	*Leiter der für den Wahlkampf 2013 beauftragten PR-Agentur*
Traven, Linus	*Wirtschaftsminister von Niedersachen*
Triller, Hermann	*Chef des Bundeskanzleramtes*
Ullmann, Paul	*Regierungssprecher*
Vielkötter, Andrea	*Vorsitzende des Verbandes für Medizintechnik und die erste Chefin von Klaus Heinrich*
Vier, Magdalena	*Referatsleiterin im Bundeskanzleramt*
Wächter, Ariane	*Journalist*
Wilhelm, Martin	*CKP-Parteivorsitzender 2004–2006*